郫筒酒詩詞集

主编 顾新 孙志宏 李张民

四川省哲学社会科学重点研究基地川酒发展中心课题（CJZB20—01）
四川省哲学社会科学重点研究基地川菜发展研究中心课题（CC20W19）
成都市哲学社会科学规划项目（YY2720070

8）
四川省哲学社会科学重点研究基地川酒发展中心课题（CJZB22—01）
四川省哲学社会科学重点研究基地中国酒史研究中心课题（ZGJS2022—01）

四川大学出版社

图书在版编目（CIP）数据

郫筒酒诗词集 / 顾新，孙志宏，李张民主编 . -- 成都：四川大学出版社，2025.7
ISBN 978-7-5690-5327-2

Ⅰ . ①郫… Ⅱ . ①顾… ②孙… ③李… Ⅲ . ①古典诗歌－诗集－中国 Ⅳ . ① I222

中国版本图书馆 CIP 数据核字（2022）第 014750 号

| 书　　名：郫筒酒诗词集
| 　　　　　Pitongjiu Shici Ji
| 主　　编：顾　新　孙志宏　李张民

| 选题策划：何　静
| 责任编辑：何　静
| 责任校对：周　颖
| 装帧设计：墨创文化
| 责任印制：李金兰

| 出版发行：四川大学出版社有限责任公司
| 　　　　　地址：成都市一环路南一段 24 号（610065）
| 　　　　　电话：（028）85408311（发行部）、85400276（总编室）
| 　　　　　电子邮箱：scupress@vip.163.com
| 　　　　　网址：https://press.scu.edu.cn
| 印前制作：四川胜翔数码印务设计有限公司
| 印刷装订：四川华龙印务有限公司

| 成品尺寸：170mm×240mm
| 印　　张：26.25
| 字　　数：465 千字

| 版　　次：2025 年 7 月 第 1 版
| 印　　次：2025 年 7 月 第 1 次印刷
| 定　　价：198.00 元

本社图书如有印装质量问题，请联系发行部调换

版权所有 ◆ 侵权必究

扫码获取数字资源

四川大学出版社
微信公众号

序言（一）

《汉书》有曰："百礼之会，非酒不行。"中国是酒的故乡和酒文化的发源地之一，各地孕育的本土酒都与本地区、本民族的文化紧密相关。作为古蜀文明和长江上游农耕文明的发祥地之一，郫都区（原郫县）诞生了历史悠久、底蕴深厚的郫筒酒。

郫筒酒起源于古蜀开明时期，盛于唐宋，行于明清，承载了蜀人物质生活和精神生活的发展变迁，是川西平原跨越千年历史发展进程的标志性记忆。唐代张周封在《华阳风俗录》中记载："郫县有池（郫筒池，今郫筒井），池旁有大竹。郫人刳其节，倾酿于筒，苞以藕丝，蔽以蕉叶，信宿，香达于外。然后断之，俗号郫筒。"[①] 郫县盛产的竹子制作而成的竹筒在郫筒酒的贮存中发挥了不可替代的作用，郫筒酒也因此得名。在唐、宋、元时期，郫筒酒是以粮食为主要原料酿造的烧酒，但由于朝代更替、战火频仍，郫筒酒几度失传，又几度复兴，其后衍生了烧酒、醑醴酒、黄酒、果酒等多种类型的郫筒酒。时至今日，郫筒酒的原料、配方和生产技艺业已失传，实属中国酒业和中国文化的一大憾事。

近十年，我曾两度到郫都区任职，其间，对郫都区厚重的历史文化以及郫筒酒等非遗产品的发掘和振兴颇为关心，竭力想把郫筒酒打造为郫都区一张亮丽的城市名片，借以弘扬并传承望丛文化和天府文化。为此，我多次现场调研，并召开郫筒酒专题研讨会，积极推进保护传承、非遗申报、产品开发、品牌建设等各项工作，取得了一定的进展和成效。

自古以来，诗借酒神采飞扬，酒借诗醇香飘溢，形成了独具特色的中国"诗酒文化"。郫筒酒因其独特的风味，赢得了众多文人墨客的青睐和赞赏。在历代诗词中，提到郫筒酒的诗词近五百首，从杜甫的"鱼知丙穴由来美，酒忆郫筒不用酤"，到苏轼的"所恨蜀山君未见，他年携手醉郫筒"，再到王士祯的"易尽郫筒酒，难忘楚泽兰"，诗人们咏酒、赞酒，对酒当歌、激扬文字，留下了关于郫筒酒的华丽诗章。

---

① （乾隆）郫县志书.卷七.清乾隆十六年刻本。

今欣闻顾新教授及其团队编写的《郫筒酒诗词集》即将付梓，甚为高兴。我相信，广大读者通过这本诗词集，不仅能领略意蕴隽永的中华诗词，还可洞见郫筒酒的文化底蕴，激发对郫筒酒发展史及其文化现象的兴趣，进而对其进行更全面、更深入的研究，从而助推郫筒酒复兴，使郫筒酒的发展会同中华文化，历久弥新，世代相传。

杨东升

2021年9月18日

序言（二）

为挖掘郫筒酒历史，弘扬郫筒酒文化，以顾新教授为首的研究团队倾尽全力，精心策划，广采博取，终汇集成《郫筒酒诗词集》，可喜可贺！

拜读《郫筒酒诗词集》后，既为篇篇锦绣、字字珠玑的诗词所陶醉，又为编者对郫筒酒的真情至爱所感动，更为自己身为郫筒酒家乡人而自豪，诸多感慨难以言表。

郫筒酒是产自四川省成都市郫都区（原郫县）的名酒。它绵延千余年，备受历代文人墨客赞誉，特别是杜甫、苏轼、陆游等诗词大家的咏赞。他们品郫筒美酒，论家国天下，叙手足之情，赏物华胜景，或喜，或悲，或狂，尽情释放自我，舒展个性。诗词在郫筒酒中神采飞扬，郫筒酒在抑扬顿挫中传世飘香，纵然跨越千余年，其酒情诗意依旧魅力不减，仍令我们心潮起伏、回味无穷。

遥想当年，郫筒酒乃世间逢年过节、喜庆丰收、亲朋聚会、宴请宾客时必备之美酒。花看半开，酒饮微醺，以酒抒情，乃入佳境。酒助诗雅兴，诗增酒盛名。诗、酒、人，合而为一，共舞人间，妙趣无穷。宇宙间万事万物，共舞而相得益彰，亦如是乎！世界名酒，何其多也，然如郫筒酒这样历史悠久、受众多著名诗人以诗词咏赞流传者，虽不敢言唯一，恐也屈指可数矣！

我是土生土长的郫筒人，在郫县生活工作已逾七十年，对这里的风物人文感情至深。郫县为古蜀国都邑，历史悠久、文化灿烂，不仅有内涵丰富的"望丛文化"，也有郫筒酒这样杰出的绝世风物。在担任郫县政协、人大主要领导期间，我很看重"望丛文化"，尤为关注与郫筒酒相关的历史和文化现象。退休后赋闲在家，我多方搜集相关文献史料，数次走访郫筒酒知情者，对郫筒酒起源、发展、衰落、消亡的历史过程进行梳理，并向郫都区委、区政府呈送了近年来我对郫筒酒研究的认识与感想，提出了"用好郫筒酒品牌，助力成都三城三都建设"的建议。该建议受到中共成都市郫都区区委、区政府的高度重视，区委书记多次亲自主持会议，将郫筒酒复兴事宜提上议事日程，并作出相关决议，全面部署复兴郫筒酒的各项工作。郫筒酒再度飘香指日可待，我甚感欣慰。

现在，《郫筒酒诗词集》即将问世！我相信，其独特魅力必将如当年的郫筒酒，香达于外而美誉于世！我更愿郫筒酒能再次复兴，成为各界人士喜爱的美酒而享誉世界！

郫筒酒故里老翁王传义　谨识
2021 年 9 月

序言（三）

顾新教授与我是同门师兄弟。2020年11月，我与他在我们的博士生导师杜肯堂教授的生日聚会中初见，大有相见恨晚之感。我们都研究中国白酒产业和中国酒文化，都爱饮酒以体验其妙，且均读过对方的著作或文章。顾师兄的《郫筒酒诗词集》即将付梓，嘱我写序，兴奋且忐忑。

我从事酒文化研究数十年，对郫筒酒这一充满历史厚重感的酒并不陌生。郫筒酒传统酿造技艺于2008年5月被列入郫都区非物质文化遗产保护名录，2020年12月，又被列入成都市级非物质文化遗产代表性项目名录。这样一种文化内涵深厚、酿造工艺独特、充满传奇色彩的历史名酒，如果湮没于岁月长河中，实在遗憾。适值郫筒酒产业及文化亟待复兴之际，《郫筒酒诗词集》的问世，具有非常重要的意义。

郫筒酒相传为"竹林七贤"之一的山涛所发明。杜甫、苏轼、陆游等诸多诗人都是郫筒酒的"粉丝"，并留下许多赞美郫筒酒的诗篇。《郫筒酒诗词集》可谓集历代文人墨客为郫筒酒品牌"代言"之大成，这是对郫筒酒文化的挖掘与保护，也为复兴这一历史上的著名美酒奠定了坚实的历史文化基础。

除了诗词，历史文献上也有诸多有关郫筒酒的记载，如宋人赵抃《成都古今记》记载："成都府西五十里曰郫县，以竹筒盛美酒，号曰郫筒。"但是，这些信息大多散见于浩如烟海的史籍中，搜集十分困难。《郫筒酒诗词集》不仅让普通读者知晓哪些诗人曾"打卡"郫筒酒，也为专业研究者提供了现成的"文献综述"，具有较高的学术价值。

郫筒酒是郫都区一张亮丽的历史文化名片，愿这曾让杜甫、苏轼、陆游等诗人折腰的美酒能够涅槃重生！相信在郫筒酒的酒香诗韵中，《郫筒酒诗词集》会留下浓墨重彩的一笔！

杨柳
2021年9月于成都

前　言

中华五千年文明，孕育了博大精深、璀璨夺目的中华文化，其中尤为耀眼的当属中国的酒文化和诗词文化。这两种文化在漫长的历史长河中相融相合，相映生辉，形成了世界文化史上蔚为壮观的景象。

在中国古典诗歌中，诗是酒的知己，酒是诗的恋人。因为酒，才有"人生得意须尽欢，莫使金樽空对月"的洒脱；因为酒，才有"李白斗酒诗百篇，长安市上酒家眠"的感叹；因为酒，才有"明月几时有，把酒问青天"的哲思；因为酒，才有"劝君更尽一杯酒，西出阳关无故人"的别情。一平一仄，诗在酒中逸韵高致；一醉一醒，酒在诗里浓醇飘香。正如宋代诗人杨万里诗言："一杯未尽诗已成，诵诗向天天亦惊。"

综观历代文人墨客留下的诗词，不乏杜康、杏花村、竹叶青、西凤等各种美酒，而自唐朝至今的一千多年间，文人墨客们尤其倾情于成都以西郫县（今成都市郫都区）出产的郫筒酒，并留下了近五百首相关诗词，创造了中国"诗酒文化"的今古奇观。

郫县，古蜀国望、丛二帝之都城，一座有着4500年文明史、2300年建城史的历史文化名城。历史悠久，人文荟萃。望帝杜宇在这里聚居群落、教民务农，开启农耕文明；丛帝鳖灵率蜀人凿山别沱，治水兴蜀，奠基"天府之国"。这里是道家宗师严君平、"西道孔子"扬雄、汉大司空何武的故里，是禅宗大师圆悟克勤、《蚕妇》作者张俞的桑梓，是世界著名华裔作家、社会活动家韩素音的第二故乡。这里沃野平畴，物阜民丰，不仅五谷丰稔、蔬果飘香，还有国家级非物质文化遗产——素有"川菜之魂"美誉的郫县豆瓣，更有久负盛名，但已湮没在岁月长河中的郫筒酒。

郫筒酒，因其以郫县所产慈竹制筒作储酒之器而得名。郫筒酒，相传为晋"竹林七贤"的山涛任郫县县令时创制。然而，据《华阳国志·蜀志》"九世有开明帝，始立宗庙，以酒曰醴"之述，早在九世开明帝时，蜀国便有了"醴"，以后醴逐步演变为郫筒酒。郫筒酒始于开明，盛于唐宋，行于明清，失传于民国。唐人张周封在其《华阳风俗录》中记载："郫县有池，池旁有大竹。郫人刳其节，倾酿于筒，苞以藕丝，蔽以蕉叶，信宿，香达于外。然后断之，俗号郫筒。"这是较早对郫筒酒的专门记载。其后，宋代赵抃、范成大和明代曹学佺等也在其著述中记载了郫筒酒。郫筒酒由此声名远扬，成为皇亲国戚、达官贵人特别是文人墨客的房中珍品、杯中喜物。康熙十七子果亲王爱新觉罗·胤礼在游历郫县畅饮郫筒酒后，欣然为郫筒酒题写"醁醾传香"四字。清代美食家袁枚在《随园食单》中也将郫筒酒与绍兴黄酒、常州兰陵酒、山西汾酒等一同列为中国十大美酒。

  在诗人词家的笔下，郫筒酒或温润似水，或炽烈如焰。"鱼知丙穴由来美，酒忆郫筒不用酤"，我们体会了杜甫重返草堂、再见故友时的喜悦；"海石分棋子，郫筒当酒缸"，我们看到了李商隐独旅孤寂时的豪情逸致；"所恨蜀山君未见，他年携手醉郫筒"，我们领略了苏轼诚邀朋友时的一片盛情；"未死旧游如可继，典衣犹拟醉郫筒"，我们感觉了蜀地与郫筒酒在陆游心中的地位与分量；"试问郫筒故乡酒，路人应唱踏花归"，我们品味了周麟之心中的乡情与乡愁；"一对郫筒肠欲断，鹁鸪原上草萧萧"，我们读到了谢榛得知友人之兄亡故时的凄然之情……郫筒酒，不仅是文人雅士的唇齿之香，更是他们的心灵慰藉、情感寄托。

  为此，我们编辑了这本《郫筒酒诗词集》，以飨读者。

  "酒情诗意谁与共？"愿《郫筒酒诗词集》与君共品郫筒酒之香醇，共赏中华诗词之韵美。

凡　例

1. 本书收录了自唐代以来历代郫筒酒及其相关诗词曲赋，凡四百余首。

2. 所录诗词包括：郫筒酒诗词、与郫县有关的酴醾（荼蘼）酒和山公酒诗词、郫筒[①]诗词以及历代《郫县志》中所涉及的郫县酒诗词。

3. 每位诗人/词人的简介附于其诗词之后。

4. 本书正文所录诗词尽量按作者生年先后排序；生卒年不详者，据其履历大致推算并排序；生平不详者，则置于同一个时代的最后。

5. 本书所选诗词曲赋多来源于诗词作者著作以及公开出版的典籍、历代地方史志等，辅之以搜韵网、爱如生典海数字平台和中华经典古籍库等网络数据库。尽量按最早记载的史志、典籍或诗稿版本原文抄录。若因版本不同，个别诗词字词或有异文，则或以脚注方式注明，或综合各本，择其优者。

6. 与郫筒酒有关的文、信，列入附录。

7. 所选诗词原有缺字或原版漫漶不清，无法考辨者，皆以缺字符（□）表示。

8. 本书使用简化字。在可能产生歧义时，酌情使用繁体字或异体字。

9. 本书为生僻字和多音字加注汉语拼音，以便各层次的读者诵读。

---

① 郫县出产的竹筒，酒因郫筒而得名。

目 录

绝句漫兴九首·其八 …………………………… 唐·杜甫（1）
戏题寄上汉中王三首·其二 …………………… 唐·杜甫（1）
将赴成都草堂途中有作先寄严郑公五首·其一 … 唐·杜甫（1）
因 书 …………………………………………… 唐·李商隐（3）
城南五题·独游 ………………………………… 宋·穆修（4）
戊寅连怀·其二 ………………………………… 宋·张海（4）
送谢屯田徙治富顺监 …………………………… 宋·宋庠（5）
将归二首·其一 ………………………………… 宋·宋祁（6）
送宋端明知成都 ………………………………… 宋·梅尧臣（7）
乞药有感呈梅圣俞 ……………………………… 宋·欧阳修（8）
致政仲损张工部询及孟酝之味因寄数器副以小诗宗益
………………………………………………… 宋·文彦博（9）
吴公惠酒因谢 …………………………………… 宋·文同（10）
送学正李秀才归蜀 ……………………………… 宋·刘攽（11）
次韵周邠寄《雁荡山图》二首·其二 ………… 宋·苏轼（12）
送周思道朝议归守汉州三绝·其三 …………… 宋·苏辙（13）
南 迁 …………………………………………… 宋·唐庚（14）
游罗园 …………………………………………… 宋·李新（14）
即席次必强六绝句·其四 ……………………… 宋·李新（15）
送吴使君 ………………………………………… 宋·李新（15）
次韵徽言见赠 …………………………………… 宋·李纲（16）
祝舜俞拉希言见访富春赤亭山居 ……………… 宋·王洋（17）
古今豪逸自放之士鲜不嗜酒 …………………… 宋·胡寅（18）
关山月·重九舟次龙游作 ……………………… 宋·陈良贵（22）
陈大监用赏梅韵以赠依韵酬之 ………………… 宋·王十朋（23）
发成都·其二 …………………………………… 宋·刘望之（24）
送王时亨舍人帅蜀诗·其一 …………………… 宋·周麟之（24）

呈郫人李签判	宋·周麟之（25）
送台道人	宋·周麟之（25）
送宣孺摄邑古郫	宋·李流谦（27）
满庭霜	宋·葛郯（28）
送王舍人制置四川	宋·洪迈（28）
城上二首·其一	宋·陆游（30）
春　感	宋·陆游（30）
夜闻雨声	宋·陆游（31）
南窗睡起	宋·陆游（31）
到严十五晦朔郡酿不佳求于都下既不时至欲借书读之而寓公多秘不肯出无以度日殊悯悯也	宋·陆游（31）
思蜀三首·其一	宋·陆游（32）
梦　蜀	宋·陆游（32）
上章纳禄恩畀外祠遂以五月初东归五首·其四	宋·陆游（32）
北　窗	宋·陆游（33）
杂感五首以不爱入州府为韵·其五	宋·陆游（33）
自　笑	宋·陆游（33）
入崇宁界	宋·范成大（34）
六月二十四日病起喜雨闻莺与大儿议秋凉一出游山三首·其三	宋·杨万里（35）
次韵转庵书怀	宋·许及之（36）
括苍道中次陈颐刚韵	宋·许及之（37）
冻　藕	宋·周南（37）
示同志	宋·刘克庄（38）
春日五绝·其一	宋·刘克庄（38）
芰荷香·端午和黄玉泉韵	宋·赵以夫（39）
摸鱼儿·郫县宴同官	宋·吴泳（40）
秀山霜晴晚眺与赵宾旸黄惟月联句	宋末元初·方回　赵与东　黄应蟾（41）
昝相公席上	宋末元初·汪元量（48）
送巨德新四川省郎中	宋末元初·袁桷（49）
赋竹居文樽	宋末元初·熊瑞（50）

目 录

蜀江春晓	元·丁复	(51)
代祀西岳至成都作	元·虞集	(52)
李伯圭过客舍留饮辱诗酒酬次韵	元·程端学	(53)
寄弘长老云山	元·马祖常	(53)
息斋风竹图道士华山隐得之命予赋之	元·马祖常	(54)
寄四川支文举·其一	元·王沂	(55)
题汉州驿	元·王沂	(55)
草堂	元·王沂	(55)
送娄士琏之官四川仁寿分韵得知字·其一	元·林温	(56)
秋夜独坐·其二	元·吕彦贞	(56)
虞君胜伯求先世遗书将锓诸梓作诗以美之·其八	元·陶泽	(57)
题赵仲穆临黄筌秋山图	元末明初·杨维桢	(57)
西蜀·其二	元末明初·虞堪	(58)
送叶明府之官郫县	元末明初·宋濂	(59)
椰子酒瓢赋	元末明初·宋讷	(60)
云南乐	元末明初·孙蕡	(62)
赠关元帅景熙	元末明初·孙蕡	(62)
题长江雪霁图	元末明初·胡奎	(63)
简郑叔贞四十二韵	元末明初·王绅	(64)
过汉州	元末明初·梁潜	(66)
宿南充	元末明初·梁潜	(67)
王子约双钩竹歌	元末明初·李昱	(67)
次韵义门郑仲辨所寄梅花诗	元末明初·李昱	(70)
寄朱理甫	元末明初·施震甫	(71)
和周孟观咏白莲诗韵	元末明初·刘永之	(71)
浣花别意为姜生赋	明·陈琏	(72)
送曾训导往郫县	明·胡广	(73)
梅竹双清为上洋何仲阳作	明·徐庸	(73)
一之饮邻家酩酊仆地戏作	明·陈献章	(74)
送刘仁仲归省	明·吴宽	(75)
送介山弟赴任永川	明·沈钟	(76)
题陈邦济小景	明·程敏政	(76)

送刘仁仲修撰还蜀	明·程敏政（77）
送吴明府之成都别驾	明·苏仲（77）
杂　　画	明·孙伟（78）
世臣家禊饮遇雨	明·储罐（78）
和克温春夜独坐	明·傅珪（79）
过梅关同元默忆以道大理	明·湛若水（80）
贺封编修刘公夫妇七十	明·费宏（81）
北庄秋汀天方见和复叠前韵·其三	明·顾潜（82）
寿严居竹七十	明·顾潜（82）
冬至和主教郑叔亨韵	明·张旭（83）
蜀国弦	明·黄衷（83）
风入松·其二	明·康海（84）
山坡羊·其二	明·康海（84）
舟中戏述	明·潘希曾（85）
次韵曹贰卿病愈见寄	明·潘希曾（85）
送余方池·其二	明·叶桂章（86）
送甘少卿二弟下第还蜀中	明·夏言（86）
送胡叔明东还·其一	明·张邦奇（87）
风　　梅	明·张邦奇（88）
闻孙山人在西湖水寺	明·郑善夫（88）
青城纪游赠刘珥江	明·杨慎（89）
郫县子云阁	明·杨慎（90）
徐及泉相送至斜堰河·其一	明·杨慎（90）
送翁少参归蜀	明·黄佐（91）
蜀道行送王侍讲之四川参政	明·黄佐（91）
徽台感兴·其三	明·陈讲（93）
送谢武选少安犒师固原因还蜀会兄葬	明·谢榛（93）
李鸿胪仲白归自成都赋此慰怀	明·谢榛（94）
夏初同友过竹山堂	明·项元淇（95）
送朱东源使蜀便寿翁	明·李万实（95）
送成都郭尹	明·李万实（96）
冬日董孟才携酒同李舜卿赏菊醉插以归	明·冯惟敏（96）

| 目 录 |

赠陈于韶解官还蜀·其九 ……………………………… 明·余日德（97）
季秋晦日同贾汝诚陈伯化张和卿崔德卿周之祯集何仁甫宅得间字
　　……………………………………………………… 明·欧大任（98）
马仲高郑康明陈寅衷乘舟见访 …………………… 明·欧大任（98）
送王侍御纯甫量移内江令·其三 ………………… 明·欧大任（98）
送赵挥使还锡山 …………………………………… 明·符　锡（99）
寄南塘山人梁仲房·其二 …………………………… 明·陶　益（100）
桃溪十咏次林悼所大尹韵·其三 …………………… 明·徐文沨（100）
涉江见访醉而成歌 ………………………………… 明·吴国伦（101）
幔亭山 ……………………………………………… 明·汪道昆（102）
过秋曹后怀棘寺旧欢寄谢诸丈人·其三 ………… 明·王世贞（102）
送沈郎中守顺庆 …………………………………… 明·王世贞（103）
酒品前后二十绝·其十五 ………………………… 明·王世贞（103）
少宗伯李公引疾请告援前例讯之得四绝句·其二 …… 明·王世贞（103）
送陈副使罢官还蜀 ………………………………… 明·王世贞（104）
李宗伯以四绝句慰余请告赋此奉酬且伸后约·其四 …… 明·王世贞（104）
辱客携酒赏莲 ……………………………………… 明·董传策（105）
夏日观莲忆濂溪雅趣·其一 ……………………… 明·王凤翎（106）
大司空曾公见招以病乞改别约集杜 ……………… 明·唐伯元（106）
元宵与二客同饮用杜工部赠田舍人韵 …………… 明·饶与龄（107）
览刘山人春日登楼见美人之作次韵·其三 ……… 明·耿汝愚（107）
送时甫叔判蜀州 …………………………………… 明·梅鼎祚（108）
送姜司农入秦 ……………………………………… 明·汤显祖（109）
寄观察陈座师 ……………………………………… 明·胡应麟（110）
浮邱景挹袖轩 ……………………………………… 明·邹可张（111）
寄八弟修以索白鹤山人画卷 ……………………… 明·张五典（111）
白鹤山人蜀山图·其一 …………………………… 明·张五典（112）
送别季修兄之任兴文 ……………………………… 明·娄　坚（113）
于长文使蜀 ………………………………………… 明·公　鼐（114）
寿陈太翁 …………………………………………… 明·王永光（114）
寿洪从周丈八十·其三 …………………………… 明·何　白（115）
广招赋 ……………………………………………… 明·谢肇淛（116）

辛卯春三日汝大兴公过山斋·其二	明·谢肇淛(120)
寄怀曹能始先生	明·葛一龙(120)
李水部使楚杨廷尉使蜀·其二	明·葛一龙(121)
酌高梁柳榭	明·葛一龙(121)
当垆曲	明·葛一龙(121)
西来僧云平倩初病痹今已痊复志喜	明·袁宏道(122)
为马食君成愚寿太公令君令如皋迎太公不至	明·张瑞图(123)
庵中蜀茶盛开约迟轩赋之	明·张瑞图(123)
寿黄郡伯初度	明·徐𤊹(124)
和咏杜鹃花	明·徐𤊹(124)
酒花诗·其七	明·李于坚(125)
集新开寺·其二	明·费元禄(125)
寄郫令李谪星李名珍公安人·其一	明·沈德符(126)
大观亭·其二	明·车大任(126)
梅 庵	明·区龙祯(127)
寿封君傅年伯	明·孔贞时(128)
灯下次徐仲谦归丹韵	明·贡修龄(128)
夜泛南湖同沈虎臣合觞生月即席长歌	明·陈万言(129)
舟 中	明·郑鄤(130)
集凭虚阁十二韵	明·区怀年(131)
题休邑程士原率滨亭	明·吕旭(132)
卧病柬憨山禅师	明·陈鸣阳(132)
留别张孟兼	明·吴植(133)
仲春陈瑶光李伯跻先生招游青云山	明·罗锜(134)
季和馆夜集	明·张沛(134)
胡汝拱以初度日之蜀	明·佚名(135)
赠李会泉封君还蜀·其二	明·佚名(135)
赋得火树	明末清初·曹学佺(136)
理 菊	明末清初·曹学佺(136)
出黔城途次漫兴·其二	明末清初·尹伸(137)
题汴人赵澄临赵子固栈道图	明末清初·钱谦益(137)
酒逢知己歌赠冯生研祥	明末清初·钱谦益(138)

目 录

宿陇州君子亭	明末清初·梁云构	(140)
寄答陈南充姒畴	明末清初·阮大铖	(140)
送吴梅墩倅忠州·其三	明末清初·阮大铖	(141)
九日登拜祝山	明末清初·余绍祉	(141)
煮 酒	明末清初·谢泰宗	(142)
忠孝诗为王孙润生议滩明府赋	明末清初·刘城	(143)
酒品九绝戏诘王元美诗用韵·其三	明末清初·刘城	(144)
蜀中杂咏·其一	明末清初·阎尔梅	(145)
见山堂歌为杨犹龙作	明末清初·阎尔梅	(145)
十载未归	明末清初·王鑨	(146)
上塘岭	明末清初·黄涛	(147)
送张玉甲宪长之官邛雅·其一	明末清初·吴伟业	(147)
赠松郡副守涪陵陈三石官董漕	明末清初·吴伟业	(148)
题庄楷庵小像·其二	明末清初·吴伟业	(148)
送志衍入蜀	明末清初·吴伟业	(148)
哭志衍	明末清初·吴伟业	(149)
锁 解	明末清初·蒋薰	(154)
宿略阳县	明末清初·蒋薰	(154)
寄胡孝绪太史	明末清初·杜濬	(155)
再访李研斋太史不遇留赠	明末清初·陈瑚	(155)
捕鱼行	明末清初·宋琬	(156)
王玉铭先生以蓟酒见饷作六绝句谢之·其四	明末清初·宋琬	(157)
忠州作	明末清初·宋琬	(157)
送朱岷左司李蜀郡·其二	明末清初·陆圻	(158)
同人集彭蕴秀斋醉饮因邀他日当聚蜗庐也	明末清初·王余佑	(158)
古银槎歌赠荔裳	明末清初·曹尔堪	(159)
望江南·清暑	明末清初·曹尔堪	(160)
聚宝山谒方正学先生新祠一百韵	明末清初·方孝标	(160)
上祝平西亲王一百韵庚戌年作	明末清初·方孝标	(164)
送陈州守之汶川	明末清初·尤侗	(168)
寄宋次玉归自燕山·其四	明末清初·吴骐	(169)
送程翼苍馆丈司教苏州·其二	清·梁清标	(169)

7

咏簟寄周元亮	明末清初·	顾景星(170)
送张元林使蜀	明末清初·	丁澎(171)
送王五文璜游成都	明末清初·	毛奇龄(171)
答赠万州学正何君见赠原韵	明末清初·	毛奇龄(172)
同姜京兆寓缪修撰园吴江徐崧枉过阙候有诗见嘲依韵奉答并以代讯·其二	明末清初·	毛奇龄(172)
饮陈石麟进士	明末清初·	毛奇龄(172)
无闷	明末清初·	陈维崧(173)
梦游孤山	明末清初·	释晓青(174)
题谭汉画山水送谭七舍人兄·其二庚戌	明末清初·	朱彝尊(174)
风中柳·戏题竹垞壁	明末清初·	朱彝尊(175)
送王观察之官蜀中·其二十三	明末清初·	屈大均(175)
正月二十七日官军收复成都保宁午门宣捷恭纪	明末清初·	徐乾学(176)
泸阳舟次得月志喜	明末清初·	朱尔迈(179)
送李观察之任蜀中	明末清初·	潘问奇(179)
中江县	明末清初·	王士禛(180)
泛锦秋湖·其一	明末清初·	王士禛(180)
送友还蜀·其二	明末清初·	田雯(181)
送友还蜀·其二	明末清初·	田雯(181)
述怀呈王茂衍先生兼送之蜀·其三	明末清初·	田雯(182)
送王诵侯之官成都	明末清初·	唐孙华(183)
无聊	明末清初·	刘榛(184)
送王幼舆年兄之任梓潼·其一	明末清初·	申涵盼(185)
柬寄吴冰持成都司马·其一	明末清初·	方中发(185)
玉楼春·相州	明末清初·	沈岸登(186)
贺新郎·寄西安郡丞谭舟石	明末清初·	沈岸登(186)
七言排律	清·	裘琏(187)
游仙华山	清·	楼洵玫(188)
九日登玉皇阁	清·	岳生夔(189)
碧窗梦·金字莲池	清·	任昌期(189)
石鹅洞	清·	朱慎(190)

目 录

题蜀道图·其二	清·蒋继聘	(191)
题欧阳子跨驴携酒小照	清·程世绳	(191)
吴佶人妹倩携樽崇湖招集诸子观荷次三伯父韵	清·程世绳	(192)
送陆公未庵游岭南	清·沈季友	(192)
置酒铁佛寺	清·郎遂	(193)
赠曹受可	清·胡煦	(193)
赋折杨柳送黄燕思入蜀	清·费锡璜	(194)
秋日杂诗·其二	清·孙元衡	(194)
寄怀郎赵客	清·詹贤	(195)
留别蔡卫庵李临函二广文	清·庄承祚	(197)
送友游蜀	清·马长海	(197)
六月望苦热	清·李兆龄	(198)
燕山秋日送许方亨令弟赴蜀省兄寄讯述怀之作一百韵	清·屈复	(199)
题何东墅吏部汶川饯送图·其一	清·罗天尺	(203)
古州司马粒斋蔡先生挽歌为蔡二雪南赋	清·罗天尺	(203)
关门仙圃	清·张坦	(204)
雪中苏珽六表弟招饮	清·王居建	(205)
河满子·村夏	清·孔传铎	(206)
日名诗十八首·其十四	清·李绂	(206)
赠同年李少白赴郫邑任即次承寄原韵·其二	清·郑方城	(207)
哑 酒	清·毛峻德	(208)
郫筒亭晚景	清·李馨	(208)
幽居遣兴	清·龚培序	(209)
游艾山	清·龚培序	(209)
赋成都景物	清·向日升	(210)
题同年邵峙东编修使蜀图·其二	清·钱陈群	(210)
初夏访御李	清·胡鸣玉	(211)
重游安素园·其一	清·尹继善	(211)
壬申九日同人游草堂步碑刻韵·其二	清·彭肇洙	(212)
王楼山先生既出哑嘛酒飨客复作律诗见示因呈二十八韵	清·沈大成	(213)
蜀州·其一	清·林良铨	(214)

平定两金川大功告成颂谨序	清·彭启丰	(215)
不寐	清·边中宝	(217)
漫题	清·边中宝	(217)
春日还成都作	清·葛峻起	(218)
送李少白孝廉	清·郭起元	(218)
偶题	清·李继圣	(219)
雨后偕黄石涛陆高千陈玑先饮梅花下	清·任端书	(220)
叠韵和周甥岂凡宗杰秀才·其三	清·金甡	(221)
赠程衡北明府之官保县	清·齐召南	(221)
郫县道中	清·刘绍攽	(222)
泛舟锦江	清·钱载	(223)
介亭送别舟中·其二	清·张开东	(223)
和倪敬堂紫藤花诗用勾山先生元韵	清·周煌	(224)
同西颢江皋循初集香雨庼试百花酒分韵得一东	清·查礼	(225)
郫县	清·查礼	(225)
周百川大令重新郫筒旧井余为题诗于桐花轩	清·查礼	(225)
寄西川方伯徐芷亭同年五十四韵	清·袁枚	(226)
十二峰	清·李芝	(229)
答同年赵云松时同在大经略傅公幕下	清·孙士毅	(230)
寄希斋司空西藏·其五	清·孙士毅	(230)
郑观察静山先生录寄于役鱼通诗并赐别后奉怀之作 　　即事成七律一首	清·李苞	(231)
送刘云峤同年赴选	清·李苞	(231)
送狄同年思和咏麓之官成都·其二	清·王昶	(232)
寄查观察恂叔·其四	清·王昶	(232)
残夜过郫城小憩南明官舍把酒惘然述旧抚今辄成十绝	清·王昶	(232)
至日山神沟作	清·赵文哲	(234)
同年朱子颖太守远访军中行帐话旧有感作	清·赵文哲	(234)
咂酒诗为周海山煌先生作	清·蒋士铨	(236)
百字令·送徐苣山宰永川	清·蒋士铨	(237)
题醒园图·其二	清·吴璛	(237)
璞函有诗见寄依韵奉答·其三	清·赵翼	(238)

用璞函韵寄述庵兼柬松茂观察查俭堂·其一	清·赵翼(238)
阅绥寇纪略书蜀乱遗事·其一	清·赵翼(239)
鄂杜道中寄謷屋杨大令	清·王开沃(239)
九日集英少农独往园再送榕巢太守	清·吴省钦(240)
得王述庵考功军中书却寄·其三	清·吴省钦(240)
书崇庆州牧赠中宪大夫常公殉节录后	清·蒋日纶(241)
御房貂军储更费司农计肯但雍容赋早朝	清·朱黼(242)
立秋日亦园小集次虞京兆即事原韵·其二	清·胡季堂(243)
夕次郫县和画庄	清·顾光旭(243)
由维州还成都道中杂咏·其五	清·顾光旭(243)
杜工部成都草堂同吴白华学使·其二	清·顾光旭(244)
次韵杜观察登雅州城楼·其三	清·顾光旭(244)
题酒泉亭赠郫令牛荸亭鼎	清·李调元(245)
平定金川恭纪·其八	清·李调元(245)
醒园桃李盛开简潘讱斋牧伯偕蒋参军同赏	清·李调元(245)
赠顾鉴沙	清·冯丹香(246)
送连城之官阆中·其四	清·朱孝纯(247)
郫筒井	清·朱孝纯(247)
戊子重九至江阳武皋万明府座上作	清·朱孝纯(248)
壬辰灯夜过郫邑和王兰泉·其一	清·朱孝纯(248)
重葺浣花草堂落成	清·张邦伸(249)
武连坡	清·唐乐宇(250)
友人以转饷归自蜀中述其游历倾听之余意有所感吊古怀人一时并集不仅江山胜概如在目前也·其二	清·茹纶常(251)
论酒·其三	清·祝德麟(251)
附醒园留别用杜工部游何将军山林韵·其七	清·祝德麟(252)
自流井竹枝词·其六	清·史次星(253)
慈竹	清·王景元(253)
古藤歌	清·洪亮吉(254)
金山驿叠庚寅韵	清·李鼎元(256)
归舟道中寄新繁大尹王蔗芗·其三	清·陈柄德(256)

周勖斋少府集同人饮饯于月波亭即席口占志别·其四
.... 清·姚令仪(257)
和邓南坡游双清亭·其二............... 清·吴樨(257)
滦阳即景·其一............................... 清·凌廷堪(258)
怀李太白....................................... 清·杨揆(259)
送戴可亭七丈视学蜀中·其二........ 清·刘凤诰(260)
劝　农... 清·沈芝(260)
春日过子云亭............................... 清·沈芝(261)
杜鹃城... 清·卫道凝(261)
归哉行... 清·卫道凝(262)
由鸭松溪寻源入山遇牧竖自言村居风景颇与此间殊俗
　惜未详其姓氏也...................... 清·詹应甲(263)
咂酒三十二韵............................... 清·詹应甲(264)
寄慎五... 清·谢攀云(265)
忆家园·其一............................... 清·张问陶(266)
再次前韵奉寄·其一................... 清·杜堮(267)
峨眉山月·其二........................... 清·钱杜(267)
散步堠村看桃花次孙旭堂韵........ 清·安定(268)
送二兄之顺庆·其二................... 清·叶绍本(268)
无　题... 清·范灿(269)
题陶云汀澍前辈皇华集·其二........ 清·孙尔准(270)
谢云庄寄郫筒酒........................... 清·陈文述(270)
蜀中三井诗................................... 清·陈文述(271)
步月至罗柳溪赞府宅小饮有作........ 清·沈道宽(272)
纪胜亭次原韵............................... 清·刘璋(272)
凫舟为余置醴申吴徐诸子亦并以醇浓招邀品尝不一戏作短歌
.... 清·沈钦韩(273)
琴南编修招作销寒第一集兰坡侍讲以疾不赴仍寄一诗次韵答之
.... 清·胡承珙(274)
陶然亭送朱仁斋太守之官嘉定府........ 清·胡承珙(274)
徐十樵赘别驾将归蜀贻诗作别元韵答之
.... 清·张澍(275)
成都·其五................................... 清·张澍(276)

目 录

鲍觉生桂星宫詹曹玉水江舍人约十三日至龙爪槐寺看月
　　是日阴曀不果往·················清·张澍（276）
书唐乾宁二季昌州刺史韦君靖碑·············清·张澍（276）
五月望日与同人泛舟铁公祠下遂集小沧浪联句三十韵
　　···············清·陈杰　乐钧　蒋因培　吴慈鹤（278）
常制府明方方伯积常廉访发祥黎观察学锦瞿观察辑曾
　　吉观察升保公宴作···················清·陶澍（280）
酒旗和沈学子原韵·····················清·陶澍（281）
记游踪在署与同人赋诗甚乐其归也为题二律即以赠别·其二
　　·························清·王培荀（281）
花筒·其二·······················清·程恩泽（282）
剥蟹联句三十二韵·········清·汪钧　邓廷桢　管同　梅曾亮（283）
高紫岚舍人筠以绍兴酒诗见示同赋············清·曹楙坚（285）
韩将军光愈宝刀歌····················清·康发祥（286）
八月二十七日为余四十初度莱臧招同潘寿生眉周花农樽元
　　章虎伯陈集园集双佛桑轩即事感怀作诗纪之········清·沈学渊（287）
题谭五菊农祖勋且泊图即送之官蜀中············清·徐宝善（288）
郫筒井·························清·赵遵素（289）
谒刘公墓························清·赵遵素（289）
饮家虔中孝廉桐花别墅感赋················清·赵遵素（290）
李仲黄烦访予岷阳讲舍有诗次韵··············清·赵遵素（290）
张一斋万选外翰与予别有年矣获晤岷阳承和予春怀韵见赠
　　因复次韵酬之·····················清·赵遵素（291）
子云亭怀古······················清·赵遵素（291）
人日题诗寄草堂得高字··················清·吴文镕（292）
满江红·己酉春重至成都作················清·吴振棫（293）
芝垞毛秀························清·杨万树（294）
成都竹枝词······················清·定晋岩樵叟（294）
利州柬成都诸先生·其一·················清·李星沅（295）
小坪和诗至叠韵转和···················清·何绍基（295）
题伍燕堂丈流觞图····················清·何绍基（296）
嘉州啖荔支用坡韵····················清·何绍基（297）

13

送刘啸庵明府	清·汤鹏	(298)
醇邸以雪诗见示走笔和之	清·宝鋆	(299)
感　怀	清·宝鋆	(299)
寄陈奎垣表弟	清·林寿图	(300)
和向岸夫纪胜亭次苏滦城原韵	清·祁寯	(300)
寄唐鄂生炯县令蜀中	清·莫友芝	(301)
雨后偶成	清·汪日桢	(302)
同叶雪荪郎中至犀浦	清·顾复初	(303)
文竹酒具歌为邵阆风作	清·蒋方增	(303)
饮酒诗·其六	清·方濬颐	(304)
俗吏吟	清·胡撎中	(305)
寒柳·其四	清·陈景初	(306)
题郫县郫筒池亭为李恭甫同年	清·王培荀	(306)
送江春明秀才还金陵	清·沈寿榕	(307)
春游工部草堂·其四	清·沈寿榕	(307)
富玉堂都护森保招同严渭春中丞澍森饮荷亭醉后作	清·沈寿榕	(308)
春山策杖图	清·郭昆焘	(308)
得翁消息	清·文先谧	(309)
题俞麟士太守凌云载酒图	清·郭辅元	(310)
郫　县	清·毛澄	(310)
灌　县	清·刘肇堂	(311)
谈问渠户曹面南下洼起楼三间可以眺远索题句	清·袁昶	(312)
城畔荷风	清·朱廷硕	(313)
林赞虞丈出守昭通过黔赠别·其二	清·叶在琦	(313)
贺新郎·饮东篱花下限韵	清·石泖	(314)
题李鳞长像	清·郭襄图	(315)
得魏子存舅氏蜀中书	清·曹鉴徵	(315)
寄和常理斋四弟又和放衙韵	清·慈国璋	(316)
子云亭	清·金城	(316)
蚕丛望帝墓·其一	清·徐子来	(316)
邑令刘有容先生祠·其二	清·徐子来	(317)
郫城怀古·其二	清·徐子来	(317)

郫县竹枝词	清·何人鹤(317)
游郫县赠李安之	清·张怀溥(318)
访宋张少愚故宅·其一	清·徐发祥(318)
送炳庵曹年伯出守雅州·其三	清·刘星槎(319)
百竹诗·其四	清·郑炎(319)
向日轩蜀葵吟·其一	清·王为垣(319)
城东送客	清·徐兴诗(320)
南城踏雪望永寿山遣兴	清·廖溪苏(320)
双流晓行遇雨	清·汪瀛恩(321)
空花四咏次张天扉宫詹韵·酒花	清·沈维基(322)
孝女行	清·陈瀚(322)
广文钱敬庵先生归崇宁索赠·其一	清·罗籍(323)
自北来南馆君府庭旧矣礼貌有加而教育无术述以赠别情见首辞	清·门裔(323)
和李星阶明府留别定水诸子	清·程佩箴(325)
浣溪沙·昼倦	清·胡荣(325)
柬郫县李少白明府	清·金振豫(326)
渝州杂咏·其二	清·汪焯(326)
□题	清·方逢□(327)
小雪后十日集澄江大榭见山茶花放偕钱鸾滩张逊亭王条山叶丽农徐藕汀分赋得红寒二韵·其一	清·佚名(327)
宴集翼云堂	清·佚名(327)
暮过随园值主人宴蔡吕桥进士座客为周玉犀明经方甫骖上舍陶怡云王西林两茂才即席成诗	清·佚名(328)
和周东屏少司农使蜀追步周文恭公癸巳出使成都次少陵将赴草堂寄严郑公五首元韵·其一	清·佚名(329)
己未游峨联句	清·佚名(329)
登舞凤山有感	清·佚名(331)
汪堤坐月次张味丈永清韵	清末民初·陈作霖(332)
夔州	清末民初·冯煦(332)
雪竹	清末民初·吴昌硕(333)
忆江南·其八	清末民初·张慎仪(334)

界之两叠前韵奉同·其二	清末民初·樊增祥(334)
瓶斋即事·其四	清末民初·樊增祥(335)
秋景再赋·其二	清末民初·樊增祥(335)
谢铜井馈蒲陶	清末民初·叶昌炽(336)
闻三月十二日买舟滇池·其二	清末民初·赵藩(337)
太平十景·竹峪茶烟	清末民初·杨汝偕(338)
送马伯苏还燕·其二	清末民初·严遨(339)
独饮	清末民初·顾印愚(339)
浪淘沙·郫县赠张羽丰	清末民初·李炳灵(340)
金缕曲·郫县晤李干廷	清末民初·李炳灵(340)
二月四日奉命移任湖广赋答漱云	清末民初·陈夔龙(341)
念奴娇·题秋厓卷子	清末民初·朱祖谋(342)
满江红·题盛吟皋先生词集	清末民初·潘榕(343)
闻范之仓卒去皖怅然寄诗二章即次范之九日宴集诗韵·其一 ……………… 清末民初·方守敦(343)	
范之自沪返皖招饮以新注老子见示即席有诗次韵 ……………… 清末民初·方守敦(344)	
酒泉子·其一	清末民初·周岸登(344)
瑞鹤仙	清末民初·周岸登(345)
题梅芬抚剑图	清末民初·金天羽(346)
台阳杂兴·其七	清末民初·马清枢(348)
三叠和治芗	清末民初·陈曾寿(349)
自锦城归途中作	清末民初·郭仲达(350)
送邑令杨文泉先生卸任诗	清末民初·周泽浓(350)
甘州·酒帘	清末民初·邓潜(351)
除夕书怀·其二	清末民初·王益初(352)
和张慕庭参军人日游杜公草堂原韵·其一	清末民初·佚名(352)
恩荣义官郫筒张公	清末民初·佚名(352)
和士言寄怀原韵	清末民初·佚名(353)
郫县	萨镇冰(354)
题南国风光画册十六首·担酒言归	吴研因(354)
青玉案·和尹默饮茅台酒	姚鹓雏(355)

虞美人	龙榆生	(356)
哀胡翔冬先生	郦承铨	(357)
寄怀明道	洪传经	(357)
郫筒酒	丁季和	(358)
原韵答乐乐兄见寄	邱登成	(358)
附　录		(360)
参考文献		(363)
后记（一）		(374)
后记（二）		(386)

绝句漫兴九首·其八

唐·杜甫

舍西柔桑叶可拈,江畔细麦复纤纤。
人生几何春已夏,**不放香醪**①**如蜜甜**。

戏题寄上汉中王三首②·其二

唐·杜甫

策杖时能出,王门异昔游。
已知嗟不起,未许醉相留。
蜀酒浓无敌,江鱼美可求。
终思一酩酊,净扫雁池③头。

将赴成都草堂途中
有作先寄严郑公五首·其一

唐·杜甫

得归茅屋赴成都,真为文翁再剖符。
但使闾阎还揖让,敢论松竹久荒芜。
鱼知丙穴由来美,**酒忆郫筒不用酤**。

---

① 《杜诗详注》(清文渊阁四库全书本)载本诗,注云:"明末清初王嗣奭《杜臆》:**香醪**,指郫筒酒。"

② 《全唐诗》(清文渊阁四库全书本)载本诗,注云:"时王在梓州。初至断酒不饮,篇有戏述。"

③ 《全唐诗》(清文渊阁四库全书本)载本诗,注云:"梁王兔园有雁池。"

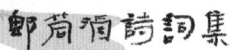

五马旧曾谙小径,几回书札待潜夫。

【作者简介】 杜甫(712—770),字子美,自号"少陵野老"别称杜少陵、杜工部、杜拾遗、杜草堂。我国古代伟大的现实主义诗人,唐诗思想艺术的集大成者,后世尊为"诗圣",与李白合称"李杜"。

少年时代先后游历吴越和齐赵,其间曾赴洛阳应举而不第。天宝七载(748),在长安应试,不第。至德二年(757),亡走凤翔,拜左拾遗。不久,因上疏救房琯获罪,贬职又复职。乾元元年(758),贬为华州司功参军。次年,因饥荒,弃官,客居秦州(今甘肃天水)。

为躲避战乱,乾元二年(759),杜甫辗转来到成都,在严武等人的帮助下,于城西浣花溪畔筑草堂一座,世称"杜甫草堂",也称"浣花草堂"。后被严武荐为节都,全家寄居在四川奉节县。广德二年(764)春,严武再镇蜀,杜甫才又回到草堂。严武表荐其为检校工部员外郎,杜甫获得了一生中的最高官阶,后世亦称其"杜工部"。永泰元年(765)五月去蜀,其间流寓梓、阆一年零九个月,在成都实际居住时间是三年零九个月。① 杜甫思乡心切,一心北归,却因生活困难和战乱而不得。大历五年(770)冬,杜甫在由潭州往岳阳的一条小船上去世,年五十九。②

杜甫的诗兼备众体,沉郁顿挫,许多优秀作品反映了唐代由盛转衰的历史过程,被后世称为"诗史"。杜诗受到广泛重视,清初文学评论家金圣叹把杜诗与屈原的《离骚》、庄周的《庄子》、司马迁的《史记》、施耐庵的《水浒传》、王实甫的《西厢记》合称"六才子书",文天祥则更是以杜诗为坚守民族气节的精神力量。杜甫现存诗作1400余首,有《杜工部集》。

---

① 张志烈. 从杜甫诗歌看成都文化 [J]. 阿坝师范学院学报,2017(3):44—45.
② 上海辞书出版社文学鉴赏辞典编纂中心. 中国文学家辞典 [M]. 上海:上海辞书出版社,2017.

因 书

唐·李商隐

绝徼(jiāo)南通栈，孤城北枕江。
猿声连月槛，鸟影落天窗。
海石分棋子，**郫筒当酒缸**。
生归话辛苦，别夜对凝钉(gāng)。

【作者简介】李商隐（813—858），字义山，号玉谿生、樊南生。怀州河内（今河南沁阳）人。① 晚唐著名诗人，与杜牧合称"小李杜"，又与温庭筠并称"温李"。

大和三年（829），十七岁的李商隐受到天平军节度使、郓曹濮观察使令狐楚的赏识，成为天平幕府的巡官。开成二年（837），中进士。四年，任秘书省校书郎，不久调任弘农县尉。李商隐曾为泾原节度使王茂元幕僚，受其赏识，并将女儿嫁给他。王茂元与李德裕交好，被视为"李党"成员，而令狐楚父子属于"牛党"，李商隐因此卷入"牛李党争"的政治漩涡，备受排挤，一生困顿不得志。大中五年（851）秋，李商隐受西川节度使柳仲郢的邀请，入川在梓州幕府任参军，在此度过了仕宦生涯中平淡而稳定的时期。

李商隐擅骈文，尤工诗，为晚唐大家。其诗多抒愤寄慨之作，七律深情绵邈，富艳精工，陆昆曾谓"直可与杜（甫）齐驱"（《〈李义山诗解〉凡例》）。② 李商隐善熔百家于一炉，自成一家，后学者重之，誉为继杜甫之后唐代七律发展史上的第二座里程碑。有《李义山诗集》《樊南甲集》等。③

---

① 傅德岷，卢晋. 唐诗鉴赏辞典［M］. 武汉：崇文书局，2005.
② 上海辞书出版社文学鉴赏辞典编纂中心. 中国文学家辞典［M］. 上海：上海辞书出版社，2017.
③ 刘乾先，董莲池，张玉春，等. 中华文明实录［M］. 哈尔滨：黑龙江人民出版社，2002.

城南五题·独游

宋·穆修

水曲林幽独杖藜,**邮筒香入乱花携**。
轻肥不得寻春意,动要笙歌逐马蹄。

【作者简介】穆修(979—1032),字伯长。郓州汶阳(今山东汶上)人。北宋散文家。

穆修自幼好学不倦,深受儒家思想的熏陶。景德末年,旅居汴京(今河南开封),应试不第。大中祥符二年(1009),赐进士出身,调泰州司理参军。因得罪通判秦应被诬告,贬至池州。后遇赦回京,但境遇不佳,生活困苦。大约在天圣三年(1025),奉恩诏任颍州文学参军。不久,又调到蔡州为官。①

穆修文名早著,作为宋代古文运动先驱,在宋初文坛受到关注和推崇。《四库全书总目提要》谓:"宋之古文,实柳开与修为倡。然开之学,及身而止。修则一传为尹洙,再传为欧阳修。而宋之文章于斯极盛,则其功亦不鲜矣。"有《穆参军集》。

戊寅连怀·其二

宋·张海

闲曹无事合安眠,岂料辎轩促问边。
四塞云霞多聚米,百番瘴疠独怀铅。
邮筒酒美人常别,丙穴鱼嘉客未旋。
赢得频年西域地,葡桃处处送张骞。

---

① 上海辞书出版社文学鉴赏辞典编纂中心. 中国文学家辞典[M]. 上海:上海辞书出版社,2017.

【作者简介】张海（？—1043）。京西、陕西一带农民起义首领。①

庆历三年（1043），陕西大饥。八月，张海与郭邈山等率饥民在商山（今陕西商州东南）起义，不久与党君子、范三、李宗等起义军相合，声势大振，转战商、邓、均、房等十余州。十二月，宋廷以韩琦宣抚陕西，张海与郭邈山战败，同被俘杀，起义遂告失败。②

送谢屯田徙治富顺监

宋·宋庠

绿发仙郎冠誉髦，垦田分土汉家曹。
诏颁紫检琼芝熟，歌阕青天剑栈高。
巴蒟(jǔ)溢盘声书馔，**郫筒环席荐春醪**。
西征自吒忠臣驭，千古王尊直笔褒。

【作者简介】宋庠（996—1066），初名郊，字伯庠，后名庠，改字公序，别称宋郊、宋元献、宋郑公、宋莒公。安州安陆（今湖北安陆）人，徙居雍丘（今河南杞县）。③ 北宋文学家，与弟宋祁俱以文学名世，人称"二宋"，以大小别之。④

天圣二年（1024）进士，成为"连中三元"之人，擢大理寺评事，通判襄州。后擢升太子中允、直史馆。宝元二年（1039），以右谏议大夫参知政事。庆历八年（1048），除尚书工部侍郎，充枢密使。皇祐元年（1049），拜兵部侍郎、同中书门下平章事。三年，罢相，出知河南、许州、河阳等地。再迁兵部尚书，入觐，以检校太尉同中书门下平章事充枢密使，封莒国公。出判郑、相、亳三州，以司空致仕。治平三年（1066）去世，赠太尉兼侍中，谥元宪。⑤

---

① 郑天挺，吴泽，杨志玖. 中国历史大辞典［M］. 上海：上海辞书出版社，2000.
② 吴如嵩. 中华军事人物大辞典［M］. 北京：新华出版社，1989.
③ 霍松林. 辞赋大辞典［M］. 南京：江苏古籍出版社，1996.
④ 胡敬署，陈有进，王富仁，等. 文学百科大辞典［M］. 北京：华龄出版社，1991.
⑤ 马良春，李福田. 中国文学大辞典［M］. 天津：天津人民出版社，1991.

宋庠以诗文名世。文存五百余篇，多表制馆阁之作，《四库全书总目提要》称其"温雅瑰丽，泱泱乎治世之音"。诗存约八百首，风格接近晚唐之秾丽工巧，不乏名章隽句。有《宋元宪集》。[①]

将归二首·其一

宋·宋祁

远假西南守，三逢梅柳新。
衰令宦情薄，老惜岁华频。
郫酿供销日，巴禽巧唤春。
离家何所恨，雁后作归人。

【作者简介】宋祁（998—1061），字子京，小字选郎。安州安陆（今湖北安陆）人，徙居雍丘（今河南杞县）。[②] 北宋史学家、文学家。与兄长司空宋庠皆以文名，并称"二宋"。

天圣二年（1024），与兄宋庠同举进士，以词赋高第。初为复州军事推官，后改任大理寺丞等，迁太常博士，与修《广业记》。后累迁龙图阁学士，知杭州。留为翰林学士，与欧阳修等合修《新唐书》。进工部尚书，拜翰林学士承旨。嘉祐六年（1061）卒，谥景文。[③]

宋祁的诗词语言工丽，因其《玉楼春》中"红杏枝头春意闹"句而颇受赞誉，世称"红杏尚书"。有《宋景文集》《宋景文笔记》《益部方物略记》等。[④]

---

① 钱仲联，傅璇琮，王运熙，等. 中国文学大辞典 [M]. 上海：上海辞书出版社，2000.
② 刘扬忠，乔力，王兆鹏. 唐宋词精华分卷 [M]. 北京：朝华出版社，1991.
③ 王洪. 古代散文百科大辞典 [M]. 北京：学苑出版社，1991.
④ 王洪. 古代诗歌精萃鉴赏辞典 [M]. 北京：北京燕山出版社，1989.

送宋端明知成都

宋·梅尧臣

伯仲俱邦栋，朝廷倚以隆。
出为周九牧，入是汉三公。
岁易星辰转，天均雨露同。
威声满河北，事业出山东。
赋压临邛马，文高益部雄。
英灵当自伏，教化已先通。
毂(gòu)骑花川隘，壶浆锦里空。
道途来笮(zuó)马，**都邑贵郫筒**。
刀梦殊祥后，锋车急占中。
春江须爱赏，花风在梧桐。

【作者简介】梅尧臣（1002—1060），字圣俞，别称宛陵先生、梅直讲、梅都官。宣州宣城（今安徽宣城）人。北宋著名诗人、文学家。在北宋诗文革新运动中，梅尧臣与苏舜钦、欧阳修分别合称"苏梅""梅欧"。①

梅尧臣早年多次参加科举考试，皆未中第。天圣九年（1031），以恩荫补桐城主簿。历任知县、监盐税、节度判官等官职。皇祐三年（1051），召试，赐同进士出身，为太常博士。后以欧阳修荐，任国子监直讲。累迁尚书都官员外郎。与修《新唐书》。②

梅尧臣的诗词兼工古今体，上承中唐，下开两宋。③ 其论诗强调思想内容，反对言之无物。为诗崇尚平淡，力纠西昆体之失，注重反映现实。④ 梅尧臣在当时诗名极高，与欧阳修同为宋诗革新的倡导者，被刘克

---

① 张盛如. 唐宋散文精华分卷［M］. 北京：朝华出版社，1992.
② 戎毓明. 安徽人物大辞典［M］. 北京：团结出版社，1992.
③ 上海辞书出版社文学鉴赏辞典编纂中心. 中国文学家辞典［M］. 上海：上海辞书出版社，2017.
④ 俞汝捷. 中国古典文艺实用辞典［M］. 北京：中国青年出版社，1991.

庄誉为宋诗之"开山祖师"。有《宛陵集》。①

乞药有感呈梅圣俞

宋·欧阳修

宣州紫沙合,**圆若截郫筒**。
偶得今十载,走宦南北东。
持之圣俞家,乞药戒羸僮。
圣俞见之喜,遽以手磨砻。
谓此吾家物,问谁持赠公。
因嗟与君交,事事无不同。
忆昔初识面,青衫游洛中。
高标不可挹,杳若云间鸿。
不独体轻健,目明仍耳聪。
尔来三十年,多难百忧攻。
君晚得奇药,灵根劚(zhǔ)离宫。
其状若狗蹄,其香比芎藭(xiōng qióng)。
爱君方食贫,面色悦以丰。
不惮乞余剂,庶几助衰癃(lóng)。
平时一笑欢,饮酒各争雄。
向老百病出,区区论药功。
衰盛物常理,循环势无穷。
寄语少年儿,慎勿笑两翁。

【作者简介】欧阳修(1007—1072),字永叔,号醉翁,晚号六一居士。生于绵州(今四川绵阳),祖籍吉州庐陵(今江西永丰)。北宋政治家、文学家。欧阳修名列"唐宋八大家",并与韩愈、柳宗元、苏轼合称

---

① 王洪. 中国古代诗歌精译[M]. 北京:朝华出版社,1993.

"千古文章四大家"。

天圣八年（1030）进士及第。次年，任西京留守推官。景祐元年（1034），任馆阁校勘。三年，范仲淹的改革侵犯了既得利益者，遭到攻击，欧阳修受到牵连，被贬为夷陵县令。康定元年（1040），被召回京，复任馆阁校勘。庆历三年（1043），出任右正言、知制诰。参与革新。因守旧派阻挠，"庆历新政"遭受失败。五年，范仲淹、韩琦、富弼等相继被贬，欧阳修上书分辩，被贬知滁州，后又改知扬州、颍州、应天府等地。皇祐元年（1049）回朝，先后任翰林学士、史馆修撰等职。卒谥文忠。

欧阳修是宋代文坛领袖，他领导了北宋诗文革新运动，继承并发展了韩愈的古文理论。其散文创作与其古文理论相辅相成，开创了一代文风。欧阳修在变革文风的同时，也对诗风、词风进行了革新。其诗存860余首，风格平易流畅。词存240余首，虽未能摆脱五代词人的影响，却不似花间派的浮艳华靡，对宋词发展有一定影响。在史学方面，也有较高成就，曾与宋祁同修《新唐书》，又自修《新五代史》。有《欧阳文忠公集》。①

致政仲损张工部询及孟酝之味因寄数器副以小诗_{宗益}

宋·文彦博

醽渌如渑味似饴②，朝回何必典春衣。
序宾留饮觞无算，速父供甘羜更肥。
不惜郫筒令远寄，惟忧辽豕得深讥。
小家曲糵君谙在，莫使邯郸柱见围。

---

① 上海辞书出版社文学鉴赏辞典编纂中心. 中国文学家辞典 [M]. 上海：上海辞书出版社，2017.
② 《潞公集》（明嘉靖五年刻本）载本诗，注云："沁园之名酝也。"

【作者简介】 文彦博（1006—1097），字宽夫，号伊叟，别称文潞公、文忠烈。汾州介休（今山西介休）人。北宋政治家、书法家、诗人，与介子推、郭泰同被誉为"介休三贤"。

天圣五年（1027）进士，历任知县、监察御史、枢密直学士、枢密副使、参知政事、枢密使等职，并于庆历八年（1048）拜相。历仕仁宗、英宗、神宗、哲宗四朝，出将入相达五十年之久，虽偶有起落，但始终深受朝野倚重，被称为北宋政坛的"常青树"。元祐五年（1090），以太师致仕。绍圣四年（1097），降授太子少保。

文彦博著述丰赡，文风简直厚重，平正通达。其诗歌以婉丽绮艳著称。清代王士禛曾评价文彦博曰："承杨、刘之后，诗学西昆，其妙处不减温李"。有《文潞公集》。[1]

吴公惠酒因谢

宋·文同

山城物色正严冬，梅放长梢露小红。
破萼未深聊敌雪，收香不密任随风。
尽教插满金钗上，休管吹残玉笛中。
须至开筵召佳客，**为公连夜赏郫筒**。

【作者简介】 文同（1018—1079），字与可，号笑笑居士、笑笑先生、锦江道人，人称石室先生。梓州梓潼郡永泰县（今四川绵阳市盐亭县）人。北宋书画家、文学家、诗人。[2]

皇祐元年（1049）进士，迁太常博士、集贤校理，历任邛州、大邑、陵州、洋州等地知州或知县。元丰元年（1078），以尚书司封员外郎充秘阁校理，知湖州。世称"文湖州"。[3]

文同寄情山水，又酷爱画竹，胸有成竹，其诗作呈现诗画结合的风

---

[1] 李莉. 文彦博诗歌特色的形成原因 [J]. 开封教育学院学报，2015（11）：9–11.
[2] 张盛如. 唐宋散文精华分卷 [M]. 北京：朝华出版社，1992.
[3] 门岿. 二十六史精要辞典 [M]. 北京：人民日报出版社，1993.

格。司马光赞美其"与可襟韵洒落,如晴云秋月,尘埃不到",表弟苏轼也称赞其诗、词、画、草书四绝。有《丹渊集》等。①

送学正李秀才归蜀

宋·刘攽

金马书来信不违,相如独授七经归。
郡迎徐孺知悬榻,家望苏秦想下机。
峡底奔雷江乱涌,岭头如雨石交飞。
丙鱼郫酒欢闾里,悔杀京尘化素衣。

【作者简介】刘攽(1023—1089),字贡父,一作赣父,号公非。临江新喻(今江西新余)人。北宋史学家、诗人。②

庆历六年(1046)进士,与兄刘敞(字原父)同年登科。历任州县官多年,才调到京城,任国子监直讲。熙宁中,判尚书考功、同知太常礼院。元祐初,起为襄州知府,加直龙图阁,知蔡州。苏轼等上疏力荐,召拜中书舍人。③

刘攽主张"诗以意为主",不尚文辞雕琢。所作诗文语言平易朴实,简捷流畅,而蕴意深厚。④ 精于史学,是司马光撰《资治通鉴》的重要助手,负责该书的汉代部分。有《公非集》《彭城集》《东汉刊误》等。⑤

---

① 上海辞书出版社文学鉴赏辞典编纂中心. 中国文学家辞典[M]. 上海:上海辞书出版社,2017.
② 门岿. 二十六史精要辞典[M]. 北京:人民日报出版社,1993.
③ 张作耀. 中国历史便览[M]. 北京:人民出版社,1990.
④ 上海辞书出版社文学鉴赏辞典编纂中心. 中国文学家辞典[M]. 上海:上海辞书出版社,2017.
⑤ 林非. 中国散文大辞典[M]. 郑州:中州古籍出版社,1997.

次韵周邠寄《雁荡山图》二首·其二

宋·苏轼

西湖三载与君同,马入尘埃鹤入笼。
东海独来看出日,石桥先去踏长虹。
遥知别后添华发,时向樽前说病翁。
所恨蜀山君未见,**他年携手醉郫筒**。

【作者简介】苏轼(1037—1101),字子瞻、和仲,号东坡居士、铁冠道人,世称苏东坡、苏文忠、苏仙、坡仙。眉州眉山(今四川眉山)人。北宋著名诗人、词人、散文家。与黄庭坚并称"苏黄",与辛弃疾并称"苏辛",以散文成就与欧阳修并称"欧苏","唐宋八大家"之一。

嘉祐二年(1057),进士及第。宋神宗时,通判杭州,历知密州、徐州、湖州等地。元丰三年(1080),因"乌台诗案"被贬为黄州团练副使。宋哲宗年间,任翰林学士、侍读学士、礼部尚书等职,出知杭州、颍州等地。晚年新党执政,以为文讥斥先朝的罪名被贬惠州、儋州。宋徽宗时遇赦北还,途中于常州病逝。谥文忠。

苏轼是北宋中期文坛领袖,在诗、词、散文等方面取得很高成就。其文纵横恣肆;其诗题材广阔,清新豪健,独具风格,开创宋代诗歌新风气;其词一扫绮艳柔靡之习,开创豪放一派,对后世文学影响深远。有《苏东坡集》《东坡乐府》等。[①]

苏轼现存诗歌2300多首,其中涉酒诗有796首,可以说"酒"贯穿于其诗词创作的整个过程。[②] 苏轼精通酿酒,其作品就明确记载了许多自酿的酒,包括桂酒、蜜酒、万家春、真一酒、天门冬酒等。[③]

---

① 孙鼎国,李中华. 人学大辞典[M]. 石家庄:河北人民出版社,1995.
② 李卉."花间置酒清香发"——苏轼诗中的"酒"与"花"[J]. 名作欣赏,2019(20):137-138.
③ 林红. 苏轼与酒及涉酒诗研究[D]. 四川师范大学,2016.

送周思道朝议归守汉州三绝·其三

宋·苏辙

酒压郫筒忆旧酤,花传丘老出新图。①
此行真胜成都尹,直为房公百顷湖。

【作者简介】苏辙（1039—1112），字子由，一字同叔，号颍滨遗老，别称苏文定、苏颍滨、苏黄门等。眉州眉山（今四川眉山）人。②北宋文学家，与父苏洵、兄苏轼齐名，合称"三苏"，名列"唐宋八大家"。

嘉祐二年（1057），与兄苏轼同登进士第。神宗时，因极力反对王安石变法，降为河南推官。哲宗即位，召为右司谏，后历任御史中丞、尚书右丞、门下侍郎。绍圣元年（1094），因上疏谏事被贬知汝州。后接连被贬至雷州安置，后移至循州安置。徽宗立，移永州、岳州安置。崇宁三年（1104），定居颍川。终日读书著述，默坐参禅，谢绝宾客，绝口不谈时事。政和二年（1112）九月，以太中大夫职致仕。十月去世，谥文定。③

苏辙为文擅长政论和史论，平生所学以儒学为主，兼收百家。其散文、诗、赋颇具特色，苏轼曾评价："其文如其为人，故汪洋淡泊，有一唱三叹之声，而其秀杰之气，终不可没。"④ 有《栾城集》等。

---

① 《栾城集》（四部丛刊景明嘉靖蜀藩活字本）载本诗，注云："汉州官酒，蜀中推第一。赵昌画花，摸效丘文播，亦西川所无也。"
② 张盛如. 唐宋散文精华分卷［M］. 北京：朝华出版社，1992.
③ 吴敳木. 中国古代书法家辞典［M］. 杭州：浙江人民出版社，1999.
④ 武金铭，刘士文，王文治. 中华文化人物辞海·文化人物［M］. 北京：中国国际广播出版社，1998.

南　迁

宋·唐庚

去去宽乡托此踪，闹中无地顿衰翁。
未诛绮语犹轻典，更赐罗浮有底功。
虾菜贱时皆丙穴，**茅柴美处即邮筒**。
着鞭要及春前到，趁赋梅花庾岭东。

【作者简介】 唐庚（1070—1120），字子西。眉州丹棱（今属四川眉山）人。北宋诗人，有"小东坡"之称。①

绍圣元年（1094）进士，任州、县官十余年。徽宗大观年间，为宗子博士。后经张商英推荐，拔为提举京畿常平。政和元年（1111），张商英被罢相后，唐庚坐贬至惠州六年。晚年徙居泸州。②

唐庚的诗在当时声望很高，其诗风对陈与义、陆游都有较大影响。作诗推敲锤炼，往往修改数次，故其诗简练精悍，构思新巧，时有名篇佳句。③《宋诗钞》称赞其诗曰："结束精悍，体正出奇，芒焰在简淡之中，神韵寄声律之外。"《四库全书总目提要》称"其诗刻意锻炼而不失气格"。④ 有《唐子西集》。

游罗园

宋·李新

故山新寄小邮筒，春事而今一半空。
儿女笑从花影外，杯盘香在水光中。

---

① 吴熊和. 唐宋诗词评析词典 [M]. 杭州：浙江人民出版社，1990.
② 郑天挺，吴泽，杨志玖. 中国历史大辞典 [M]. 上海：上海辞书出版社，2000.
③ 胡敬署，陈有进，王富仁，等. 文学百科大辞典 [M]. 北京：华龄出版社，1991.
④ 王洪，方广锠. 中国禅诗鉴赏辞典 [M]. 北京：中国人民大学出版社，1992.

泉分石溜浑罂白,病得春醅(pēi)半颊红。
祓禊(fú xì)山阴已陈迹,试将青草莋(zuò)衰翁。

即席次必强六绝句·其四

宋·李新

市酒郫筒去未还,宗人厚德敌刘宽。
田歌社舞生惆怅,聊向樽前佐客欢。

送吴使君

宋·李新

西南世家无十族,吴范生儿长食肉。
虎头犀骨初长成,闭门教草三千牍。
传来旧物凌云笔,楷字君王无第一。
墨池染尽俱拙人,柿叶学成几失实。
闻道甘棠阴已密,相共政声同一律。
玉壶盈尺不消冰,清峻照人常惨栗。
归侍安车辐巾叟,石建板舆怜白首。
二年赢得倚栏干,醉看红梅霜雪后。
草玄故人偏嗜酒,试拚(pàn)黄金追百斗。
芋魁桤木的然成,丙穴郫筒依旧不(fǒu)。
行舟牵挽由来有,十倍青衿折杨柳。
未容学舍鞠园蔬,岁月用陶燕许手。
驽骎无取休推彀,二十四蹄肥苜蓿。
近时牙颊惜春风,吾曹易效穷途哭。

【作者简介】李新（生卒年不详），字元应，号跨鳌先生。仙井（今四川仁寿）人。① 宋代文学家。

元祐五年（1090）进士。累官承议郎、南郑丞。元符末，上书夺官，谪遂州。大观三年（1109），摄梓州司法参军。宣和五年（1123），为茂州通判。

其诗气格开朗，无南渡后繁杂细碎之音，不流于枯瘠。② 其词作风格与诗相近，无冶艳婉约之习气。有《跨鳌集》。

次韵徽言见赠

宋·李纲

白首穷一经，此道何尝东。
陋质误识擢，珥笔宸庭枫。
胸中何所有，耿耿惟孤忠。
谪官乃自取，宠辱久矣同。
朅（qiè）来旅江城，胜游幸从公。
款昵宴笑欢，顾忘身世穷。
十年倦游意，一笑回首空。
尚余爱君心，梦绕明光宫。
夫子抱高趣，才气凛以雄。
挥毫写妙语，煜若五彩虹。
宁淹江海上，行箧鹚（zào）鹭（yuān）中。
放怀且玉友，**不用酷郫筒**。

【作者简介】李纲（1083—1140），字伯纪，号梁溪先生、梁溪居士等。邵武（今属福建）人。

政和二年（1112）进士，授承务郎。累官至监察御史兼权殿中侍御

---

① 郑天挺，吴泽，杨志玖. 中国历史大辞典［M］. 上海：上海辞书出版社，2000.
② 傅璇琮，许逸民，王学泰，等. 中国诗学大辞典［M］. 杭州：浙江教育出版社，1999.

史。后因京师大水,上疏得罪,被贬谪监南剑州沙县税务。钦宗即位,任为兵部侍郎,又以"专主战议"将其贬谪。建炎元年(1127),任尚书右仆射兼中书侍郎,不久被罢免。后卒于福州,谥忠定。

李纲论诗推尊杜甫,而功力不及。然亦有真率感人之作。词作多为慢词,以抒其忠愤不平之气为主。奏议文章则"明白条畅,反复曲折"。《四库全书总目提要》称其诗文"雄深雅健,磊落光明"。有《梁溪集》。①

祝舜俞拉希言见访富春赤亭山居

宋·王洋

岩腹纡盘一径通,**故劳都骑载郫筒**。
先生旧负连城价,校尉今烦一箭工。
著雪老山清刻骨,添梅官路巧迎风。
此身终解浑无事,共乐郊原浩荡中。

【作者简介】王洋(1087—1154),字元渤,一字嘉谟,自号王南池,亦自称王半僧或半僧寮。山阳(今江苏淮安)人。宋代诗人。

宣和六年(1124)进士。绍兴元年(1131),除秘书省正字。历官校书郎、吏部员外郎、起居舍人、知制诰等。绍兴末以直徽猷阁主管台州崇道观。②

王洋有许多忧国忧民、慰友寄情之作。周必大曾为其文集作序,赞其诗有"刚大之气","浩浩乎胸中,滔滔乎笔端"。《四库全书总目提要》谓"其诗极意镂刻,往往兀寡自喜,颇不为边幅所拘。文章以温雅见长"。有《东牟集》。③

---

① 上海辞书出版社文学鉴赏辞典编纂中心. 中国文学家辞典[M]. 上海:上海辞书出版社,2017.
② 虞云国. 宋代文化史大辞典[M]. 上海:汉语大辞典出版社,2006.
③ 上海辞书出版社文学鉴赏辞典编纂中心. 中国文学家辞典[M]. 上海:上海辞书出版社,2017.

古今豪逸自放之士鲜不嗜酒

宋·胡寅

　　古今豪逸自放之士,鲜不嗜酒,以其类也。虽以此致失者不少,而清坐不饮,醒眼看醉人,亦未必尽得,盖可考矣。予好饮而尝患不给,二顷种秫之念,往来于怀。世纲婴之,未有其会。因作五言酒诗一百韵,以寄吾意。杂寄古人陈迹,并及酒德之大概,以为开辟醉乡之羽檄。参差反复,不能论次也。同年兄唐仲章闻而悦之,因录以寄,庶几兹乡,他日不乏宝邻尔。辛亥。

美禄无过酒,星泉奠两仪。
端由皆作圣,意趣少人知。
肇命惟元祀,迎春祝寿祺。
功深资药石,力厚起疲羸。
若羡千钟美,休嫌九酝迟。
忘情惟伏禹,无量乃宣尼。
杯饮觞初滥,留连祸始基。
先王防以礼,后世利其资。
默识人情异,参稽俗习移。
放怀无事矣,问口纵言之。
惑溺终长夜,奢残竟作池。
包茅齐服楚,奏鼓胤征羲。
大泽斩蛇后,当炉折券时。
彭城正高会,睢水已填尸。
谪去忧占鹏(fú),归来喜受禧。
瓶盆感田父,铺餟(zhuì)念湘累。
壑谷中宵问,糟丘一箦亏。
怒排樊哙盾,吐卧允之颐。
击帻(zé)笼钱凤,争权杀魏其。

脱靴惭力士，飞燕忤杨妃。
司隶要殊切，虞人猎已驰。
魏文敦信义，王猛用铃锤。
有客言虽吃，何人字识奇。
裸身荒已甚，涤器事还卑。
软饱深形颂，醒狂屈受讥。

虽将齐物我，亦合悼功缌（sī）。
渭水歌初阕，高阳伴蚤稀。
湖船回太白，水殿燕西施。

薤（xiè）露停杯唱，鲸鱼入海骑。
缅怀七子会，怅望八仙期。
潇洒斜川影，风流曲水湄。
日斜休百拜，曇耻便三辞。

头上巾频漉，腰间锸（chā）自随。
谅难操北斗，且复坐东篱。
西海桃垂实，南山豆落萁。
无违商士诰，宜茸杜康祠。
李脱朱温阱，刘为石勒縻。
死生当有在，玉霸岂由斯。

五斗醒（chéng）方解，三人影对嬉。
高谈倾坐听，痛饮亦吾师。
齧味曾围鲁，**提筒更忆郫**。
安能洗晏粉，聊复涨黄陂。

章子以孝显，鄷（fēng）舒因俊危。
夫妻不成属，父母或贻罹。
讵比华茵污，宁虞窟室隳（huī）。
壁悬疑角影，车载号鸱（chī）夷。
口不挂臧（zāng）否（pǐ），醯（xī）犹和薄醨（lí）。

立苗讽锄恶，种秫待充饥。
雨落香檀注，春融绿髓脂。
云轻浮蚁子，金嫩写鹅儿。
滴滴葡萄颗，涵涵鹦鹉卮。
胸吞九云梦，笔走万蛟螭。
风月江山好，宾朋笑语宜。
绣帘初静卷，银烛未红垂。
俨雅神仙坐，纷罗水陆奇。
色深迷琥珀，光溢艳琉璃。
绿笛翻罗袖，红潮上玉肌。
献酬俱缱绻，沾洽尽融怡。
不问檐花落，惟愁画角吹。

初筵何抑抑，屡舞忽僛僛。
寒食梨花发，重阳菊蕊披。
龙山犹可想，洛浦尚能追。
月满倚琼树，雨余攀柳枝。
高飞鸿鹄远，左手蟹螯持。
贤圣分清浊，青齐辨等衰。
市沽难共食，家酿恐成私。
算爵商壶矢，忌杯泥夹棋。
资深酣道韵，端的露天倪。
翠竹沉云色，酴醾浸玉蕤。
过咽输浩渺，赴吻动涟漪。
卷尽青荷叶，颠飘白接篱。
野哇供鼓吹，幽鸟奏埙篪。
但看朱成碧，那知玉作瓷。
长瓶卧荒草，山郭飐青旗。
目井欣投辖，窥门怅絷骊。
提壶留客住，杜宇劝人归。

碧嶂下红日,飞霜点黑髭(zī)。

邴(bǐng)原良自苦,毕卓未为痴。

处士林泉适,骚人景物悲。

放臣离国恨,迁客去乡思。

须借杯中物,聊舒镜里眉。

暂时浇磊瑰(kuǐ),到处吐虹霓。

但戒零霜露,无劳洒涕洟(yí)。

从教禁网密,莫遣醉乡迷。

为沃尘生肺,应防水克脾。

破除闲病恼,断送老头皮。

埋玉空烦酹,挥金莫计赀(zī)。

三行何法制,五齐孰官司。

喜怒或交作,阴阳因并毗。

达人眇(miǎo)天地,曲士谨毫厘。

夜汲文园井,朝餐大谷梨。

渴心便渌醑(xǔ),大户怕甘醷(yǐ)。

滋味将何比,经纶傥在兹。

一尊常准拟,三项要耘治。

吾道久榛莽,世途多虎豼(pí)。

黄封忆内酝,绨绣念宗彝(chī)。

傅说膺新命,曹参守旧规。

群生思覆护,寰海厌浇漓。

傥负膏肓疾,须凭国手医。

欲传方法者,把盏咏吾诗。

【作者简介】胡寅（1098—1156），字明仲，一作仲刚，人称致堂先生。建州崇安（今属福建武夷山）人，后迁居衡阳。

宣和三年（1121）进士。靖康元年（1126），除秘书省校书郎。建炎三年（1129），擢起居郎。绍兴五年（1135），迁中书舍人。八年，擢礼部侍郎兼侍讲、徽猷阁直学士。后因忤秦桧而罢官，桧死后方复官。

胡寅为人有气节，诗文亦剀切激直。与弟胡宏一起倡导理学，为湖湘学派的代表人物，热切于复兴儒学，以救治弊政、经世济民。有《论语详说》《读史管见》《斐然集》等。

关山月·重九舟次龙游作

宋·陈良贵

关山月，别来二十四圆缺。**孤舟露下湿郫筒**，对此清光愁断绝。故园两度开黄菊，鸠妇看花双黛蹙。人生那得长相随，倏忽天南又天北。推蓬抚景谩咨嗟，愿风吹作碧云遮。幽闺免此共相忆，肠断月高还自斜。

关山月，底事经年照离别。君不见三关烽火羽书驰，壮士冲寒泪流血。

【作者简介】 陈良贵（1108—1172），字邦炎。台州临海（今属浙江台州）人。

绍兴五年（1135）进士。历任瑞安县知县、监察御史、右正言、左司谏等职。谈议时事，多能裨补助益。上书说汤思退奸邪、张浚精忠，罢言职，以直敷文阁知建宁府，除福建路计度转运副使，江东、浙西提刑。汤思退罢，召为宗正少卿，进给事中、兵部侍郎，除右谏议大夫。后为太子詹事，兼侍讲。光宗立，追谥献肃。

有《南坡集》。

陈大监用赏梅韵以赠依韵酬之

宋·王十朋

颖川丈人贤矣哉,青眼喜为清流开。
诗章翰墨两奇绝,笔下一字无尘埃。
品题人物奖后进,搢绅乐善公为魁。
东嘉贱子生太晚,犹幸识此真人才。
羯来西游也不恶,锦囊所得俱琼瑰。
区区科第何足道,此行似为诗篇来。
客中拜贶更重复,**丙穴鱼及郫筒杯**。
寒乡故旧问归橐,首言带得公诗回。

【作者简介】 王十朋(1112—1171),字龟龄,号梅溪。温州乐清(今属浙江)人。① 南宋政治家、文学家。

绍兴二十七年(1157)进士,授绍兴府签判。累迁国子司业、起居舍人。历知饶州、夔州、湖州、泉州四州。② 乾道元年(1165),王十朋赴夔州任知州,一路备尝艰辛,写下大量诗篇,记录巴蜀名胜古迹、名人轶事和节气物候,具有重要的民俗价值。③ 后以龙图阁学士致仕。辛谥忠文。

王十朋博究经史,赋、诗、文各体俱佳。其文不事雕琢而风格典雅,浑然天成。④ 他是南宋诗歌走向中兴之际的重要诗人,共留下2200多首诗歌和大量的奏议文章。朱熹谓其诗"浑厚质直,恳恻条畅,如其为人"。有《梅溪集》等。

---

① 吴海林,李延沛. 中国历史人物辞典 [M]. 哈尔滨:黑龙江人民出版社,1983.
② 门岿. 二十六史精要辞典 [M]. 北京:人民日报出版社,1993.
③ 贾莘. 王十朋蜀中经历及文学创作 [D]. 四川师范大学,2013.
④ 上海辞书出版社文学鉴赏辞典编纂中心. 中国文学家辞典 [M]. 上海:上海辞书出版社,2017.

发成都·其二

宋·刘望之

欲洗羁愁只自醒，**邮筒酒好信虚名**。
江阳春色论千户，价比西州却未轻。

【作者简介】刘望之（？—1159），字彝叔，号观堂。① 泸州（今属四川）人。

绍兴十二年（1142）进士。二十七年，任文林郎，达州州学教授，行国子正。二十九年，任左奉议郎、秘书省正字。②

刘望之现存诗多为蜀中所作。有《观堂唱集》。

送王时亨舍人帅蜀诗·其一

宋·周麟之

煌煌大笔照坤维，忽见文星下紫微。
万里江山浑改观，九重绅笏更争辉。
占松不假刀形梦，换马端期鹄趁飞。
试问邮筒故乡酒，路人应唱踏花归。

---

① 吴海林，李延沛. 中国历史人物辞典［M］. 哈尔滨：黑龙江人民出版社，1983.
② 马良春，李福田. 中国文学大辞典［M］. 天津：天津人民出版社，1991.

呈郫人李签判

宋·周麟之

锦江烟水春茫茫，锦城游宴歌舞狂。
酒酣缓辔踏花去，尚说当年先侍郎。
后来游宦家因徙，子孙不复归桑梓。
世居淮海二百年，路隔关山七千里。
兵戈南下风尘昏，衣冠渡江黄屋奔。
淮乡几作边戍地，丛桂旧第无一存。
我从避乱梅花坞，钓月眠云拉巢许。
尔来又卜南郭居，自笑飘萍无定所。
见君襟韵真谪仙，从来游戏壶中天。
眷言我祖旧同闬(hàn)，邂逅笑语心豁然。
平生行李遍方外，南逾五岭入苍翠。
脱靴未屈力士手，探囊已压髯奴背。
为叹干戈何日休，浮家泛宅江海游。
丹砂炼就葛洪鼎，茶灶行随鲁望舟。
天涯一见倾盖旧，青城猿鹤知存否。
会当叱驭过邛崃，**相从却饮郫筒酒**。

送台道人

宋·周麟之

我祖来从锦江曲，**尚忆郫筒醉春渌**。
轻衫拂石踏花归，近傍青城结茅屋。①

---

① 《海陵集》（清文渊阁四库全书本）载本诗，注云："余家本郫人，先侍郎仕孟蜀王为翰林学士，有'拂石坐来衫袖冷，踏花归去马蹄香'之句传于世，尝隐居青城山。"

子孙散作淮海居，奕叶英风凛相续。
不惟丛桂竞传芳，时有高人更超俗。①
或随羽化附青蛇，或避诏征称赤局。②
我生本是林泉人，失脚尘中困羁束。
每逢蜀士话维桑，便欲携筇(qióng)访前躅。
道人家世出巴西，万里江山见眉目。
笑施砭石起膏肓，坐察形神穷倚伏。
我席为门君荷旃(zhān)，相见忘情谢荣辱。
幽香小鼎暮烟横，浊酒一杯春蚁绿。
此身多病经百罹，只合纫兰与餐菊。
休论燕颔觅封侯，莫说鸢肩腾火速。
我有风怀就问君，何时一饱颜公粥。
今日君行跨奔鹿，欲下鹅洲穿柳谷。
他年愿结白云期，与君同看金峰鹄。

【作者简介】 周麟之（1118—1164），字茂振。祖为郫（今四川郫都区）人，后徙居海陵（今江苏泰州）。③

绍兴十五年（1145）进士。历官中书舍人、兵部侍郎，兼给事中。二十九年，以刑部侍郎出使金国。三十年，为同知枢密院事。次年，因罪被劾，责授秘书少监分司南京。④

周麟之作品多制诰奏议，《四库全书总目提要》谓其："文章娴雅，犹有北宋馆阁之余风。"有《海陵集》。⑤

---

① 《海陵集》（清文渊阁四库全书本）载本诗，注云："余家登科者二十余人，海陵号所居为丛桂坊。"
② 《海陵集》（清文渊阁四库全书本）载本诗，注云："伯祖得道，宣和间累诏不起，封守静处士，自称上天赤局左仆射。"
③ 马良春，李福田. 中国文学大辞典 [M]. 天津：天津人民出版社，1991.
④ 曾枣庄. 中国文学家大辞典 [M]. 北京：中华书局，2004.
⑤ 钱仲联，傅璇琮，王运熙，等. 中国文学大辞典 [M]. 上海：上海辞书出版社，1997.

送宣孺摄邑古郫

宋·李流谦

已作来迟迟,又为去猝猝。
夺我佳友生,怅念鬓毛白。
投闲如我宜,君则任繁剧。
台府有闻知,使子固选择。
子男古所尊,而此万家邑。
邮筒即诗筒,簿书有闲日。
迎门烂桃李,画饼不可食。
况欲分其余,岂救馋吻湿。
留为别后哂,聊用破孤寂。
数期还鲁疆,指日返赵璧。

【作者简介】 李流谦(1123—1176),字无变。汉州德阳(今四川德阳)人。宋代诗人。

绍兴二十九年(1159),以荫补将仕郎。次年,授成都府灵泉县尉。秩满,调雅州教授。后入虞允文幕,多所赞画。乾道四年(1168),奉虞允文令编撰《分陕志》。九年,赴临安,以荐除诸王宫大小学教授。淳熙元年(1174),通判潼川府。

李流谦以文学知名,《四库全书总目提要》谓:"其诗文遒幅稍狭,间伤浅俚,亦未能尽臻醇粹。然笔力峭劲,不屑以雕琢为工"。有《澹斋集》。[①]

[①] 上海辞书出版社文学鉴赏辞典编纂中心. 中国文学家辞典 [M]. 上海:上海辞书出版社,2017.

满庭霜

宋·葛郯

归去来兮，家林不远，梦魂飞绕烟峰。洞房花木，只在小池东。谁道云深无路，小桥外、一径相通。功名小，从教群蚁，鏖战大槐宫。

故人，书夜到，秫田百亩，已兆年丰。把乌程烂醉，**不数邮筒**。醉后村歌社舞，团圞(luán)坐、一笑春风。洪崖伴，定驱鸾鹤，时一访衰翁。

【作者简介】葛郯(tán)（？—1181）[1]，字谦问。丹阳（今属江苏镇江）人，徙居吴兴（今属浙江湖州）。[2]

绍兴二十四年（1154）进士。乾道七年（1171），任常州通判。

葛郯善诗词，喜学佛籍，文中常露禅机。有《信斋词》。

送王舍人制置四川

宋·洪迈

昭代推人杰，谁登上将坛。
君王念方面，侍从辍儒冠。
魏阙成高拱，梁州远监观。
九天开幕府，万里入征鞍。
往昔先多士，归欤乐考槃。
中年思贾谊，见晚叹严安。
禁掖侵霄汉，秋空刷羽翰。
文章变龙虎，班级上鸳鸾。

---

[1] 马良春，李福田. 中国文学大辞典 [M]. 天津：天津人民出版社，1991.
[2] 吴海林，李延沛. 中国历史人物辞典 [M]. 哈尔滨：黑龙江人民出版社，1983.

谋帅西南急,登庸岁月宽。
智谋回睿眷,节制妙朝端。
风采今如此,家声定不刊。
雪山方始重,蜀道几曾难。
地迥江惊急,云孤峡怒蟠。
梅花春欲动,水国暮生寒。
行路艰初起,筹边策未殚。
郫筒无惜醉,岷芋且加餐。
乡曲沾投分,蓬莱忝备官。
丹心空自喜,青眼独相看。
此地从公别,何时话夜阑。
归来消息近,鹏背一朝抟(tuán)。

【作者简介】洪迈（1123—1202），字景庐，号容斋，又号野处。饶州鄱阳（今江西鄱阳）人。南宋文学家，与兄洪适、洪遵，并称"三洪"。[1]

绍兴十五年（1145），中进士，任吏部郎兼礼部郎。三十二年，出使金国，抗志不屈，不辱使命而还。后历任泉州、吉州知县。乾道二年（1166），任起居舍人。后迁起居郎、中书舍人兼侍读、直学士院。乾道六年后，出知赣州、建宁、婺州（今浙江金华）等地。淳熙十三年（1186），任翰林学士，编《四朝国史》。宁宗时，官至端明殿学士。卒谥文敏。[2]

洪迈著作颇富，以笔记杂文见长。其作品不仅有极高的史料价值，而且在文体上自成一格，往往短小精悍，别具识见。[3]《四库全书总目》谓其《容斋随笔》"皆考辨经史、厘订典故，旁及文章艺术，无不有所论说"。有《容斋随笔》《夷坚志》等。[4]

---

[1] 张盛如. 唐宋散文精华分卷 [M]. 北京：朝华出版社，1992.
[2] 马良春，李福田. 中国文学大辞典 [M]. 天津：天津人民出版社，1991.
[3] 王洪. 古代散文百科大辞典 [M]. 北京：学苑出版社，1991.
[4] 冯天瑜. 中华文化辞典 [M]. 武汉：武汉大学出版社，2001.

城上二首·其一

宋·陆游

双双黄犊卧斜阳，叶叶丹枫著早霜。
沙水自鸣如有恨，野花无主为谁芳。
郫筒味酽愁濡甲，巴曲声悲怯断肠。
赖有生平管城子，不妨驱使答风光。

春 感

宋·陆游

少时狂走西复东，银鞍骏马驰如风。
眼看春去不复惜，只道岁月来无穷。
初游汉中亦未觉，一饮尚可倾千钟。
叉鱼狼藉漾水浊，猎虎蹴踏南山空。
射 péng命中万人看，毯门对植双旗红。
华堂却来弄笔砚，新诗醉草夸坐中。
剑关南山才几日，壮气摧缩成衰翁。
雪霜萧飒已满鬓，蛟龙郁屈空蟠胸。
邻园杏花忽烂漫，推枕强起随游蜂。
绕看百匝几叹息，吹红洗绿行匆匆。
暮年逢春尚有几，常恐春去寻无踪。
青钱三百幸可办，**且判烂醉酣郫筒**。

夜闻雨声

宋·陆游

高檐夜雨泻淋浪,起拥寒衾旋炷香。
春事岂堪频破坏,客愁不可复禁当。
长瓶磊落输郫酿,轻骑联翩报海棠。
著意物华君莫笑,世间得丧更茫茫。

南窗睡起

宋·陆游

梦中忘却在天涯,一似当年锦里时。
狂倚宝筝歌白纻,醉移银烛写乌丝。
酒来郫县香初压,花送彭州露尚滋。
起坐南窗成绝叹,玉楼乾鹊误归期。

到严十五晦朔郡酿不佳求于都下既不时至欲借书读之而寓公多秘不肯出无以度日殊悯悯也

宋·陆游

桐君故隐两经秋,小院孤灯夜夜愁。
名酒过于求赵璧,异书浑似借荆州。
溪山胜处身难到,风月佳时事不休。
安得连车载郫酿,金鞭重作浣花游?

思蜀三首·其一

宋·陆游

园庐已卜锦城东，乘驿归来更得穷。
只道骅骝开道路，岂知鱼鸟困池笼。
石犀祠下春波绿，金雁桥边夜烛红。
未死旧游如可继，**典衣犹拟醉邮筒**。

梦　蜀

宋·陆游

梦饮成都好事家，新妆执乐雁行斜。
赪肩郫县千筒酒，照眼彭州百驮花。
醉帽倾欹歌未阕，罚觥潋滟笑方哗。
霜钟唤觉晨窗白，自怪无端一念差。

上章纳禄恩畀外祠遂以五月初东归五首·其四

宋·陆游

身是风前一断蓬，经年窃食竟何功？
倚天青嶂迎船出，扑马红尘转眼空。
网户馋鱼胜丙穴，**旗亭送酒等邮筒**。
死前幸作扶犁叟，免使淮南笑发蒙。

北 窗

宋·陆游

破屋颓垣啸且歌,一窗随处寄婆娑。
阅人每叹同侪少,遇事方知去日多。
云湿沙洲秋下雁,雨来荻浦夜鸣鼍（tuó）。
何时更续扁舟兴,**剩载郫筒醉绿萝**。

杂感五首以不爱入州府为韵·其五

宋·陆游

我年甫三十,出身事明主。
狂愚斥不用,晚辟征西府。
蹭蹬过锦城,邂逅客严武。
十年醉郫筒,阳狂颇自许。
青城访隐翁,西市买幽圃。
如何复不遂,归听镜湖雨。
结庐三间茅,泛宅一枝橹。
天真傥可全,吾其老烟浦。

自 笑

宋·陆游

学道功赊岁月驰,平居自笑著鞭迟。
安心未竟夜饶梦,与世虽疏秋尚悲。
药圃幽寻芒屦湿,棋枰憨战角巾欹。

只愁今夕西窗梦，又买长筒到古郫。

【作者简介】陆游（1125—1210），字务观，号放翁。越州山阴（今属浙江绍兴）人。南宋诗人，与尤袤、杨万里、范成大并称"中兴四大家"。①

陆游生不逢时，童年在战乱中度过。十八岁时向诗坛名宿曾几学诗。绍兴中应礼部试第一，但因得罪秦桧而被除名。绍兴二十五年（1155），秦桧死后，陆游才被任命为福州宁德县主簿，不久升任大理寺司直兼宗正簿、敕令删定官、枢密编修官等职。孝宗即位后，赐进士出身，后被弹劾罢官。后历任镇江府、建康府等地通判。乾道七年（1171），应四川宣抚使王炎之邀，投身军旅，任职于南郑幕府。②八年，奉诏入蜀，先后任成都府路安抚司参议官、蜀州通判等职。淳熙三年（1176），陆游任四川制置使范成大的参议官，二人以文会友，成莫逆之交。不久，又先后被任为严州知州、军器少监、礼部郎中、同修国史、实录院同修撰等职，官至宝章阁待制。③

陆游是中国文学史上伟大的现实主义诗人，现存诗作9300余首，内容多以恢复中原、统一国家为主题，兼有反映人民疾苦、批判时政之作。④有《剑南诗稿》《渭南文集》《老学庵笔记》等。

入崇宁界

宋·范成大

桑间三宿尚回头，何况三年濯锦游。
草草邮筒中酒处，不知身已在彭州。

【作者简介】范成大（1126—1193），字致能，号石湖居士，别称范明

---

① 刘扬忠，乔力，王兆鹏. 唐宋词精华分卷 [M]. 北京：朝华出版社，1991.
② 刘乾先，董莲池，张玉春，等. 中华文明实录 [M]. 哈尔滨：黑龙江人民出版社，2002.
③ 陈瑞云. 大学历史词典 [M]. 哈尔滨：黑龙江人民出版社，1988.
④ 王洪. 古代诗歌精萃鉴赏辞典 [M]. 北京：北京燕山出版社，1989.

州、范参政、范资政、范文穆。平江府吴县（今属江苏苏州）人。南宋文学家，与尤袤、杨万里、陆游并称"中兴四大家"。①

绍兴二十四年（1154）进士，历任著作佐郎、吏部郎官、知处州、礼部员外郎兼崇政殿说书。乾道六年（1170），出使金国，索求北宋诸帝陵寝之地，不辱使命。七年，任中书舍人，知静江府。②淳熙二年（1175），任敷文阁待制、四川制置使、知成都府。在蜀期间，训练将兵、修建堡寨，广纳贤才，维护边境安稳。五年（1178），升任参知政事。此后历任明州、建康府知州，颇著政绩。③

范成大的诗内容丰富，别具风格。宋代周必大称其："公天资俊明，辅以博学，文章赡丽清逸，自成一家。"④有《石湖居士集》《石湖词》《四时田园杂兴》等。

六月二十四日病起喜雨闻莺
与大儿议秋凉一出游山三首·其三

宋·杨万里

暑气朝来扫地空，南风毕竟让西风。
秋生楚尾吴头外，凉杀天涯地角中。
万叠山连千涧水，双行（xíng）缠伴一郫筒。
初程道是穷忙着，且宿东山东复东。

【作者简介】杨万里（1127—1206），字廷秀，号诚斋，别称杨廷秀、杨诚斋、杨文节、诚斋先生。吉州吉水（今属江西吉安）人。南宋文学家，与陆游、尤袤、范成大并称"中兴四大家"。⑤

绍兴二十四年（1154）进士，为赣州司户，后调任永州零陵丞。孝宗

---

① 刘扬忠，乔力，王兆鹏. 唐宋词精华分卷 [M]. 北京：朝华出版社，1991.
② 门岿. 二十六史精要辞典 [M]. 北京：人民日报出版社，1993.
③ 王洪. 唐宋词百科大辞典 [M]. 北京：学苑出版社，1990.
④ 门岿. 中国历代文献精粹大典 [M]. 北京：学苑出版社，1990.
⑤ 门岿. 中国历代文献精粹大典 [M]. 北京：学苑出版社，1990.

即位，知隆兴府奉新县，颇有政绩。乾道六年（1170），上《千虑策》，为国子博士。累官至礼部右侍郎，转将作少监。淳熙元年（1174），知漳州，后改知常州，提举广东常平茶盐。十一年，为吏部员外郎，历迁左司郎中兼太子侍读。十四年，迁秘书少监。因议配享事，触怒孝宗，出知筠州。光宗即位，召为秘书监。绍熙元年（1190），以焕章阁学士为接伴金国贺正旦使兼实录院检讨官。嘉泰三年（1203），诏进宝谟阁直学士。卒赠光禄大夫，谥文节。①

杨万里的诗初学江西诸君子，后学后山五字律、半山老人、唐人，最终自辟蹊径，独成一格。诗风清新活泼、幽默诙谐，号为"诚斋体"，曾一度风靡南宋诗坛，至有"四海诚斋独霸诗"之说。② 其诗内容充实，有不少蕴含爱国激情和民族意识的作品，也有一些对劳动人民表示同情、关注和赞颂的诗歌。③ 有《诚斋集》。

次韵转庵书怀

宋·许及之

应节何妨俗，伤春已是翁。
百年谙社酒，**万里忆邮筒**。
话旧肱堪折，追欢袖略通。
潘郎久不见，妙语想蘋鸿。

---

① 门岿. 二十六史精要辞典 [M]. 北京：人民日报出版社，1993.
② 刘扬忠，乔力，王兆鹏. 唐宋词精华分卷 [M]. 北京：朝华出版社，1991.
③ 俞汝捷. 中国古典文艺实用辞典 [M]. 北京：中国青年出版社，1991.

括苍道中次陈颐刚韵

宋·许及之

山色随诗瘦,波光际野空。
行装秋思里,情话雨声中。
无补身如赘,多愁鬓似蓬。
惟余沧海兴,**酒后忆郫筒**。

【作者简介】许及之(？—1209),字深甫。温州永嘉(今属浙江温州)人。①

隆兴元年(1163)进士。淳熙十四年(1187),为宗正寺簿。次年,任右拾遗。庆元元年(1195),权礼部侍郎,后为给事中。四年,自吏部尚书除同知枢密院事。嘉泰二年(1202),任参知政事,进知枢密院兼参政。②

许及之的诗词出语劲健,琅琅可诵。《四库全书总目提要》言其诗学王安石,虽"未能青出于蓝,而气体高亮,要自琅琅盈耳,较宋末江湖诗派刻画琐屑者,过之远矣"③。有《涉斋集》。

冻 藕

宋·周南

雪藕前身玉井莲,与泥俱出又经年。
长卿渴杀郫筒酿,乞与春塘范堰船。

---

① 吴海林,李延沛.中国历史人物生卒年表[M].哈尔滨:黑龙江人民出版社,1981.
② 马良春,李福田.中国文学大辞典[M].天津:天津人民出版社,1991.
③ 傅璇琮,许逸民,王学泰,等.中国诗学大辞典[M].杭州:浙江教育出版社,1999.

【作者简介】周南（1159—1213），字南仲，号山房。江苏吴县（今江苏苏州）人。① 南宋哲学家。

周南十六岁游吴下，见时人功利于科举，鄙而弃去。五易其师后，登叶适之门，被视为其门下第一人。绍熙元年（1190），登进士甲科，为池州教授，后任常州推官。开禧间召试馆职，上书对策忤权要，为言者所劾罢，遂以殿廷所授文林郎终。②

周南长于骈文，以俊逸流丽见称，文辞雅丽精切，皆适于时用。周南针对当时斥"道学"为"恶名"的学术氛围，极力为"道学"正名，是主张复兴"道学"的重要人物。有《山房集》。

示同志
宋·刘克庄

旋入洛中新保社，稍增汾曲旧田庐。
市朝幸免髡钳我，尸祝何烦俎豆予。
静看芭蕉身不实，健忘椰子腹无书。
故人远致邮筒饷，待约邻翁共破除。

春日五绝·其一
宋·刘克庄

眼边桃李过匆匆，镜里衰颜岂再红。
久觉胃寒疏建焙，**新因血热戒邮筒**。

【作者简介】刘克庄（1187—1269），初名刘灼，字潜夫，号后村。莆田（今属福建）人。南宋豪放派词人、江湖诗派诗人。

---

① 吴海林，李延沛. 中国历史人物生卒年表 [M]. 哈尔滨：黑龙江人民出版社，1981.
② 董玉整. 中国理学大辞典 [M]. 广州：暨南大学出版社，1995.

刘克庄出身于仕宦之家，其祖、父均在朝为官。幼即好学，善记诵，少有文名。嘉定二年（1209），荫补将仕郎。宝庆元年（1225），知建阳时作《落梅》诗，触犯权贵，仕途坎坷。淳祐六年（1246），宋理宗因其久有文名，赐其同进士出身，除秘书少监兼国史院编修、实录院检讨。景定元年（1260），除秘书监、起居郎，迁兵部侍郎兼中书舍人。二年，任工部尚书兼侍读。次年，以焕章阁学士致仕。咸淳四年（1268），进龙图阁学士，再致仕。①

刘克庄诗属江湖诗派，早年学晚唐体，后诗风趋向江西诗派。作品内容多涉及时政，反映民生疾苦。他是南宋后期重要诗人，继承了陆游、辛弃疾的爱国精神和豪放风格。词则倾向于散文化、议论化，不受格律约束，以感伤时事之作见称于世。有《后村先生大全集》。

芰荷香·端午和黄玉泉韵

宋·赵以夫

倚晴空。爱湖光潋滟，楼影青红。彩丝金黍，水边还又相逢。怀沙人间，二千年、犹带酸风。骚人洒墨香浓。幽情要眇，雅调惺忪。

天上菖蒲五色，倩掺掺素手，分入雕钟。新欢往恨，一时付与歌童。斜阳正好，且留连、休要匆匆。**应须倒尽郫筒**。归鞭笑指，月挂苍龙。

【作者简介】 赵以夫（1189—1256），字用父，号虚斋，自称芝山老人。福州长乐人。② 南宋词人。

嘉定十年（1217）进士，历任邵武军、漳州等地知县，后提举江南西路常平茶盐公事、两浙转运判官。嘉熙元年（1237），为枢密都承旨兼国史院编修官。次年，任沿海制置副使兼知庆元府、同知枢密院事。淳祐五年（1245），任宝章阁待制、沿江制置使兼知建康府、江东安抚使。后升至吏部尚书兼侍读，改礼部尚书，进资政殿学士。③

---

① 吴寿彭，吴天行. 宋诗传[M]. 上海：上海古籍出版社，2015.
② 吴海林，李延沛. 中国历史人物辞典[M]. 哈尔滨：黑龙江人民出版社，1983.
③ 曾枣庄. 中国文学家大辞典[M]. 北京：中华书局，2004.

赵以夫博学工书，其词以工丽见长，大略摹仿周邦彦、姜夔而逊其浑成、冷峭。① 薛砺若评其词曰："虚斋词以慢词见长，写得颇工丽。"有《虚斋乐府》。②

摸鱼儿·郫县宴同官

宋·吴泳

倚南墙、几回凝伫，绿筠冉冉如故。帝城景色缘何事，一半花枝风雨。收听取。这气象精神，则要人来做。当留客处。且遇酒高歌，逢场戏剧，莫作皱眉事。

那个是，紫佩飞霞仙侣。骎骎（qīn）云步如许。清闲笑我如鸥鹭，不肯对松觅句。萍散聚，又明月、还寻锦里烟霞路。浮名自误。待好好归来，**携筒载酒**，同访子云去。

【作者简介】吴泳（生卒年不详），字叔永，号鹤林。潼川（今四川三台）人。③ 南宋文学家。

嘉定元年（1208）进士。绍定五年（1232），任职秘书丞。六年，为著作郎。端平元年（1234），为军器少监。端平二年（1235），为秘书少监，兼权中书舍人。寻迁起居舍人兼权吏部侍郎，兼直学士院。后升任刑部尚书。嘉熙二年（1238），出知宁国府，提举太平兴国宫。次年，知温州，救济饥民，颇有政绩。淳祐元年（1241），退居湖州霅川。④

吴泳送别、叹时之作，立意深远，语言朴实，风格遒劲。⑤ 其文章有眉山三苏的风格，在西蜀有重要地位。有《鹤林集》。⑥

---

① 上海辞书出版社文学鉴赏辞典编纂中心. 中国文学家辞典［M］. 上海：上海辞书出版社，2017.
② 张高宽，王玉哲，王连生，等. 宋词大辞典［M］. 沈阳：辽宁人民出版社，1990.
③ 刘扬忠，乔力，王兆鹏. 唐宋词精华分卷［M］. 北京：朝华出版社，1991.
④ 曾枣庄. 中国文学家大辞典［M］. 北京：中华书局，2004.
⑤ 王洪. 唐宋词百科大辞典［M］. 北京：学苑出版社，1990.
⑥ 张高宽，王玉哲，王连生，等. 宋词大辞典［M］. 沈阳：辽宁人民出版社，1990.

秀山霜晴晚眺与赵宾旸黄惟月联句

宋末元初·方回　赵与东　黄应蟾

一峰何峥嵘，万象悉匍匐。
心包元气并，影立太空独。（方回）
遥瞻极乾端，俯瞰际坤轴。
飘飘凌云身，杳杳送鸿目。（赵宾旸，与东）
挥袖裨八风，开襟吞百渎。
醒脾咽醇清，涤髓荡痼俗。（黄惟月，应蟾）
斗摘紫垣杓^{biāo}，日攀黄道毂。
川令夷若奔，林诃魍$^{hē wǎng xiāo}$魈伏。（回）
螺蚌视三神，杯盎阅四隩^{ào}。
参旗摩右肩，昆苑踏左足。（东）
营营蚁磨旋，戢戢蜂房簇。
膻爼屦前臑^{nào}，诗瓢悭^{qiān}半菽^{shū}。（蟾）
历测尊卢年，桴穷沃焦谷。
畴非浮点沤，吾亦寄粒粟。（回）
气形孰融结，高深谁浚矗。
娲皇不能补，共工多事触。（东）
飞思腾虚遨，殚精驰迥瞩。
浩浩蔑垠涯，浑浑曷边幅。（蟾）
百刻候汐潮，九行递朏$^{fěi nǔ}$朒。
达观等鹏鷦^{jiāo}，殊趋骇燕蝠。（回）
仙驭鞭虬螭，神驾轨骊騄。
寰中无遁照，象外有玄烛。（东）
推寻制字苍，究考画卦宓。

万变既日滋,百灵遂宵哭。(蟾)

某氏马锡三,何人鳌钓六。

底所真蓬瀛,是间自濠濮。(回)
　　　　　　　　háo pú

佳辰每难值,奇赏讵嫌数。

达士多放旷,拘儒例踧踖。(东)
　　　　　　　　cù sù

味同侨札交,臭异智辅族。

稽首礼初梅,掀髯叫余菊。(蟾)

节届小大寒,岁得中下熟。

野礼讲蜡迎,侲朋阅傩逐。(回)
　　　　　zhèn

皴肤剥枯薛,瘦发立冻木。

青针抽麦麰,绛粒苴藇薁。(东)
　　　　　móu　　　yù

乌龙特嵯峨,白雁几湾洑。
　　　　　　　　　　fù

霞谯抹微绡,烟市皱轻縠。(蟾)
qiào　　　　　　　hú

画嶂屏横纵,字溪篆直曲。

兰非灌能馨,柏岂撼可秃。(回)

长冈修蛇驰,短阜矮鳖缩。

一塔耸锥颖,千畦界棋局。(东)

冷祠逃鼪鼯,荒冢吓鸱鹕。
　　　shēng wú　　hè

汲窟仆桔槔,获场眠碌碡。(蟾)
　　　gāo　　　　liù zhóu

橡实翻箨瘦,笋萌认鞭劚。
　　tuò

莽啼潜钩辀,篱嚼偃縠觫。(回)
　zhōu　　　hú sù

樵肩疮长镵,猎臂袒偏裻。
　　　　chán　　　　dú

相劳声阿邪,力作响蓬扑。(蟾)

闻磬认禅窗,指幡窥佛屋。

邃森逾二林,美秀埒三竺。(回)
　　　　　　　　liè

笼影夜凫灯，板声晓堂粥。

匪经陆老学，孰识陈尊宿。（蟾）

兵比休虎屯，盗俱就鲸戮。

耨_{nòu}镈_{bó}衍新畲，燧亭隳旧筑。（回）

连营释鞞_{bǐng}琫_{běng}，四野竞畚_{běn}梮_{jū}。

别墅喧檞_{kē}壶，圜扉静敲朴。（东）

今各有缊_{yùn}袍，昔俱无旨蓄。

骎骎熙运开，沓沓壮观复。（回）

闾阎一烬空，栋宇万础续。

货廛_{chán}富鲍鱐_{sù}，米市积穜_{tóng}稑_{lù}。（东）

登临恣夷犹，生息赖亭毒。

扫阴开晚晴，破冱_{hù}作春燠_{yù}。（回）

硗_{qiāo}畴蹙龟纹，涸浍_{kuài}开瓦卜。

昏声沸群鸦，暮色隐孤鹜。（东）

店遥旅叱驴，陇隔稚唤犊。

䴔_{jué}谣音咋_{zhā}嘲，偻荷步彳_{chì}亍_{chù}。（回）

浦漵_{xù}出渔艇，埼_{qí}碛_{qì}泊商舳_{zhú}。

僧包侧肩挑，奚囊俯腰束。（东）

护舍荒吠猰_{yín}，投林倦翔速。

驿蹄雷铿鍧_{hōng}，野燎星熠煜。（蟾）

警棚报冬冬，栖樗呼唧_{shí}啁_{zhōu}。

相与忘是非，足堪了昏旭。（回）

矧_{shěn}兹瑞六霙_{yīng}，预云宜百谷。

狐兔各深藏，螨_{nǎn}蠈_{yuán}靡遗育。（回）

潜鱼未拨剌，骇兽或踯躅。
倒影已巅崖，余凌尚丘麓。（东）
宿蘖芽嫩黄，流澌酝娇绿。
联拳一春锄，格磔双属玉。（蟾）
掏苗揽奇辛，擘蕾嗅幽馥。
蛰户咸伺霆，烧痕渐矜曝。（回）
审观寒向阑，追念暑尝酷。
凉既免炮烅，温又救皲瘃。（回）
大化有乘除，胜残无断属。
是邦信巍巍，厥闻久昱昱。（东）
淮海分扬州，斗牛躔北陆。
秦汉会稽吴，隋唐新定睦。（回）
户歌楚人骚，家佩桐君录。
入笼尽参芝，盈室肯薋菉。（东）
辉凤远媒翳，祥麟哂童牿。
栋材茂椅桐，跃冶乳镠鋈。（蟾）
贤守宋广平，兴君刘文叔。
徵隐屈觝旒，哀茕极膏沐。（回）
缅怀解剑耕，遐想负薪鬻。
咳唾变兴亡，咄嗟异荣辱。（东）
荛夫被儒衣，耕叟辟家塾。
道味调漆胶，谊声协敔柷。（蟾）
严范盛蒸尝，轩莱恪尸祝。
勃兴畏后生，朋来乐私淑。（回）
骈肩长裾曳，比屋短檠读。

高科接踵武，雅德棻被服。（东）

委巷致聘旌，徒步胹公馃。

车引太仆驹，马给上林蓓。（回）

岂惟供爪牙，固将倚心腹。

文华凌屈宋，武略迈颇牧。（东）

袁丝却腐阉，丙吉雪冤狱。

差毫别同和，立界辨刚欲。（蟾）

达汝媲稷皋，退吾侪绮角。

中焉敛韬略，外也灭表襮。（回）

村诂订荄箕，俚授折都郁。

四经审钩弦，三秀攻珞琭。（回）

处士傲貂绅，侠徒竞鸡鞠。

里闾剧华腴，官府务涵霂。（蟾）

喝雉投彩琼，落雕捷鸣骲。

高赀轶陶朱，雄辩骋张禄。（东）

美酿压郫筒，大烹椎獠㹻。

舞残金凤鼓，歌缓翠蛾蹙。（回）

千楼向笛吹，万室陶巾漉。

余尊沾皂隶，残炙饫童仆。（东）

遐征罕赍粮，酣寝或枕曲。

间尝极备无，一是耻呼蹴。（回）

金彩剪胜幡，沙囊篆符箓。

秋枣溲牂膏，冬稻熬狼臅。（蟾）

城市虽冯扶，郊野尚轩喾。

四时务锄耰，千村鸣杼柚。（东）

颗粒本牛衣，丝缕出蚕苗。

繲商何羡闽，药市勿诧蜀。（回）

盛年念畴昔，微梦恍忽倏。

已知壮心违，未觉老颜恧。（东）

久黏簿书縭，幸脱簪冕梏。

得与麋鹿群，敢兼熊鱼欲。（回）

席珍非待聘，有玉谩韫椟。

冥心同子綦，徐步效颜歜。（东）

一麾断鹓班，百举阅饩告。

仙丞真应宗，诗愧玄英属。（回）

亲故焮妖灾，怨雠腾谤讟。

字幼寋空空，省躬危睦睦。（回）

卑飞类鹪鷃，逸步谢骅骕。

庶几便幍幍，焉能事鞲紒。（东）

双洪汹奔涛，孤派涩凝瀑。

窗徒聚雪萤，袍未释银鹄。（蟾）

之子虞一夔，伊人郑七穆。

三足分鼎铛，两锋交箭镞。（回）

砖埴冀良陶，粝疏就精凿。

诚难角妙染，缪许啐余觫。（蟾）

狂吟动千字，豪饮辄百斛。

墨淡立儿研，杯迟走童趣。（东）

自倚大户宽，岂畏险韵复。

胆痒生芒棱，唾圆洗尘醭。（回）

登山石同憩，临流泉共掬。
被褐敌裘绮，羹藜胜粱肉。（东）
砖炉煎荈茶，瓦豆飣 䣂dìng zǐ 菔fú。
园无迂叟花，亭有醉翁蔌sù。（回）
棕疏摘麈柄，莎软敷猱褥róng。
藤阴皆帷帱chóu，松韵即筦筑。（蟾）
逸兴春空云，耐交岁寒竹。
山腴嚼zuō糟狸，海异吼hòu酱鲎。（东）
黎斑屑鹧鸪，端眼瀹qú yù鸲鹆。
书穷萧衍评，弈妙王粲覆。（回）
生平嗜好迂，我辈友谊笃。
矢诗一赓酬，言志双启沃。（回）
析理精洛伊，谈史究温涑sù。
望之真堂堂，毛遂岂碌碌。（东）
虞初九百篇，方朔三千牍。
酸咸糅盐梅，杗桷裁栻朴máng jué yù。（回）
论文如有竞，见义每相勖xù。
燕乐思鹿鸣，切磋慕淇澳。（东）
公直性所钟，辛勤起常夙。
枿佞请尚方，抨妖官砦簇niè chè。（回）
扣阍hūn幡屡举，寓直袚fú曾襆。
刚肠挫未衰，劲气老弥肃。（东）
百粤转沅湘，九河交济漯luò。
魂惊舞波帆，力弱掀淖nào辐。（回）
道异十获禽，理难百中鹄。

晬颜宁如愚，尚老且缘督。（回）
浮荣等槐蚁，往事付蕉鹿。

乐天心自怡，知命颇奚蹙(è)。（东）
于野同人亨，勿药无妄福。
攀附联瀛登，广胖适沂浴。（回）
寄兴本真率，成章仍丰缛。
时能一来游，倾箧买醽醁(líng lù)。（回）

【作者简介】 方回（1227—1307），字万里，号虚谷。徽州歙县（今属安徽黄山）人。诗人、诗论家。

宋景定三年（1262）进士。宋末，任严州知府。后以城降元，得任建德路总管。不久被罢官，居于杭州、歙县一带。

方回善论诗文，论诗主江西诗派，为该诗派殿军。其诗大多都能反映现实社会生活。有《桐江集》《桐江续集》等。[①]

赵与东（1222—?），字宾旸，号鲁斋。桐庐（今属浙江杭州）人。太祖十世孙。

宝祐四年（1256）进士。历任赣州教官、两浙运干、司农寺排岸班等职，改奉议郎。有《鲁斋小稿》。

黄应蟾（生卒年不详），字惟月。

昝相公席上

宋末元初·汪元量

燕云远使栈云间，**便遣邮筒助客欢**。
闪闪白鱼来丙穴，绵绵紫鹤出巴山。

[①] 上海辞书出版社文学鉴赏辞典编纂中心. 中国文学家辞典[M]. 上海：上海辞书出版社，2017.

神仙缥缈艳金屋,城郭繁华号锦官。

万里桥西一回首,黑云遮断剑门关。

【作者简介】 汪元量(1241—1317年后),字大有,号水云,亦自号水云子、楚狂、江南倦客。钱塘(今浙江杭州)人。宋末元初诗人、词人。①

宋度宗时,汪元量为宫廷乐师。德祐二年(1276),元军攻陷临安,掳幼帝及太后等北去,汪元量亦随行至元大都。汪元量常去探视被囚禁的文天祥,二人以诗词相唱和,遂成莫逆之交。至元二十三年(1286),汪元量被任命为岳渎降香的代祀使,走南闯北,曾到四川青城山,过成都杜甫草堂,拜祭孔子庙。② 二十五年,获准南归,出为道士,浪迹名山水云间,多与南宋遗民相往还。晚年在钱塘丰乐桥外筑小楼,为"湖山隐处",隐居以终。③

汪元量早期受江湖诗派影响,后经历了亡国惨痛,诗风颇似杜甫。④ 清代潘耒称:"汪水云诗,元名人共相推许,有诗史之目。其咏宋幼主降元后事,皆得之目击,多史传所未载,而声情凄惋,悲歌当泣,故国故君之思,斯须不忘,可以愧食禄之臣矣。"有《水云集》《湖山类稿》。⑤

送巨德新四川省郎中

宋末元初·袁桷

退食公庭日未西,浣溪清雨换障泥。

筹边旧式传铜马,吊古新诗问石犀。

荔子绿阴鹦鹉过,杏花红影秭归啼。

遨头雅集须频领,**不惜郫筒取次携**。

---

① 陶文鹏. 宋诗精华 [M]. 桂林:广西师范大学出版社,1996.
② 陆琼. 汪元量生平及交游研究 [D]. 上海:华东师范大学,2005.
③ 马良春,李福田. 中国文学大辞典 [M]. 天津:天津人民出版社,1991.
④ 钱仲联,傅璇琮,王运熙,等. 中国文学大辞典 [M]. 上海:上海辞书出版社,1997.
⑤ 门岿. 中国历代文献精粹大典 [M]. 北京:学苑出版社,1990.

【作者简介】 袁桷（1266—1327），字伯长，号清容居士。庆元府鄞县（今属浙江宁波）人。元代文学家。①

袁桷少时习学于戴表元，后拜王应麟为师，以能文著名。二十岁以茂才异等成为丽泽书院山长。大德元年（1297），被荐为翰林国史院检阅官。时初建南郊祭社，袁桷进谏郊祀十议，多被采纳，升应奉翰林文字、同知制诰兼国史院编修官，请购求辽、金、宋三代遗书，以为日后编修三史之史料。延祐年间，迁待制、集贤院直学士，不久升翰林院直学士、知制诰同修国史。至治元年（1321），迁侍讲学士，参与纂修累朝学录。泰定元年（1324）辞归。卒赠中奉大夫、江浙中书省参政，封陈留郡公，谥文清。②

袁桷研精易学，工诗文，善书法。诗歌宗唐，多为写景抒情以及朋友往来赠答酬唱之作，善于描写边塞风光，个别作品流露出对社会现实的不满。③《四库全书总目提要》评价："其诗格俊迈高华，造语也多工炼，卓然能自成一家。……其著作宏富，气象光昌，蔚为承平雅颂之声。文采风流，遂为虞、杨、范、揭等先路之导。其承前启后，称一代文章之巨公良无愧矣。"有《清容居士集》。④

赋竹居文樽

宋末元初·熊瑞

郫筒对峙玉清圆，绝胜当年碧筒莲。
倾酿尚伴春楚楚，开樽犹带雨涓涓。
昔遗溪上晋六逸，今入饮中唐八仙。
一榻青奴凉更好，醉来乘月伴高眠。

【作者简介】 熊瑞（生卒年不详），字西玉，号冕山，自号"清虚道

---

① 吴海林，李延沛．中国历史人物辞典［M］．哈尔滨：黑龙江人民出版社，1983．
② 浙江省人物志编纂委员会．浙江省人物志［M］．杭州：浙江人民出版社，2005．
③ 胡敬署，陈有进，王富仁，等．文学百科大辞典［M］．北京：华龄出版社，1991．
④ 马良春，李福田．中国文学大辞典［M］．天津：天津人民出版社，1991．

人"。余干（今属江西）人。

咸淳七年（1271）进士，调为庐陵教授，后迁国子正。宋朝灭亡，辞官而去，自号"清虚道人"。

刘将孙为其写序，称其"在太学程文，变一时文体"，"碑铭记序，诗赋杂传，变化庄、列，混涵瞿昙，嬉笑颦叹，卓然自为一家"，可见其诗文之独特风格在当时之影响。周密《癸辛杂识》谓其与李谨思"倡为变体，奇诡浮艳，精神焕发，多用庄、列之语，时人谓之换字文章"。有《瞿梧集》。①

蜀江春晓

元·丁复

蜀江二月桃花春，仙子江头裁锦云。
牙樯艇(tǐng)子双荡桨，兰叶冲破愁杀人。
浣花诗客茅堂小，醉眼看春狎花鸟。
柳絮抛风乳燕斜，画帘卷雨啼莺晓。
蘼芜草生兰叶齐，碧流黛石青无泥。
郫筒有酒君莫惜，明日残红如雨飞。

【作者简介】 丁复（1272—1338）②，字仲容，号桧亭。天台（今属浙江台州）人。元代诗人。

早年有诗名，延祐初，北游京师，公卿大夫以其为可塑之才，与杨载、范梈一同被推荐，拟授予馆阁之职。丁复自认为当权者很难赏识自己，不等正式批复，便离京而去。他横渡黄河，经云梦，观沅江和湘江，登庐山，浮大江而下，寓居金陵，终身不仕。③

丁复学博才敏，为诗不事雕琢，主张格超趣远。擅长七言诗，七言古诗、律诗几乎占其集篇幅的三分之二。丁复前期的诗"酷类太白，杂而置

---

① 曾枣庄. 中国文学家大辞典 [M]. 北京：中华书局，2004.
② 邓绍基，杨镰. 中国文学家大辞典 [M]. 北京：中华书局，2006.
③ 钱仲联，傅璇琮，王运熙，等. 中国文学大辞典 [M]. 上海：上海辞书出版社，1997.

之集中,见者不复能辨",而晚年"其体稍变,将自为一家"。杨翮《桧亭续集序》云:"桧亭先生丁君仲容父,平生有隐君子之趣,而以诗著名。……四方之士日载酒从之游而求其为诗,故诗必因酒而作,引觞挥毫,若不经意,而语率高绝。饮至半酣,诗愈益奇。一饮或诗累数章,诗成而先生亦颓然醉矣。"有《桧亭集》。①

代祀西岳至成都作

元·虞集

我到成都才十日,驷马桥下春水生。
渡江相送荷主意,过家不留非我情。
鸬鹚轻筏下溪足,鹦鹉小窗知客名。
赖得郫筒酒易醉,夜深冲雨汉州城。

【作者简介】虞集(1272—1348),字伯生,号道园,世称邵庵先生,谥号文靖。祖籍仙井监(今四川仁寿),宋亡徙居临川崇仁(今江西崇仁)。元代学者、诗人。南宋左丞相虞允文五世孙,曾祖虞刚简、祖父虞珏、父亲虞汲皆以文学知名。②虞集与杨载、范梈、揭傒斯齐名,并称"元诗四大家";与揭傒斯、柳贯、黄溍并称"元儒四家"。

虞集自幼受家学熏陶,曾随名儒吴澄游学。大德初年(1297),被举荐为大都路儒学教授,历任国子助教、博士等。延祐六年(1319),任翰林院待制兼国史院编修、集贤院修撰。泰定三年(1326),任奉训大夫、秘书少监。四年,虞集再次主持礼部试,与王约随泰定帝去上都,用蒙古语和汉语讲解经书,迁翰林直学士兼国子祭酒。文宗时任奎章阁侍书学士,受命与中书平章政事赵世延等纂修《经世大典》。③

虞集是元代文坛一代宗师,诗文俱佳,近体诗成就尤高,其词则多写闲情逸致。与其同时代的文学家欧阳玄曾评价其云:"皇元混一天下三十

---

① 马良春,李福田. 中国文学大辞典[M]. 天津:天津人民出版社,1991.
② 吴敢木. 中国古代书法家辞典[M]. 杭州:浙江人民出版社,1999.
③ 陈瑛,许启贤. 中国伦理大辞典[M]. 沈阳:辽宁人民出版社,1989.

余年,虞雍公赫然以文鸣于朝著之间,天下之士翕然,谓公之文当代之巨擘也。"有《道园学古录》。①

李伯圭过客舍留饮辱诗酒酬次韵

元·程端学

浊酒秋间春日长,垂杨屋外碧云凉。
郫筒满眼亦可醉,野客乐意未渠央。
旧友千里梦头白,征衣三岁化尘黄。
垂弧已有四方志,男子随时为弛张。

【作者简介】程端学(1278—1334),字时叔,号积斋。庆元府鄞县(今属浙江宁波)人。

泰定元年(1324)进士,授仙居县丞,改国子助教,迁翰林国史院编修官,出为瑞州路经历。②

欧阳玄称程端学"心与貌俱古,文与行俱卓"。有《积斋集》等。

寄弘长老云山

元·马祖常

曙雨初生螮蝀(dì dōng)桥,梵山吟呗不移朝。
曾分禅榻春盘礴,更想云山夜寂寥。
茧纸题诗寻伴少,**郫筒**沽酒入城遥。
佛龛千丈金银界,照世酥灯弟子烧。

---

① 胡敬署,陈有进,王富仁,等. 文学百科大辞典 [M]. 北京:华龄出版社,1991.
② 钱茂伟,毛阳光. 宁波通史·元明卷 [M]. 宁波:宁波出版社,2009.

息斋风竹图道士华山隐得之命予赋之

元·马祖常

往年家住箦^{yún dāng}筜谷,丹鸾之实美如粟。
玄云翻空下深靓,昆吾宝刀削秋玉。
石衣渍锦侵书光,风微粉堕生细香。
琳馆瑶台九天近,夜寒笙磬声锵锵。
万斛苍烟郁江雨,二妃弹瑟潇湘浦。
郫筒蜀酒亦堪沽,蟠石双杖令谁取。
河朔岁晏冰为梁,群木鳞皴临雪霜。
迟汝狂飙莫吹裂,截管他年侑帝觞。

【作者简介】马祖常(1279—1338),字伯庸。元代著名诗人。高祖锡里吉思,金末为凤翔兵马判官,子孙因以马为姓,家在浚仪(今河南开封)。父马润官至漳州路同知,移家光州(今河南潢川)。①

延祐二年(1315),会试第一,廷试第二,授应奉翰林文字,拜监察御史,曾与同僚一起弹劾罢免了贪赃枉法的丞相铁木迭儿。七年,元仁宗驾崩,铁木迭儿复相,马祖常被降为开平县尹,后退居光州。历任翰林待制、翰林直学士、礼部尚书等。天历元年(1328),入礼部任职。两次主持贡举,一次为读卷官,时人称其选拔得当,为国家遴选了大量人才。累迁参议中书省事、江南行台中丞、御史中丞、枢密副使等。②

马祖常文风朴实,赋与诗文在当时颇有影响。有《石田集》,与修《英宗实录》,辑《列后金鉴》《千秋记略》等。③

---

① 李春祥. 乐府诗鉴赏辞典 [M]. 郑州:中州古籍出版社,1990.
② 高文德. 中国少数民族史大辞典 [M]. 长春:吉林教育出版社,1995.
③ 迟文浚,许志刚,宋绪连. 历代赋辞典 [M]. 沈阳:辽宁人民出版社,1992.

寄四川支文举·其一

元·王沂

昔年我作成都客，**酒酿郫筒日日携**。
惆怅浣花溪上路，乱山无主子规啼。

题汉州驿

元·王沂

锦水东来绕故城，江干楼阁倚新晴。
鹅黄怕醉郫筒酒，犀角欣尝巴竹萌。
可惜海棠经雨尽，空看桤树拂云生。
薛涛风月无人继，谁唱阳关第一声。

草　堂

元·王沂

浣花老翁不可见，浣花草堂何处寻。
鸬鹚晒翅锦江岸，鹦鹉将雏桤树阴。
数亩林塘谁是主，千年韶濩(hù)有遗音。
一杯重酹郫筒酒，丛竹萧萧风动襟。

【作者简介】王沂（1287—1363），字师鲁，祖籍云中（今山西大同），徙于真定（今河北正定）。

延祐二年（1315）进士，历任临淮县尹、嵩州同知。至顺间为翰林院编修，后历国子博士、翰林待制。至正初任礼部尚书。曾主持元统元年

(1333)科举,以"总裁官"身份编定辽、金、宋三朝史。①

与傅若金、许有壬、周伯琦、陈旅等唱和,诗文舂容大雅。② 有《伊滨集》。

送娄士琏之官四川仁寿分韵得知字·其一

元·林温

见说蜀中天下奇,一官万里去何之?
云连古栈驱车远,江绕盘涡入棹迟。
落日秋风神禹庙,黄鹂碧草武侯祠。
寻幽好载郫筒酒,县令相过是故知。

【作者简介】林温(生卒年不详),字伯恭。永嘉(今属浙江温州)人。

至正十四年(1354)进士。授休宁县尹,补南台掾,改任福建行省管勾,进郎中。

书工行草,酷似黄庭坚。有《栗斋集》。

秋夜独坐·其二

元·吕彦贞

三更还唤酒,**独酌尽郫筒**。
望古情遥集,怀人意暗通。
自怜多命蹇,不信为诗穷。
满眼伤秋感,何堪铁马风。

---

① 邓绍基,杨镰. 中国文学家大辞典 [M]. 北京:中华书局,2006.
② 马兴荣,吴熊和,曹济平. 中国词学大辞典 [M]. 杭州:浙江教育出版社,1996.

【作者简介】吕彦贞（生卒年不详），字句吴。江阴（今属江苏）人。

吕彦贞曾以文学录用，有司敦迫其出任通事，父老叩头泣请，上命吏部符止之。

吕彦贞以著书号"席帽山人"，有《沧浪轩诗集》。①

虞君胜伯求先世遗书将锓诸梓作诗以美之·其八

元·陶泽

水拍吴江映绿蘋，吴帆挂席起江津。
一船书剑成都客，满路湖山上海春。
贮酒郫筒来地远，行庖海错带潮新。
雍公余泽千年在，更有文章溉后人。

【作者简介】陶泽（生卒年不详），元代文人。

题赵仲穆临黄筌秋山图

元末明初·杨维桢

成都画师称要叔，不独锦鸡兼写竹。
李昇笔法最称神，万里云山出西蜀。
重峦叠嶂金碧堆，丹崖枫树如花开。
银河著地可望不可到，上有仙家十二之琼台。
峨眉玉垒天边落，万雉金城连剑阁。
雪山西蜀为武担，石镜清辉缠井络。
江边里牪似沉犀，水怪不敢湍金堤。
支机石在严真观，浣花水落少陵溪。

---

① 中共北京市东城区纪律检查委员会，北京市东城区监察局. 留取丹心照汗青——历代诗人咏文天祥[M]. 北京：中国方正出版社，2014.

蜀王宫殿牛羊下，鼓吹却入鸡豚社。
雪飞水磨旧敲茶，春酿郫筒荷熟鲊（zhǎ）。
草田麦垄烟光薄，交鹿呦呦雉角角。
何处山僧赤脚归，空林野水日欲落。
吴兴小赵精天机，出入内府阅秘奇。
亲摹此本第一幅，闭户三月忘朝饥。
老夫平生有山癖，草玄亭前双眼碧。
江上何处未归来，黄鹤高楼吹铁笛。

【作者简介】杨维桢（1296—1370），字廉夫，号铁崖，别号铁笛道人、铁心道人、铁冠道人、梅花道人、东维子、抱遗老人、老铁等。诸暨（今属浙江）人。与陆居仁、钱惟善并称"元末三高士"。元末明初诗人、文学家、书画家。①

泰定四年（1327）进士，任天台县尹。元统二年（1334），改任钱清盐场司令。后出任建德路总管府推官，继升任江西儒学提举。元末避乱居富春山，后迁居钱塘（今杭州）。明洪武三年（1370）卒，宋濂为作墓志铭。②

杨维桢是元代诗坛的领军人物，擅作古乐府诗，既婉丽动人，又雄迈自然，史称"铁崖体"。有《东维子文集》《铁崖古乐府》等。③

西蜀·其二

元末明初·虞堪

春风画舸锦江上，细雨朱樱红树中。
买得白鱼剩沽酒，丈人相对倒郫筒。

【作者简介】虞堪（生卒年不详），字克用，一字胜伯，别字叔胜，号

---

① 吴致木. 中国古代书法家辞典［M］. 杭州：浙江人民出版社，1999.
② 门岿. 二十六史精要辞典［M］. 北京：人民日报出版社，1993.
③ 朱东润. 中国历代文学作品选［M］. 上海：上海古籍出版社，1989.

青城山樵、西蜀书生。长洲（今江苏苏州）人。元末明初藏书家、诗人，南宋名臣虞允文后人。①

元末隐居不仕。洪武十年（1377），出为云南府学教授，卒于官。

虞堪家中藏书十分丰富，著名藏书家钱谦益为虞堪撰小传，称其"家藏书甚富，手自编辑，尤重雍公遗文，虽千里必购得乃已"。虞堪喜爱作诗，题于画上的诗作尤多。其诗词清润典丽，不少作品流露出感怀时事之情。② 有《希澹园诗》《虞山人诗》《鼓枻稿》等。③

送叶明府之官郫县

元末明初·宋濂

文章才子之官去，**见说郫筒酒正酣**。
饮罢细观循吏传，莫缘山色忆芙蓉。

【作者简介】宋濂（1310—1381），初名寿，字景濂，号潜溪，别号龙门子、玄真遁叟等，世称太史公、宋龙门。祖籍金华潜溪（今浙江义乌），后迁居金华浦江（今属浙江浦江）。④ 元末明初著名政治家、文学家、史学家、思想家。与高启、刘基并称"明初诗文三大家"；与章溢、刘基、叶琛并称"浙东四先生"；与刘基均以散文闻名，并称"一代之宗"。

宋濂家境贫寒，但聪敏好学，曾在吴莱、柳贯、黄溍等人门下求学。元末被举荐为翰林院编修，但未应征，入山著书十余年。明初受太祖朱元璋礼聘，被尊为"五经"师，为太子朱标讲经，后又参与修撰起居注。洪武二年（1369），奉命主修《元史》。官至翰林学士承旨、知制诰，朝廷礼仪多为其制定，被太祖誉为"开国文臣之首"。明武宗时追谥文宪。⑤

宋濂诗歌题材多样，博采众家，自称："予也不敏，以荒唐之资，操

---

① 吴海林，李延沛. 中国历史人物辞典 [M]. 哈尔滨：黑龙江人民出版社，1983.
② 钱仲联，傅璇琮，王运熙，等. 中国文学大辞典 [M]. 上海：上海辞书出版社，1997.
③ 汤志波，孙悦. 明初虞堪诗集版本考录 [J]. 文津学志，2019（12）.
④ 刘乾先，董莲池，张玉春，等. 中华文明实录 [M]. 哈尔滨：黑龙江人民出版社，2002.
⑤ 王洪. 古代散文百科大辞典 [M]. 北京：学苑出版社，1991.

褊迫之行，虽自汉魏至于近代，凡数百家之诗，无不研穷其旨趣，揣摩其声律……"其散文简洁，时有文名。有《宋学士全集》。①

椰子酒瓢赋

元末明初·宋讷

为知滑县事诸君仲仁作。君前雷州遂溪县丞。

祝融之荒，朱崖之疆。有木维椰，花实同芳。叶䩞鞁（péi sāi）乎凤尾，树仿佛乎槟榔。融瘴雨之滋养，受海风之吹扬。凝鲸波之润泽，孕蜃气之光芒。竹长节兮下生，雀五色兮上翔。采一壳之贞姿，破半瓠之异常。不深而玄，不老而苍。讶琢疑雕，离圆遁方。谓为匏（páo）耶，而非济水之具；谓为螺也，而无掩甲之铓。制作合自然之度，规模岂杞柳之戕。薄临池之荷杯，轻随波之羽觞。尊藤癭兮土苴（jū），厄竹根兮秕糠。憎一杯之鹦鹉，妒双盏之鸳鸯。斟酌乎真一之酝，输写乎波若之扬。纳曲生之风味，支陆醑（xǔ）之壶觞。齐列并陈，虽翠勺、银罂之属，无忝先后。争操竞执，虽嵇康、阮籍之徒，亦效奔忙。注春色于苍颜，添风韵于红妆。疏水部之醒何，亲酒泉之渴羌。素过乎陶匏之质，贵饶于金玉之相。箕山之许由未弃，陋巷之颜子不将。若夫公子高楼，豪客画堂。银屏前列，绣幕后张。荐琼酥之炙鹅，封杏酪之蒸羊。绿醑涨竹叶之酿，紫霞溢葡萄之浆。夜月秦若兰，春风杜韦娘。或妙舞兮垂手，或清歌兮绕梁。巧笑仙容，转宫腰之猗傩。怀春翠袖，露玉笋之纤长。浇彼磊块之胸，倾此潋滟之香。银凿落兮在侧，金叵罗兮在傍。瓢于斯时，孰低孰昂。负清标与雅致，任酣颠而醉狂。又若幽人草亭，高士山房。诗礼之庭，翰墨之场。逍遥兮兰佩葛巾，优雅兮野服云装。杜瓮半开，香脓醹（shī）乎蚁绿，**邮筒初断**，色浅泛乎鹅黄。缕银丝之鲈鲙，斫金膏之蟹匡。新洞庭之绿橘，嘉糟丘之紫姜。冠者数人，童子两行。再献不假于歌喉，一倾直润乎诗肠。滴残沥于布袍，

---

① 朱东润. 中国历代文学作品选［M］. 上海：上海古籍出版社，1989.

散余馨于银珰。瓢于斯时，价比琳琅。视金罍而不耻，顾瓦盆而有光。有美一人，邦家俊良。典六艺于文教，肃三语于宪纲。蔚赞画之才华，近池上之凤凰。出贰遂溪，来宰灵昌。昔访兹瓢，得于雷阳。封以溪藤之纸，韬以蜀锦之囊。逮琴堂之公暇，时会友以徜徉。精曲蘖以作醴，洁甘旨而起尝。味过杜康，客邀宋庠。幕宾之丰仪俊逸，广文之环佩铿锵。挂一幅之墨梅，设四位之胡床。爇(ruò)水沉兮霏微，烧银烛兮荧煌。乃命爱子，钥启筼箱。出清赏于胜集，乐良夜之未央。蔬如琼芝，果剥栗瓤(ráng)；肴佳山雉，味美河鲂。一酢一酬，和敬交彰；一奠一举，宾主相忘。延席上之欢伯，拓樽前之醉乡。引青州之从事，啖汤饼于何郎。宜贤侯之特达，重此器如圭璋。呜呼！海中之洲，琼山效样。实产椰子，大小莫量。懿为瓢而为榼，亦风土之木强。来中华兮万里，几山海兮梯航。物远见珍，爱之恐伤；木灵知毒，验之允臧。杳穷陬(zōu)之地理，恨考索之未详。吾将假之过黄公之垆，持之唤西家之墙。旷席地而幕天，脱声锁而名缰。属一瓢于海神，追秘怪于渺茫。酬一瓢于坡仙，吊谪居之闻望。尽南海于一吸，嗽岭岛之风霜。倒着白接篱，翻污云锦裳。揖群彦兮归来，拂醉袖于缣缃(jiān xiāng)。承主人之索赋，聊染翰以成章。愿常加乎洗涤，示清白以保藏。

【作者简介】 宋讷（1311—1390），字仲敏，号西隐。大名府滑县（今属河南安阳）人。

元至正二十三年（1363）进士，任盐山尹，弃官归。明洪武二年（1369），征修《礼》《乐》诸书。后荐授国子助教，以说经为学者所宗。十五年，超迁翰林学士，命撰《宣德庙碑》，改为文渊阁大学士。旋迁国子监祭酒，严立学规，终日端坐讲解无虚晷，夜恒止学舍。正德中，追谥文恪。[1]

其诗真诚坦率，颇有艺术感染力。其文则讲究章法，浑厚淳雅，有正统儒臣的风范。有《西隐文稿》。[2]

---

[1] 郑天挺，吴泽，杨志玖. 中国历史大辞典 [M]. 上海：上海辞书出版社，2000.
[2] 钱仲联，傅璇琮，王运熙，等. 中国文学大辞典 [M]. 上海：上海辞书出版社，1997.

云南乐

元末明初·孙蕡

成都贾(gǔ)客向人语，黎州多风杂多雨。
雪山万古长不消，山下四时风气暑。
竹林西畔是云南，不论冬夏披毡衫。
蛮官见客花布袄，村妇背盐青竹篮。
绳桥跨涧石礏(jié)嶪(yè)，部落马蹄皆灌铁。
引筒贯索通客行，插木入崖防栈绝。
郫筒酒熟蛮人歌，太平今喜无兵戈。
悬车不成相公岭，卖马安行大渡河。
牛缨换贷跻邛笮，路出彭门缘剑阁。
火井秋篁截洞箫，几腔吹作云南乐。

赠关元帅景熙

元末明初·孙蕡

君在前朝帅东阃，虎符三珠秩二品。
辕门裨将悬金章，黄头奴子州县尹。
杨仆楼船下濑时，君随左相入京师。
端门万钱宴珠履，辇路千花明锦衣。
天官宗伯司邦典，藻鉴论君第高选。
君言下国羁旅臣，生来好武文笔浅。
愿绾铜章佐北征，还来作吏锦官城。
宣劳岂言爵高下，贵在晚节完虚名。
岁华荏苒容鬓改，朋旧飘零满湖海。
星辰霜木余几人，我与蟾溪老高在。

前年佐县淮山阴，今春待诏入词林。

比来奉节领祀事，会面错愕惊愁心。

郫筒新酒凝寒翠，清夜悬灯共君醉。

醉来自起弹鸣筝，一曲清歌数行泪。

有歌有酒君莫辞，人生会遇信有时。

百年莽莽任所适，不必借箸筹前期。

但怜奔波稀会面，此去何时复相见。

明朝挂席下瞿塘，我似伯劳君似燕。

【作者简介】孙蕡（fēn）（1334—1389），字仲衍，号西庵先生。南海（今广东顺德）人。元末明初岭南诗坛重要诗人，明代"岭南诗派"代表人物，"南园五先生"之首，被誉为"岭表儒宗""岭南诗宗""岭南明诗之首"。[1]

元末，何真占据岭南，开府扩地，孙蕡与王佐等被何真以礼相待，开创了明初岭南诗坛一代新风。明初廖永忠南征，孙蕡归附，被征调去主管教育。洪武三年（1370），孙蕡中举，任工部织染局使，后调任虹县主簿。后被召为翰林典籍，参与修撰《洪武正韵》。九年，被派往四川监督祭祀，后调任平原县主簿。十五年，任苏州府经历，后被贬戍守辽东。因曾为大将军蓝玉作诗题画而受株连，被判死刑。[2]

孙蕡发起创建"南园诗社"，标志着岭南诗人群体形成。其诗风对后世影响深远，在岭南诗歌史上具有开创性作用。有《通鉴前编纲目》《孝经集善》《理学训蒙》《西庵集》《和陶集》等。

题长江雪霁图

元末明初·胡奎

雪压秦山白，云横陇树黄。

---

[1] 郑天挺，吴泽，杨志玖. 中国历史大辞典［M］. 上海：上海辞书出版社，2000.

[2] 傅璇琮，许逸民，王学泰，等. 中国诗学大辞典［M］. 杭州：浙江教育出版社，1999.

二仪分上下，一水入沧茫。

势接龙门远，寒通鸟道长。

石犹含冻色，林未动晨光。

历历槎头钓，萧萧马上郎。

若非韩吏部，定是孟襄阳。

汉水鱼偏美，**邮筒酒正香**。

何当凌汗漫，万里共翱翔。

【作者简介】胡奎（1335—1409），字虚白，号斗南老人，人称斗南先生。浙江海宁（今属浙江嘉兴）人。① 元末明初诗人。

胡奎十二岁时，在贡师泰门下求学。明洪武初，被召至京城，以母年老请归。永乐元年（1403），再次被征授为江西宁王府教授，六年之后回归故乡。

胡奎擅长五言、七言诗。现存诗近两千首，其中乐府诗约占三分之一，成就最高。其受元末杨维桢所大力提倡的"古乐府运动"影响较大，《唐后乐府诗史》称胡奎为明初古乐府创作"最具代表性的诗人"之一。② 胡奎乐府的"法古"主张，为明中期前后七子所继承并发展，对明代文学发展影响深远。③ 有《斗南老人集》。

简郑叔贞四十二韵

元末明初·王绅

结交匪无人，知己贵有适。

十年走东西，浩怀久无得。

中岁友郑子，诚哉我三益。

文采绚鸾凤，才华炫金璧。

---

① 钱仲联，傅璇琮，王运熙，等. 中国文学大辞典 [M]. 上海：上海辞书出版社，2000.

② 陈田. 明诗纪事 [M]. 北京：商务印书馆，1936.

③ 万紫燕，吴大顺. 不即法，不离法——论胡奎的"法古"乐府 [J]. 乐府学，2019 (1).

譬若云台将，折冲慑强敌。
叱咤惊鬼神，人马皆辟易。
又若邓林材，挺出㰏(chū)与栎。
蔚为栋梁望，庸竖所共识。
器大不小成，材良远绳墨。
物理古则然，子实甘蓬荜。
迢递天台山，回首关河隔。
旅食困盐齑(jī)，久作山南客。
为言从师游，担簦(dēng)来卒业。
阿师正学公，长才驾濂洛。
儿童推世贤，朝野称文伯。
謇(jiǎn)予在弱冠，共寓萝山宅。
虽号同门生，实借师资德。
叩道辱弦应，问疑承缕析。
乍别书累篇，同处日共食。
契谊等弟昆，交情固胶漆。
一自事分离，十载关良觌(dí)。
重逢锦水滨，握手道夙昔。
云萍总知心，顾我眼独碧。
惟子蚤及门，器业尤英特。
钻瞻久已悟，升堂仍入室。
董薛未足伦，游夏庶其匹。
贤王雅乐道，醴筵日宏设。
羡子富文辞，诹咨动移刻。
屡续梁园赋，每前贾生席。
缁衣弊复为，白驹去还絷。
恩礼实已隆，负荷成感激。
念我自远归，神疲肢体瘠。
慰藉尽衷曲，周旋竟晨夕。

维时秋正高,商飙怯绤绤(xì)。
篱菊吐芳华,鲜鲜斗黄白。
呼儿具鸡黍,郫筒筶酿秫(chōu)。
情真味自长,道合趣何极。
盍簪人所乐,况尔同师泽。
万里获良晤,忻忻(xīn)忭(biàn)宜无斁(yì)。
圣辙岂难追,行之在不息。
但愿长相亲,永言共鞭辟。

【作者简介】 王绅(1360—1400),字仲缙,号继志斋。婺州路义乌县(今浙江义乌)人。

王绅十岁时与父王祎(同知制诰兼国史院编修)分别,十三岁而孤。师从宋濂,得其器重。为继父遗志,王绅将居室命为"继志斋",并以之为号。王绅刻苦求学,卓然超群,文章学问著称于时。洪武二十五年(1392),受知于蜀献王朱椿,应征成都府学训导。建文元年(1399),召为国子博士,遂入词垣,与修《太祖实录》,献《大明铙歌鼓吹曲》十二章。

有《继志斋集》。

过汉州

元末明初 · 梁潜

试问**郫筒酒**,荒城是汉州。
野屯低草屋,江水散渠流。
黑壤偏宜秫,黄芦不奈秋。
共言王国近,未敢暂淹留。

宿南充

元末明初·梁潜

舟人相报语，宿处是南充。
小豆繁秋实，归鸦护晚丛。
江流通阆水，**村酒胜郫筒**。
明日应无雨，滩声十里中。

【作者简介】梁潜（1366—1418），字用之，学者称泊庵先生。泰和（今属江西吉安）人。明代诗文作家。

洪武二十九年（1396）中举，授四川苍溪儒学训导。后以荐知四会知县，历知阳江、阳春两县，皆有治绩。① 永乐元年（1403），召修《太祖实录》，擢翰林修撰，兼右春坊右赞善。逢修《永乐大典》，代礼部尚书郑赐为总裁，官至翰林侍读。十五年，成祖赴北京，留太子于南京监国。谗者构陷太子，梁潜受牵连，下狱死。②

梁潜擅长五古，颇有谢灵运诗风。陈田《明诗纪事》评其诗曰："用之五言，《选》体为多，近体有唐人格律，而时参宋派，永乐诗家最为杰出。"有《泊庵集》。③

王子约双钩竹歌

元末明初·李昱

王君金华人，画竹夸当代。
此竹乃是钩勒之所为，坐上千人万人爱。
令祖蓝田王右丞，盛唐诗格称其能。

---

① 钱仲联，傅璇琮，王运熙，等. 中国文学大辞典 [M]. 上海：上海辞书出版社，1997.
② 傅璇琮，许逸民，王学泰，等. 中国诗学大辞典 [M]. 杭州：浙江教育出版社，1999.
③ 马良春，李福田. 中国文学大辞典 [M]. 天津：天津人民出版社，1991.

将诗变竹寄余趣，传与衣冠不乏千载之云礽。
爱君为人清拔俗，兴来踏遍箕笃谷。
笼鏂桃枝纷入眼，篱簜笆籔常经目。
往来曾见吴门道士张溪云，归晚轩中事幽独。
有时不作山水图，戏拈银毫书此竹。
王君笔法乃过之，翠筱双钩出林麓。
耳根但觉风泠泠，比似张生但神速。
王君写竹能写形，真成标格非冥冥。
翛然独立太素始，脱略粉墨辞丹青。
或如金错刀，或如铁钩锁。
或如折戟沉吴沙，或如碎璧逃秦火。
或如银幡宝胜之飘飖，或若金节羽衣之婀娜。
或如沧江风曳之水衣，或如黄河半解不解之冰澌。
或如白凤尾，或若苍龙螭。
钱刀剪碎波心月，丹汞炼就炉中雪。
初疑荆轲图穷见匕首，又惊毛遂颖脱呈锥末。
天机逞其妙，形状何骈阗。
后生学子竞观看，但悟书法如针悬。
唐时亦有萧协律，所至清风起萧瑟。
眼昏手颤艺转工，一十五茎称绝笔。
宋时亦有文湖州，画竹人推第一流。
能令万箨起崖谷，出墙之梢为最优。
东坡作竹短而瘠，别试茏葱在林僻。
玉堂多暇图一枝，复有小坡能画石。
前元作者李仲宾，琅玕卓立无纤尘。
蓟丘家世不易得，父子相传俱绝伦。
吴兴学士赵公子，飞白之石谁能比。
水晶宫中春日长，移得蓝枝落窗几。

后来又有柯丹丘，大叶长梢动冕旒。
天颜有喜频赐予，晚节衰飒江湖秋。
诸公画竹工画影，隔帘仿佛潇湘景。
风景虚无终渺茫，野迥漠漠烟光暝。
钩勒写形才逼真，宛如高阁图麒麟。
褒公鄂公毛发动，俨然生面开功臣。
我欲题诗寄淇澳，瞻彼涟漪散晴绿。
只为猗猗兴不忘，有斐君子劳心曲。
（yī）
我欲鼓枻游潇湘，碧云万顷浮天光。
美人娟娟隔秋水，欲来不来空断肠。
我欲从猎夸云梦，万骑纷纭翠蕤送。
胸中八九吞不辞，文章要比相如重。
我欲富如千户侯，家居渭川之上游。
玉版邻人许同吃，始知熊掌非珍羞。
我来乘风发清啸，扁舟直过湘妃庙。
中流鼓瑟声铿锵，和取湖南竹枝调。
何如曩昔行李游京都，故人为我共作翠竹红梅图。
原父写梅君画竹，价重已压青珊瑚。
挂在成均之左庑，交游轩冕观如堵。
须臾尽作王子猷，六月清风生肺腑。
天上归来十二年，柴扉草阁荒山田。
浮花浪蕊纷过眼，此君风节还依然。
王君王君听我语，我歌长歌君起舞。
郫筒酤酒满眼酤，与君歌尽幽篁谱。
或栽长竿横斗高，下拂东海之波涛。
巨丝一钩连六鳌，任公见之颜色劳。
或招葳蕤凤凰宿，阴阳各应雌雄六。
伶伦制律工有余，一声吹裂昆仑玉。
或作仙人手中杖，此日携来葛陂上。
见水犹能化作龙，铮然飞入桃花浪。
或充奉使手中节，节旄落尽竿难折。

卧起操持十九年，谁谓虚心却如铁。
乡来陈者皆此君，与人一生成异勋。
杀青汗简更殊绝，蝌蚪篆籀皆人文。
此君由来材不器，用舍行藏随所至。
愿得岁寒同此心，故托霜毫写君意。
花溪水接双溪长，与君百里遥相望。
不如坐君西郊之草堂，胸中一吐千亩强。
歙坑旧砚楠而苍，鹅溪素练雪色光。
风晴老嫩任君写，无使古人专擅长。

次韵义门郑仲辨所寄梅花诗

元末明初 • 李昱

山矾水仙兄弟行，只有梅花独清放。
去年拟作西山游，苦为耽诗抱微恙。
今年拄杖敲岩扃（jiōng），恍如罗浮梦初醒。
幽姿临风粉蝶妒，长梢落雪青鸾惊。
西湖别来花几度，和靖祠前不知数。
月出未出天昏黄，悄如坐我孤山路。
却忆断桥流水东，**冲寒腊酒盛邮筒**。
只今想像风尘际，缟裙练帨（shuì）情无穷。
西山立人亦邂逅，妙选东床开苑囿。
冰清玉润两无尘，起舞花前为君寿。
江南一枝春信通，分明白绢来斜封。
珍辞丽笔光炯炯，疏枝冷蕊春重重。
夜来积雪三尺厚，绕树高歌连星斗。
诗怀笑我清如花，归兴为谁浓似酒。
漫山桃李生春愁，孤芳狼藉无人收。
安得扬州见何逊，为花一洗千年羞。

【作者简介】李昱（生卒年不详），字宗表，号识字耕夫。钱塘（今浙江杭州）人。

李昱少时师从元代著名学者郑傪，还拜李孝光为师，学习作诗章法。元末，世道混乱，李昱不愿出仕，居于杭州北关外。明洪武年间，受人举荐，出任国子监助教。

有《草阁集》六卷、《拾遗》一卷、《文集》一卷，附《筠谷诗》一卷，均行于世。①

寄朱理甫

元末明初·施震仲

别后谁怜久索居，寄书长恨便鸿无。
青山招隐思佳士，白发催人惜壮图。
休羡羊何临海峤，愿如朱陆会鹅湖。
肯来邂逅成清话，**不用郫筒满眼酤**。

【作者简介】施震仲（生卒年不详）。宛陵（今属安徽宣城）人。

和周孟观咏白莲诗韵

元末明初·刘永之

移家寒碧亭西住，最爱小池开白莲。
汉渚荡舟怀季女，吴宫飞盖列群仙。
玉杯繁露琼珠滑，纨扇熏风翠黛妍。
安得郫筒三百斛，共君常醉水云边。

【作者简介】刘永之（生卒年不详），字仲修，自号山阴道人。江西清

---

① 门岿. 二十六史精要辞典［M］. 北京：人民日报出版社，1993.

江（今江西樟树）人①。

通《春秋》之学，有文名。家境富裕，但本性泊然朴素，日以书籍翰墨自娱。元末社会动乱，不问世事，常与同郡名流讲论风雅，颇受时论关注。明洪武初应征至金陵，以疾辞归。后因其子刘奉获罪受牵连而远徙莱州，病死途中。②

其五言古诗有汉魏遗风，七言古诗以感情充沛见称。明杨士奇称"永之诗文清丽古雅"③。其诗文集名为《山阴集》，由门人章喆、何光谦编辑，孟敬作序有评："遣词发咏，追金琢璧。巨篇短章，矩度悉合。"

浣花别意为姜生赋

明·陈琏

相送浣花溪，**邮筒喜满携**。
扁舟过江左，几月度辽西。
椿府行当见，萱堂惜暂暌。
此心关去住，别意重凄凄。

【作者简介】陈琏（1369—1454），字廷器，号琴轩。广东东莞人。④

洪武二十三年（1390）中举，入国子监，任桂林府教授。建文三年（1401），升国子助教。永乐元年（1403），升许州知州。三年，改任滁州知州。因治理滁州有功，升扬州知府。二十二年，任四川按察使。宣德元年（1426），调任南京通政使，掌国子监事。正统元年（1436），调任礼部左侍郎。六年，致仕。⑤

陈琏文才出众，享有盛誉，王直评论说："陈公文词典重，人爱之如

---

① 吴海林，李延沛. 中国历史人物辞典［M］. 哈尔滨：黑龙江人民出版社，1983.
② 马良春，李福田. 中国文学大辞典［M］. 天津：天津人民出版社，1991.
③ 文师华，戴晓云. 赣文化通典·书画卷［M］. 南昌：江西人民出版社，2013.
④ 梁战，郭群一. 历代藏书家辞典［M］. 西安：陕西人民出版社，1991.
⑤ 《中国方志大辞典》编辑委员会. 中国方志大辞典［M］. 杭州：浙江人民出版社，1988.

拱璧。"善作台阁体诗,清拔雅秀。① 有《琴轩集》。

送曾训导往郫县

明·胡广

剑阁西行万里游,故园一去已多秋。
穷途阮籍能青眼,题柱相如未白头。
酒满郫筒花里醉,诗裁蜀锦橐中收。
别来何处凭消息,巫峡江深昼夜流。

【作者简介】胡广(1370—1418),字光大。吉水(今属江西)人。②

建文二年(1400)进士第一,赐名靖,授翰林院修撰。明成祖朱棣即位后,胡广先后任侍讲、侍读、右春坊右庶子。永乐五年(1407),进翰林学士兼左春坊大学士。十二年,与杨荣等纂《五经四书性理大全》。十四年,迁文渊阁大学士。胡广深受成祖信任,两次从帝北征,时召帐殿与语。卒谥文穆。③

有《胡文穆公杂著》《胡文穆集》。④

梅竹双清为上洋何仲阳作

明·徐庸

梅花皎皎类美人,竹枝楚楚若君子。
美人君子世所重,尽入君家画堂里。
先春第一天与奇,千朵万朵蕃高枝。
梨云几片入幽梦,江南江北遥相思。

---

① 马良春,李福田. 中国文学大辞典[M]. 天津:天津人民出版社,1991.
② 方克立. 中国哲学大辞典[M]. 北京:中国社会科学出版社,1994.
③ 张作耀,蒋福亚,邱远猷,等. 中国历史辞典[M]. 北京:国际文化出版公司,2000.
④ 黄开国,李刚,陈兵,等. 诸子百家大辞典[M]. 成都:四川人民出版社,1999.

红尘飞断开三径,碧山参差喜相并。

露华冷浸月明时,仪凤声来最堪听。

疏帘半卷清夜闲,斗柄未回更未残。

多情翠羽声啾唧,身在暗香浓淡间。

卫诗载咏盘桓久,**别泻郫筒一杯酒**。

醉来欲呼湘女歌,翠袖娉婷世稀有。

【作者简介】徐庸(生卒年不详),字用理,一作用礼,号南州。吴郡(今江苏苏州)人。明代诗人。张肯、陈继的弟子。

徐庸二十岁有诗名,与陈宽、杜琼并称苏城巨擘。正统十三年(1448),曾与杜琼等八人集诗社。八十五岁,还能吟诵不断。

徐庸能写作古近体诗歌,擅长五七言律绝,古诗萧散简远。杨循吉评论说:"用理本富家,以诗著。其吟咏大抵长于香奁,亦膏梁之余习也。"辑刻《高太史大全集》,编《湖海耆英集》,有《南州集存》,其诗散见于《列朝诗集》等总集。①

一之饮邻家酩酊仆地戏作

明·陈献章

一之少有足疾,扶杖。

山人早挂十年筇,勃率高低笑杀侬。

拾得田中双草屦,**知倾花底几郫筒**。

虚空筋斗何妨打,造次文章莫浪攻。

见说绿杨津口月,玉山先倒主人公。

【作者简介】陈献章(1428—1500),字公甫,号石斋、石翁、白沙、南海病夫、白沙子,别号碧玉老人、玉台居士、江门渔父、南海樵夫、黄云老人等。广东新会(今属广东江门)人。明代思想家、哲学家、教育

---

① 李峰,汤钰林. 苏州历代人物大辞典[M]. 上海:上海辞书出版社,2016.

家、书法家、诗人。明代心学的奠基者,被后世称为"岭南一人"。①

正统十二年(1447),乡试中举。次年,入京参加礼部会试,中副榜,选入国子监读书。景泰二年(1451),会试落第后拜江西吴与弼为师。后屡试不第,遂潜心学术,形成"江门学派"。成化十九年(1483),上《乞修养疏》,请求延期应诏。宪宗被其文感动,准其所请,并授翰林院检讨。自此居乡讲学,屡荐不起。万历初,追谥文恭。②

陈献章精擅诗文,工书法。他以诗教育弟子,也以诗传播其学术思想。诗文著述由其学生辑成《白沙子全集》。③

送刘仁仲归省

明·吴宽

每爱西川玉一双,独承恩旨到乡邦。
长途未畏连云栈,胜地终夸濯锦江。
旧喜文场先入彀,近看史笔已如扛。
郫筒春酒秋初熟,隔座生香透碧窗。

【作者简介】吴宽(1435—1504),字原博,号匏庵、玉亭主,世称匏庵先生或匏翁。长洲(今江苏苏州)人。明代书法家、散文家、诗人。④

吴宽早年好学上进,博览群书,诗文在同辈中皆有名。成化八年(1472),会试、廷试皆第一,入翰林,授修撰。曾侍讲东宫,孝宗即位后,迁左春坊左庶子,与修《宪宗实录》。弘治四年(1491),迁詹事府少詹事兼翰林侍读学士。后入东阁,专典诰敕。八年,晋吏部右侍郎。十六年,升礼部尚书。一生自守清正,卒后赠太子太保,谥文定。⑤

吴宽善诗文,工书法。诗文雅气恬淡、有典有则。陈田在《明诗纪

---

① 陈瑛,许启贤. 中国伦理大辞典 [M]. 沈阳:辽宁人民出版社,1989.
② 门岿. 二十六史精要辞典 [M]. 北京:人民日报出版社,1993.
③ 俞燕,王珍. 陈献章诗学思想研究 [J]. 石河子大学学报(哲学社会科学版),2019 (1):119-123.
④ 胡敬署,陈有进,王富仁,等. 文学百科大辞典 [M]. 北京:华龄出版社,1991.
⑤ 吴敔木. 中国古代书法家辞典 [M]. 杭州:浙江人民出版社,1999.

事》中评其诗曰:"鲍翁诗,体擅台阁之华,气含川泽之秀,冲情逸致,雅制清裁,是时西涯而外,当首屈一指。"有《鲍庵集》《家藏集》等。

送介山弟赴任永川

明·沈钟

郫筒佳酿浣花笺,此去为郎好是仙。
漫道之官将万里,须知报政只三年。
吟成香国风生座,卧对英山月满天。
春草不劳频入梦,绣衣遥待五云边。

【作者简介】沈钟(1436—1518),字仲律,号休翁。长洲(今属江苏苏州)人。

天顺四年(1460)进士,授吏部验封司主事,改南京礼部主客司。历任山西提学佥事、湖广提学副使、山东提学副使等。有《休斋集》《晋阳稿》《休翁诗集》《思古斋文集》等。①

题陈邦济小景

明·程敏政

鸟外连峰认蜀乡,鸥边新水似清湘。
山行尚絜图书谱,野坐浑胜吏隐堂。
随地尘埃惭马癖,及时红紫笑蜂狂。
燕酣不说郫筒饮,何日相期为洗觞。

---

① 李峰,汤钰林. 苏州历代人物大辞典[M]. 上海:上海辞书出版社,2016.

送刘仁仲修撰还蜀

明·程敏政

豸冠投老住江乡,之子归宁下玉堂。
路指白盐论万里,史成金匮重三长。
寿尊满注郫筒酒,舞袖遥分汉殿香。
还阙有期应暂别,不须开宴奏清商。

【作者简介】程敏政(1446—1499),字克勤,中年后号篁墩,又号篁墩居士、篁墩老人、留暖道人。南直隶徽州府休宁县(今属安徽黄山)人。生于河间(今属河北),后居歙县篁墩,故时人又称之为程篁墩。

程敏政生而早慧,少承家训。十岁时随父至四川,由巡抚罗绮以"神童"推荐入朝,诏读书翰林院,师从李贤、刘诩、吕原、彭时诸公。成化二年(1466),中一甲二名进士(榜眼),授翰林,编修《英宗实录》。九年,任满,升侍讲,充经筵讲官。弘治元年(1488)冬,御史王嵩等以雨灾劾程敏政,程敏政被勒令辞官。五年,重新被起用。七年,升太常卿兼侍读学士,掌管院事。十一年,擢礼部右侍郎,任《大明会典》副总裁,专掌内阁诰敕。后数次遭弹劾入狱,出狱后,被勒令致仕。一腔郁愤无法发泄,不久以痈毒不治而卒。后赠礼部尚书。

有《篁墩集》《宋遗民录》《宋纪受终考》等①,编选《明文衡》《新安文献志》。

送吴明府之成都别驾

明·苏仲

濯濯长江万里清,淄尘难染素衣轻。

---

① 马良春,李福田. 中国文学大辞典 [M]. 天津:天津人民出版社,1991.

孤琴月底辞单父，匹马花间又锦城。
佐政龚黄还老练，献筹尧舜是峥嵘。
乾坤内事多如许，**暂向郵筒酒细倾**。

【作者简介】 苏仲（1456—1519），字亚夫。顺德（今属广东）人。

弘治十五年（1502）进士，官户部主事。后因忤宦官刘瑾意，出为岳郡散官。十八年，诏命为承德郎。正德七年（1512），出任广西象州知州。九年，隐退官场，回归田园。

有《古愚集》，诗三卷，文一卷。

杂 画①

明·孙伟

村底闲门面石开，青山如画水如苔。
白云久作孤舟伴，流过清溪渡口来。

【作者简介】 孙伟（生卒年不详），字朝望，号鹭沙。江西清江（今属江西樟树）人。

弘治十五年（1502）进士，官鹤庆知府。工诗，有《鹭沙集》。

世臣家禊饮遇雨

明·储巏

春水平街一尺泥，为寻青野过青溪。
诗传洛社还须续，**酒忆郵筒不用携**。
老病愿从修禊减，风情思与浴沂齐。
行云忽逐清歌散，沾醉归来月已低。

---

① 清·爱新觉罗·允礼（果亲王）以此诗为郵筒井题词。

【作者简介】储 罐(quán)（1457—1513），字静夫，号柴墟。泰州（今属江苏）人。

九岁能属文。乡试、会试皆名列第一，授南京吏部考功司主事。为官严正，考注臧否，一出至公。改为郎中，擢太仆卿，历左佥都御史、户部侍郎，所至尽革宿弊。卒谥文懿。

师从茶陵派代表李东阳，其诗具有茶陵派特征：典雅和穆、雄浑跌宕，多题赠酬酢、怀古咏史之作。有《皇明政要》《柴墟集》《駉野集》。①

和克温春夜独坐

明·傅珪

中天斗柄又回东，积雪俄看化玉虹。
茶忆荆溪分雀舌，**酒沽燕市当郫筒**。
虚堂坐久寒生白，蜡炬花残夜剪红。
细读君诗何所似，春云蔼蔼散晴空。

【作者简介】傅珪（1459—1515），字邦瑞，号北潭。保定清苑（今属河北）人。

成化二十三年（1487）进士，选庶吉士，授翰林院编修，不久兼任司经局校书，参与编修《大明会典》《孝宗实录》。升左中允，再升翰林学士，历任吏部左、右侍郎。正德六年（1511），任礼部尚书。傅珪正直清廉，善恶分明，终因忤逆权贵佞臣而离职。卒后追赠太子少保，谥文毅。

傅珪的诗歌以送别诗、咏怀诗、咏物诗为主，有《北潭集》。②

---

① 傅璇琮，许逸民，王学泰，等. 中国诗学大辞典［M］. 杭州：浙江教育出版社，1999.
② 钱仲联，傅璇琮，王运熙，等. 中国文学大辞典［M］. 上海：上海辞书出版社，1997.

过梅关同元默忆以道大理

明·湛若水

花如得意明秋旭，云似无心庶晓风。

策马舍舟吾不系，群山赴海此栎雄。

官槐转日游人过，古寺吟诗忆尔同。

不厌陈登湖海气，**几时都下醉郫筒**。

【作者简介】湛若水（1466—1560），字元明，号甘泉，人称"甘泉先生"。增城（今属广东广州）人。明代思想家。① 广东大儒陈献章的衣钵传人，岭南心学的集大成者。②

弘治五年（1492），乡试中举。后拜陈献章为师，潜心研究心性理学。十三年，陈献章去世，湛若水为之服丧三年。十八年，中进士，选庶吉士，授翰林院编修。正德七年（1512），奉使往安南国册封安南王。嘉靖元年（1522），补任翰林院编修，同修《武宗实录》。次年，转翰林院侍读。历任南京国子监祭酒、南京吏部右侍郎、礼部左侍郎、南京礼部尚书、南京吏部尚书、南京兵部尚书等。致仕后致力于讲学著述。隆庆元年（1567），追赠太子少保，谥文简。③

湛若水诗作丰富，明代顾起纶在《国雅品》中谓其诗"蕴藉逸秀"，"颇得唐人古淡处"。有《二礼经传测》《春秋正传》《古乐经传》《甘泉新论》《甘泉集》等。④

---

① 孔范今，桑思奋，孔祥林. 孔子文化大典[M]. 北京：中国书店，1994.
② 黄明同. 岭南心学集大成者——湛若水[J]. 粤海风，2015（3）：109-114+2.
③ 孔范今，桑思奋，孔祥林. 孔子文化大典[M]. 北京：中国书店，1994.
④ 张作耀，蒋福亚，邱远猷，等. 中国历史辞典[M]. 北京：国际文化出版公司，2000.

贺封编修刘公夫妇七十

明·费宏

封君信是散神仙，隐带冰衔号史编。
雅量已知今日足，高风不让昔贤专。
鸣琴旧政平如水，揽辔遗声直似弦。
从古耆英缘德厚，几人福履类公全。
游鱼野鸟猜嫌绝，暑簟冬毡乐事偏。
双解山尖刚对户，三槐种久欲参天。
阴森桥梓常相映，秀发孙枝又更鲜。
世翰肯居明允下，勋名定在省华前。
鹿车每并鱼轩驾，翟翠能争豸绣妍。
霜后松姿看愈茂，枕中鸿宝料曾传。
嘉宾宴饮分宫酝，学士荣归自讲筵。
圣代弘开仁寿域，蜀乡原有老翁泉。
郫筒到处潮生颊，乌帽欹时雪满巅。
畎亩丹衷犹耿耿，寻常玄牝自绵绵。
从伶啸度将难曲，朋好仍歌杂佩篇。
会胜预占星聚德，阳纯巧过月当乾。
殊遭拟赴蒲轮召，晚节何惭铁杖坚。
廿载通家谁舟庆，二郎与我故同年。
舞夸莱子频挥袖，望极洪崖愿拍肩。
翘首坤维难即贺，深情徒寄益州笺。

【作者简介】 费宏（1468—1535），字子充，号健斋、鹅湖，晚号湖东野老。铅山（今属江西）人。

成化二十三年（1487）状元，授翰林院编修。弘治年间，迁左赞善、直讲东宫，进左谕德。正德年间，任文渊阁大学士、太子太保、武英殿大学士、户部尚书，与修《孝宗实录》。因揭露宁王篡夺皇位的野心遭迫害，辞官回乡。正德十六年（1521），世宗继位，召费宏入朝，继任吏部尚书，加封辅国少师兼太子太师。嘉靖六年（1527），遭宁王余党陷害，再次辞官回乡。他在家乡读书著作，开办"含珠书院"，聘请名师为族人和邻村子弟讲学，亦亲自讲课。十四年，世宗重新起用费宏，任内阁首辅。同年十月，无疾而终，谥文宪。

工诗善文，有《鹅湖摘稿》《费文宪集选要》等。①

北庄秋汀天方见和复叠前韵·其三

明·顾潜

地僻林深隐者宫，手栽丛桂自先公。
衣冠渐拟兰亭盛，猿鸣无愁蕙帐空。
旧毁堪惊真贝锦，**浊醪能醉即郫筒**。
长安回首输年少，车马红尘西复东。

寿严居竹七十

明·顾潜

野翁爱竹竹环居，手植猗猗数亩余。
断筱插围春圃药，长竿持钓晚江鱼。
寿筵多贳郫筒饮（shì），医案仍留汗简书。
物我平安时报取，稀年乐事几人如。

【作者简介】顾潜（1471—1534），字孔昭，号梓斋，晚号西岩。以学行与顾鼎臣、顾直号为"顾氏三凤"。昆山（今属江苏）人。

---

① 文师华，戴晓云. 赣文化通典·书画卷［M］. 南昌：江西人民出版社，2013.

弘治九年（1496）进士，选翰林院庶吉士。十一年，改山西道监察御史，疏请罢马政诸弊；转山东道监察御史，论罢礼部尚书崔志端等。提督京畿学政期间，以性伉直忤刘瑾。正德四年（1509），出知马湖府，未任罢归。①

顾潜诗文平正朴实，少雕琢。有《静观堂集》。②

冬至和主教郑叔亨韵

明·张旭

春信初从地下回，华筵先占早梅开。
诗联石鼎空金谷，**酒吸郫筒当玉杯**。
画尽六阴经七日，理还一气肇三才。
德星高并文星见，好对南山咏有台。

【作者简介】张旭（生卒年不详），字廷曙，号梅岩、阳堂主人。徽州休宁（今安徽休宁）人。

成化十年（1474）举人，历官孝丰、伊阳、高明三县知县。

"其诗长于集句，采摭成语，位置联络，往往如出自然。其所自作，则虽律调工整，而伤于剽利，盖学《长庆集》而不至者也。"（《四库全书总目提要》卷一百七十五）有《梅岩小稿》。

蜀国弦

明·黄衷

雪泛锦江水，垂丝绽红蕊。
愁借郫筒消，欢逐巴歈起。

---

① 李峰，汤钰林. 苏州历代人物大辞典 [M]. 上海：上海辞书出版社，2016.
② 马兴荣，吴熊和，曹济平. 中国词学大辞典 [M]. 杭州：浙江教育出版社，1996.

倚剑一夫关，驰车九折难。

豪门迎重客，绿绮夜中弹。

【作者简介】黄衷（1474—1553），字子和，号矩洲，别号铁桥、铁桥病叟。南海（今广东佛山）人。

弘治九年（1496）进士，授南京户部主事。历任南京兵部员外郎、礼部郎中、湖州知府、福建都转运使、广西参政等。正德十六年（1521），升任云南右布政使。嘉靖二年（1523），擢右副都御史，巡抚云南。不久，改任湖广巡抚。累迁工部右侍郎兼佥都御史，改任兵部右侍郎。

黄衷富有诗名，其诗以描写南方景物著称，别具一格。[①] 钟仲实称"其诗整而俊，婉而有则，宏博而不肆"。有《矩洲集》《海语》等。

风入松·其二

明·康海

火云天外耸奇峰。夏景方中。槐阴小坐微薰动，**荷池上**、**共饮郫筒**。跣足披襟既好，流金烁石皆空。

山坡羊·其二

明·康海

雨过庭槐生绿，风骤池荷攲玉，浮瓜沉李宾朋聚。选妙姝，良辰不可虚。　　红牙白雪行云住，恰又是柳䈁(duǒ)莺娇花落。余随俗，**郫筒满**，自于明珠，谁怜薏以车。

【作者简介】康海（1475—1540），字德涵，号对山、浒东渔父。武功

[①] 钱仲联，傅璇琮，王运熙，等. 中国文学大辞典 [M]. 上海：上海辞书出版社，1997.

(今属陕西咸阳)人。明代文学家。

弘治十五年(1502)状元,授翰林院修撰。

康海以诗文名列"前七子"之一。有诗文集《对山集》、散曲集《沜东乐府》、杂剧《中山狼》等。①

舟中戏述

明·潘希曾

高枕懒推篷,晖晖隙日红。
未分天早晏,那辨岸西东。
风浪何为者,乾坤阿堵中。
渔歌催我起,**擘蟹送郫筒**。

次韵曹贰卿病愈见寄

明·潘希曾

断送三秋一雨中,林端策策夜鸣风。
流年不管人间世,往事真成塞上翁。
病喜沈郎怜带孔,**闲教杜甫忆郫筒**。
东园笑语须相过,未老黄花尚几丛。

【作者简介】潘希曾(1476—1532),字仲鲁,号竹涧。浙江金华人。明代水利家、诗文家。②

弘治十五年(1502)进士,选庶吉士。后授兵科给事中,升任吏科右给事中。因不愿贿赂宦官刘瑾,受廷杖并被除名。正德五年(1510),起迁刑科右给事中。七年,与湛若水一道出使安南,升任礼科左给事中。十

---

① 俞汝捷. 中国古典文艺实用辞典[M]. 北京:中国青年出版社,1991.
② 钱仲联,傅璇琮,王运熙,等. 中国文学大辞典[M]. 上海:上海辞书出版社,1997.

一年，升任南京太仆寺少卿。嘉靖二年（1523），迁南京太常寺卿。次年，改任太常寺卿，提督四夷馆。四年，升任右佥都御史。十年，升任兵部左侍郎。卒赠兵部尚书。

潘希曾诗文不喜夸张，多用朴实的语言、白描的手法营造意境，使人有身临其境之感。有《竹涧集》。①

送余方池·其二

明·叶桂章

仙槎横斗气，玉节凛霜姿。
腊月郫筒酒，恩波奉母慈。

【作者简介】叶桂章（约1480—约1529），字少峨。名山中峰（今属四川雅安）人。

正德十一年（1516）乡试第一。十二年中进士，改庶吉士，授翰林院编修。不久，升为侍讲，侍奉皇太子读书。嘉靖五年（1526），王邦奇上书诬陷杨廷和，指控其次子杨惇、女婿金承勋、乡人叶桂章等互为朋党，明世宗遂将杨惇等尽皆下狱，严刑拷打。叶桂章时出使在外，闻诏流亡。后自杀于道，尸骨无收。

有《太湖石云峰禅林寺碑记》《蒙顶》等。

送甘少卿二弟下第还蜀中

明·夏言

君不见，
古称蜀道如登天，峨眉剑阁横云烟。
锦江西来走其下，波涛天地争回旋。

---

① 刘慧敏. 潘希曾诗集校注［D］. 湘潭大学，2014.

山雄水奇地灵泄，古今历历生豪杰。
三苏往矣杨雄老，甘家兄弟今超绝。
南官往岁司文衡，开卷首题伯氏名。
即今才望动明主，十年金紫官为卿。
挟策南来夸二仲，矫矫云霄下双凤。
花开春日未得意，木落秋江且相送。
高堂寿母白发长，喜看游子归故乡。
黄花满泛郫筒酒，彩衣犹带金闺香。
我闻尚有两神驹，看花异日与之俱。
桂枝未数燕山并，霖雨同为大旱须。

【作者简介】夏言（1482—1548），字公谨，号桂洲。贵溪（今属江西）人。明代政治家、文学家。[1]

正德十二年（1517）进士，授行人司行人，迁兵科给事中。嘉靖十年（1531），任少詹事兼翰林学士，掌院事，升任礼部尚书。十五年，加封少傅、太子太傅，兼武英殿大学士。十八年，晋封为少师，特进光禄大夫、上柱国。后为严嵩所妒，被夺官阶，不久被杀。穆宗隆庆初，予以昭雪，追谥文愍。

夏言豪迈有俊才，纵横辨博，人莫能屈。善属文，有《南宫奏稿》《赐闲堂稿》《桂洲集》等。[2]

送胡叔明东还·其一

明·张邦奇

何事黄金费买邻，柏台天自遣相亲。
旅愁千种消无地，**日剖郫筒**对可人。

---

① 马良春，李福田. 中国文学大辞典［M］. 天津：天津人民出版社，1991.
② 门岿. 二十六史精要辞典［M］. 北京：人民日报出版社，1993.

风 梅

明·张邦奇

倒尽邮筒烂醉归,无端物色正辉辉。
梅花不解悲春老,故挟东风作态飞。

【作者简介】张邦奇(1484—1544),字常甫,号甪川,别号兀涯。鄞县(今属浙江宁波)人。明代政治家、文学家。①

弘治十八年(1505)进士,选庶吉士,授检讨。出为湖广提学副使。嘉靖初,提学四川,以亲老乞归。后又提学福建。累官至礼部尚书。改南京吏部尚书、南京兵部尚书。卒赠太子太保,谥文定。②

著述甚丰,有《张文定公集》《觐光楼集》《纡玉楼集》《四友亭集》《养心亭集》《甪川集》等。

闻孙山人在西湖水寺

明·郑善夫

吴门往日听谈玄,塞雁江鱼动隔年。
闻尔独居水西寺,与谁同泛六桥船。
鱼翻荇带锦不乱,鸟下蘼芜青可怜。
拟把邮筒共梅蕊,兼程定得小春天。

【作者简介】郑善夫(1485—1523),字继之,号少谷,又号少谷子、少谷山人等。闽县(今属福建福州)人。明代儒学家、文学家。③

弘治十七年(1504)中举,次年中进士。正德六年(1511),始任户

---

① 黄开国,李刚,陈兵,等. 诸子百家大辞典[M]. 成都:四川人民出版社,1999.
② 马良春,李福田. 中国文学大辞典[M]. 天津:天津人民出版社,1991.
③ 黄开国,李刚,陈兵,等. 诸子百家大辞典[M]. 成都:四川人民出版社,1999.

部广西司主事,出理吴中浒墅关税,以廉洁奉公名于世。后因不满宦官当政而辞官。十三年,起为礼部主事。十五年,乞归。嘉靖元年(1522),起为吏部郎中。二年,于赴任途中病逝。[①]

郑善夫提倡文学复古,主张"文必秦汉""诗必盛唐",在明代福建文坛起承上启下的作用。他是明代"前七子"文学复古运动的重要成员、闽地阳明心学早期的主要代表。诗歌则继承了杜甫诗的现实主义精神。有《郑少谷集》。

青城纪游赠刘玒江

明·杨慎

爱山人少说山多,名山之约恒蹉跎。
羡君胸次有丘壑,偕余步屐寻松萝。
晨发浣花道,**夕憩郫筒阿**。
子云阁上蠹简散,杜宇城头乌尾讹。
鸿蒙岩崝临天谷,崖阜嵽嵲(diénniè)瞰惊波。
离堆仿佛蟠赑屃(bì xì),都堰蜿蜒压蛟鼍。
翩如楚矶驾黄鹤,驶如蜀栈骑青螺。
昌黎扶掖赤藤杖,谢公屐齿青苔窠。
王乔双舃(xì)能济胜,郑虔檐花同经过。
伏龙仙观模断碣,疏江新亭听俚歌。
下濑千筏风外鹢(yì),遥岑一点烟中螺。
漏天夜雨丹枕警,朝云解驳红镜磨。
玉壶携春恣谈笑,银鞍傍险仍婆娑。
明月津亭又分袂,暧景复命江阳舸。
聊书短韵邀君和,青城回首青嵯峨。

---

① 傅璇琮,许逸民,王学泰,等. 中国诗学大辞典 [M]. 杭州:浙江教育出版社,1999.

浮生聚散飞鸿似，四者难并将奈何。

郫县子云阁

明·杨慎

落景登临县郭西，坐来结构与云齐。
平郊远讶行人小，高阁回看去鸟低。
林表余花春寂寂，城隅纤草晚萋萋。
酒阑却下危梯去，犹为风烟惜解携。

徐及泉相送至斜堰河·其一

明·杨慎

滇隅流落鬓成丝，为忆家林恼梦思。
沃野喜看平似掌，**春郊载酒正花时**。

【作者简介】杨慎（1488—1559），字用修，初号月溪、升庵，又号逸史氏、博南山人、洞天真逸、滇南戍史、金马碧鸡老兵等。四川新都（今属四川成都市）人。明代著名文学家，明代三才子之首（另有解缙、徐渭）。

正德六年（1511），状元及第，任翰林院修撰。十二年，进谏未被采纳，无奈称病辞归。十六年，世宗继位，复出，任翰林院修撰、经筵讲官。嘉靖二年（1523），任纂修官，参与纂修《武宗实录》。三年，因卷入"大礼议"纷争，遭廷杖，充军云南永昌卫。三十二年，举家迁蜀，居住江阳（泸州）。① 三十七年，因被人检举揭发，又被押回永昌卫。三十八年，逝于昆明。②

---

① （清）张廷玉等《明史》卷一百九十二《杨慎传》云："及年七十，还蜀，巡抚遣四指挥逮之还。"

② 门岿. 二十六史精要辞典［M］. 北京：人民日报出版社，1993.

在谪戍云南的三十余年间,杨慎数次往返川滇之间。他参与编修《四川总志》,且著有《滇载记》《滇程记》等地方史地名著。杨慎著作丰富,《明史》称,"明世记诵之博,著作之富,推慎第一"。现存诗约 2300 首,内容极为广泛,其中"思乡""怀归"诗的数量较多。其诗风格清新绮丽,言辞华美流畅。有《升庵集》等。

送翁少参归蜀

明·黄佐

北上曾倾盖,南归但倚楼。
旬宣临粤土,俊杰起泸州。
菽水情偏共,兰金分亦投。
甘为清净退,真脱网罗求。
奉檄缘家食,悬车谢国谋。
人歌棠所茇(yǒu),天照柏为舟。
白峒开三径,黄花傲九秋。
潘舆驰燕喜,**郫酒侑鸾讴**。
宝岫云随望,支江月映流。
羡君从此去,扶病赋离忧。

蜀道行送王侍讲之四川参政

明·黄佐

蜀道平,平如砥,沃野烟绵亘千里。
岷江浩浩浮元气,剑阁石门相向起。
锦官城中春意动,玉户金缸艳桃李。
郫筒沽取不费钱,醉唱巴渝满山市。
比屋繁华渐非昔,帝遣词臣振纲纪。

王夫子，起邹鲁，黼黻（fǔ fǔ）心胸炳如虎。
弱冠排风见毛质，石室兰台奉明主。
手持彤琯耀日月，口授丹书动雷雨。
迩来暂辍承明直，紫绶金章莅兹土。
薇垣浩啸赞玄化，坐使苍生有环堵。
君不见，
汉家使蜀称三王，君岂其裔常传芳。
格天自合有经济，谕俗不独工文章。
回车叱驭信忠孝，碧鸡金马殊荒唐。
维舟三峡访千古，嗷嗷（jiào）青猿啼夜霜。
君不见，
浣花溪古霜枫赤，洗墨池荒烟草碧。
古来名胜乃如此，往往江山尽陈迹。
丈夫立身贵不朽，百炼精钢万钧力。
他日调羹气益振，此别传觞醉何惜。
星车迢迢出蓬瀛，问君何时朝紫清。
秋风吹衣白露堕，执手踟蹰空复情。
高梧参天鸾凤集，雄剑跃地蛟龙鸣。
宫花院柳送愁色，孤鹜落霞随去旌。
玉壶酒尽情难尽，矫首长安空月明。

【作者简介】 黄佐（1490—1566），字才伯，号希斋，晚号泰泉。祖籍瑞州府高安县（今江西高安），明初定居广州府香山县（今广东中山）。

正德十五年（1520）进士，选庶吉士。嘉靖初，授翰林院编修。历江西佥事、广西学政。嘉靖十五年（1536），以翰林编修兼左春坊左司谏。不久，擢南京国子祭酒。卒赠礼部右侍郎，谥文裕。

黄佐在经学、地方文献、诗词等方面均有较大建树。他还是一位卓越的思想家，是继丘濬、陈献章之后，影响岭南学术发展的大家。

其诗任气而行，雄直恣肆，有诗文集《两都赋》《泰泉集》。[①]

---

① 马良春，李福田. 中国文学大辞典［M］. 天津：天津人民出版社，1991.

徽台感兴·其三

明·陈讲

孤城吟望逆寒风,景物苍茫感慨中。
金水云边声掷谷,铁山雨外影摩空。
草深塞北肥胡马,雪拥关南阻蜀鸿。
长剑倚天歌突兀,**兴酣何处觅郫筒**。

【作者简介】陈讲(生卒年不详),字子学,号中川。遂宁(今属四川)人。

正德十五年(1520)进士。授监察御史,巡按陕西,升山西提学使。历任河南布政使、都察院右副都御史、山西巡抚等。有《中川文集》《茶马志》。其中,《茶马志》为中国茶文化中茶政研究之重要资料。

送谢武选少安犒师固原因还蜀会兄葬

明·谢榛

天书早下促星轺,二月关河冻欲消。
白首应怜班定远,黄金先赐霍嫖姚。
秦云晓度三川水,蜀道春通万里桥。
一对郫筒肠欲断,鹡_{jí}鸰_{líng}原上草萧萧。

李鸿胪仲白归自成都赋此慰怀

明·谢榛

每怜张俭一身多，妻子相将奈尔何。
巫峡落帆灯外雨，岷江倚杖泪前波。
官微谁识寸心赤，愁剧偏令双鬓皤。
赖有松篁同岁暮，能依冰雪作阳和。
梦驰乡路书难达，**酒尽邮筒市再过**。
时序频惊蜀风土，云霞常忆晋山河。
索居自惜残年病，混俗宁为古调歌。
万里全生还旧业，太行佳气郁嵯峨。

【作者简介】 谢榛（1495—1575），字茂秦，号四溟山人、脱屣山人。山东临清（今属山东聊城）人。明代布衣诗人，"后七子"文学复古集团早期领袖。[1]

　　谢榛喜任侠，好交游。十五岁师从乡丈苏东皋学诗，十六岁所作乐府曲辞即在临清、德平一带传诵。嘉靖间，入京与李攀龙、王世贞等结诗社，后因观念不同被排斥。客游于诸藩王间，以布衣终生。[2]

　　谢榛论诗承袭"前七子"的复古思想，崇尚盛唐，强调在融合初盛唐名家基础上自成一家。[3] 其诗以近体见长，尤其精通五律，主张作诗要有创造性，提倡"文随世变"，诗赋要有英雄气象。[4] 有《四溟集》《四溟诗话》。

---

[1] 吴海林，李延沛. 中国历史人物辞典 [M]. 哈尔滨：黑龙江人民出版社，1983.
[2] 《黄河文化百科全书》编纂委员会编. 黄河文化百科全书 [M]. 成都：四川辞书出版社，2000.
[3] 王洪，田军. 唐诗百科大辞典 [M]. 北京：光明日报出版社，1990.
[4] 门岿. 二十六史精要辞典 [M]. 北京：人民日报出版社，1993.

夏初同友过竹山堂

明·项元淇

种竹南山陲,竹生日已广。
猗猗蔚扶疏,矫矫逾寻丈。
纤雨浥清阴,泠风发幽响。
一榻有余闲,三径自成赏。
伊余谢尘劳,憩此空林爽。
良晤偶七贤,玄言值二朗。
澄醪写郫筒,鲜萌侈盘盎。
相将从此君,岁寒恣长往。

【作者简介】项元淇(1500—1572),字子瞻,号少岳。收藏家项元汴之兄。① 浙江秀水(今属浙江嘉兴)人。

好书画,善鉴赏,有藏书印"众山响斋"。工诗古文,有《少岳集》。

送朱东源使蜀便寿翁

明·李万实

即看使节三巴去,羡尔清秋万里游。
金马台荒时仗剑,黄牛峡静夜维舟。
星随归旆长庚烂,云傍亲庐瑞霭浮。
彩服已知宫锦制,**郫筒合为寿筵谋**。

---

① 华夫. 中国古代名物大典[M]. 济南:济南出版社,1993.

送成都郭尹

明·李万实

百里儿童迎郭伋,三巴循吏说文翁。
承家茂宰知无愧,蹑武前修讶许同。
别去乡书悬栈道,**相逢春酒忆邮筒**。
骊驹暂驻金台雪,马首遥瞻剑阁风。

【作者简介】李万实(1509—1579),字少虚,一作若虚,号一吾。南丰(今属江西抚州)人。

嘉靖二十三年(1544)进士,授刑科给事中。历任广东佥事、浙江按察司副使。①

李万实学传王守仁之说,其文平正通达,不事锤炼,犹存讲学家之格;诗学韦柳,意取清妍,虽风骨未就,而姿致可观。有《崇质堂集》。②

冬日董孟才携酒同李舜卿赏菊醉插以归

明·冯惟敏

黄华主人尊不空,**白衣卿相传邮筒**。
已见冰霜催晚节,宁知盆盎争天工。
诗魔飞出碧霞外,醉魄归来皓月中。
何物丽人笑相向,花枝压帽披香风。

【作者简介】冯惟敏(1511—1580),字汝行,号海浮山人。临朐(今属山东潍坊)人。明代散曲家。

---

① 韩结根. 舒州天柱山诗词辑校注解[M]. 上海:复旦大学出版社,2019.
② 钱仲联,傅璇琮,王运熙,等. 中国文学大辞典[M]. 上海:上海辞书出版社,1997.

嘉靖十六年（1537）举人。四十一年，任涞水知县。秉公执法，为豪右所不容。四十四年，谪镇江府学教授。隆庆三年（1569），迁保定通判。六年，辞官归田。

冯惟敏以散曲著名，其作品语言通俗，气韵生动，有"曲中辛弃疾"之称。明代王世贞《艺苑卮言》谓："北调……近时冯通判惟敏，独为杰出。"康熙《益都县志》称其承元代前期曲作家的优良传统，充分发挥了北曲豪爽奔放的特点。有《海浮山堂词稿》《石门集》《击节余音》，及杂剧《梁状元不伏老》《僧尼共犯》等。①

赠陈于韶解官还蜀·其九

明·余日德

当尊酒自郫筒劝，入馔鱼从丙穴深。
白日苍头夸乐事，不知愁杀食芹心。

【作者简介】余日德（1514—1583），初名应举，字德甫，号午渠。南昌（今江西）人。与魏裳、汪道昆、张佳胤、张九一并称"后五子"，被目为"后五子"之首。②

嘉靖二十九年（1550）进士，历官至福建按察司副使。

其诗以七言近体最受诗论家推重。所作并非刻意复古，而力求自成一格。王世贞称"其诗古近体无所不佳，近体独超。近体五七言无所不超，七言独妙"（《四库全书总目提要》卷一百七十八）。有《余德甫集》。

---

① 钱仲联，傅璇琮，王运熙，等. 中国文学大辞典［M］. 上海：上海辞书出版社，1997.
② 钱仲联，傅璇琮，王运熙，等. 中国文学大辞典［M］. 上海：上海辞书出版社，1997.

季秋晦日同贾汝诚陈伯化张
和卿崔德卿周之祯集何仁甫宅得间字

明·欧大任

旬假方优赐,金钱月自颁。
秋能随节尽,客不厌官闲。
酒气琴书畔,厨烟杞菊间。
邮筒今满否,烧烛未言还。

马仲高郑康明陈寅衷乘舟见访

明·欧大任

倒屣相看见面稀,械(hán)诗三度寄林扉。
邮中酒为扬雄载,镜里船逢贺监归。
津树不堪频欲别,江鸥何事忽群飞。
殷勤缟带君犹赠,浅薄那能报纻衣。

送王侍御纯甫量移内江令·其三

明·欧大任

广汉犍为古县存,江通土垒剑为门。
邮筒酒熟巴童舞,纵谪难忘圣主恩。

【作者简介】欧大任(1516—1595),字桢伯,号仑山。广东顺德人。

明代诗人，名列"广五子"，亦是"南园后五子"的领军人物。①

嘉靖四十二年（1563），廷试第一。隆庆四年（1570），授江都训导。后奉命进京参与修纂《世宗实录》。转任光州学正，升邵武教授。万历三年（1575），升国子监助教。不久，改任大理寺左评事。九年，任南京工部屯田司主事。次年，转任虞衡郎中，督修孝陵。十二年，致仕归乡。②

欧大任的文学成就主要在诗歌上，传世诗有千余首。其诗文受王世贞影响，不乏温厚庄雅、自写性情之作。③ 欧大任修复南园诗社，对岭南诗歌的发展起了较大促进作用。清人檀萃认为："岭南称诗，曲江（指张九龄）而后，莫盛于南园。南园前后十先生，而后五先生为尤盛。"④ 有《百越先贤志》《旅燕集》《浮淮集》《诏归集》等，后人汇刻为《欧虞部诗文全集》。

送赵挥使还锡山

明·符锡

故人相见未弇容，又报东归讶转蓬。
瞥眼莺花三月过，隔窗风雨几宵同。
英姿吴下知谁健，膏泽天边喜独蒙。
预订明年此时节，**便帆还许对邮筒**。

【作者简介】符锡（生卒年不详），符观子。江西新喻（今江西新余）人。

符锡自小受父亲的影响与教育，年轻时就以诗词著称。举人出身，历任韶州（今广东韶关）通判、太常典簿等职。嘉靖十八年（1539），主持重建韶州大鉴禅寺。主编明代《韶州府治舆图》。

---

① 钱仲联，傅璇琮，王运熙，等. 中国文学大辞典［M］. 上海：上海辞书出版社，1997.
② 《中国方志大辞典》编辑委员会. 中国方志大辞典［M］. 杭州：浙江人民出版社，1988.
③ 钱仲联，傅璇琮，王运熙，等. 中国文学大辞典［M］. 上海：上海辞书出版社，1997.
④ 孙蕡，欧大任，等著. 南园前五先生诗 南园后五先生诗［M］. 梁守中，郑力民，点校. 广州：中山大学出版社，1990.

有《童蒙须知韵语》《颍江漫稿》，撰《韶州府志》。

寄南塘山人梁仲房·其二

明·陶益

最爱南塘水竹居，野人时共摘园蔬。
兴来不剩邮筒酒，架上惟余玄晏书。

【作者简介】陶益（生卒年不详），字允谦，号练江居士、江门迂客。祖籍郁林（今属广西贵港），附籍新会（今广东江门）。

嘉靖三十五年（1556），以明经授江西永新训导。博学强记，精易通理。

陶益远离朝政，长期闲居在家，以诗文自娱，多与隐士山人交往。有《樾墩集》，书后佚名后序评价陶益云："其七言绝句类王昌龄，长歌逸气类李青莲，组练类杜少陵，十二大家匹也。"①

桃溪十咏次林惇所大尹韵·其三

明·徐文沔

高轩临野外，短褐愧孤踪。
约赏榴花碧，来游枫叶红。
嵇康寻石髓，**杜甫忆邮筒**。
俯仰怜今古，乾坤一醉中。

【作者简介】徐文沔（生卒年不详），字可绳，号涧滨。浙江开化人。嘉靖二十六年（1547）进士。三十九年，调吏部稽勋司。②

---

① 周晶. 新发现的陶益《樾墩集》残本摭谈［J］. 文献，2015（2）.
② 礼部志稿. 卷四十三.

有《涧滨先生文集》。

涉江见访醉而成歌

明·吴国伦

汉口疏杨留系船，美人隔水遥相怜。
春风拥盖临江渚，中流箫鼓何阗阗。
病叟披衣起相迓，飞帆已落大别前。
大别山前一携手，心知岂必论交久。
雕盘新脍武昌鱼，玉镈(zūn)细倒郫筒酒。
尽日追欢兴未央，篷窗秉烛延星斗。
星斗垂垂月在杯，论文访古云梦隈。
幽兰不作灵均佩，芳草徒增处士哀。
醉后狂歌君莫厌，白云黄鹤相徘徊。

【作者简介】吴国伦（1524—1593），字明卿，号川楼，又号南岳山人。兴国（今属湖北阳新）人。明代诗文家，"后七子"之一。[①]

嘉靖二十九年（1550）进士，授中书舍人，迁兵科给事中。因事忤严嵩，假他事谪为江西按察司知事。后调归德，居两年弃去。嵩败，起为建宁同知，历邵武、高州知府，迁贵州提学副使、河南左参政，后罢归。[②]

吴国伦诗文均有时名。王世贞《艺苑卮言》评其诗"能求谐实境，使首尾匀称，宫商谐律，情实相配"。有《甗甀洞稿》《陈张本末略》等。

[①] 钱仲联，傅璇琮，王运熙，等. 中国文学大辞典 [M]. 上海：上海辞书出版社，1997.
[②] 马良春，李福田. 中国文学大辞典 [M]. 天津：天津人民出版社，1991.

幔亭山

明·汪道昆

玄都迢递度疏钟,锦石崚<small>céng</small>嶒挂古松。
地主能携郫县酒,天孙应拟幔亭峰。
下方仰视云端戏,近市平临日下春。
直北霞城刚咫尺,倘逢笙鹤可相从。

【作者简介】汪道昆(1525—1593),字伯玉,号南溟,又号太函。歙县(今属安徽)人。①

嘉靖二十六年(1547)进士,授义乌知县。历南京工部主事、北京户部江西司主事、兵部职方司主事,擢武库司员外郎,署郎中事员外郎,升湖广襄阳知府。四十年,升福建按察司副使,与戚继光一起抗击倭寇。后升按察使,改佥都御史、福建巡抚。四十五年,罢归。隆庆四年(1570),以原职起用,巡抚郧阳。次年,调任湖广巡抚。六年,任兵部右侍郎。②

其诗袭"前七子"末流,王世贞《艺苑卮言》誉其古文"简而有法",故当世有声名。③ 有《太函集》《南溟副墨》。④

过秋曹后怀棘寺旧欢寄谢诸丈人·其三

明·王世贞

忆尔郫筒酒,来从蜀客船。
开尊须尽日,促席解忘年。

---

① 门岿. 中国历代文献精粹大典[M]. 北京:学苑出版社,1990.
② 傅璇琮,许逸民,王学泰,等. 中国诗学大辞典[M]. 杭州:浙江教育出版社,1999.
③ 俞汝捷. 中国古典文艺实用辞典[M]. 北京:中国青年出版社,1991.
④ 戎毓明. 安徽人物大辞典[M]. 北京:团结出版社,1992.

懒即隗俄坐，酣仍鼓趺眠。
只今云省夜，茶碗对残编。

送沈郎中守顺庆

明·王世贞

锦水征帆鼓吹开，儿童骑竹郡符来。
星前旧垒余巴国，云里孤亭拟岘(xiàn)台。
绳(shéng)色昼当槐府静，夷歌春让芋田回。
只怜花发郫筒美，谁似仙曹对举杯。

酒品前后二十绝·其十五

明·王世贞

成都刺麻酒，其法连糟置瓮中，中插一芦管，使客递吸之。浅则加水，至酒尽，满瓮皆水也。味不能佳，然往往令客至醉，盖眩于新奇耳。

瓮头嘈嘈泣泪红，**吸来应唤小郫筒**。
何如换取莲花柄，千载风流属郑公。

少宗伯李公引疾请告援前例讯之得四绝句·其二

明·王世贞

恒时杯底黑头公，拟探梅花未许同。
可是长干春酒薄，**教人无赖忆郫筒**。

送陈副使罢官还蜀

明·王世贞

陈侯不愿二千石，西望三巴鬓为白。
台中解绶欲生还，御史下堂相苦迫。
荐书空自满承明，紫马翩然辞帝京。
河东股肱任尔毁，山人腰骨今殊轻。
却过九折回车地，大笑当时叱驭生。
为问君恩竟多少，无烦令伯陈情表。
邮筒酒底东风宽，邛竹杖头明月小。
更羡春鸡问寝归，支颐坐对峨眉晓。

李宗伯以四绝句慰余请告赋此奉酬且伸后约·其四[①]

明·王世贞

金陵市酒黑于油，公肯来寻从事否。
莫道老夫归思恶，比他陶令尚风流。

【作者简介】王世贞（1526—1590），字元美，号凤洲、弇州山人、天弢居士、志信道人等。太仓（今属江苏）人。明代文学家、史学家，"后七子"代表。[②]

嘉靖二十六年（1547）进士，授刑部主事。历任大理寺左寺、刑部员外郎、山东按察副使、青州兵备使、浙江左参政、山西按察使等。万历年间历任湖广按察使、广西右布政使、郧阳巡抚。后受张居正嫌恶被罢官，回归故里。张居正死后，被重新起用为应天府尹、南京兵部侍郎，累官至

---

① 《弇州山人四部续稿》（清文渊阁《四库全书》本）载本诗，注云："公有'玄亭还拟载**邮筒**'语，故及之。"

② 吴敦木. 中国古代书法家辞典[M]. 杭州：浙江人民出版社，1999.

刑部尚书。卒后追赠太子少保。①

嘉靖三十一年（1552），王世贞和李攀龙、谢榛、宗臣、梁有誉、吴国伦、徐中行等结成复古文学派，继承"前七子"的复古理论，史称"后七子"。王世贞以诗文影响一代文风，是"后七子"中才望最高之人。其"真情说"对纠正当时普遍存在的虚假文风发挥了重要作用。其文学创作也成为时人争相学习的典范。《四库全书总目提要》云："自世贞之集出，学者遂剽窃世贞。"② 有《弇州四部稿》《弇山堂别集》。

辱客携酒赏莲

明·董传策

菡萏亭亭好远观，林塘幽赏共君欢。
洗肠暂假郫筒酒，涤暑频倾玉露盘。
水竹断云虹影乱，蛟螭翻掌剑光寒。
却怜醒眼看醺眼，漫说唐人爱牡丹。

【作者简介】董传策（1530—1579），字原汉，号幼海、抱一山人。华亭（今上海松江）人。③

嘉靖二十九年（1550）进士，授刑部主事。历吏部主事、郎中，累迁大理卿，进工部侍郎，就改礼部。

其诗作劲健激烈，常有清隽警拔的诗句。有《采薇集》《幽贞集》《邕歈集》《廓然子稿》《奇游漫记》等。④

---

① 门岿. 二十六史精要辞典［M］. 北京：人民日报出版社，1993.
② 郦波. 王世贞文学研究［M］. 北京：中华书局出版社，2011.
③ 钱仲联，傅璇琮，王运熙，等. 中国文学大辞典［M］. 上海：上海辞书出版社，1997.
④ 马良春，李福田. 中国文学大辞典［M］. 天津：天津人民出版社，1991.

夏日观莲忆濂溪雅趣·其一

明·王凤翎

何年白社种青莲，君子堂开俨昔贤。
逃暑共寻泉石约，采芳重结水云缘。
郫筒香注流霞满，仙掌珠擎湛露圆。
三径不知身已隐，尚从濂洛问真诠。

【作者简介】王凤翎（生卒年不详），字九苞，又字仪明、宜明，号鸣冈。东莞（今属广东）人。

嘉靖三十四年（1555）中举。曾任广西宜山县知县。

大司空曾公见招以病乞改别约集杜

明·唐伯元

此生已愧须人扶，细学何颙（yóng）免兴孤。
岂有文章惊海内，几回书札待潜夫。
尊当霞绮轻初散，**酒忆郫筒不用酤**。
不是尚书期不顾，五陵佳气无时无。

【作者简介】唐伯元（1540—1597），字仁卿，号曙台。潮州澄海（今属广东汕头）人。明代理学家。[①]《明史》称唐伯元为"岭海士大夫仪表"[②]，"治行天下第一"，"理学儒宗"。他也是唯一被写入正史《儒林传》的潮籍名贤。[③]

[①] 史仲文，胡晓林. 中华文化人物辞海 [M]. 北京：中国国际广播出版社，1998.
[②] 《明史·儒林传》："伯元清苦淡薄，人所不堪，甘之自如，为岭海士大夫仪表。"
[③] 杨映红. 唐伯元诗歌研究 [D]. 暨南大学，2011.

嘉靖四十年（1561）举人，万历二年（1574）进士。历任万年、泰和知县，南京户部主事，尚宝司丞，保定府任推官，北京礼部制司主事等，官至文选清吏司郎中。二十四年，致仕。天启五年（1625），追封为太常少卿。①

唐伯元"为学"而作、"诚以言立"、"和乐"自然的诗学思想直接影响其诗歌创作风貌。有《醉经楼集》等。

元宵与二客同饮用杜工部赠田舍人韵

明·饶与龄

维舟此夕弋城边，明月清风对二贤。
酒觅郫筒酬令节，蔬分园韭助春筵。
萧条旅次无佳制，吟笑笥中有古篇。
遥想六鳌双凤胜，野凫何日听钧天。

【作者简介】饶与龄（1543—1595）。潮州府大埔县（今广东梅州）人。

万历十七年（1589）进士，曾试政都察院，后补中书舍人。

有《新矾题咏》《松林漫谈》《椿桂集》等。

览刘山人春日登楼见美人之作次韵·其三

明·耿汝愚

高秋巴峡下双鳞，传得诗篇字字新。
老去喜闻玉湛易，愁来欲见庾皑(ái)神。
署中坐啸郫筒满，江畔行吟锦水春。

---

① 陈瑛，许启贤. 中国伦理大辞典［M］. 沈阳：辽宁人民出版社，1989.

可是文翁期化蜀，先将风雅自家人。

【作者简介】耿汝愚（1548—1617），字克明，号古愚。湖北黄安（今湖北红安）人。

少时随父耿定向在南京求学，同杨希淳、焦竑、管志道、吴自新等名士交往频繁。屡试不中，归乡隐居，成立江汝诗社。

有《江汝社稿》《耿氏春秋》《四六草》《尺牍草》《鱼虫考》《乌光传》等。①

送时甫叔判蜀州

明·梅鼎祚

初征冠盖拂云霄，出祖寒城十月朝。
图会鱼凫风壤异，经占象马水程遥。
清时佐吏多名士，重译蛮王款圣朝。
雅使府曹惟画诺，预知民俗有歌谣。
案头峨岭三春雪，笔底巴江万里潮。
奠桂碧鸡陈旧祀，饮桐幺凤集新条。
光含石镜秋常满，声老琴台暮寂寥。
送客官梅动诗兴，怀乡林竹隔游镖。
西州不久悬刀梦，北阙分明见斗勺。
欲买扁舟上三峡，**郫筒酒美定须招**。

【作者简介】梅鼎祚（1549—1615），字禹金，号汝南，别号胜乐道人、梅真子、太一生。宣城（今安徽宣州）人。② 明代文学家、戏曲家、小说家。

梅鼎祚受其父熏陶，年少即以诗称。长与同邑沈懋学齐名。万历四年（1576），汤显祖客宣城，与之订交。八年，入汪道昆白榆社，与沈明臣、

---

① 覃颖媛. 明清黄安耿氏家族研究 [D]. 华中师范大学，2018.
② 钱仲联，傅璇琮，王运熙，等. 中国文学大辞典 [M]. 上海：上海辞书出版社，1997.

屠隆、李维桢等宴游。自十六岁为诸生以来，屡蹶场屋，遂绝意仕进。①

博闻强识，著述多种，辑有《鹿裘石室集》《历代文纪》《汉魏诗乘》《古乐苑》《唐乐苑》等；小说有《青泥莲花记》《才鬼记》等；杂剧有《昆仑奴》；传奇有《玉合记》《长命缕》等。

送姜司农入秦

明·汤显祖

茂宰曾标濯锦才，同官几岁凤凰台。
书通蒟酱时抽简，**酒到郫筒一命杯**。
遂赴秋期秦陇上，即看春色汉江回。
凉州旧宅浑无恙，长似西平驻节来。

【作者简介】 汤显祖（1550—1616），字义仍，号海若、若士、茧翁，别署清远道人。江西临川（今属江西抚州）人。明代杰出的戏曲家、文学家。②

汤显祖出身书香门第，早有才名，精通诗文词曲。隆庆四年（1570）中举。万历十一年（1583）中进士，在南京先后任太常寺博士、詹事府主簿和礼部祠祭司主事。时值连年灾荒，他写了著名的《论辅臣科臣疏》，批评朝政，结果遭贬为徐闻县典史。万历二十年（1592），改任浙江遂昌知县。二十六年，弃官归里，不再出仕。③

汤显祖在诗文创作上反对复古主义，在戏剧创作上反对格律至上。继徐渭、李贽之后，成为明代文学解放运动的重要代表。其理论对公安派的文学主张有一定的影响。诗文集有《红泉逸草》《问棘邮草》《玉茗堂全集》等。其创作成就最高的是戏曲，数百年来驰誉中外，被赞为"曲仙"（冰丝馆《重刻清晖阁批点牡丹亭·凡例》）、"绝代奇才"（吕天成《曲品》）。代表作有《紫箫记》（后改为《紫钗记》）、《还魂记》（《牡丹亭》）、

---

① 傅璇琮，许逸民，王学泰，等. 中国诗学大辞典［M］. 杭州：浙江教育出版社，1999.
② 林同华. 中华美学大词典［M］. 合肥：安徽教育出版社，2000.
③ 胡敬署，陈有进，王富仁，等. 文学百科大辞典［M］. 北京：华龄出版社，1991.

《南柯记》《邯郸记》四种,合称"临川四梦",又称"玉茗堂四梦"。四剧中的《牡丹亭》被誉为明代传奇之冠,"家传户诵,几令《西厢》减价"(沈德符《顾曲杂言》)。①

寄观察陈座师

明·胡应麟

千骑西南最上头,雪山晴色照吴钩。
高牙大纛(dào)行春暇,满酌郫筒酹武侯。

【作者简介】 胡应麟(1551—1602),字元瑞、明瑞,号少室山人、石羊生。金华府兰溪县(今属浙江金华)人。② 明代学者、诗人和文艺批评家、诗论家,明中后期"末五子"之一。

万历四年(1576),乡试中举。后屡试不第。大司空朱衡过兰江时,曾泊船三日,等待与其会面。胡应麟十分感动,作赋《昆仑行》六百八十言以谢,被朱衡称为"天下奇才"。胡应麟曾携诗拜见王世贞,得其赏识,列为幕年所交五子之一。王世贞去世后,胡应麟加入戏曲家汪道昆主持的白榆社。汪道昆去世后,胡应麟成为江南文坛盟主。晚年倾力治学。③

在诗歌理论上,胡应麟与"七子派"一脉相承,推崇格调,主张写诗要以古人为法,学古主要是学汉魏以前作品,认为诗歌的体裁因时代而变化,诗歌的格调因时代而后退。有《诗薮》《少室山房类稿》等。

---

① 马良春,李福田. 中国文学大辞典 [M]. 天津:天津人民出版社,1991.
② 乐黛云,叶朗,倪培耕. 世界诗学大辞典 [M]. 沈阳:春风文艺出版社,1993.
③ 魏桥. 浙江省人物志 [M]. 杭州:浙江人民出版社,2005.

浮邱景挹袖轩

明·邹可张

亭回玉树翠攒空,仿佛层霄五柞宫。
凫舄何年留石磴,鸾笙此夕入帘栊。
消烦漫汲投龙井,解愠还歌挹袖风。
欹枕诗成如卧雪,**倦从河朔滥郫筒**。

【作者简介】邹可张(生卒年不详),字卫中,号海屿。南海(今属广东)人。

嘉靖三十一年(1552)举人。曾官建阳(今属福建南平)知县。①

寄八弟修以索白鹤山人画卷

明·张五典

我负书画癖,随齿日以长。
水程堆满船,陆行载兼两。
去年入京国,倥偬束囊褚。
唯挈蜀山图,如偕白鹤侣。
秋阴邸舍中,闭门望盥栉。
宣纸三丈余,规模毕十日。
君来省问我,并示迷真赝。
缄收苏合丸,聊分蜣螂转。
徐徐语以实,君笑欲脱颐。
念我太作劳,相劝具微词。
生平无他好,消闲借纸墨。

---

① 杜信孚,杜同书. 全明分省分县刻书考[M]. 北京:线装书局,2001.

感君甚殷恳，积习那抛得。
桁(háng)衣无常主，由来七世矣。
通灵飞著君，祇合任包匦(guǐ)。
独怅汗漫游，阔绝恣腾踔。
云帆凌重洋，蜡屐周五岳。
心艳郫筒酒，迹未及西川。
时一凭此卷，置身云栈边。
竹树森阴翳，涧磴互缭绕。
浦远水光淹，云断天色皛(xiǎo)。
苍茫嘉陵江，杳霭巫山峡。
疑有林猿啸，径与沙鸟狎。
历历纵冥搜，渺渺豁积思。
从证杜老诗，胜读陆子记。
况复蹊径熟，仿摹易着手。
粉本倪别求，研思须持久。
背临固亦可，妙技岂按谱。
气运或不减，结构要默数。
爱我本初心，揆取恐矛盾。
好将附急递，为供粲然辴(chǎn)。
老眼待昏花，诸有散儿辈。
约此属应哥，阿闽不许爱。

白鹤山人蜀山图·其一

明·张五典

江烟峡影望迷离，树外朝云暮雨祠。
不是蜀山真未见，**郫筒祇少挂鸱夷**。

【作者简介】张五典（1553—1626），字和衷，号海虹。山西沁水（今属山西晋城）人。①

万历二十年（1592）进士，授行人司行人，选户部江西司主事。二十九年，迁户部江西司主事。四十年，迁河南按察司副使兼参议。四十三年，迁山东布政司参政。四十八年，迁山东右布政使。天启元年（1621），迁太仆寺少卿。二年，迁南京大理寺正卿。三年，乞终养，加升兵部尚书。②

有《泰山道里记》《祭儿铨文》《再祭儿铨文》等。

送别季修兄之任兴文

明·娄坚

一官江汉溯萧晨，万里西南牧远人。
戎索稍安消鵷攫，簿书多暇喜清贫。
科名信美谁堪仗，资格于今弊可新。
赖有郫筒胜下箬(ruò)，且甘岷芋莫思莼。

【作者简介】娄坚（1554—1631），字子柔。长洲（今江苏苏州）人。③

隆庆、万历年间贡生。早从归有光游，为乡里所重；后与唐时升、程嘉燧并称"练川三老"。四明谢宾山为知县时，尝刻唐时升、程嘉燧、李流芳及娄坚诗，曰《嘉定四先生集》。

娄坚工书法，钱谦益《列朝诗集》曰："坚书法妙天下，风日晴美，笔墨精良，方欣然染翰，不受促迫。"④ 有《吴歈小草》《学古绪言》。

---

① 张五典. 大司马张海虹先生文集 [M]. 田同旭，赵建斌，马艳点校. 上海：上海古籍出版社，2018.
② （清）沁水县志.
③ 王洪. 古代散文百科大辞典 [M]. 北京：学苑出版社，1991.
④ 吴敉木. 中国古代书法家辞典 [M]. 杭州：浙江人民出版社，1999.

于长文使蜀

明·公鼐

风软郫筒飑酒旗,杜鹃啼老杜鹃枝。
菖蒲花发校书墓,古柏阴浓丞相祠。
我解琴心空有梦,君从剑阁好题诗。
蜀王爱客倾三峡,能见齐髡一石时。

【作者简介】公鼐(1558—1626),字孝与,号周庭。蒙阴(今属山东临沂)人。明代文学家、诗人,万历前期"山左三大家"之一。

万历二十九年(1601)进士,选庶吉士,散馆,授编修。历谕德、左庶子、祭酒、詹事,迁礼部右侍郎,被视为"两代帝师"。卒后追授礼部尚书,谥文介。

其论诗反对模拟,诗作擅长写景,绝句尤享盛名。有《问次斋集》。

寿陈太翁

明·王永光

崆峒紫气夜烛斗,崆峒老人剖丹臼。
苍颜忽作桃花色,却悔皋比撤向后。
筇杖逍遥浣花村,**郫筒妒杀老瓦盆**。
巴童岁效华封祝,甲子人疑绛县年。
季方英英甫弱冠,阳平剖决疾于电。
三辅喧传贯索空,龙章会睹卿云烂。
见说伯仲都且美,德里光映五百里。
翩翩词赋并登坛,坐令作者无坚垒。
何当歌向玳瑁筵,醉看方瞳照锦水。

【作者简介】王永光（1560—1638），字有孚，号射斗。长垣（今属河南）人。

万历二十年（1592）进士，授中书舍人。二十六年，升吏部主事，历员外郎。三十年，升通政司参议。四年后，为右通政，右佥都御史、巡抚浙江。四十二年，转为南大理卿。光宗即位，为工部左侍郎，署部事。后又为右都御史，不久升工部尚书。天启三年（1623），改任户部尚书，总督仓场，调掌南京都察院。五年，加太子太保。六年，转任南京兵部尚书。崇祯元年（1628），任户部尚书，后改任吏部尚书。①

有《冰玉堂诗草》。

寿洪从周丈八十·其三

明·何白

说偈冥参静掩关，浮名莫问有无间。
分甘花底堪娱日，采药林中可驻颜。
黄阁几经珠履散，清江长与钓丝问。
郫筒桂楫堪乘兴，倘就何家大小山。

【作者简介】何白（1562—1642），字无咎，号丹丘。永嘉（今属浙江温州）人。②

万历十五年（1587），龙膺为郡司理时，对何白的才华赞赏有加，为延誉于海内，遂有盛名。何白西游酒泉，南穷湘沅，归隐于梅屿山中。经历了嘉靖、隆庆、万历、泰昌、天启和崇祯六帝。③

何白工诗文书法，擅画山水。有《汲古堂集》。

---

① 郑天挺，吴泽，杨志玖. 中国历史大辞典［M］. 上海：上海辞书出版社，2000.
② 马良春，李福田. 中国文学大辞典［M］. 天津：天津人民出版社，1991.
③ 薛锋，王学林. 简明美术词典［M］. 哈尔滨：黑龙江人民出版社，1982.

广招赋

明·谢肇淛

广招者，谢子为其友人郑琰而作也。琰既流落江东，邅回维扬、徐邳之间，不遘知遇，困踬以死。一身孑尔，四海无家，精气越佚，不识故里，若敖之鬼，邻于馁矣。夫死无所归而殡，朋友之义也。魂不复而招之，古之制也。乃作广招之赋，音沿楚些，纪地也。

秋懰栗而沉潦兮，浮云冉而上征。驾素辁于荒原兮，白骖踯躅而酸鸣。蔓葘蒁以芜秽兮，气忽忽而黝暝。羌何为遘此穷奇兮，恍惘慃而匿明。曜灵瞠视以弗及兮，帝乃命诸巫真曰：广陵有侠骨焉，魂煇飐而不复。女筮予之招兮，余且畀之南服。巫真对曰：夫干贞固者，所以为修也。魄揹㯿者，所以浮游也。幸帝命之不延，未及附诸粪草，予无所用筮焉。乃下招曰：

魂兮归来，胡为去君之奥宅，曼衍于大荒些。离君之顾晢，而俪彼幽盲些。辞君之枌榆，与野妖颜行些。弃兹祊祧，中道彷徨些。归来归来，止故乡些。魂兮无东，东方大壑，不可以泳些。烛龙衔熖，焦毂液靷些。龙伯千里，眴目若电，其首若巘些。蛙鼍连山，断腭戟卷些。飞廉被发，盱舔䑛些。一劙其牙，为䵴粉些。

魂兮归来，无矻硙些。魂兮无西，西有流沙，冥邈无垠些。玄蟒桀血，三周昆仑些。赤狐黑猿扢攫，㹡㹡些。榆罟入土，沸潢以播掀些。雷渊阴火，历录硏硏些。藂菅万里，绝飞鸢些。碟磀寠窭，雷轰填些。魂兮归来，空烦冤些。魂兮无南，南方酷疠，天地炉些。蕴隆虫虫，焱

　　　　fú　　fùrán　　　　　　　　qiúsōu wú　　xǐ
　　怫噅些。蝮蛇衔象，牙专车些。即且蛷螋猎猎猥猥，与龙争珠些。虮蟒
　　　　　　　　　　　　　cī　　　chū sì　jí　lú　　　yù yì
　　有颠，啮人如饴，负骶骼而趋些。艾貀玄兕，甾甾鱸鱸些。焰岗燆㷋，
　　　　　　　　　　　　　　　　shān
　　金木殚枯些。焦毛烂额，灼妍肤些。痁疹瘀癞，痔且疝些。魂兮归来，
　　　　　　　　　　　　　　　　　hù　　duó
　　无自刲屠些。魂兮无北，北方冻冱，凝洛泽些。白草黄沙，连大漠些。
　　　　　qì　　　　　　　　　　　　　　　　　　　　　yà yú
　　黑磧霾空，无百谷些。六月霄霰，晶摇薄些。窫窳嵯吻，轰咤恶些。玄
　　　　　　　　　　　　yòu suān　　　yǔ　　　chuō yuè
　　冰铟地，战阴壑些。野义狖狻，狒猥敔敔，哆趎趉些。辫发反踵，
　　péng sēng fù ér　　jué dòng
　　髼髼髴髵，戟手挼捊些。渾乳膻臊，无炮烙些。

　　　　　　　　　　　jí　　　　　　　　　　　　　hūn yuè dàn　　　shān
　　魂兮归来，虞蹂踏些。魂兮归来，无上天些。天阎黡黙，亘九埏
　　zhàn　　　　　　　　　　　　yí　　chán
　　些。戋猫玄貀，扼下人些。乖龙鬐鬐，碟铤鳞些。雷霆砰磤，电激雹
　　　　　　　　dì dōng
　　掷，不可进些。螮蛛缠蜷，吮膏若泉些。上帝高居，默不闻些。魂兮归
　　来，坠糜厥身些。

　　魂兮归来，无入此重渊些。幽壤黯汤，无晨暄些。蝄蛃㞢齾，披
　　xiān　　　gān　　　　　　　　　　　huī
　　发跹些。山魅谷魑踉跄擘人以吞些。朱发豹襌，狞且馋些。罗刹铁额，
　　　　　　　　　　　　　　　　　　　　　　　　　　　　　　　　huò
　　舌赤如火，食人三千些。阴飙哀噑，血池肉陵，赭般般些。火山刃林，
　　镬锉煎些。

　　　　　　　　　　　　　　　　　　　　　　　　　　　　kān è
　　魂兮归来，无逡巡些。魂兮归来，入闽邦些。翠峰嵁崿，黛华岗些。
　　chán zhuó　　　　　　　　　yǎo　yáng
　　寒流瀺灂，鸣石淙些。灵室闳洞，窅崆岘些。崚瀑激雪，花雨空些。
　　qiàn
　　芙蓉葱蒨，攒青苍些。金芝瑶卉，爚夜光些。芝房轮菌，乳膏潢些。丹
　　　　　　　　　　　　　　　　　　　　　　　　　dān
　　床玉几，纷从横些。毛女羽客，颜若童些。寿跨乔众，逾聃彭些。魂兮
　　　　　　　　　　　　　　　　　　　　　mǎng wǎn chán
　　归来，驭气以徜徉些。三山蓬阆，鼎嶙嶙些。长江金锁，漭滃澶些。
　　　　lì zè zuī wēi　　　　míng xìng　　　xí　　　chún
　　旗张鼓蹲，屶崱崔巍，雄相宾些。溟涬巨壑，瀴溟泂泂，际干淳些。

枌榆井灶，郁参鳞些。衣冠曼好，愉以亲些。洰漫徙倚，纵怡淫些。

魂兮归来，娱尔神些。野腴地沃，百昌阜些。冬稌夏稻，菽麦楸些。畛隰皇皇，丰衍袤些。榕檖楮梸，纷櫏纠些。荔支龙目，桄榔橼榄，苾馥羞些。荗葵蕾苄，兰蕾檐卜，炫彩以绣些。马缨虎掌，玉屑金钱，弥皋岫些。鼋鼍鳣鲖，鲋鲵霤些。乌贼黄鱨，鲲鲩魟些。洪蚶脆蚘，媚连鲎些。饫唇脍舌，靡不有些。麢麖狌玃，祁孔右些。翡鹭文鸳，鴐鹅鹣鹍，遝林沼些。

魂兮归来，从群丑些。彼都士女，曼且晰些。妖童嬿姽，鬒发酽些。綦履香襗，衷锦衵些。冶嬬修娥，朱唇荮些。盘龙蓐凤，金屈戍些。赪颊横波，眸点漆些。柔荑揱揱，玉环揀些。绡縠褼襹，扬鬘裼些。跰豸嫙娟，丽射日些。纵体随风，六铢襞些。步虚清歌，香霭滴些。褫绅拂枕，奉茵席些。洞房沉沉，娱永夕些。

魂兮归来，聊燕息些。锦垣绮陌，万户开些。飞甍接栋，簇纡回些。木衣土绣，甲第璀些。璠楼金阁，琼香台些。駮娑辟巢，谯丽崈些。兆阛梹阓，窈窱陚些。蔓云韬宿，银榜题些。琳宫绀殿，翠琶毿些。窣堵朱碧，晨唪夕呗，镛鼓喈些。藻棨月棽，辚辚胪胪，中天而不摧些。柔轮宝靷，延延眃眃，溶潏而往来些。

魂兮归来，托以安栖些。明堂肇启，雷鼓鼝些。合箫孤管，倚云軿些。揽金考石，枳敔喧些。和琴哀瑟，明月弦些。贲鼗铙筦，互节宣些。黄钟大吕，旋相生些。撅龠秉翟，俯仰跇跠些。万舞有奕，递便嬛些。

魂兮归来，听勿谖些。血膋既酢，兰艾熏些。云俎大豆，森颐庭些。

柔脂刚硕，盼以腥些。炮牂烹武，蹄角横些。腾凫烙鸡，雁鹜鲭些。鸧鸹鹑鹧，糜馎馨些。象约熊蹯，旨且盈些。臑鳖磔蜎，鲂鳒陈些。子姜香韭，美锦莼些。冬菁夏笋，竞鲜新些。玉粒金稻，黍秬粳些。馞饦馄饨，饣侵餕饧些。冷淘温戟，土簋硎些。橘柚瓜瓞，剥鸡菱些。紫蔗碧藕，赪朱樱些。赤枣青梅，甘酢并些。缥醪玄浆，露金茎些。醍醐翠滟，泛酴醾些。径寸敷膏，蚁浮萍些。芝觞桃椀，雪液澄些。九香百和，芳洁凝些。是飨是侑，腹膨脝些。

魂兮归来，胥怿以宁些。华簪文缨，珠履蹫些。胙阶孔彬，趺云阁些。文朋儃侣，巧笑绰些。缃帙彤管，辉灼烁些。藏弢意钱，揽六博些。雉犊卢枭，恣欢醵些。角巾弹棋，朋鞠蹴些。决拾彄珊，命侯鹄些。拔河蹶张，胜相撊些。养和隐囊，挥麈箸些。**郫筒诗筹**，拈纠错些。斗敏争姱，喧嚯噱些。传觥交觞，侧弁帻些。倾情倒意，戏而不虐些。

魂兮归来，乐相乐些。远行靡届，不如归些。荒荒六合，将安依些。终风且霾，日月微些。天昏雨湿，魑魅啼些。流连忘返，啙所讥些。太康淫洛，丧忸怩些。八骏万里，祈招悲些。屈湛于湘，渔父嗤些。有菅与蒯，宁姜姬些。狐丘兔窟，鸡于埘些。归来归来，无自迷些。

乱曰：邗沟汤汤兮草木莽莽，雁南征兮江之浒。思君兮潺湲，猿狄号兮秋雨。江有蘺兮原有楸，君不来兮悄离忧。残釭幢兮明灭，寒蛩鸣兮焉歇。石上兮苍苔，山间兮明月。君不可兮久留，欻望舒兮将没。流黄罢兮香机空，春草靡兮霜叶红，白鹤惊兮玄狨，云惨惨兮西风，魂归来兮哀江东。

辛卯春三日汝大兴公过山斋·其二

明·谢肇淛

门掩蓬蒿里,尊开花竹中。
传筹催羯鼓,**隔市取郫筒**。
山近闻春鸟,池清下渴虹。
酣歌残日落,银烛敢辞红。

【作者简介】谢肇淛(zhè)(1567—1624),字在杭,号武林、小草斋主人、山水劳人。长乐(今属福建福州)人。

万历二十年(1592)进士,历任湖州、东昌通官,南京刑部主事、兵部郎中、工部员外郎等。天启元年(1621),任广西按察使,官至广西右布政使。

有《小草斋集》《五杂俎》《史觿》《滇略》《方广岩志》《长溪琐语》《文海披沙》等。①

寄怀曹能始先生

明·葛一龙

别时遵鹭渚,望处极蚕丛。
字折三巴水,书回万里风。
编氓得司马,蜀郡有文翁。
虽在烟霄际,不离山水中。
雪残岷树绿,云出庙花红。
晓辙初还北,春帆又指东。
何由为楚客,**相与醉郫筒**。

---

① 马良春,李福田. 中国文学大辞典 [M]. 天津:天津人民出版社,1991.

李水部使楚杨廷尉使蜀·其二

明·葛一龙

蜀天高踊雪峰寒,未到能先十日看。
圣主命将应念远,使臣行矣不辞难。
猿声诉月更三转,马首分云栈几盘。
满着郫筒春万里,相邀须傍百花阑。

酌高粱柳榭

明·葛一龙

铁柱高粱水,平添柳汁浓。
金城西直路,蹀躞玉花骢。
乐事矜将后,歌声奈有终。
郫筒携日暮,斟酌且从容。

当垆曲

明·葛一龙

临邛酒香花气和,垆头莺语春风多。远山着黛脂,凝肤调笑奔(bài)。輭涤器奴十千,**不满郫筒沽**。

【作者简介】葛一龙(1567—1640),字震甫。吴县(今江苏苏州)人。

屡试不售,乃援例谒选,万历四十七年(1619),选授云南布政司理问。不久,谢病归。崇祯九年(1636),与史玄、邢昉、顾梦游、方文等人结社于南京。

其诗早期抒写淡泊的情怀，后渐受竟陵派的影响，追求诗境的深幽奇崛，但并不流于怪诞。有《葛震甫诗集》等。①

西来僧云平倩初病痹今已痊复志喜

明·袁宏道

西望嘉陵信，迢迢半影鸿。
黄州元不死，白傅已无风。
小近临邛黛，**新开郫酒筒**。
僧言真实否，吾欲让庞公。②

【作者简介】袁宏道（1568—1610），字中郎、无学，号石公、六休。荆州公安县（今属湖北荆州）人。③明代文学家、文论家。明末"公安派"的代表人物。与兄宗道、弟中道合称"公安三袁"。④

万历二十年（1592）进士。二十三年，出任吴县县令。二十六年，任顺天府教授。二十七年，迁国子监助教，后补任礼部仪制清吏司主事。官至吏部考功员外郎，曾主持陕西乡试。三十八年，辞官归乡。⑤

袁宏道深受李贽影响，认为文学应随时代的变化而变化，提出了"任性而发"的性灵说，主张"独抒性灵，不拘格套"，对扫除当时文坛上"文必秦汉，诗必盛唐"的泥古、拟古文风产生过较大影响。⑥其作品打破了传统古文的陈规格局，语言不事雕琢，生动流畅。⑦钱谦益《列朝诗集小传》评价其曰："中郎之论出，王、李之云雾一扫，天下之文人才士，始知疏瀹心灵，搜剔慧性，以荡涤摹拟涂泽之病，其功伟矣。"⑧有《袁中郎全集》。

---

① 马良春，李福田. 中国文学大辞典［M］. 天津：天津人民出版社，1991.
② 《袁中郎全集》（明崇祯刊本）载本诗，注云："后二事皆来僧语。"
③ 俞汝捷. 中国古典文艺实用辞典［M］. 北京：中国青年出版社，1991.
④ 王洪，方广锠. 中国禅诗鉴赏辞典［M］. 北京：中国人民大学出版社，1992.
⑤ 徐海荣. 中国茶事大典［M］. 北京：华夏出版社，2000.
⑥ 王洪. 古代散文百科大辞典［M］. 北京：学苑出版社，1991.
⑦ 史仲文，胡晓林. 中华文化人物辞海［M］. 北京：中国国际广播出版社，1998.
⑧ 王洪. 古代散文百科大辞典［M］. 北京：学苑出版社，1991.

为马食君成愚寿太公令君令如皋迎太公不至

明·张瑞图

丈人种秫蜀山陬，有子能官赋壮游。
即看龙章趋益部，何须鹤背上扬州。
圣人恰共中秋节，词客遥输海国筹。
丙穴郫筒事事好，如君真比醉乡侯。

庵中蜀茶盛开约迟轩赋之

明·张瑞图

名花种出蚕丛西，烂熳花朝百朵齐。
只为净根无滓秽，故舒殊采映招提。
拈来端合生，微笑看提携。
繁枝勿剪经冬秀，好蕊多留拂槛低。
行雨疑沾神女暮，流风宛在浣花溪。
文心对此应抽思，华发未忘久杖藜。
千树玄都犹竞看，无言秾李且成蹊。
笺分涛纸诗堪赋，**酒赛郫筒饮可泥**。
此日锦城春不远，霎时杜宇血空啼。
海棠虽好非伦辈，莫学少陵倦品题。

【作者简介】张瑞图（1570—1641），字无画，号长公、二水、芥子居士、果亭山人、平等居士、白毫庵主人、白毫庵道者等。福建晋江人。

万历三十一年（1603）举人。三十五年，殿试第三，授翰林院编修。天启二年（1622），迁詹事府少詹事。五年，迁礼部右侍郎兼翰林院侍读学士，并充《明实录》副总裁。六年，擢礼部尚书兼东阁大学士。七年，晋少保兼太子太保，改户部尚书兼武英殿大学士，寻加少师兼太子太师，进中极殿大学士。崇祯二年（1629），以"逆案"罢归。

张瑞图书法奇逸，是晚明新书派之标志，与邢侗、米万钟、董其昌齐名，并称晚明"善书四大家"。有《白毫庵集》。①

寿黄郡伯初度

明·徐𤊹

佳辰欣见渚流虹，家世犹传江夏风。
午夜绮筵张蜀锦，**长春琼液酌郫筒**。
飞来神雀随青鸟，叱起仙羊傍画熊。
三十专城年最少，都人争羡黑头公。

和咏杜鹃花

明·徐𤊹

啼春望帝化何年，幻出名花血尚鲜。
雨濯绛英张茜锦，风翻丹萼乱霞笺。
开时合泻郫筒酒，催处宜调蜀国弦。
欢赏谩言归去好，待看枝上月娟娟。

【作者简介】徐𤊹（1570—1642），字惟起，一字兴公，号鳌峰居士、筠雪道人等。闽县（今福建闽侯）人。

与曹学佺主闽中诗坛，后进称"兴公诗派"。有《鳌峰集》《红雨楼集》等。

---

① 吴敦木. 中国古代书法家辞典［M］. 杭州：浙江人民出版社，1999.

酒花诗·其七

明·李于坚

谁抱罂缶曝日中,阳晞醮透石楠红。
骨胎信尔含冰雪,枯菀全非怯雨风。
浅酌百华供党帐,**远贻千里寄郫筒**。
飘摇絮絮轻如许,莫禁傲狂待次公。

【作者简介】李于坚(1573—1644),字不磷,号森阁。清流(今属福建三明)人。

崇祯四年(1631)进士,授南京吏部郎。出理湖广政事,兴利除弊,革新时政。不久出任浙江按察司提学副使加参政,体恤寒士,奖掖后进,深孚众望。

工书法,耽绘事。其诗精工隽逸,独具一格。有《西河草》《吴草》《楚草》《燕草》《遁园草》《酒花诗》等。

集新开寺·其二

明·费元禄

秋空孤岭秀,霁色湖水东。
墟里人烟落,池亭幽豁通。
余荷偃高盖,朝槿发新红。
鲙庖出鱣鲤,**命酒截郫筒**(zhān)。
鼓瑟携湘女,举杯邀天公。
疏林苍莽色,钟磬生凉风。
虹桥宴初罢,襄城辙岂穷。

【作者简介】费元禄（1575—1640）①，字无学，一字学卿。铅山（今属江西上饶）人。

费氏世代为官，费元禄屡试不利，遂醉心于佛老与创作。② 他文思敏捷，落笔动辄数千言。有《甲秀园集》《转情集》等。③

寄郫令李谪星 李名珍公安人·其一

明·沈德符

锦官奇丽比蓬瀛，况复郫筒似宦清。
仙吏簿书通道帙，美秋山水壮琴声。
乡音楚尾邻三峡，土贡巴賨异百城。
若要朝廷尊倍昔，便征李勉入承明。

【作者简介】沈德符（1578—1642），字景倩，又字虎臣。④ 秀水（今属浙江嘉兴）人。文学家、戏曲理论家。

万历四十六年（1618）中举，后屡次参加会试皆不第。

其诗受竟陵派影响，诗境、运笔皆有尖新之处。有《清权堂集》《秦玺始末》《飞凫语略》《敝帚轩剩语》等。⑤

大观亭⑥·其二

明·车大任

洞天亭阁百花丛，福地岩峣紫翠笼。
九斗岚光□□□，满城烟霭有无中。

---

① 汤开建. 利玛窦明清中文文献资料汇释 [M]. 上海：上海古籍出版社，2017.
② 康芬，龙晨红. 江西历代著作考 [M]. 南昌：江西人民出版社，2015.
③ 马兴荣，吴熊和，曹济平. 中国词学大辞典 [M]. 杭州：浙江教育出版社，1996.
④ 黄霖. 金瓶梅大辞典 [M]. 成都：巴蜀书社，1991.
⑤ 刘波. 中国历代文化艺术名人大辞典 [M]. 北京：国际文化出版公司，1994.
⑥ 源自：（清）张宝琳，王棻，孙治.（光绪）永嘉县志卷. 清光绪八年刻本.

漫从宦迹追康乐，乞得□□□□□。

山海高深聊载酒，**振衣长啸对郫筒**。

【作者简介】 车大任（生卒年不详），生于明朝中叶，字子仁。邵阳（今属湖南）人。①

万历八年（1580）进士，授江西南丰知县，擢福州知府，调嘉兴知府，累官至浙江布政使司右参政。

有《囊萤阁草》《归田集》等。

梅　庵

明·区龙祯

尘嚣不到处，花木自为林。

玩入空斋里，悬知法藏深。

候门旋唤鹤，展帖见来禽。

向夕郫筒醉，还期竹下寻。

【作者简介】 区龙祯（生卒年不详），字象先。顺德（今属广东佛山）人。②

万历三十八年（1610）进士。初授漳浦令，历任福建漳浦、河北魏县知县，户部郎中，广西左江兵备道，滇南屯道左参政等。有《辽阳全书》《沧浪洞诗稿》等。

---

① 万里. 湖湘文化大辞典［M］. 长沙：湖南人民出版社，2006.
② 杜信孚，杜同书. 全明分省分县刻书考［M］. 北京：线装书局，2001.

寿封君傅年伯

明·孔贞时

闻君作潜论，至今秘帐中。
又如彦方子，州里化其风。
达士欣违世，有子显良弓。
宿昔花生笔，今朝剑倚崆。
弹刻前致辞，吾翁即若翁。
可无善颂祷，介兹春酒融。
春酒自天来，宫花映日红。
仰观少微星，灿灿南极东。
下观筑岩叟，白发已还童。
身立名自扬，志养寿更崇。
兹语庶不谬，**因之佐邮筒**。

【作者简介】孔贞时（生卒年不详），字中甫。建德（今安徽东至）人。①

万历四十一年（1613）进士，选庶吉士。四十六年，授翰林院检讨。四十八年，加知制诰。光宗、熹宗朝，一时诏令表册谥议之文多出其手。②

有《在鲁斋文集》。

灯下次徐仲谦归丹韵

明·贡修龄

今夕醉邮筒，长吟兴不穷。

---

① 马德泾，范然，马传生，等. 镇江人物辞典［M］. 南京：南京大学出版社，1992.
② 戎毓明. 安徽人物大辞典［M］. 北京：团结出版社，1992.

愁来看佩剑，客去欲乘风。
观世频眸白，论文落烬红。
不须悲去住，应复似飞鸿。

【作者简介】贡修龄（生卒年不详），初名万程，字国祺。江阴（今属江苏）人。

万历四十七年（1619）进士，授东阳知县。历浙江布政司参议①，摄义乌事，内补刑曹，断狱明允，尽革陋规。后被劾归，复起江西少参，分守湖东，与抚臣不合致仕。

有《匡山集》《斗酒堂集》。②

夜泛南湖同沈虎臣合觞生月即席长歌③

明·陈万言

炎云六月迷南天，层冰赤脚思长眠。
中流箫鼓鸣楼船，彩缆出没晴河边。
风生数捻香生莲，波纹回縠清且涟。
有美一人呼为娟，明珰翠羽金花钿。
扬袿举袂容华鲜，粉中微汗玄鬓(guī)溅。
低回顾影从人怜，含情巧语眉痕添。
晚凉忽度青楼前，月落万井如规圆。
蜃光高结冰轮悬，双钩斜挂珍珠帘。
清商一曲飞宾筵，箜篌手弹无急弦。
木兰杂沓柳堤连，渔儿欸乃欢声阗。
石矶玉勒青丝鞭，跨鞍欲舞罗裙旋。
隔江指点留纤纤，**广陵春酒郫筒传**。
倚酣闻鸟当窗喧，狎波又见沙鸥联。

---

① 周明初，叶晔. 全明词补编 [M]. 杭州：浙江大学出版社，2007.
② 赵永良. 无锡名人辞典 [M]. 南京：南京大学出版社，1989.
③ 源自：(明) 罗炌修，黄承昊等纂. (崇祯) 嘉兴县志. 明崇祯十年刻本.

相逢一笑俱嫣然，郁金香拥双云軿。

拍浮鲸吸人摩肩，须臾露湿衣褊襂（xiān）。

三更漏落春啼鹃，愿施绮障随游鞯（jiān）。

迎风转手摇歌扇，眷怀永夕陈良缘。

此时艳赵复倾燕，阿谁尚数河间钱。

余光应惜兰膏煎，洛阳初度长裙牵。

揽子之袪归莫遄（chuán），明河却望针神穿。

晓天桂魄重如弦，曙钟促柱居诸迁。

雕胡欲动晨炊烟，何时再逐双飞鸳。

轻舟荡桨宛登仙，行朝行夜高唐篇。

夏虫勿使惊秋蝉，□□□□□□。

【作者简介】 陈万言（生卒年不详），字居一。秀水（今浙江嘉兴）人。[①]万历四十七年（1619）进士，授检讨。工诗文，兼通篆籀、数学。有《钘园集》。

舟 中

明·郑郏

暑晴喜雨雨后晴，净洗云脚开天晶。

船头月色随潮落，木末烟光到水清。

白帝江陵千里疾，**郫筒桑落百壶倾**。

不疑今古人如对，共此山川共此情。

【作者简介】 郑郏（1594—1639），字谦止，号墨阳（mì）。武进（今属江苏常州）人。明代经学家。

---

① 李毅峰. 中国篆刻大辞典［M］. 郑州：河南美术出版社，1997.

天启二年（1622）进士，选庶吉士。不久，因上疏言事，忤逆魏忠贤，与文震孟、陈仁锡等被贬为民。崇祯中，为温体仁所构，诬以杖母不孝，磔于市。郑鄤曾于狱中作《峚阳草堂说书》七卷，授其子钰，深受黄道周推重，谓："为人宗师，乃不如郑鄤。"① 有《峚阳草堂集》。

集凭虚阁十二韵

明·区怀年

高阁倚苍穹，烟霄四望同。
地连宣圣宅，山接梵王宫。
野色嚣尘外，江光眇霭中。
午凉生几席，晴旭护窗栊。
丽泽宜嘉侣，清裁识化工。
蕙香凝缟带，**松液沁郫筒**。
思越昆仑表，情飞渤澥东。
素琴归雅奏，华发任飘蓬。
钟阜形如盖，台城势似弓。
雁行分浦落，虫语入秋空。
晶晶通衢陌，森森际谷丛。
泠然无不可，飙忽御长风。

【作者简介】区怀年（生卒年不详），字叔永。高明（今属广东佛山）人。

天启元年（1621）贡生，任太学考通判。崇祯九年（1636），入京候选。因母亲去世，又返回原籍。后被任命为翰林院掌管文书的官职。辞官归隐，日以诗文唱和、文稿撰述为乐。

有《楚乡亭》《石洞游》《一啸集》《击筑吟》《燕邸旅言》《玄超堂藏稿》等。

---

① 黄开国. 经学辞典［M］. 成都：四川人民出版社，1993.

题休邑程士原率滨亭

明·吕旭

仙翁亭构今何在，肯构怜君复旧模。
在昔故基仍胜绝，于今乔木尚荣敷。
翰林题扁辉联璧，朝野留诗耿贯珠。
五柳孤松彭泽里，黄鹂白鹭辋川图。
溪毛落雨青丝长，石发凝烟翠锦铺。
晴日漾波凫对浴，凉风吹树鸟相呼。
笑谈款款留宾客，燕处怡怡乐友于。
琴响峄桐调凤尾，帘疏湘竹卷虾须。
何时缓策从幽讨，**莫惜邮筒满眼沽**。

【作者简介】吕旭（生卒年不详），字德昭，歙县（今属安徽黄山）人。洪武初，举明经，授本府训导，迁延长教谕。有《东篱吟稿》。

卧病柬憨山禅师

明·陈鸣阳

倦游关塞客，一病几经旬。
慧日存吾性，浮云寄此身。
闭门蛩闹夜，欹枕鸟啼春。
最爱南邻伴，**邮筒问字频**。

【作者简介】陈鸣阳（生卒年不详），字于冈，号贞吾。南海（今属广东佛山）人。参政陈万言子。

神宗万历年间诸生，曾任衡州别驾。

善弈棋，著有《弈谱》等。①

留别张孟兼

明·吴植

故人昔隐仙华山，高卧白云终日闲。
我携清都绿玉杖，相与啸傲烟霞间。
一朝忽被征书起，姓名直入明光里。
清时冠带圜桥门，济济横经临璧水。
坐拥皋比三载余，石室仍䌷太史书。
平生直气横秋岳，秉笔一字诛奸谀。
迩来峻擢仪曹上，千载皇风回揖让。
要知制作鲁诸生，元是传经旧刘向。
蹇予泉石是生涯，白头受荐来京华。
相逢共醉金陵市，一官却种河阳花。
人生离会良可惜，已觉形容非昨日。
马头万点蜀山青，回首秦淮烟树夕。
丈夫才气古所难，去去有冠冠莫弹。
郫筒酒熟宁辞饮，饭颗诗成得细看。
怜君最是知予者，慷慨高歌起中夜。
葛令丹砂或可求，王乔飞鸟还堪借。
他时一笑蓬莱巅，碧桃乱发东风前。
还将玉管吹明月，叶以云间紫凤篇。

【作者简介】吴植（生卒年不详），字子立。严州（今属浙江）人。以处士征，授滕州知州。

---

① 南海县志.卷三十七.清同治八年刻本.

仲春陈瑶光李伯跻先生招游青云山

明·罗锜

滟滟春波夹碧峰,**佳时不负载邮筒**。
全堤翠湿松围老,二月寒轻柳带松。
舒眺莫生今昔感,遨游同寄水云踪。
归筇避却从桥险,一任江声送小 舢(tóng)。

【作者简介】罗锜(生卒年不详),顺德(今属广东佛山)人。明代诗人。

季和馆夜集

明·张沛

江上潇疏败柳枝,那堪攀折慰相思。
十旬二妙来何暮,一日三秋遇亦奇。
龟解邮筒忻有酒,莺鸣伐木可无诗。
寒凝雪霰岁将改,重盍朋簪知几时。

【作者简介】张沛(生卒年不详),明代诗人。

胡汝拱以初度日之蜀[①]

明·佚名

天风飘飘吹柳丝，桥西万里好相思。
槎乘河汉正今日，门挂桑弧又此时。
酒忆郫筒为大斗，山连鱼腹□新诗。
六龙回处君行过，此是扶桑第一枝。

赠李会泉封君还蜀·其二

明·佚名

始离一水间，遥望万里桥。
悠悠蜀道难，旦晚驰星轺。
新霜落木初，南征雁嘹嘹。
岂不厌行役，到处成游遨。
清斋会泉上，山灵时见招。
猿鹤苟无怨，松菊亦未凋。
峡云凉可揽，江月纷相邀。
但饮郫筒酒，而劚黄精苗。
凤诰一何炜，遮莫来丹霄。

---

① （明）郭正域. 合并黄离草. 卷十二. 明万历刻本。

赋得火树

明末清初·曹学佺

试将九微火,散此一林葩。
捣药非灵兔,吐焰岂神鸦。
根株烦固结,枝叶复交加。
功殊别雨露,族本领烟霞。
郫筒疑酿酒,川峡类烧畲。
天女衣频下,狂夫鼓乱挝。
不得迟明尽,其如落地赊。
谁能具实相,呵斥是焦芽。

理 菊

明末清初·曹学佺

第一称幽事,黄花烂熳天。
众中须剪拂,佳处任攀缘。
有以少为贵,无如远自偏。
枝枝皆何客,久久自成仙。
坐对郫筒酒,诗题薛氏笺。
赏心有如此,不负在西川。

【作者简介】曹学佺(1574—1647),字能始,号雁泽,又号石仓。侯官(今福建闽侯)人。①

万历二十三年(1595)进士,授户部主事。天启年间任广西右参议。因撰《野史纪略》得罪魏忠贤党,被劾削职,居石仓园著书立说。甲申之

---

① 周啸天. 元明清名诗鉴赏[M]. 成都:四川人民出版社,2001.

变后，唐王立闽中，曹学佺任礼部尚书。清军攻陷福州，曹学佺自缢殉节。清乾隆十一年（1746），追谥忠节。①

有《石仓集》，另有《凤山郑氏诗选》《石仓历代文选》《石仓十二代诗选》《蜀中名胜记》《舆地名胜志》《易经通论》《春秋阐义》等。②

出黔城途次漫兴·其二

明末清初·尹伸

出郭三十里，云峰便不同。
村楼红叶雨，山磬碧溪风。
耕凿甘长贱，琴书守固穷。
青山悬望眼，**沽酒问郫筒**。

【作者简介】尹伸（1578—1646），字子求。宜宾（今属四川）人。③

万历二十六年（1598）进士，历南京兵部郎中、西安府知府、陕西提学副使等。崇祯中，尹伸任河南右布政使，以"失御流寇"罢官。张献忠农民起义军攻占叙州后，被杀。④

工诗善书。有《自偏堂集》《东游草》。

题汴人赵澄临赵子固栈道图

明末清初·钱谦益

蜀山崔嵬去天尺，千峰万嶂攒列戟。
奔涛坼峡斗雷霆，削铁层层梯绝壁。
青天鸟道瞰窅冥，终古蚕丛见开辟。

---

① 钱仲联，傅璇琮，王运熙，等. 中国文学大辞典［M］. 上海：上海辞书出版社，1997.
② 吴海林，李延沛. 中国历史人物辞典［M］. 哈尔滨：黑龙江人民出版社，1983.
③ 张永禄. 明清西安词典［M］. 西安：陕西人民出版社，1999.
④ 黄惠贤. 二十五史人名大辞典［M］. 郑州：中州古籍出版社，1997.

地缩千盘云栈重，天迥四游阁道窄。
牛车络绎不断头，飞走凌兢罕接翼。
轮鞅荦确如有声，人鸟夤(yín)缘共一迹。
穴穿重掩身入罶(liù)，登顿巉(chán)岩足上壁。
此图瑰璚(jué)画者谁，似为升平写物色。
天汉津梁扼关陇，沃野舆图跨梁益。
参旗横拂东井深，褒斜钩连子午直。
邛竹蒟酱来东西，滇僰冉駹(bó máng)走阡陌。
何烦力士挽金牛，是处戎王贡瑶碧。
邮筒好酒车歙(xī)载，织成锦段马荐席。
烝(zhēng)徒犹拜古帝魂，学士能铭剑阁石。
呜呼此图不易得，全盛方舆真可惜。
丹青如阅华阳志，衣裳不为左担易。
何物毡车挈橐驼，况乃穷庐盖服匿。
卧龙跃马定谁是，锦江玉垒还自昔。
雪江老人头雪白，吮笔经营口嚄唶(huō jiè)。
画师有心人不识，老夫看画长叹息。

酒逢知己歌赠冯生研祥

明末清初·钱谦益

老夫老大嗟龙钟，绿章促数笺天公。
天公怜我扶我老，酒经一卷搜取修罗宫。
山妻按谱自溲(sōu)和，瓶盎泛溢回东风。
世人酺糟歠醨(pú chuò lí)百不解，南邻酒伴谁与同。
昔年尝酒别劲正，南薰独数松圆翁。

此翁骑鲸捉月去我久，懵萏四顾折简呼小冯。

冯生经奇货好事，癖王謷叟（áo）略似侬。

对酒开颜解欣赏，安详举杯徐俯躬。

沾唇薄吭未忍咽，吮咀风味防匆匆。

妙香纡徐染藏府，余甘次第回喉咙。

一盏沉吟逾食顷，三杯缓酌过日中。

沉冥似殢（tì）声闻酒，频申应记禅定功。

旋触冷云灌香水，更收月魄开天容。

停杯抠衣起再拜，贺我受天百禄邀神工。

请君复坐三叹息，酒中知己今遭逢。

不惜侧囊传谱牒，重与促席论从颂。

自从兵尘暗天地，人世猿鹤并沙虫。

糟丘一成废旧筑，酒泉列郡荒新封。

上清玉册天厨酝，锡我送老仍送穷。

老夫自哂为尊蚁，吾子何妨号酒龙。

君不见，宵来云月何朦胧，箕风毕雨俱濛濛。

天驷光芒直南斗，酒星荡漾临江东。

共犁天田种秫稻，**长穿井络传郫筒**。

莫辞酒户小，莫放良夜终。

玻璃小钟更起数为寿，天街酒旗正闪缸花红。

【作者简介】钱谦益（1582—1664），字受之，号牧斋，晚号蒙叟、东涧遗老，学者称虞山先生。苏州府常熟县（今属江苏张家港）人。明末清初诗坛盟主之一。

明万历三十八年（1610）进士，授翰林院编修。天启元年（1621），出任浙江乡试主考官，转右春坊中允，参与修撰《神宗实录》。二年，因病告假归乡。四年，复出，承担《神宗实录》的编纂工作。同年，遭弹劾，被革职。崇祯元年（1628），再度复出，任詹事、礼部侍郎。入清后，任礼部侍郎。顺治五年（1648），钱谦益因黄毓祺案被牵连入狱，经妻柳如是奔走营救才得以免祸。

钱谦益身侍两朝，志节反复，世人多所议论，但其在学界文坛的地位还是有公论的。赵尔巽称其"为文博赡,谙悉朝典,诗尤擅其胜"。徐世昌赞其"牧斋才大学博,主持东南坛坫,为明清两大诗派一大关键"。①有《牧斋诗抄》《有学集》《投笔集》等。

宿陇州君子亭

明末清初·梁云构

岿然亭角水为乡,一敕浓烟覆短墙。
雨过翠痕封菌藓,风来清籁戛筼筜。
寒螀助我吟声苦,旅雁学人客路长。
独发邮筒黑秬酒,恨无好句赋风光。

【作者简介】梁云构(1584—1649),字匠先,号眉居。兰阳(今河南兰考)人。②

崇祯元年(1628)进士,授行人司行人。六年,迁监察御史。十四年,迁顺天府丞。擢佥都御史,提督操江,旋授兵部右侍郎。入清后,授通政司参议,致大理寺卿,寻擢户部左侍郎。卒谥康僖。

有《豹陵集》。

寄答陈南充姒畴

明末清初·阮大铖

秋篱丛菊一思君,江上青枫隔暮云。
剑阙天孤铭尚壮,琴台花改赋犹芬。
鸡神自肃祠官典,焚道争衔父老文。
长物定知非所蓄,**邮筒美酒可能分**。

---

① 杨义. 钱谦益降清心态一辨 [J]. 古典文学知识,1997(4).
② 陈守强,霍宪章. 中州名典 [M]. 郑州:中州古籍出版社,1996.

送吴梅墩倅忠州·其三

明末清初·阮大铖

刀州分政地，花接锦官城。
并络星相值，**郫筒酒任倾**。
栈烟开鸟路，阁夜响弦声。
莫使乡先达，徒专化蜀名。

【作者简介】阮大铖（1586—1646），字集之，号圆海、石巢、百子山樵。怀宁（今属安徽安庆）人。

万历四十四年（1616）进士。天启时官给事中，依附魏忠贤。魏党败，罢斥为民。崇祯十七年（1644），被凤阳总督马士英推举为南明政权兵部右侍郎，继升兵部尚书兼右副都御史。阮大铖排斥史可法，起用杨维垣、虞廷陛等，迫害东林、复社文人。清兵攻陷南京，他逃往杭州、金华，为士绅所逐，转投方国安。后降清，从攻仙霞关而死。①

阮大铖善词曲，所作传奇戏曲今存《燕子笺》《春灯谜》《牟尼合》《双金榜》，合称"石巢四种"。②

九日登拜祝山

明末清初·余绍祉

欲向最高处，微茫一径通。
地幽存古意，菊老发新丛。
皛日云峰敛，青天木叶空。
明年何足问，**乘兴倒郫筒**。

---

① 戎毓明. 安徽人物大辞典 [M]. 北京：团结出版社，1992.
② 刘波. 中国历代文化艺术名人大辞典 [M]. 北京：国际文化出版公司，1994.

【作者简介】 余绍祉（1596—1648），字子畴，别号疑庵居士。婺源（今属江西）人。①

明诸生。四试科场不第，遂筑室著书。擅长行草。有《晚闻堂集》《诗草》《赋草》《山居琐谈》《元丘素话》《访道日录》等。

煮 酒

明末清初·谢泰宗

瓮头玉薤(xiè)香，四座称欢伯。
饮人似阳和，不言联莫逆。
谁知种秫勤，更推酿有格。
五方风土殊，狂饮酎(zhòu)为醳(yì)。
安得九酝精，女魂(hún)百和泽。
岁月既经久，香味乃不歰(sè)。
熊白生酒良，猪红煮酒赤。
二者虽并行，历时方有益。
非故乐勤渠，实饶知味客。
五齐水火备，三酒芬芳泽。
金盘露易承，椒花雨难积。
谷口冻八风，丑未伤多液。
归美洞庭春，瓷宫大成斥。
我今亦何求，酩酊聊取适。
梨花已及时，蒲桃不须择。
李白三百杯，新丰十千易。
郫筒无庸沽，暂分吏部席。

---

① 乔晓军. 中国美术家人名辞典·补遗一编［M］. 西安：三秦出版社，2007.

【作者简介】 谢泰宗（1598—1667），字时望，晚号天愚山人。定海（今属浙江舟山）人。

明崇祯十年（1637）进士。任广东番禺知县，捕盗息讼，多所建树。升工部主事，为人中伤，谪为福建幕僚。南明隆武时为兵科给事中。入清，称病不仕。

谢泰宗诗颇具特色，不事摹拟，多直抒胸臆。朱彝尊称其诗"必传于后世无疑"。其文则以劲健著称。有《天愚山人诗集》。①

忠孝诗为王孙润生议漼明府赋②

明末清初·刘城

汉有德向宋愚鼎，亮节精忠竟齐等。
丈夫同室急缨冠，何况天家肺腑回。
君侯高帝之子孙，隆准修髯鸿宝存。
夜观象纬愁荧惑，**曾爱郫筒入汶源**。
十年豺虎中原满，至尊勤瘁群工懒。
忼慷悲歌走帝都，□□□□武烈缵（zuǎn）。
一朝白日沉地黑，九土无声哭不得。
郿坞金多竞进身，美新草就真歌德。
此时一死已如归，更念宗祊（bēng）始愿违。
高庙有灵终建武，北堂萱在欲何依。
劓（yì）面割须行遁客，青盲取暗追在昔。
葵心惟有几陵知，鱼服何从十日索。
只今江左果重兴，淮海舟中痛不胜。
涕零霜雪燕山堕，策定云龙代邸升。
宋昌犹却封侯赏，双凫聊作华阳长。

---

① 马良春，李福田. 中国文学大辞典［M］. 天津：天津人民出版社，1991.
② 源自：峄桐诗集. 卷四. 清光绪十九年养云山庄刻本.

但愿钟山气郁葱，不辞外吏多鞅掌。

我闻君侯念母时，室中有妇户能持。

潃_{xiǔ}瀡_{suǐ}既怡晨夕色，割肌又作参苓医。

噫吁嘻！

多少须麋膝下儿，白发呻吟子不知。

生成鞠育弃如遗，掉臂天王亦若斯。

君侯不负宗臣义，彤管应传孝妇奇。

北望阙廷泪如霰，为君写作忠孝诗。

酒品九绝戏诘王元美诗用韵·其三

明末清初·刘城

山东藩司出秋露白，余前饮张方伯署中，未之有也，何暇问德府王亲薛生之酿哉！

凋伤玉露叹罍空，夜坐华筵烛影红。

休道王门仙酝美，**不如杜老忆邮筒**。

【作者简介】刘城（1598—1650），字伯宗、存宗，号峄桐。江南贵池（今属安徽池州）人。

明诸生，嗜读，家中聚书三四万卷。与同乡吴应箕交好，同为复社领袖，号"贵池二妙"。清军攻入江南后，吴应箕起兵抗清，兵败被杀。刘城为其料理后事，并抚养其子。①

精于史学，博而且专。有《春秋左传地名录》《人名录》《峄桐集》《读书略记》《古今事异同》《南宋文范》《古今名贤年谱》《古今庙学记》等。②

---

① 马良春，李福田. 中国文学大辞典［M］. 天津：天津人民出版社，1991.
② 吴海林，李延沛. 中国历史人物辞典［M］. 哈尔滨：黑龙江人民出版社，1983.

蜀中杂咏·其一

明末清初·阎尔梅

雍梁徼外古蚕丛,秦汉年间路始通。
珠锦光华生翰墨,江山险阻快英雄。
神州但有龙蛇事,鬼宿先为虎豹宫。
只喜晋人传酿法,**酴醾香窨竹根筒**。①

见山堂歌 为杨犹龙作

明末清初·阎尔梅

巨鹿杨生美如璧,曾为史臣又方伯。
燕赵悲歌万里来,秦川蜀岭皆声色。
爰构一堂曰见山,厥义取诸陶彭泽。
北枕玉台南锦屏,对武侯祠侧滕亭。
高士竹翔金凤尾,美人蕉展翠鱼翎。
阆州地暖天气娇,非晴非雨烟潇潇。
ài dài
叆叇不停林壑变,十二时中时时看。
天马低昂绣两峰,嘉陵曲折潮三面。
画工濡笔而失之,渔郎回首花源幻。
目成心赏故难言,多少忙人都不见。
紫桃笙红豆案,𪖋笔蒲江砚②。
临风忽听巴渝谣,思乡更写连云栈。

---

① 清嘉庆《郫县志》记载:山涛为郫令,刳大竹贮酴醾花作酒,名竹根注,**亦名郫筒**。

② 𪖋笔蒲江砚:句中的"𪖋"没有对应字。另,如确为一个字,该句与上下句不协。推测该句原应是:"鼠须笔蒲江砚"。鼠须笔,见王羲之《笔经》:"鼠须用未能佳,甚难得。"苏轼《答王定民》:"欲寄鼠须并茧纸,请君章草赋黄楼。"欧阳修《奉送原甫侍读出守永兴》:"酌君以荆州鱼枕之蕉,赠君以宣城鼠须之管。"

蹲鸱煨䢵筒醴，野宾啼仙骥舞。

lóng

䨥猎郊而弋熊，宾围峡而圈虎。

笑长卿之倦游，比太冲于伧父。

聊以官为优孟场，不如堂作青山主。

所见之山堂之内，未见之山山之外。

山外之山见无穷，无山不见此堂中，堂兮山兮见杨公。

【作者简介】阎尔梅（1603—1679），字用卿，号古古，又号白耷山人、蹈东和尚。沛县（今属江苏）人。①

崇祯三年（1630）举人。早岁曾游江南，参加复社，有重名。清军入关后，曾为南明史可法幕僚。

其诗多描写各地风物、民情，或感怀时事，风格苍凉悲壮，格律严谨，声调沉雄。朱庭珍云："徐州阎古古尔梅独工七律，对仗极整齐，时有生气，亦颇能造警句，惟粗率廓落处太多耳。"（《筱园诗话》）有《白耷山人诗集》《白耷山人文集》等。②

十载未归

明末清初 · 王鑨

十载江湖多契阔，故坛红药阻登临。
车凋裘敝惟空老，水白山崇亦倦吟。
菊朵可知如我瘦，**䢵筒从此许谁深**。
勋名利禄皆闲事，检点鸿灵夜夜心。

【作者简介】王鑨（1607—1671），字子陶，号大愚，一号海棠峪长，又号嵩华啸隐子。河南孟津人。③

康熙三年（1664），出为山东学政。

---

① 吴海林，李延沛. 中国历史人物辞典［M］. 哈尔滨：黑龙江人民出版社，1983.
② 傅璇琮，许逸民，王学泰，等. 中国诗学大辞典［M］. 杭州：浙江教育出版社，1999.
③ 华玮. 海内外中国戏剧史家自选集·华玮卷［M］. 郑州：大象出版社，2017.

擅长词作，吴伟业称其"尤精填词，不减关、郑。兴酣落笔，随命小奚拍板应节。淋漓变幻，闻者动色"。有《大愚集》《红药坛集》等。

上塘岭

明末清初·黄涛

游山仍傍水，水曲路穿山。
鸟道凌空上，羊肠望远攀。
郫筒通绝涧，蜀栈补危湾。
豺虎应藏迹，荆榛近已删。

【作者简介】黄涛（1609—1672），字观只，改字冠氏。嘉兴（今属浙江）人。

大儒陈子龙门生，崇祯壬午（1642）乡试解元。顺治五年至十七年（1648—1660）任龙游县教谕。①

生平著述甚富，长于吟咏，有《檇李古迹诗》行世。

送张玉甲宪长之官邛雅·其一

明末清初·吴伟业

秋水连天棹五湖，劳劳亭畔客心孤。
飘蓬宦迹空迢递，浩劫山川尚有无。
石镜开花惟自照，**郫筒**忆酒向谁沽。
萧条大散关头路，匹马西风入画图。

---

① 傅春龄. 衢州文史资料·第八辑·衢州历代诗选［M］. 上海：复旦大学出版社，1990.

赠松郡副守涪陵陈三石 官董漕

明末清初·吴伟业

独上高城回首难，扬雄老去滞微官。
湖天摇落云舒卷，巫峡萧森路折盘。
廿载兵戈违故里，千村输挽向长安。
京江原是三巴水，**莫作邮筒万里看**。

题庄楷庵小像·其二

明末清初·吴伟业

相如书信达邮筒，入蜀还家意气雄。
却忆故人天际远，罢官严助在吴中。

送志衍入蜀

明末清初·吴伟业

去年秋山好，君走燕云道。
今年春山青，君去锦官城。
秋山春山何处可为别，把酒欲问横塘月。
人影将分花影稀，钟声初动箫声咽。
我昔读书君南楼，夜寒拥被谈九州。
动足下床有万里，驽马伏枥非吾俦。
当时东国贱男子，傲岸平生已如此。
今朝乘传下西川，賨户巴人负弩矢。
黄牛喘怒噀(xùn)银涛，崩剥苍崖化迹劳。

石断忽穿风雨过,山深日见鱼龙高。
江头老槎偃千尺,接手猿猱掷橡栗。
云移断壁层波见,月上危滩远峰出。
缥缈楼台白帝城,月明吹角唱花卿。
栈连子午愁烽堠(hòu),水落东南洗甲兵。
摩诃池上清明火,蹲鸱山下巴渝舞。
岂有居人浣百花,依然风俗输铜鼓。
有日登临感客游,楚天飞梦入江楼。
五湖归思苍波阔,十月怀人木末愁。
别时曾折阊门柳,**相思应寄郫筒酒**。
末下盐豉谁共尝,蜀中蒟酱君知否。
愧予王粲老江潭,愁绝空山响杜鹃。
乞我瀼(ráng)西园数亩,依君好种灌溪田。

哭志衍

明末清初·吴伟业

予始年十四,与君蚤同学。
君独许我文,谓侔古人作。
长揖谢时辈,自比管与乐。
强记矜绝伦,读书取大略。
家世攻春秋,训诂苦穿凿。
君撮诸家长,弗受专门缚。
即子之太公,亦未相然诺。
高谭群儿惊,健笔小儒怍。
长途驭二龙,崇霄翔一鹗。
遂使天下士,咸奉吾徒约。
词场忝两吴,相与为犄角。
煌煌张夫子,斯文绍濂洛。

五经叩钟镛,百家垂矩矱。
海内走其门,鞍马填城郭。
云间数陈夏,余子多磊落。
反骚拟三湘,作赋夸五柞。
君也游其间,才大资磨斫。
诗篇口自哦,书记手频削。
冠盖倾东南,虚怀事酬酢。
射策长安城,骢马黄金络。
年少交公卿,才智森喷薄。
会值里中儿,飞文肆谣诼。
要路示指踪,党人罹矰缴。
君也念急难,疏通暗筹度。
阴落其机牙,用意于莫觉。
逡巡白衣奏,停止黄门狱。
解褐未赴官,归来卧林壑。
宾客益辐辏,声华日昭灼。
生徒丏谈论,文史供扬攉。
贫贱诸故人,慰存馈衣药。
蹑履修起居,小心见诚恪。
重气徇长者,往往捐囊橐。
君家凤贵盛,朱门饰华桷。
垒石开棂轩,张灯透帘幕。
唱曲李延年,俳弄黄幡绰。
舞席间球场,池馆花漠漠。
兄弟四五人,会宴腾觚爵。
盐豉下鱼羹,椒兰糁臛臐。
每具十人馔,中厨炊香穧。
客从远方来,咄嗟办脾臄。

昨宵已中酒，命饮仍大醮(jiào)。
而我过其家，性不胜杯杓(sháo)。
小户不足纠，引满狂笑噱(jué)。
卷波喝遣输，射覆猜须着。
狎侮座上人，斗捷贪谐谑。
警速谁能酬，自喜看跳跃。
坚坐听其言，乃独无差错。
亲疏与长幼，语语存斟酌。
性厌礼法儒，拘忌何龌龊。
风仪甚瑰伟，衣冠偏落拓。
有时不簪(zān)巾，散发忘盥濯。
中夜斗歌呼，分曹纵蒱(pú)博。
百万一掷输，放意长自若。
绝叫忽成卢，众手忽敛却。
男儿须作健，清谈兼马槊(shuò)。
犯雪披轻衫，笑予尔何弱。
尝登黄山颠，飞步临峭崿(è)。
下有万仞潭，徒侣愁失脚。
搔首凌云烟，翘足傲衡霍。
顾予石城头，横览浮大白。
慷慨天下事，风尘惨河朔。
诸将拥重兵，养寇饱卤掠。
背后若有节，此辈急斩斫。
自请五千骑，一举歼首恶。
余党皆吾人，散使归耕获。
即今朝政乱，举错混清浊。
君父切边疆，群臣私帏幄。
当官不弹治，何以司封驳。

对仗劾三公，正色吐謇谔。
此志竟迍邅，天道何穷剥。
六载养丘园，一官落邛筰。
大盗窃江黄，凶徒塞荆鄂。
间道携妻孥，改途走蛮貉。
瘴黑箐林行，飓作泸溪泊。

驿路出桄榔，候吏疑猿玃。
歇鞍到平地，倏逢锦城乐。
问士先严杨，恤民及程卓。
白盐古戍烽，赤脚严关柝。
再拜蜀王书，流涕倾葵藿。

请府发千金，三军赐醹醵。
宾旅给犀渠，曳兵配骦骆。
此地俯中原，巨灵司锁钥。
水柜扼涪江，石门防剑阁。
我谋适不用，岷峨气萧索。

黑山起张燕，青城突庄蹻。
积甲峨眉平，饮马瞿塘涸。
生民为菹醢，丑类恣啖嚼。
徒行值虎豹，同事皆燕雀。
孤城遂摧陷，狂刀乃屠膊。
有子逾十龄，艰难孰顾托。
阖门竟同殉，覆卵无完壳。

一弟漏刃归，两踝见芒屩。
三峡奔荆门，鱼龙食魂魄。
梦断落沧江，毋乃遭搏攫。
郫筒千日酒，泉路无寂寞。
追计平生欢，一一犹如昨。

壁间所悬琴，临行弹别鹤。

玉子文楸枰，尚记争残着。

百架藏图书，千金入卷握。

刻意工丹青，云山共绵邈。

箧中白团扇，玉坠鱼㺟琢（chán zhuó）。

阿兄风流尽，万事俱零落。

我欲收君骨，茫茫隔山岳。

后来识死事，良史曾谁确。

此诗传巴中，磨崖书卓荦。

石剥苍藤缠，姓氏犹扪摸。

庶几千载后，悲风入寥廓。

【作者简介】 吴伟业（1609—1672），字骏公，号梅村。太仓（今属江苏）人。清代诗人，"江左三大家"之一。

崇祯四年（1631）进士，历任翰林院编修、南京国子监司业诸职。曾师事张溥，为复社重要成员。明亡后，隐居不出，在家乡主持文社，文名益重。顺治十年（1653），被迫应召北上，为国子监祭酒，年余后乞假南归。①

吴伟业是明末清初重要诗人，兼工词曲书画，论诗取法盛唐及元白，形成自己独特的风格，时称"娄东派"，自成"梅村体"。其诗或写时事，或写民生疾苦，多寓身世之感，具有现实意义。《四库全书总目提要》评其长篇歌行体曰："格律本乎四杰，而情韵为深；叙述类乎香山，而风华为胜。"有《梅村家藏稿》。②

---

① 王洪. 中国古代诗歌精译 [M]. 北京：朝华出版社，1993.

② 刘乾先，董莲池，张玉春，等. 中华文明实录 [M]. 哈尔滨：黑龙江人民出版社，2002.

锁 解

明末清初 · 蒋薰

曾闭西庄给事园,而今三径尚关门。
拼教嵇阮归林日,**任截郫筒作酒尊**。

宿略阳县

明末清初 · 蒋薰

渡河白水绕城边,两岸山光空翠悬。
负担东来陇右客,鸣桡南下蜀江船。
市酤可似郫筒美,庖炙何如丙穴鲜。
只恐君房偶见识,有烦候道一高眠。

【作者简介】蒋薰(1610—1693),字丹崖,自号南村退叟。海宁(今属浙江嘉兴)人。

崇祯九年(1636)举人,三试礼部不第。入清,官缙云县教谕,升任伏羌县知县。后落职归田,日以诗文自娱。

他主张诗以言志,其诗"不事规模,第以怡悦",往往"凌厉直前,空无依傍,而意透情深,亦复苍凉有韵"。[1] 有《留素堂文集》《留素堂诗删》等。[2]

---

[1] 马良春,李福田. 中国文学大辞典 [M]. 天津:天津人民出版社,1991.
[2] 傅璇琮,许逸民,王学泰,等. 中国诗学大辞典 [M]. 杭州:浙江教育出版社,1999.

寄胡孝绪太史

明末清初·杜濬

野客天边抱膝穷，郊瞻黎阁忆名公。
诗成晋代衣冠后，别在秦淮箫鼓中。
想见雪儿歌折柳，**莫辞烟酒学郫筒**。
刘郎到日应相问，虎气龙身注草虫。

【作者简介】杜濬（1611—1687），初名诏先，字于皇，号茶村、西止、半翁、黄民、金陵山佣、徐无山人、赎道人等。湖北黄冈人。①

崇祯七年（1634），侨寓金陵（今南京）。十五年，赴北京试北闱，不得志，乃刻意为诗。明亡，隐居鸡鸣山。

杜濬诗文豪健，亦善书法，工楷书、草书、行书，遒劲雄健，骨法斩然。有《变雅堂文集》《变雅堂诗集》等。

再访李研斋太史不遇留赠

明末清初·陈瑚

去住如鸥又十年，故山万里隔风烟。
当筵尚忆郫筒酒，得句还书蜀锦笺。
侍从昔为天上客，隐沦今作市中仙。
舁(yú)篮萧寺重相访，门掩花深思惘然。

【作者简介】陈瑚（1613—1675），字言夏，号确庵，又号无闷道人，自称七十二潭渔父（学者私谥曰安道先生）。太仓（今属江苏）人。②

---

① 吴敔木. 中国古代书法家辞典［M］. 杭州：浙江人民出版社，1999.
② 马良春，李福田. 中国文学大辞典［M］. 天津：天津人民出版社，1991.

崇祯十六年（1643）举人。以经世为己任，尝上书当事言救荒策，而时不能用。入清，绝意仕进，隐居昆山蔚村。①

《晚晴簃诗汇》评陈瑚诗云："与桴亭（陆世仪）相近，桴亭以浑灏胜，确庵则以沉雄胜，在明季遗民诗中，皆当推为巨擘。"有《确庵先生诗文钞》《顽潭诗话》等。②

捕鱼行

明末清初·宋琬

新滩之险天下无，瞿唐以东称畏途。
波涛壁立走雷电，下瞰疑是蛟龙都。
骤窥 㶐 㶐 洞破心胆，坐观笭 箵 成欢娱。
（hòng）　　　　　　　（língxǐng）
渔人取鱼逐滩响，不劳乌鬼家家养。
年年巴蜀雪消时，千百为群鱼大上。
喷珠跋扈气成龙，触石惊跳力如象。
腾身争欲挟云飞，红鬐翠鬣翻银浪。
　　　　　　　　　（qí　liè）
死生祸福只须臾，早见修鳞出罾网。
　　　　　　　　　　　（zēng）
已困泥沙尾尚摇，半衔苇索头还抢。
宁论鳏鲤与鲦鳇，百钱贱买充糇粮。
（yǎn　tiáocháng　　hóu）
不分流膏兼饲犬，可怜登俎共抵羊。
我行见此欲掩鼻，鲍鱼之肆古所伤。
落日回舟召亲友，吾侪幸脱鲸鲵口。
计日应尝丙穴鱼，**为君满酌邮筒酒**。

---

① 钱仲联，傅璇琮，王运熙，等. 中国文学大辞典［M］. 上海：上海辞书出版社，1997.
② 傅璇琮，许逸民，王学泰，等. 中国诗学大辞典［M］. 杭州：浙江教育出版社，1999.

王玉铭先生以蓟酒见饷作六绝句谢之·其四

明末清初·宋琬

滇南方物有鸡㯲（zōng），珍重携来蒟酱同。
忽发新醅香满座，**渴喉不复羡郫筒**。

忠州作

明末清初·宋琬

客行二月三月时，眼底千山万山影。
黄昏系缆蔓子城，犬吠鸡鸣隔峰顶。
盛时烟火万人家，几家幸得存腰领。
郫筒酒味苦酸涩，伞子官盐初出井。
箐林昼黑杜鹃啼，哀哀寡妇同悲哽。
欲叫天门亟上书，赐复十年小臣请。

【作者简介】宋琬（1614—1673），字玉叔，号荔裳。山东莱阳（今属山东烟台）人。"清八大诗家"之一。[1] 与施闰章齐名，有"南施北宋"之誉；又与严沆、施闰章、丁澎等合称"燕台七子"。

顺治四年（1647）进士，授户部河南司主事，累迁吏部稽勋司主事、陇西右道金事。十八年，升任浙江按察使司按察使。康熙十一年（1672），授四川按察使司按察使。翌年，进京述职，适逢吴三桂兵变，家属遇难。宋琬忧愤成疾，病死京都。[2]

有《安雅堂文集》《安雅堂诗》等。

---

[1] 周啸天. 元明清诗歌鉴赏辞典［M］. 北京：商务印书馆国际有限公司，2011.
[2] 门岿. 二十六史精要辞典［M］. 北京：人民日报出版社，1993.

送朱岷左司李蜀郡·其二

明末清初·陆圻

汉殿神仙吏，蚕丛路不迷。
夏云泸水北，秋月夜郎西。
且尽郫筒醉，休听杜宇啼。
还朝乘驷马，桥畔有人题。

【作者简介】陆圻（1614—?），字丽京、景宣，号讲山。钱塘（今浙江杭州）人。[1]

顺治年间贡生，早负诗名，为"西泠十子"之一。曾卖药于海宁长安镇，又避居吴中（今苏州），求诊者甚众。后受私撰《明史》事牵累，遁迹黄山，往游岭南，或云隐于武当为道士等。[2]

有《从同集》《西陵新语》等。

同人集彭蕴秀斋醉饮因邀他日当聚蜗庐也

明末清初·王余佑

支藤来献国，兰臭此间同。
诗酒随场住，风烟到处通。
雪花凋蜡屐，**炉焰暖郫筒**。
他日如相聚，蜗庐剪烛红。

【作者简介】王余佑（1615—1684），字申之，一字介祺，号五公山人。直隶新城（今河北新城）人。清初兵学家。[3]

---

[1] 吴海林，李延沛. 中国历史人物辞典 [M]. 哈尔滨：黑龙江人民出版社，1983.
[2] 李经纬. 中医人物词典 [M]. 上海：上海辞书出版社，1988.
[3] 冯克正，傅庆升. 诸子百家大辞典 [M]. 沈阳：辽宁人民出版社，1996.

明末诸生,喜爱兵法。清军入关后,隐居易州五公山中。博览群书,潜心韬略及古今兴亡之道。喜谈兵,精技击,有《十三刀法》《拳术》等传世。

王余佑对颜李学派影响甚大,颜李学派即倡文武并重之学。著述宏富,有《廿一史兵略》《通鉴独观》《五公山人集》等。①

古银槎歌赠荔裳

明末清初·曹尔堪

长安伏日赤如火,曲槛虚亭门不锁。
宋公召我园林游,河朔冰盘浸瓜果。
山雨忽收宾客至,出示酒枪异恒制。
枯槎怪石坐神仙,周彝汉卣应无二。
元季巧匠朱碧山,市隐皋桥称绝艺。
倪黄山水吴兴书,几与古人争位置。
群贤惊诧手摩挲,神刀鬼斧曾琢磨。
西邮好贮葡萄酒,南海空矜鹦鹉螺。
至正年间遭杀僇,野火烧天烟万斛。
内府珍裘裂雉头,旧家宝瑟焚蛇腹。
独此古物在人间,感慨乾坤同转毂。
秘器偕藏埒(liè)球贝,波斯问价昂珠玉。
三百年来贵有征,请检陶家辍耕录。
亟呼从者倾郫筒,恢拓智勇开心胸。
为庆遭逢落公手,瓷碗况出隗嚣宫。
两美相兼且觞月,干将莫邪亦神物。
枕蛇骑虎安足愁,读罢长歌叹奇绝。
宋公本是神仙才,文笔不从人间来。
何妨跳入银槎里,御风万里游蓬莱。

---

① 马贤达. 中国武术大辞典[M]. 北京:人民体育出版社,1990.

望江南·清暑

明末清初·曹尔堪

无个事,吹送鲤鱼风。药圃农岐收鹤虱,花阴邹楚笑鸡虫。**我自倒郫筒。**

【作者简介】曹尔堪(1617—1679),字子顾,号顾庵。华亭(今属上海松江)人。明末清初诗词家。与宋琬、沈荃等并称"海内八大家"或"清八大诗家";柳州词派的代表人物,与山东曹贞吉齐名,号"南北二曹";与钱继振、郁之章等时称"柳州八子"。①

顺治九年(1652)进士,选庶吉士。十一年,授内翰林秘书院编修。十二年春,任礼部试官。曾受命与吴伟业等共同校注唐诗。十六年,任翰林院侍读,升翰林院侍讲学士。十八年,受"奏销案"牵累免官。幽居乡里,与故友诗酒唱和,悠游田园。②

曹尔堪诗词多为山水纪游、友朋唱和之作。其词风神飘逸、意境幽远,其诗则在清丽之中融合了几分凝重。③ 有《南溪词》。

聚宝山谒方正学先生新祠一百韵

明末清初·方孝标

前英崇节烈,后祀谨蒸尝。
论定才褒谥,时移更豆笾。
祠因新命葺,典益隔朝彰。
向踞南山顶,今临石子冈。
规模加旧廓,林木较前苍。

---

① 吴海林,李延沛. 中国历史人物辞典 [M]. 哈尔滨:黑龙江人民出版社,1983.
② 王荣华. 上海大辞典 [M]. 上海:上海辞书出版社,2013.
③ 马良春,李福田. 中国文学大辞典 [M]. 天津:天津人民出版社,1991.

荫户森松桧，迎阶冒筱篔(juàn)。
孝陵云叆叇，讲殿月苍茫。
曩季疲庸主，新图共汉皇。
金陵初得鹿，海宇尚调螗(táng)。
诸子维藩屏，宗孙借赞襄。
秉心思博陆，强项忆周昌。
咨岳询桢干，凭轩得栋梁。
人称小韩子，遇胜古贤良。
用尔非今日，留将诗后匡。
放归仍灌莽，再至已桑沧。
匕鬯(chàng)储君拥，戈铤(chán)叔父强。
仁柔承草昧，揖让理披猖。
尾大真成弊，根批且渐伤。
典刑无改辙，枘凿定相戕(ruì)。
况逞书生习，轻更文祖常。
易兴七国甲，难缺二监圻。
兵起淮南粟，妖缠太白霜。
诡谋兼代益，指斥借齐黄。
仓卒求良帅，迟回割土疆。
韩彭销党锢，绛灌阻膏肓。
赵括书徒读，频阳志已荒。
鄙儒偷燕雀，卿子狎豺狼。
严钥中宵启，长江一苇航。
搏膺曾请剑，洒血乞亲将。
炎祚终难复，吾谋岂不臧。
空怜博洽牒，巧作应能襄。
国是摇旁舍，群情惑鼓簧。
诛心诚寡浞(zhuó)，腾口说高光。
孰砥狂澜下，先撄利刃铓。

161

翘翘文学博，凛凛侍中郎。
衰经登骀荡，号啕震未央。
疾声吁太祖，饮泣问成王。
帝意书□种，王言诏有方。
宽恩还犴狴，游说屡趋跄。
绝命词何伟，呼天气益刚。
万钧归九死，一是括千箱。
爱子同刀锯，生妻忍镬汤。
乌鸢遗十族，磷火及三殇。
腐骨尘为樗，孤儿足裹创。
普天无复壁，大地失嵩邙。
受业存高谊，秋官隐侠肠。
当年公议伏，百代巨名张。
圣主尊风教，搜奇立纪纲。
懿行多楔棹，嘉与必圭璋。
近代犹无讳，前型益不忘。
客来频荐□，我至倍沾裳。
匪直因宗姓，尝怀溯旧章。
吾家先世祖，乡举出门墙。
独对开鸂鶒，覃恩下凤皇。
三川忘跋涉，一命被辉煌。
犷向文翁化，饥分赵忼粮。
郫筒时宴客，丙穴每悬鲂。
忽听先生死，兼闻故国亡。
瞻云惟涕泗，恋阙愈彷徨。
传说风云诏，遥沾雨露滂。
庶僚罗彩绣，大吏曳珩璜。
济济连镳鹭，忻忻接翼翔。

合词修贺表，连署进封囊。

恸哭趋交璪（zǎo），麻衣厕壁珰。

有行皆踽踽（jǔ），无语不琅琅。

罔敢当朝记，潜从屋壁藏。

大都皆激烈，此日尚铿锵。

缇骑收宁缓，琅珰臂莫攘。

志伸甘屈抑，恩重肯恓（xī）惶。

水泻巴渝疾，舟轻湖汉长。

赋诗鸣绿绮，看剑引红浆。

逻卒惊神异，家人略徜徉。

逡巡近皖郡，私语问桐乡。

云际青螺出，空江白浪狂。

衣冠先北向，拜跪复东厢。

义本君师合，生宁家国偿。

踊身同止水，把袂侣沉湘。

誓决心宏达，成仁教激昂。

萧萧余幞被，哽哽泣孤孺（fú）。

是日科条酷，全家遁匿忙。

屠沽兼负米，絣（bēng）襞（bì）独承筐。

岁久颁金凤，诸忠洗玉相。

始能归陇亩，取次饱糟糠。

瓜发高原附，榱（cuī）题曲巷扬。

图书传奕叶，弓冶报琳琅。

骢马曾陈疏，牺牲乞降祥。

未从表忠观，祇列祀贤堂。

俎豆仍寥落，箕裘独黾（mǐn）遑。

横经余窈窕，家乘几赓扬。

尚口金成铄，吹毛肉有疮。

忧来吟蟋蟀，谪去困羝羊。
幸返辽东鹤，重栽陌上桑。
广郊怀古迹，禴(yuè)祭构华坊。
深喜朝谟当，还将祀典量。
何当蒙燕翼，后嗣或云骧。
自牖通闾阖，当阶锡簠(fǔ)觞。
合歆同阙里，配享效宫庠。
仙仗来廷陛，灵筵列庑廊。
丹楹排菡萏，碧瓦次鸳鸯。
牢醴芬前席，笙歌借内娼。
志方游夏慰，德敢禹汤望。
孝思因忠发，哀心倚敬将。
此非臣子幸，更愿圣人详。
稽首瞻仪范，扪心自颉颃(xié háng)。
希贤与似祖，生长乐康庄。

上祝平西亲王一百韵 庚戌年作

明末清初·方孝标

坤柱承乾极，天休济地光。
遭逢关气数，福履动旻苍。
自古调鸿历，维王称大匡。
尧廷宾岳牧，舜牗启明良。
舞羽功崇夏，称戈伐佐汤。
周桢推毕召，汉杰数萧张。
褒鄂开唐运，蕲郇(qí xún)造宋疆。
典虽皆懋赏，事未比非常。
胜国曩弛纽，妖星忽吐芒。

朝臣争斗虎，边将学蜩螗(tiáo)。
积习安薪厝，谋谟筑道旁。
哥舒催战败，房琯数奇亡。
专阃(kǔn)多降走，当关少激昂。
崤函遂失守，镐雒(luò)遽罹殃。
城阙飞秦火，貂珰解汉纲。
龙髯悲仓卒，凤驭泣彷徨。
凝碧搜遗老，延秋絷内嫱。
百官奔问误，四海遏音丧。
孰抱千秋愤，能依七日墙。
翻然劳斧钺，廓矣靖抢攘。
帝后归园寝，公卿释系桁。
披缨求杞宋，缟素哭蒸尝。
国破仇仍报，身劳心更伤。
异时征信史，识者必深详。
至性通闾阎，奇功感庙廊。
圣朝尊仲父，殊爵俪汾阳。
甸服俱图版，东南敢崛强。
借名成草窃，负固益披猖。
剑阁眉犹赤，巫山巾尚黄。
御筵分虎节，行幄奋龙骧。
电扫芙蓉垒，波通滟滪航。
严师临赤甲，间道入陈仓。
细酌郫筒酒，闲栽锦水桑。
阵图师管葛，兵法鄙韩彭。
安史仍余孽，滇黔复暴殃。
虚声盆子拥，虐焰黑山狂。
南顾重纶绋(fú)，西征载骕骦(sù shuāng)。
亲推黄钺毂，蕃锡紫骝缰。
者察朝霏雾，盘江晓渡霜。

蛮烟开索岭，澍雨涤横塘。
逐北星桥断，招降孟艮藏。
尉陀虽系组，余善未归王。
脱兔深营窟，飞鸢积糗粮。
峰头穿隧道，穴内走余艎。
刃削筼筜锐，衣擐卉草妆。
我军艰馈饷，乡导昧苍茛。
挥羽恬宵鼓，酬金厉裹创。
量沙疑间谍，悬绠度军装。
反客能为主，因田尽作粻。
堵观惊獬豸，辙怒哂螳螂。
郡设羁縻术，兵兼抚字方。
夜郎除屋纛，羌女兢壶浆。
那数楼船迅，谁言铜柱彰。
叔猷诚广大，帝泽更翱翔。
丹券增茅土，彤扉衍玉潢。
枝连仙系李，符锡钓鱼璜。
赐嫁王姬馆，连婚帝子堂。
奇珍弥膳府，异采斗筐床。
会极风云盛，年将岳渎长。
岁今周甲子，律始叶清商。
海日倾心祷，冈陵拜手扬。
蒙君容特省，贵主许同行。
雪脍传鲂鲤，云韶下凤凰。
赐旗张画雀，天马跃红鸯。
六诏争陈舞，三宣共举觞。
属寮衣楚楚，幕客佩锵锵。
何处来苍鬈，居然列碧珰。

通家曾忝窃，犹子愧趋跄。
往事陈奚敢，微衷述不妨。
先人前代末，怀庙讲筵傍。
独力排簧鼓，深心保栋梁。
从经陵谷变，久隔雁鸿将。
放逐悲萍梗，生还乏稻粱。
全家同鸟散，生事类蚕螀。
娱老惟犁耜(sì)，教儿只缥(piǎo)缃。
顾予承世业，丕显冀心臧。
涉难羞无补，千人岂自遑。
似鱼真赭尾，学蟹未成筐。
棠棣歌声苦，南陔血泪浪。
远蒙垂语问，更感寄书望。
谊实云霄比，恩将沧海量。
曳裾思卜吉，束经惧非祥。
昨始除麻冕，今才结布囊。
重湖凌浩渺，楚峤历苍茫。
贵筑连苗箐，哀牢果瘴乡。
舟摇峰上楫，屐齿石间铓。
遍览山川势，天原中外防。
恐通戈甲路，定使挽输忙。
轇轕(jiāo gé)穷来骑，崩腾塞去樯。
叶身恣跋涉，蓬矢笑襄羊。
税马魂犹悸，登龙心转惶。
才微惭阮瑀(yǔ)，身贱讵田郎。
乃达青交璪，旋过紫界墙。
大庭承晋接，内圃挹芬芳。
鲸吸瑶池斝(jiǎ)，鸾吟猴岭篝(gōu)。
好贤开幸舍，谬爱赐分厢。
珍木森崇陛，琪花荫曲房。

为欢须烂漫,道故或凄凉。

授简必王粲,浮樽每谢庄。

自知非琬琰,何幸侧琳琅。

世治人多寿,臣良主亦康。

车书兼带砺,万载祝匡襄。

【作者简介】 方孝标(1617—1697),原名玄成,避康熙帝讳,以字行,别号楼冈、楼江。江南桐城(今安徽桐城)人。

顺治六年(1649)进士,选为庶吉士,授编修,累官至侍读学士。十四年,受科场案牵连,与父兄一同流放宁古塔。十七年,赎归后,应吴三桂之招,曾至云南。他有《滇黔纪闻》一书,记录南明史事,内容多被戴名世《南山集》采用。康熙末年,《南山集》案发,时方孝标已死,竟被戮尸。

有《钝斋诗选》《钝斋文选》《滇黔纪闻》等。①

送陈州守之汶川

明末清初 · 尤侗

六月王师正挽戈,使君驱马渡岷峨。

衙时争献郫筒酒,定后新翻巴僰歌。

军垒尚留八阵在,人家渐见七盘多。

平生尝说陈惊坐,此日青门送玉珂。

【作者简介】 尤侗(1618—1704),字同人,更字展成,号悔庵、艮斋、西堂老人、梅花道人、鹤栖老人等。江苏府长洲(今江苏苏州)人。明末清初诗人、戏曲家。

顺治五年(1648)拔贡。九年,授永平府推官。吏治精敏,不避强御。十三年,因事解职归。康熙十八年(1679),举博学鸿儒,授翰林院

---

① 钱仲联,傅璇琮,王运熙,等. 中国文学大辞典[M]. 上海:上海辞书出版社,1997.

检讨,与修《明史》。二十二年,告老归家。

尤侗工诗、词、文、曲,体物言情,精切流丽;亦精书法,有声于时。有《西堂全集》《西堂余集》《鹤栖堂集》等。

寄宋次玉归自燕山·其四

明末清初·吴骐

丰台芳草歇,归思已匆匆。
张释堪骖乘,天关苦未通。
海鱼轻鲙炙,**家酿胜郫筒**。
况复山窗下,新篁引惠风。

【作者简介】吴骐(1620—1695),字日千,号铠龙、铁崖、九峰遗黎、培桂桂斋主等。江苏华亭(今属上海奉贤)人。

明崇祯时诸生。入清后,绝意仕进,安贫乐道。

工诗词。其诗反映明清易代之事,抒发亡国之悲,可称诗史;其词风流香艳,与其诗有醒豁之分野,彰显云间派词风。① 有《芝田词》《杜鹃楼词》及《金钱记》《蓝桥月》《碧霞记》《天台梦》诸传奇。

送程翼苍馆丈司教苏州·其二

清·梁清标

似子金闺彦,之官亦素风。
青毡家自具,白雪和难工。
江路随秋雁,霜天静晚蓬。
酒钱烦吏给,**吟倦有郫筒**。

---

① 刘勇刚.“三户寂无人,托根在何地”——简论遗民诗人吴骐[J].南阳师范学院学报,2009(10).

【作者简介】梁清标（1620—1691），字玉立，一字苍岩，号蕉林、棠村。真定（今河北正定）人。

有《蕉林诗集》《蕉林文集》《蕉林随笔》《棠村词》等。

咏簟寄周元亮

明末清初·顾景星

蕲州笛竹簟，自昔传瑰奇。
天光荡云气，湘色含风漪。
腊月伐龙子，冰霜楇 䈎枝。（duǒ gǎn）
经春乃擗制，织作黄琉璃。（pǐ）
篾缕细逾薤，摩挲凝若脂。
装潢玉版贵，卷襞郫筒宜。

【作者简介】顾景星（1621—1687），字赤方，号黄公。蕲州（今湖北蕲春）人。与杜濬齐名，人称"杜顾"。①

明末贡生。南明弘光朝时授推官。入清后屡征不仕。康熙十八年（1679），举博学鸿儒，托病不就，悠然遗世。

顾景星的诗多记行旅见闻、山川形貌、风土人情，通俗流畅，也有一些作品反映民生疾苦与故国之思。著述颇丰，但大多失传，仅传有《白茅堂集》四十六卷，另有《读史集论》《南渡来耕集》《李时珍传》等。②

---

① 马兴荣，吴熊和，曹济平. 中国词学大辞典［M］. 杭州：浙江教育出版社，1996.
② 傅璇琮，许逸民，王学泰，等. 中国诗学大辞典［M］. 杭州：浙江教育出版社，1999.

送张元林使蜀

明末清初·丁澎

秋原落木满长堤,马首争回栈岭低。
树色孤城盘蜀道,猿声一路出巴西。
天垂蛮洞开烟瘴,战罢空山急鼓鼙。
好谕僰中诸父老,**江边郫酒醉同携**。

【作者简介】丁澎(1622—1686),字飞涛,号药园。仁和(今属浙江杭州)人。

顺治十二年(1655)进士,授刑部主事,转礼部。十五年,充河南乡试副考官,升礼部郎中。不久受科场案牵连,家产籍没,全家流徙尚阳堡,五年后始得放还。

其诗以描写山川景物和唱酬为主,文辞工丽,深情绵邈,风格接近晚唐。各种诗体中,擅长七律。有《扶荔堂诗集选》《扶荔堂文集选》《扶荔词》等。①

送王五文璜游成都

明末清初·毛奇龄

临湘西去一孤舟,高溯瞿塘上益州。
万里桥悬秦栈树,七盘关控蜀江流。
郫筒春酒招山馆,锦堞秋花绕郡楼。
君到若逢裴节度,草堂虽好莫淹留。

---

① 马良春,李福田. 中国文学大辞典 [M]. 天津:天津人民出版社,1991.

答赠万州学正何君见赠原韵

明末清初·毛奇龄

慢将春酒泻郫筒,金错长怀岭峤东。
帝阙上书原有意,王门操瑟岂难工。
人闲居傍支公鹤,马瘦行如鲍氏骢。
谢汝容台能荐士,风流还著玉堂中。

同姜京兆寓缪修撰园吴江徐崧枉过阙候有诗见嘲依韵奉答并以代讯·其二

明末清初·毛奇龄

梅花初发武丘东,两度寻君古寺中。
闻道谈经曾不住,**我来何处载郫筒**。

饮陈石麟进士

明末清初·毛奇龄

名士推陈寔,留宾识孟公。
良游追洛社,**好酒泻郫筒**。
槛外枫林白,盘间柚子红。
山云归汉北,江月下巴东。
客思迷前涧,君才简上宫。
相逢饶意气,不尽玉杯中。

【作者简介】毛奇龄(1623—1716),本名甡,字初晴,后改今名,字大可、齐于,号西河、僧开、僧弥、初晴、秋晴、晚晴、河右僧等,人称西河先生。浙江萧山（今属浙江杭州）人。清初经学家、文学家。①

毛奇龄幼时由母亲口授经书，能过目成诵。康熙初，受施闰章之邀，到江西白鹭洲书院讲学。康熙十八年（1679），举博学宏词科，授翰林院检讨，充明史馆纂修官。二十四年，充会试同考官。不久，告假回乡，闭门著书。

毛奇龄治经史及音韵学，好持异说，敢于立言，撰《四书改错》，抨击当时用于科举取士的朱熹的《四书集注》。一生著述颇富，门人蒋枢辑为《西河合集》。②

无 闷

明末清初·陈维崧

益都冯相国夫子饮我以太和春，赋此奉谢。

履道坊西，独乐园中，朝散沙堤似水。拥绛帐生徒，青州从事。唤取鸬鹚杓到，付侍立、清清小童洗。咬春说饼，满船药玉，几瓯冰蚁。

风味。倩谁拟。似梅瘦春湖，茶香官焙。尽濡甲郫筒，逊伊清绮。曲部休嘲户小，也浮白、卷波如渴骥。看泻向、粉盎霜瓷，一色白泱泱地。

【作者简介】陈维崧（1625—1682），字其年，号迦陵。江苏宜兴人。阳羡词派领袖。③

十七岁考童子试第一，与吴兆骞、彭师度同被吴伟业誉为"江左三凤"，与吴绮、章藻功并称"骈体三家"。康熙十八年（1679），举博学宏词科，授翰林院检讨。

其词题材广泛，不仅写地域风光，还着力反映现实生活。其诗以赠别、咏怀为主。有《湖海楼全集》。④

---

① 吴敔木. 中国古代书法家辞典 [M]. 杭州：浙江人民出版社，1999.
② 吴海林，李延沛. 中国历史人物辞典 [M]. 哈尔滨：黑龙江人民出版社，1983.
③ 门岿. 二十六史精要辞典 [M]. 北京：人民日报出版社，1993.
④ 王洪. 中国古代诗歌精译 [M]. 北京：朝华出版社，1993.

梦游孤山

明末清初·释晓青

激浪大鱼惊梦醒,荷衣竹笠烟霞冷。
石上徒看太古痕,穴中错认王侯影。
孤山断云兼鹤飞,林子鬓毛白雪垂。
邮筒置酒醉入骨,笑问形骸尔为谁。

【作者简介】释晓青(1629—1690),俗姓朱,字晓青,又字僧鉴,号碓庵。吴江(今江苏苏州)人。清代诗人。清初诗僧的代表之一,长期活跃于江浙文人群体之中。

释晓青为退翁弘储法嗣,得与众多文人名士交游,如冒襄、徐枋、钱谦益、纳兰容若、昆山三徐等,晚年更因诗名受到康熙皇帝褒赏。有《壬寅题鹤洲草堂》。①

题谭汉画山水送谭七舍人兄·其二 庚戌

明末清初·朱彝尊

大漠霜流碛草枯,**邮筒芦酒急须沽**。
云中西去黄河曲,未必山川似画图。

---

① 马明洁. 清初释晓青生平著述考略[J]. 法音,2020(8).

风中柳·戏题竹垞壁

明末清初·朱彝尊

有竹千竿,宁使食时无肉。也不须、更移珍木。北垞也竹。南垞也竹。护吾庐、几丛寒玉。

晚来月上,对影描他横幅。赋新词、竹山竹屋。**郫筒一束**。笋鞋三伏。竹夫人、醉乡同宿。

【作者简介】朱彝尊(1629—1709),字锡鬯,号竹垞、醧舫、金风亭长、小长芦钓师等。浙江秀水(今属浙江嘉兴)人。清代学者、文学家。①

朱彝尊年轻时致力于古学,博览群书,过目不忘,游遍大江南北。康熙十八年(1679),举博学鸿儒,与李因笃、潘耒、严纯孙皆以布衣入选,授翰林院检讨,同修《明史》。二十二年,入直南书房。②

朱彝尊博通经史,擅长诗词古文,而词成就尤高。填词宗姜夔、张炎,风格淳雅清丽,为浙西词派之开创者。赵执信《谈龙录》评曰:"王才美于朱,而学足以济之;朱学博于王,而才足以举之。"有《经义考》《日下旧闻》《词综》《曝书亭集》等。③

送王观察之官蜀中·其二十三

明末清初·屈大均

三年未恨入朝迟,亲为张酺满秀眉。

阙下公卿纷上寿,**郫筒春酒待酴釄**。

---

① 吴攻木. 中国古代书法家辞典 [M]. 杭州:浙江人民出版社,1999.
② 门岿. 二十六史精要辞典 [M]. 北京:人民日报出版社,1993.
③ 胡明扬. 中外名诗赏析大典 [M]. 成都:四川辞书出版社,1993.

【作者简介】 屈大均（1630—1696），初名邵龙，又名邵隆，字骚余、翁山、介子，号华夫、泠君、非池、菜圃等。番禺（今属广东广州）人。明末清初学者、诗人，与陈恭尹、梁佩兰并称"岭南三大家"。①

早年受业于陈邦彦门下。前半生致力于反清运动。康熙二十二年（1683），由南京携家眷归番禺，潜心著述。

屈大均诗风慷慨硬朗，自成翁山诗派，对明末清初的岭南诗坛有着深远影响。他在"远学屈原，近学陈白沙"的同时，讲究诗歌的"丽"辞"画"境，提倡诗以言道。② 著有《翁山诗外》《道援堂集》《皇明四朝成仁录》等，编有《广东文集》《广东文选》《广东新语》。

正月二十七日官军收复成都保宁午门宣捷恭纪③

明末清初·徐乾学

威行梁益部，捷奏建章宫。
九陌欢呼遍，千官舞蹈同。
禁城春雨外，仙阙斗杓东。
莫落过元夕，星回验八风（mì）。
疲氓（méng）劳睿虑，荒服廑（jǐn）宸衷。
妙算三军禀，飞书万里通。
忆初骚六诏，累岁伐三鬷（zōng）。
贼队纷于蚁，妖氛黯似霥（méng）。
威弧元灼烁，晴旭正曈昽。
闽粤旋归命，泾原敢怙终。
游魂余绝徼，逆孽剩狂童。
王应犹蚑虱（jǐ），刘积本蠛蠓（miè měng）。

---

① 张承天. 岭南三大家诗歌研究［D］. 浙江师范大学，2012.
② 宗靖华. 岭南诗人屈大均研究［D］. 广东外语外贸大学，2014.
③ 源自：徐乾学. 憺园文集. 卷七. 清康熙刻冠山堂印本.

两川形最险，六载寇方讧。
锁断巴江碧，烧残阁道红。
一夫成猰<ruby>貐<rt>yà yǔ</rt></ruby>，七姓作沙虫。
井络天悬<ruby>縋<rt>zhuì</rt></ruby>，彭门地凿<ruby>谼<rt>hóng</rt></ruby>。
鼎鱼骄圉圉，兔窟走憧憧。
顿甲环三辅，飞刍过九<ruby>嵏<rt>zōng</rt></ruby>。
折冲夸燕颔，制胜倚重瞳。
庙略神批亢，天威迅发蒙。
锋车驰学士，密敕授元戎。
凤纸装缣衮，龙文袭锦<ruby>幪<rt>méng</rt></ruby>。
恩逾操玉斧，宠胜锡彤弓。
乍听鸣笳鼓，俄看扫蟛蛛。
先声拔栅猛，奇计裹毡雄。
铁骑重关会，金钲两道攻，
葭萌趋阆郡，平武向资中。
江过嘉陵曲，山临玉垒崇。
青川开厄塞，白水失<ruby>艨<rt>méng</rt></ruby><ruby>艟<rt>chōng</rt></ruby>。
一鼓收绵雒，崇朝定梓潼。
戈驱突阵豕，鞭截饮江虹。
槁叶迎风坠，春冰见<ruby>晛<rt>xiàn</rt></ruby>融。
前茅排鹳鹤，禁旅接罴熊。
精甲从天降，凶渠入地穷。
长蛇膏剑锷，困兽缚车釭。
马服真名将，龙骧本上公。
同时资羽翼，一瞬竞飞翀。
不数岑吴绩，休论会艾功。
壶浆来僰妇，歌舞杂巴童。
昼柝安庐舍，春耕播<ruby>穋<rt>lù</rt></ruby><ruby>穜<rt>tóng</rt></ruby>。

闾阎应衎衎，陇亩渐芃芃。
此地遭青犊，当年剧乱蓬。
人家葵井在，城邑芋田空。
荆棘封磐石，狐狸啸射洪。
哀弦听杜宇，瘦语觅苫茇。
三纪劳生聚，千村稍郁葱。
那堪重蹢躅，何计慰疲癃。
驱迫偏荼酷，疮痍切惨恫。
生涯愁骇鹿，物力叹枯棕。
泛泛巢林燕，嗷嗷叫泽鸿。
及兹濡雨露，多幸脱樊笼。
再睹云中日，重生爨下桐。
轺轩将李郃，轓盖拥文翁。
乱定忻谣息，时平祝岁丰。
支机披蜀锦，**酿酒醉郫筒**。
惠化停车邓，威名坐树冯。
径须开鹤甸，不独剖蚕丛。
破竹锋迎刃，磨崖柱勒铜。
仁声渐洱海，武略震崆峒。
玉烛调时序，金泥告岱嵩。
普天沾润泽，涣号走酆酆。
受赆咨重译，垂裳达四聪。
格苗虞化远，征扈夏勋隆。
拜手陈诗颂，含生仰化工。

【作者简介】徐乾学（1631—1694），字原一，号健庵。江苏昆山人。康熙九年（1670）进士，授编修，任内阁学士。曾奉敕编纂《大清一统志》《大清会典》及《明史》等。二十六年，迁左都御史，擢刑部尚书。

二十八年,解官南归。

徐乾学曾搜集唐、宋、元、明学者解经之书,汇为《通志堂经解》;纂集历代丧制,编成《读礼通考》。另有《传是楼书目》《澹园集》等。①

泸阳舟次得月志喜

明末清初·朱尔迈

相依且万里,皎皎见君心。
假以郫筒酒,因之吴会吟。
岸高悬水碓,江冷咽霜砧。
不尽萧森意,徘徊枫树林。

【作者简介】朱尔迈(1632—1693),字人远,号日观。浙江海宁人。②

喜游历,在蜀以及京师、金陵、东浙等地均作有诗,内容多咏山水风物,也有征人之词。与名人唱和归后必有诗成帙。有《日观集》《西山从游诗》等。

送李观察之任蜀中

明末清初·潘问奇

芳草王程使节赊,青天盘岭过褒斜。
扬雄宅畔郫筒酒,杜甫诗中蜀道花。
賨叟习来皆可战,僰人兵后半无家。
闻风拟向云霄望,琴鹤西行变物华。

---

① 吴海林,李延沛. 中国历史人物辞典 [M]. 哈尔滨:黑龙江人民出版社,1983.
② 李学勤,吕文郁. 四库大辞典 [M]. 长春:吉林大学出版社,1996.

【作者简介】潘问奇（1632—1695），字云程、云客，号雪帆。钱塘（今浙江杭州）人。①

明末诸生，后因家贫弃举业，游食四方。他曾赴大梁拜信陵君墓，到楚地汨罗江畔吊屈原。入蜀，深悼武侯之大功不成。北谒十三陵，最后归老江都天宁寺，客死扬州。② 有《拜鹃堂诗集》。

中江县

明末清初·王士祯

惨淡黄云暮，行人出草莱。
风涛两江合，斜照乱峰开。
秋老飞乌县，乡遥戏马台。
邮筒何处是，一月罢衔杯。

泛锦秋湖·其一

明末清初·王士祯

逸兴爱秋水，孤帆凌暮寒。
江湖多素侣，飘泊任渔竿。
易尽邮筒酒，难忘楚泽兰。
花山青十里，落日放篷看。

【作者简介】王士祯（1634—1711），原名王士禛，字子真、贻上，号阮亭、渔洋山人、文游台主人、诗亭逸老、蚕尾居士、蚕尾道人等。新城（今属山东桓台）人。诗人、文学家、诗论家。在清初诗坛，王士祯与朱彝尊并称"南朱北王"。

---

① 钱仲联，傅璇琮，王运熙，等. 中国文学大辞典 [M]. 上海：上海辞书出版社，1997.
② 马良春，李福田. 中国文学大辞典 [M]. 天津：天津人民出版社，1991.

王士禛出身于仕宦之家，幼习经义，十七岁应童子试，名列第一。顺治十二年（1655）中举。十五年，中进士，翌年得授扬州推官。康熙三年（1664），升礼部主事，迁礼部员外郎。累官至刑部尚书。四十三年，以王五案失察免官，回到山东老家，以著述为事。乾隆元年（1736），追谥文简。①

王士禛精通金石篆刻，能鉴别书画、鼎彝，擅书法，词和散文也很出色，以诗闻名。其早年诗作清新蕴藉，中年以后风格转为苍劲。康熙时期，王士禛继钱谦益而主盟诗坛，论诗倡导"神韵"说，引导清代诗歌逐步摆脱唐宋之束缚，走向自由独创之路，被誉为"一代正宗"。著有《带经堂集》《渔洋诗文集》《精华录》《精华录训纂》等，后人编为《王渔洋遗书》。②

送友还蜀·其二

明末清初·田雯

锦官城外路，山色待人归。
春柳摇新水，鸣禽背落晖。
干戈巫峡旧，风雨草堂非。
独酌郫筒酒，长吟赋采薇。

送友还蜀·其二

明末清初·田雯

万里宅荒绿树稠，荼蘼开谢几经秋。
归家且酌郫筒酒，坐看桥边锦水流。

---

① 门岿. 二十六史精要辞典 [M]. 北京：人民日报出版社，1993.
② 马良春，李福田. 中国文学大辞典 [M]. 天津：天津人民出版社，1991.

述怀呈王茂衍先生兼送之蜀·其三

明末清初·田雯

红旗风飒飒,鼍鼓声隆隆。
栈道跨秦关,涪江盘川东。
白盐赤甲山,拔地摩苍穹。
官阁束峡口,直与夔门通。
雨后荼蘼花,**吟眺酌邮筒**。
吏散帘栊静,兵销烽燧空。
瀼西杜甫宅,千载寻遗踪。

【作者简介】 田雯(1635—1704),字纶霞,一字紫纶,号山姜子、蒙斋。德州(今属山东)人。

顺治十七年(1660)举乡试。康熙三年(1664)中进士,授秘书院中书,累迁户部主事、员外郎,工部郎中等。十九年,督学江南,所取之士多异才。二十三年,授湖广督粮道。后回京任光禄寺少卿、鸿胪寺卿。二十六年,出任江苏巡抚,又调任贵州巡抚,致力于发展当地文教事业,增建县学,整修书院,奖掖黔中人才。三十八年,调任户部侍郎,主管宝泉局。四十年,以病乞归,卜居于济南大明湖畔。

田雯学识渊博,其诗歌创作自成一家,以古体见长,内容多表现山川景物与日常生活。有《古欢堂集》《黔书》《长河志籍考》等。[1]

---

① 马良春,李福田. 中国文学大辞典 [M]. 天津:天津人民出版社,1991.

送王诵侯之官成都

明末清初·唐孙华

我为进士不得进①,君作中书不中书。
与君拊掌辄绝倒,相逢便欲争龙猪②。
同是风尘驱走人,戚施未可骄籧篨(qú chú)。③
我因饥驱走乞食,泥涂蹴蹋疲青驴。
君家朱门向广术,修廊夏屋高渠渠。
渌水名园比洛涘(sì),板舆奉母方闲居。
雪儿玉颊善歌舞,当筵一曲飘红裾。
朱颜绿发况未老,才地何啻十倍予。
转盼三年取上第,将看珥笔承明庐。
何为匆匆出佐郡,升斗欲博官仓糈(xǔ)。
张融求丞迫婚嫁,如君何不姑纡徐。
或言锦城天下乐,**郫筒美酒丙穴鱼**。
放翁宦游最称惬,事后追忆同华胥。
边郡为官易满岁,借作邮传求迁除。
三人同占必从二,君今行矣无踌躇。
丈夫会当有行役,卬来栈道非崎岖。
君才恰宜试盘错,即看投刃如空虚。
政成三载膺(chān)上考,襜帷高盖乘轩车。
自怜素发半垂领,生意萧索如枯樗。
一官染指或暂试,归田便拟亲櫌(yōu)锄。

---

① 《东江诗钞》(清康熙刻本)载本诗,注云:"'君为进士不得进',李太白赠高镇句。"
② 《东江诗钞》(清康熙刻本)载本诗,注云:"一龙一猪,韩诗中语。"
③ 《东江诗钞》(清康熙刻本)载本诗,注云:"诵侯与予每以官相訾謷,故有比谑。"

两狂何时复遭值，烹羊醄酒会里闾。

与君官阀知不敌，赢牛逐骥徒趑趄(jū)。

请筑诗坛整笔阵，共执桴鼓张旟旐(yú)。

比时握手定大笑，雌雄楚汉当何如。

【作者简介】 唐孙华（1634—1723），字实君，号东江，晚号息庐老人。江南太仓（今江苏太仓）人。文学家、史学家。

唐孙华学问广博，甚负才名，而仕途坎坷。康熙二十七年（1688）始成进士，时已五十五岁。又六年，才被任命为朝邑知县。将赴任，以大臣之荐改为礼部主事，后调吏部。三十五年，辞官，为官仅两年余。

唐孙华论诗主张"必有为而作"（沈德潜《清诗别裁集》卷十六），其诗歌表现出强烈的批判现实的精神。他的诗歌能融众家之长，而不落町畦，风格"激扬踔厉"（沈受宏《东江诗钞序》），在王士祯"神韵"说盛行一时的诗坛上可以说是独树一帜。①

无 聊

明末清初·刘榛

只是无聊赖，东皇怨不穷。

奈何愁客雨，还助妒春风。

花已悲流水，人宁爱转蓬。

姑将羁旅意，**收拾付邮筒**。

【作者简介】 刘榛（1635—1690），字山蔚，号董园。归德府商丘（今河南商丘）人。②

诸生。其文法初得自同里徐作肃，以秀洁称。其后学益进，文益工，与田兰芳齐名，四方求教者甚众。窦克勤建朱阳书院，欲聘其掌教，未行

---

① 马良春，李福田. 中国文学大辞典［M］. 天津：天津人民出版社，1991.
② 吴海林，李延沛. 中国历史人物生卒年表［M］. 哈尔滨：黑龙江人民出版社，1981.

而卒。①

有《虚直堂集》《女使韵统》。②

送王幼舆年兄之任梓潼·其一

明末清初·申涵盼

五月驱车栈道长，巴西万里去为郎。
汉朝宰辅多由令，晋室簪缨半属王。
风落琴声吹剑阁，云移凫影渡瞿塘。
山城无事看山好，**漉酒郫筒月满床**。

【作者简介】 申涵盼（1638—1682），字随叔，号定舫。永年（今属河北邯郸）人。

顺治十八年（1661）进士，选庶吉士，授翰林院检讨。

有《忠裕堂文集》《忠裕堂诗集》《忠裕堂决籍》《定航诗草》等。③

柬寄吴冰持成都司马·其一

明末清初·方中发

西蜀繁华冠锦城，偏怜佐郡一官清。
三分产已消丧葬，百口家犹合弟兄。
骥足当前推独步，凤池到底占高名。
浣花笺纸郫筒酒，畅好题诗听早莺。

【作者简介】 方中发（1639—1731），字有怀、辅伯，号鹿湖、邋叟。

---

① 钱仲联, 傅璇琮, 王运熙, 等. 中国文学大辞典 [M]. 上海：上海辞书出版社, 1997.
② 马良春, 李福田. 中国文学大辞典·第四卷 [M]. 天津：天津人民出版社, 1991.
③ 陈友琴. 千首清人绝句校注 [M]. 杭州：浙江古籍出版社, 2019.

桐城（今安徽安庆）人。①

康熙年间贡生，考授州同知，但隐居白鹿山，五十年不近城市。善真草书及画，曾作《峨眉匡庐积雪图》。有《白鹿山房诗文集》《栖碧堂文稿》。

玉楼春·相州

明末清初·沈岸登

征衫着雨浑成粟，野水一湾桥一曲。**郫筒盛酒柳边尝**，草屩拖烟山底宿。

瓜牛小槛编疏竹。竹里声声寒簌簌。倦来时倚板扉眠，待取田家沙饭熟。

贺新郎·寄西安郡丞谭舟石

明末清初·沈岸登

朔雁惊飞起，忆前年、酒垆击筑，和歌燕市。一自卢沟桥头别，满眼斜阳流水。怅去路、云山无际。强欲寻君惟有梦，奈梦魂、不度三千里。君忆我，定相似。

虚惭踪迹天涯寄。但逢迎、五陵裘马，有谁知己。翻羡一官乘边障，苦爱宾朋文史。**况芦酒、郫筒堪醉**。燕颔书生还未老，拼从军、共作封侯计。带围减，且休矣。

【作者简介】 沈岸登（1639—1702），字覃九，号南溟、惰耕叟。浙江平湖人。与沈崑齐名，时称"二沈"；与朱彝尊、龚翔麟、李良年、李符、沈皞日等并称清初词坛"浙西六家"。

沈岸登性恬淡，不求闻达，终身不仕。工诗，善书画，时称"三绝"。

---

① 乔晓军. 中国美术家人名辞典·补遗一编[M]. 西安：三秦出版社，2007.

善治印，擅长铁笔。书宗二王。其书画，尤其擅长以山水兰石为题材，潇洒淡远，毫无尘俗之气，具有隐逸之风。① 其词刻入《浙西六家词》，以富有画意、笔致细腻、精于造语为特色。沈岸登是浙西词派清代前期著名的代表人物，对当时及后世都影响深远。有《黑蝶斋诗钞》《黑蝶斋词》《春秋纪异》等。

七言排律

清·裘琏

吴云楚树渺西东，孤客登临思不穷。
无复王猷舟雪里，谁过向秀竹林中。
澄波人挹三川水②，繁露台高六月风。
北阮贫裈(kūn)那免俗，西平玉尘自谈雄。
悬知花径迷秦客，何处浆家隐薛公。
顾曲从教能引凤，论文独许擅雕龙。
幽居寂寞求羊仲，宦兴飘零大小冯。
遥想乌衣低玉树，**梦寻白社寄郫筒**。
飞飞燕子尚书屋③，冉冉荷衣帝子宫④。
豪客有怀眠百尺，才人无命赋三终。
屋梁月落疑颜色，关塞停云信杳濛。
愁对梨花风院白，暗挑灯蕊雨阶红。
久随陶令游彭泽，不见长卿在梓潼。
岭近炎天浮热瘴，江宽南浦饮朝虹。
那堪战伐悲年矢，却恨诗文误转蓬。
洗马池边喧鼓角，滕王阁外蔽烟烽。
才闻巴蜀滇黔陷，又报荆襄瓯越攻。

---

① 钱仲联，傅璇琮，王运熙，等. 中国文学大辞典［M］. 上海：上海辞书出版社，1997.
② 《横山初集》（清康熙雍正间刻本）载本诗，注云："时子叙在洛。"
③ 《横山初集》（清康熙雍正间刻本）载本诗，注云："二邵，尚书公少子。"
④ 《横山初集》（清康熙雍正间刻本）载本诗，注云："用公住锡慈溪。"

骑士宵传青簇箭，将军卧倚黑连弓。
行间草檄留王粲，幄内持筹借吕蒙。
安陆亲王争敌忾，武威太守善从戎。
无边雪浪衔青雀，到处烟洲嘶碧骢。
石氏园中金谷冷，梁家宅里画楼空。
日凭棋局销残暑，偶写诗篇付娈童。
云路无媒怜萧史，睡乡有约赴王通。
澹台丘墓荒难觅，铁柱仙人杳不逢。
影入江霞翻去鹜，凉先草岸咽秋虫。
闲于中夜为清啸，静向空庭理露桐。
暖箪不成千里梦，浊醪可与几人同。
刻成斑管滋湘泪，歌罢芳兰怨楚丛。
寄语故园同学者，归心不敢问征鸿。

【作者简介】 裘琏（1644—1729），字殷玉，号未亭，晚年自号蔗村，别号废莪子，人称横山先生。浙江慈溪人。① 清代戏剧家。

弱冠补弟子员，屡试不中，家贫，鬻文自给，并在各处坐馆。康熙二十六年（1687），与修《大清一统志》。五十三年，始中举人。次年成进士，选庶吉士。不久辞官归故里，著述不懈。②

裘琏擅长戏曲，作有杂剧《昆明池》《集翠裘》《鉴湖隐》《旗亭馆》，传奇剧《女昆仑》《万寿升平》等。有《横山诗集》《横山文集》等。③

游仙华山

清·楼洵玫

崖鞋磴屐晓风冷，欲向仙华宅窅冥。
烟际一拳开瘦碧，雨余千树落空青。

---

① 齐森华，陈多，叶长海. 中国曲学大辞典［M］. 杭州：浙江教育出版社，1997.
② 齐森华，陈多，叶长海. 中国曲学大辞典［M］. 杭州：浙江教育出版社，1997.
③ 马良春，李福田. 中国文学大辞典［M］. 天津：天津人民出版社，1991.

人随鸟入云铺地,剑倚天长袖拂星。
兴到郫筒须载酌,为陶佳节慰山灵。

【作者简介】楼洵玫(生卒年不详),字嘉玉。浦江(今属浙江金华)人。顺治五年(1648)副榜贡生。①

九日登玉皇阁

清·岳生夔

漫云潦倒已成翁,九日寻欢兴未穷。
乍喜登临出世界,恍疑呼吸近天宫。
长吟不待催诗雨,短发偏当落帽风。
但愿身同金石固,**年年此日醉郫筒**。

【作者简介】岳生夔(生卒年不详),字粟斋。直隶隆平(今河北隆尧)人。

康熙二年(1663)进士,授山东新城知县。为官廉洁,不能善事上官,又遭嫉妒,任职六年罢归。②

碧窗梦·金字莲池

清·任昌期

翠叶迎风舞,清香着露浓。扁舟荡漾绿波中,**金字莲池忆郫筒**。

【作者简介】任昌期(生卒年不详),字羽诜,号默斋。河南新乡人。康熙六年(1667)举人,官太常博士。康熙三十三年至四十一年

---

① (清)阮元,杨秉初. 两浙輶轩录. 杭州:浙江古籍出版社,2012.
② (清)孙传栻. 赵州属邑志. 清光绪二十三年刻本.

(1694—1702)任绥阳知县。

有《新乡县续志》等。①

石鹅洞

清·朱慎

女娲炼石补苍穹,手持玉斧游鸿濛。
遍凿名山五色石,天衣补就山骨空。
武川岩洞遗迹多,特留缺陷彰神工。
昔我揽胜行西山,曾登双玉及金公。
今复携伴游石鹅,意势陡觉争奇雄。
攀萝踏磴历幽折,径路逼仄林青葱。
手排云雾陟其上,天然石室何玲珑。
层楼百尺恣登眺,万象变化归帘栊。
㳽(mì)沦磅礴有元气,呼吸直与帝座通。
高谈雄辨发异响,宛若鼍鼓声逢逢。
洞中二石尤怪特,卧龙伏虎排西东。
上有珠泉长滴沥,气味香洁迥不同。
老僧烹泉邀客饮,肌骨习习生凉风。
前村主人能好客,携肴担酒来山中。
松杉枝上月色白,菩提座前灯影红。
共抃卜夜遣清兴,**颓然一醉倾郫筒**。
三宿于斯兴逾剧,斗觉愁疾俱消融。
人闲有此神仙宅,何须更觅蓬莱宫。
他年倘遂赤松志,愿住此山为老翁。

【作者简介】朱慎(1652—1696),字其恭,号菊山。武义(今属浙江金华)人。

---

① 绥阳县旅游产业发展委员会. 绥阳旅游[M]. 贵阳:贵州人民出版社,2007.

颖异博学，才气高迈，能文工诗，兼工书画，善鼓琴。康熙二十五年（1686）拔贡，选送入京。扬州词人、湖州知府吴绮称赞其为"千秋之豪士，一代之才人"，为其未遇伯乐而深惜。有《浮园集》。①

题蜀道图·其二

清·蒋继聘

剑阁崚嶒蜀道长，猿声鹃泪总凄凉。
浣花笺纸郫筒酒，只供游人吊夕阳。

【作者简介】蒋继聘（生卒年不详），字犹龙，号担墨。江都（今江苏扬州）人。② 康熙丁酉（1717）举人。③

题欧阳子跨驴携酒小照

清·程世绳

西湖桃柳绿且红，阿谁携酒骑短骤。
春光骀荡足快意，优游自得苏堤东。
龙吟虎啸若不识，**兴来思饮开郫筒**。
湖水空明清复浅，波光人影相和融。
近日边庭需猛士，明诏飞下蓬莱宫。
一长一技思自效，雕弓羽箭多从戎。
况君才艺不可量，甲兵十万罗心胸。
丈夫安事毛锥子，投笔旦暮立边功。
胡为不取封侯印，摇摇策蹇吟春风。
善刀藏之良足惜，待贾而沽何从容。

---

① （清）阮元，杨秉初，夏勇. 两浙輶轩录 [M]. 杭州：浙江古籍出版社，2012.
② （清）阿克当阿修，姚文田等纂. 扬州府志. 清嘉庆十五年刻本.
③ （清）王豫，阮亨. 淮海英灵续集. 清道光刻本.

君听我歌笑不答，一鞭遥指明湖中。

吴佶人妹倩携樽崇湖招集诸子观荷次三伯父韵

清·程世绳

远烦相饷到郫筒，半榻清香半拓风。
翠盖近分村树绿，落霞遥接渚莲红。
天因胜会凉如水，酒到欢场饮似虹。
莫笑贪馋还秉烛，濂溪情味共君同。

【作者简介】程世绳（生卒年不详），字准存，号晴湖。休宁（今属安徽黄山）人。

康熙五十六年（1717）举人，官京山知县。有《尺木楼诗集》。①

送陆公未庵游岭南

清·沈季友

送行斜日醉郫筒，不尽山川驿路中。
蝶粉夜消花径雨，柳绵春落布帆风。
到来彩服为莱子，携去清谈是阿戎。
独有南天惆怅客，夕阳徙倚杜陵东。

【作者简介】沈季友（1652—1698），字客子，号南疑。平湖（今属浙江）人。②

康熙二十六年（1687）副榜贡生。③ 有《学古堂诗集》六卷，系合并

---

① 中共北京市东城区纪律检查委员会，北京市东城区监察局. 要留清白在人间——历代诗人咏于谦［M］. 北京：中国方正出版社，2014.
② 马良春，李福田. 中国文学大辞典［M］. 天津：天津人民出版社，1991.
③ 钱仲联，傅璇琮，王运熙，等. 中国文学大辞典［M］. 上海：上海辞书出版社，1997.

《南疑集》及未刻稿《秋蓬集》而成。①

置酒铁佛寺

清·郎遂

潋滟湖光漾绿苹，过从鹿苑接支宾。
尊寻净土黄金菊，麈屑芳筵白玉尘。
元亮不嫌充远社，广成端可问前身。
郫筒载得乌程满，拚醉同欹锦里巾。

【作者简介】郎遂（1654—1739），字赵客，号西樵子，晚年自号杏村老人。安徽贵池（今安徽池州）人。

世居杏花村焕园，由诸生入太学。以古今名胜建置及人物艺文编《杏花村志》，清康熙十三年（1674）春月起稿，二十四年夏付梓成书，历时十一年，开清代纂修村志之始。另有《杉山志》《池阳韵记》。②

赠曹受可

清·胡煦

截竹诛茅三四间，多人称是地行仙。
文章古剑藏牛斗，意气雄风薄赵燕。
自蓄郫筒供莞尔，手营陶菊总萧然。
多情鸥鸟缘何事，栖在窗西绿水边。

【作者简介】胡煦（1655—1736），字沧晓，号紫弦。光山（今属河南）人。

---

① 马良春，李福田. 中国文学大辞典［M］. 天津：天津人民出版社，1991.
② 戎毓明. 安徽人物大辞典［M］. 北京：团结出版社，1992.

康熙五十一年（1712）进士，授检讨。两年后，令直南书房，后累迁洗马、光禄寺少卿、鸿胪寺少卿。雍正元年（1723），升内阁学士，后迁兵部侍郎，兼署户部协理副都御史，直上书房，充《明史》总裁，授礼部侍郎。卒谥文良。①

有《周易函书》《葆璞堂文集》《葆璞堂诗集》《卜法详考》等。②

赋折杨柳送黄燕思入蜀

清·费锡璜

我弹蜀国弦，**劝汝郫筒酒**③。万里送征人，折断江南柳。江南柳色正，堪把花间喷。玉桃花马，西望巴山泪满衣，迁客江南未得归。

【作者简介】费锡璜（1664—1723），字滋衡，一作滋蘅。四川新繁人，侨居江都。

费锡璜是学者、诗人费密次子，幼承父训，聪敏嗜学，善诗词古文。康熙三十五年（1696），随父会友，作《江舫唱和》诗，满座皆惊，称"凤毛"。与黄叔威、刘静伯结诗社，影响一时。④

其诗"古乐府直接汉魏，五七律绝亦在李颀、崔颢之间"（李调元《蜀雅》）。有《道贯堂文集》《掣鲸堂诗集》。

秋日杂诗·其二

清·孙元衡

信此飘零眼，浮观别异同。
四时无正候，百物有奇功。

---

① 黄开国，李刚，陈兵，等. 诸子百家大辞典 [M]. 成都：四川人民出版社，1999.
② 许嘉璐. 传统语言学辞典 [M]. 石家庄：河北教育出版社，1990.
③ 《掣鲸堂诗集》（清康熙刻本）载本诗，注云："即咂嘛酒。"
④ 钱仲联，傅璇琮，王运熙，等. 中国文学大辞典 [M]. 上海：上海辞书出版社，1997.

版籍翻稽妇，蛮村浑贱翁。
糟醨聊可啜，**应笑学邮筒**。

【作者简介】孙元衡（生卒年不详），字湘南。江南桐城（今安徽桐城）人。清代宦台诗人。①

孙元衡通过明经科，初任山东新城令，不久，擢为四川成都府汉州知州。康熙四十二年（1703），迁台湾府海防同知，任期内设义学，开米禁，通商利民。后迁为东昌郡守。

孙元衡曾周游台岛，耳闻目睹台湾山川形势、风土习俗，吟咏不已，终成鸿篇巨制，名为《赤嵌集》。《赤嵌集》是中国第一部歌咏台湾的传世诗集，《台湾通志稿》称其"无不吟咏台湾之实情实景，绝少虚伪"。王士禛不仅仔细阅读《赤嵌集》，还对五十余首诗歌加以评点，推崇有加。《赤嵌集》因此得到广泛传播，孙元衡也凭此成为清代著名的宦台诗人。《晚晴簃诗汇》谓其诗"奇情壮采，颇足称山川"，"写景言情，达所难达，不同浮响"。另有《片石园诗》。②

寄怀郎赵客

清·詹贤

君住江之南，夙以才名擅。
树帜拥鸡坛，青霜连紫霓。
想像杏花村，伊人不可见。
所嗟未识韩，**屡接邮筒便**。
声气非偶然，千里缘同砚。
固知金石交，讵必曾谋面。
犹记丙戌秋，韵纪池阳撰。
瑶华远寄将，吉光留一片。
全豹未能窥，望眼临风眩。

---

① 吴海林，李延沛. 中国历史人物辞典［M］. 哈尔滨：黑龙江人民出版社，1983.
② 钱仲联，傅璇琮，王运熙，等. 中国文学大辞典［M］. 上海：上海辞书出版社，2000.

韦草有报章，聊附西飞燕
池后诗人歌，特假邮函锛（jiàn）。
从兹阅两秋，捧檄何堪羡。
苜蓿长栏干，滥许闲踪践。
抱膝问匡庐，挂苒韶光贱。
遂历六星霜，青芹杂锦苋。
朝齑夹暮盐，渐觉游情倦。
兴尽且归来，浪博头衔绚。
扬舲早到家，探囊书数卷。
差幸三径荒，草色依然茜。
仍寻旧短檠，独以孤怀炼。
忽忽五经春，掩扉聊自遣。
无何二竖攻，尽日匡作恋。
岁月病消磨，铛药晨烟煽。
迄今双胫间，酸楚无方缮。
缘此滞行镳，莫逐金门彦。
鸡肋弃何难，韬藏敢曰善。
敝簏有高吟，翻阅奚辞倦。
蒹葭水一方，盈盈清若练。
弹指十三年，苍狗云端变。
每忆古牛冈，渊源同一串。
未卜老成人，尚作灵光殿。
劳劳系远怀，郁郁吟魂战。
今春芳讯来，忽尔愁成怢。
真率字数行，半掬筵相眷。
何以答遐思，搦管征鸿倩。
寥寥一纸书，直达青藜院。
悬知大酉藏，著述名山遍。
还期嗣好音，合作琼珠卷。
盥露漫挑灯，幼妇题黄绢。

【作者简介】詹贤（1664—1724），字左臣，号耐庄，江西乐安人。少聪颖敏慧，力学不倦。康熙二十四年（1685）膺拔贡，后任江西德化县教谕，迁国子监学录。有《詹铁牛文集》《詹铁牛诗集》等。①

留别蔡卫庵李临函二广文

清·庄承祚

江城胶漆（guǐ）结知心，愧续先生苜蓿吟。
蓟北同时看石鼓，巴南几处式儒林。
故人郫酒樽前泪，空谷薛笺别后音。
去去相思何地切，峡猿声里暮云深。

【作者简介】庄承祚（1666—1737），字锡长，号松峰。螺城（今属福建泉州）人。②

康熙四十四年（1705）进士，历任广东海康、四川遂宁知县和广东雷州知府。③

有《粤游纪兴》《松峰稿》等。

送友游蜀

清·马长海

黄陵青气早，白帝客愁升。
月峡凄猿语，风江急雁声。
授衣天万里，旅梦夜三更。
到日郫筒酒，知应醉锦城。

---
① 王鸿鹏. 帝都形胜：燕京八景诗抄［M］. 北京：九州出版社，2018.
② 惠安县文化体育局. 惠安县文物志［M］. 泉州，2003.
③ 庄敬忠. 中华庄氏源流［M］. 北京：中国社会出版社，2008.

【作者简介】 马长海（1667—1744），字汇川，号清痴。吉林历史上著名的乡土诗人。①

马长海生于钟鸣鼎食之家，自幼接受传统儒家教育，以科举入仕。但他进入官场后，看到了黑暗现实，最终放弃仕宦道路，以道家"越名教而任自然"的态度，寄情于山水。中年幽居易水之雷溪，晚年寂处长安之委巷，与名士往来唱和。②

六月望苦热

清·李兆龄

酷热连朝暮，如焚更如炙。
奋臂摇葵扇，露体熨倭席。
火云匝四野，无处堪逃迹。
京都十斛冰，庶可解斯厄。
苦无缩地术，焉能遂快适。
不然万松林，将此烈日隔。
或陟峨眉巅，清风吹两腋。
妄想徒纷纭，静待佳月夕。
晚来新浴罢，杂乱陈肴核。
郫筒酌数盏，陶然卧苔石。

【作者简介】 李兆龄（1667—1737），字仁遐，号月岩。河北高邑人。康熙四十三年（1704），选授福建闽清知县。在任七年，政声彰著。因辨狱忤抚军张孝先而屡荐不达，愤然辞官，以课子为事，五子皆成科名。

有《舒啸阁诗集》。

---

① 郎晓欣. 马长海诗歌类论［D］. 内蒙古大学，2014.
② 杨开丽. 马长海及《雷溪草堂诗集》［J］. 图书馆学研究，1992（2）.

燕山秋日送许方亨令弟赴蜀省兄寄讯述怀之作一百韵①

清·屈复

栈与云争道，人随雁一行。
潜深今昔感，顿起结交望。
阱密千丝网，尖围万点枪。
惊涛摇剑阁，奔峭横瞿唐。
割据西南歇，菁华日月光。
平居期命驾，奋翼戢空囊。
直上青天易，遥登赤甲长。
猿猱愁绝壁，参井竟开疆。
岁晚连枝会，秋清劲翮翔。
至情无险境，索笑及寒香。
七载仍幽蓟，战友肆慨慷。
烟霞投末契，缟纻却遗殃。
突尔攒鸣镝，徒劳结佩 纕(xiāng)。
娉婷全倒箧，槐棘尽倾箱。
旦旦坚胶漆，匆匆略丧亡。
鼠文矜虎脊，豹变纳鸡肠。
忆咏秣陵月，牵帆吴越樯。
残金埋王气，素志负龙骧。
婉婉发声鸟，嘤嘤鸣柳塘。
盈盈初化蝶，袅袅宿花房。
歌舞怜西子，繁华惜仲皇。
旋归乘兴棹，却遍指车箱。

---

① 《弱水集》（清乾隆七年刻本）载本诗，注云："许以纂修《古今图书集成》，任蜀令，丁艰。乾隆丙辰起服，仍发川补用，未审得何邑也。"

即握青囊术，惟医半腐创。
尘寰乖律吕，嶰谷自宫商。（xiè）
幸复承明谒，宁希抱炭凉。
别离催调发，风雪摆雷硠。
狐听凌凌渡，鼋排策策梁。
燕陲穿起粟，秦树乱如芒。
履坦车偏仄，衔嘶马欲僵。
英雄恢阀阅，顽懦恋池湟。
鞭著过流电，身轻疾脱缰。
虽为长社宰，胜作校书郎。
祖饯邑侯礼，醇醪仙桂浆。
大邱才道广，绵竹本循良。
共羡罗浮石，谁疑越使装。
兼衣盘练带，两绶绾银章。
湛湛滋桃李，辉辉照纪纲。
贪珠机远鉴，测海势难量。
榻尚南州下，行逾伯丑狂。
孙嵩推表范，百药重圭璋。
煮食加薇蕨，裁衣系荔茳。（háng）
鼓钟惭问答，弦管少铿锵。
体物连城外，相思朗月傍。
梦寻迷万里，鳞断又三霜。
词拙驱元亮，途穷老薛方。
非甘辞辟召，聊可立松篁。
淋潦蓬茅垆，欹斜湫隘妨。
御风垣闪闪，晴雨屋洋洋。
渐近黄花候，休兼白石粮。
中厨灰土铓，一仆瘦回廊。
草意欲封径，苔痕空杜墙。
六街莲漏永，曲巷马蹄忙。

　　　　　　láo
筓拍嗑唧嘈，铃音替庋冈。
善为陈散乐，谁启造浮航。
夕拥锦衾烂，朝燔膻味芗。
菰蒲纷翠节，羽葆陨扶桑。
　　　　yē wēng
依旧蠮螉塞，暌违丁卯庄。
遭逢身世在，留滞羽毛伤。
往者俱漂泊，悠然任秕糠。
袁丝叨长事，季布赖游扬。
君纂书东观，予栖寺北厢。
烹泉瓶罄竭，毕景烛荧煌。
缓急时容有，希微夙并彰。
正宜中夜舞，焉待万钟藏。
脱略樵苏爨，悲歌市井坊。
称名诬董贾，末论忌班扬。
吊古存城郭，沾襟忽激昂。
妖氛萌白翟，突骑躏中央。
角吹仙山暗，沙沉广殿黄。
不成扪虮虱，遗恨失豺狼。
回首悲陈迹，衰容隔故乡。
几时还子午，何日度琅珰。
溽暑闻迁擢，岩峣恣杳茫。
理繁诚简略，化俗更慈祥。
车下鸣蝼蝈，桐华集凤凰。
每于农课隙，定获静琴张。
　　　　chī
摛藻千星斗，同时感帝王。
日斜涤器宅，吟到浣花堂。
形胜开宏域，登临览巨防。
雨来清广汉，云去入平羌。
跃马何云浅，飞龙岂尽强。
　　qiān　　　zāng
高由雄汧渭，势况蹙牂牁。

细酌郫筒酒，鲜烹丙穴鲂。
满川呈净景，密座颂沧浪。
相识一言善，新知百炼钢。
公明奇孔曜，刘向许陈汤。
俯仰复何有，丹青不可忘。
逐波凫泛泛，历块骥昂昂。
先主威宜远，宗臣爱弥芳。
萧条遗庙在，想像奥区荒。
事异披金匮，功侔钓玉璜。
闾阎虔蕙籍，惨淡荐兰尝。
远宦瞻虚殿，增修亦典常。
罘罳<small>fú sī</small>笼鸟雀，碧瓦葺鸳鸯。
松柏参天色，阴森六月旸。
神明通宇宙，寤寐肃冠裳。
为讯西川令，曾怀两鬓苍。
暮堪锥脱颖，迟且弩收铓。
孤愤愁摇落，余生谢簸扬。
还将对华萼，记否客渔阳。

【作者简介】屈复（1668—1745），字见心，号金粟、晦翁。蒲城（今属陕西）人。①

年十九参加童子试，名列第一。放弃功名，游历各地，并四至京师。乾隆元年（1736），举博学宏词科，未就。②

有《弱水集》《楚辞新注》《杜工部诗评》《唐诗成法》《玉溪生诗意》等。③

---

① 傅璇琮，许逸民，王学泰，等. 中国诗学大辞典 [M]. 杭州：浙江教育出版社，1999.
② 马良春，李福田. 中国文学大辞典 [M]. 天津：天津人民出版社，1991.
③ 马良春，李福田. 中国文学大辞典 [M]. 天津：天津人民出版社，1991.

题何东墅吏部汶川饯送图·其一

清·罗天尺

笼鹤携琴写易真，潇潇重谒帝城春。
驿亭争上郫筒酒，少报军前负弩人。

古州司马粒斋蔡先生挽歌为蔡二雪南赋

清·罗天尺

去年两寄京华书，衡阳雁断江无鱼。
昨得冯公吏部札，备言吾友真愁予。
奔丧万里归己蜀，望国应为孺子哭。
开缄五岭云昏黑，为位三日情惨恻。
江流左右夹苍梧，潦水奔注东粤趋。
西游寄书复大诧，斫断手腕伤何如。
难兄况乃人中杰，骨格峥嵘铸成铁。
文章真不愧科名，经济何曾借口说。
罗施鬼国石屏山，九股骚扰多苗蛮。
银环短衣称剽疾，轻公文弱如等闲。
县无城郭兵乌合，楚援不至粮食绝。
自出十万胸中兵，扶持孤危弹丸国。
黔楚咽喉赖保存，纪石勋功大书勒。
爵晋司马官古州，流民土著扳辕留。
亲老挂冠掉头去，**郫筒酒熟应封侯**。
谁知指咽子心痛，式马余生复何用。
张许之后公一人，睢阳死国公死亲。
门人私谥官社祭，此岂尚愧乡先生。
我捧君书泪不止，君兄我兄总如此。

同怀叹我少弟兄,异姓骨肉无君比。
君于听雨忆坡公,我纵东游惭季子。
剑门玉垒高嵯峨,雁羽差池可奈何。
呜呼!雁羽差池可奈何。

【作者简介】 罗天尺(1668—1766),字履先,号石湖。顺德人。

康熙六十年(1721),与何梦瑶、苏珥、劳孝舆同学于督学惠士奇门下,称"惠门四子"。乾隆元年(1736),举博学宏词,以亲老不赴。同年秋中举。会试落第,遂放弃仕进,隐居石湖。

其七言古诗尤为时人称道。有《瘿晕山房诗删》《五山志林》。[①]

关门仙圃

清·张坦

潼水溶溶,流入墙东。
回环屈曲,注我莲宫。
凤岭为屏,麟山接埔。
繁阴结绿,老树成翁。
门藏戟尾,曲径斜通。
细竹学画,小桥变虹。
池湛明月,荷乱霞容。
鱼游冰壶,鸟度镜中。
新篁千竿,出篱蓊葱。
平台碍云,亭立穹窿。
春花映带,秋月玲珑。
野鸟狎人,瑜禽不笼。
谯楼返照,山亭晚钟。
云带归鸟,雨沾牧童。

---

① 吴海林,李延沛. 中国历史人物辞典 [M]. 哈尔滨:黑龙江人民出版社,1983.

nài dài
褦襶不至，浮尘夜空。

河融八水，月上三峰。

阴晴变化，气象不同。

樵青洗研，侍立雍雍。

花间酒火，竹里茶风。

山肴数点，**邮筒一封**。

三两佳客，挥麈无穷。

【作者简介】张坦（1671—？），字逸峰，号眉州散人，又号青雨。① 永平抚宁（今属河北秦皇岛）人。

康熙三十二年（1693）举人，考授中书舍人。② 有《履阁诗集》《唤鱼亭诗文集》。③

雪中苏珽六表弟招饮

清·王居建

瑶花历乱坠长空，折柬招邀兴不穷。

乳脚试茶烹洞jiè芥，**垆头煮酒酌邮筒**。

叫云笛弄桓伊月，跨鹤笙吹子晋风。

愧我撒盐无好句，一腔豪兴醉吟中。

【作者简介】王居建（生卒年不详），字霞起，号述园。开州（今属河南濮阳）人。④

康熙四十二年（1703）进士，选翰林院庶吉士。有《述园集》。⑤

---

① 乔晓军. 中国美术家人名辞典·补遗一编［M］. 西安：三秦出版社，2007.
② 乔晓军. 中国美术家人名辞典·补遗一编［M］. 西安：三秦出版社，2007.
③ 来新夏，郭凤岐，天津市地方志编修委员会. 天津通志·旧志点校卷［M］. 天津：南开大学出版社，2001.
④ （清）李卫，唐执玉. 畿辅通志. 清雍正十三年刻本.
⑤ （清）陶梁. 国朝畿辅诗传. 清道光十九年刻本.

河满子·村夏

清·孔传铎

睡起庭前过雨,行来树底生风。去郭红尘飞不到,园蔬麦饭堪供。柳外蝉嘶清韵,花间蝶舞芳丛。

信口无腔牧子,知心不速邻翁。溪涨碧波鱼乍得,月痕初上帘栊。更是瓮头新熟,**何妨倾倒郫筒**。

【作者简介】孔传铎(1673—1735),号牗民,字振路。山东曲阜人。孔子六十八代孙。①

雍正元年(1723)袭封衍圣公。嗜词,于阙里孔氏影响甚远。②

有《红萼轩词》二卷,后辑入《阙里孔氏词钞》;《名家词钞》六十卷,辑清初余怀、张台柱等六十名家词。③

日名诗十八首·其十四

清·李绂

中年哀乐未渠伤,子女情牵也复长。
羁客梦频回午夜,闺人愁已结丁香。
辛壬癸甲家千里,卯酉参辰天一方。
丙穴郫筒定何所,数弓环堵午峰阳。

【作者简介】李绂(1675—1750),字巨来,别号穆堂。临川(今江西抚州)人。清代著名政治家、理学家、诗文家。

康熙四十八年(1709)进士。雍正二年(1724),任广西巡抚。三年,

---

① 马兴荣,吴熊和,曹济平. 中国词学大辞典 [M]. 杭州:浙江教育出版社,1996.
② 黄惠贤. 二十五史人名大辞典 [M]. 郑州:中州古籍出版社,1997.
③ 马兴荣,吴熊和,曹济平. 中国词学大辞典 [M]. 杭州:浙江教育出版社,1996.

调任直隶总督。乾隆帝继位后，任户部侍郎。乾隆六年（1741），任内阁学士。①

有《春秋一是》《陆子学谱》《朱子晚年全论》《阳明学录》等。其诗文及学术著作收入《穆堂初稿》《穆堂别稿》。②

赠同年李少白赴郫邑任即次承寄原韵·其二

清·郑方城

一齐春与到阶除，万里携将惠子书。
高兴健能摩旧翮，行囊空比索枯鱼③。
郫筒早熟人争献，庭草凭芜径不如。
民爱使君吾爱友，看迎竹马欲投车。

【作者简介】郑方城（1678—1746），字则望，号石幢。福建建安（今福建建瓯）人。

雍正元年（1723）中举。十一年（1733）中进士，授四川新繁县知县，以政事文章卓异见称。乾隆十一年（1746），以蜀闱磨勘事罢官，后掌锦江书院。

有《燥吻集》《绿痕书屋诗稿》《行炙诗集》《石幢先生遗文》等。与弟方坤合著《却扫斋唱和集》《晋安三郑集》等。④

---

① 门岿. 二十六史精要辞典［M］. 北京：人民日报出版社，1993.
② 傅璇琮，许逸民，王学泰，等. 中国诗学大辞典［M］. 杭州：浙江教育出版社，1999.
③《郫县志书》（清乾隆十六年刻本）载本诗，注云："少白到此，行橐已竭，余悉索以应。"
④ 卫志中. 酒忆郫筒［M］. 成都：成都市郫都区党史地方志办公室，2021.

咂 酒

清·毛峻德

板屋团圞坐，欢呼挈一瓶。
白波扬寸管，红友吸仙醽。
雅胜郫筒集，魂招楚客醒。
吹嘘力不借，一任笑酩酊。

【作者简介】毛峻德（生卒年不详），字觐文。直隶良乡（今属北京房山）人。①

雍正年间，朝廷对西南诸土司实行改土归流政策。雍正十三年（1735），改土归流后，容美土司辖地分设一州一县，即鹤峰州和长乐县（今五峰县），隶属宜昌府，首任知州即毛峻德。他到任后，百务俱举，六年而政成。②

有《鹤峰州志》。

郫筒亭晚景

清·李馨

回首青山愿已违，一官落拓受尘鞿。
禄微空负宾朋喜，才拙惟邀狱讼稀。
细雨晚衙群吏散，荒烟古柏万鸦归。
孤灯如坐愁城里，抛却残书孰解围。

【作者简介】李馨（1678—?），字少白。福建长溪（今属福建福

---

① 李学勤，吕文郁. 四库大辞典 [M]. 长春：吉林大学出版社，1996.
② 张兴文，牟廉玖. 历代诗人咏施州 [M]. 北京：民族出版社，2001.

安）人。

乾隆十年（1745），李馨任郫县知县，惜邑无方志，为不使史事湮没无闻，四处搜集资料，历时数载，编撰而成《郫县志》，于十六年刻印。次年，知县沈芝补刻。①

有诗集《春日行》。

幽居遣兴

清·龚培序

岩前自结高人室，海上谁看处士星。
往日功名怀击楫，于今踪迹任飘萍。
春寒催酿郫筒酒，夜静频翻贝叶经。
不出户庭忘岁月，白云几片护松肩。

游艾山

清·龚培序

清和四月朔，犹是漾春风。
岭上无名草，花开别样红。
吟诗题石壁，**携酒饮郫筒**。
归路频回首，佳哉气郁葱。

【作者简介】龚培序（1684—?），字念伦，号虚白。浙江仁和（今属浙江杭州）人。②

龚培序精于韵学，有《竹梧书屋诗稿》。

---

① 卫志中. 酒忆郫筒［M］. 成都：成都市郫都区党史地方志办公室，2021.
② 余巨平. 历代诗人咏严子陵［M］. 兰州：甘肃人民出版社，2011.

赋成都景物

清·向日升

湖山历尽漫栖迟，凭吊蓉城一赋诗。
万里桥南诸葛庙，百花潭北少陵祠。
探奇频访支机石，览胜还摹誓水碑。
蜡屐青羊寻羽客，扶筇威凤采灵芝。
琴台寂寞迷荒径，镜冢沉埋宿怪鸱。
卖卜风高真不泯，当垆佳话亦堪嗤。
筹边驿上吹霜角，濯锦江头卓酒旗。
处处新栟藏白屋，家家慈竹覆东篱。
地因劫火悲芳草，客为残春怨子规。
好购鸾笺临薛井，**暂沽郫酿泛醇醨**。
岷山雪净千峰外，犀浦梅黄四月时。
更踏碧鸡坊里路，海棠经雨湿胭脂。

【作者简介】向日升（生卒年不详），四川成都人。康熙三十五年（1696）乡试中举，任陕西韩城知县。有《蕉园诗文集》。

题同年邵峄东编修使蜀图·其二

清·钱陈群

立马蚕丛外，南云一发通。
奉亲怀蜀锦，**得句问邮筒**。
十载依乡井，何人到药笼。
惟余韦幔里，长得想清风。

【作者简介】钱陈群（1686—1774），字主敬，号香树、集斋。嘉兴人。与沈德潜并称"东南二老"。①

康熙六十年（1721）进士，授编修。雍正七年（1729），清廷命其随史贻直、杭奕禄赴陕西宣谕化导，其因宣讲效果好，被雍正帝嘉奖为"安分读书人"。历任侍读学士，督顺天学政。乾隆即位后，任内阁学士。乾隆七年（1742），升任刑部侍郎。卒谥文端。②

有《香树斋集》。

初夏访御李

清·胡鸣玉

乔木疏篱似画图，数椽老屋向城隅。
隔林雨霁鸠呼妇，近户风轻燕引雏。
花委药栏红欲尽，草深蔬圃绿全芜。
知君剩有郫筒酒，许我池边一醉无。

【作者简介】胡鸣玉（1690—?），字廷佩，号吟鸥。青浦（今属上海）人。

贡生③。乾隆元年（1736），举博学宏词科。

工诗文，诗多酬答之作。有《订讹杂录》。④

重游安素园·其一

清·尹继善

自别林园后，劳形日簿书。

---

① 郑天挺，吴泽，杨志玖. 中国历史大辞典［M］. 上海：上海辞书出版社，2000.
② 门岿. 二十六史精要辞典［M］. 北京：人民日报出版社，1993.
③ 吴海林，李延沛. 中国历史人物辞典［M］. 哈尔滨：黑龙江人民出版社，1983.
④ 许嘉璐. 传统语言学辞典［M］. 石家庄：河北教育出版社，1990.

何期寻旧路，又喜到蓬庐。
共醉郫筒酒，还烹丙穴鱼。
迟归原有意，为恋水云居。

【作者简介】尹继善（1696—1771），字元长，号望山。顺天府大兴县（今北京市）人，隶属满洲镶黄旗。

雍正元年（1723）进士，选庶吉士，授编修。五年后升任封疆大吏，历任云贵总督、川陕总督、两江总督，官至文华殿大学士。卒赠太保，谥文端。①

尹继善好吟咏，其诗内容丰富，《晚晴簃诗汇》谓其诗"沿溯中唐，而以剑南、石湖为宗，冲融和易，动中自然，适肖其为人"。有《尹文端公诗集》。

壬申九日同人游草堂步碑刻韵·其二

清·彭肇洙

感激郑公持节后，两川烽火递相闻。
才人最易成逋客，灵武终然是圣君。
未假勋名同李郭，曾删月露与风云。
登堂一酹郫筒酒，巫峡清高尚有文。

【作者简介】彭肇洙（1699—？），字仲尹。四川丹棱人。

雍正元年（1723），彭肇洙先于兄端淑中举。雍正十一年（1733），与兄端淑同榜登进士第，授刑部主事。乾隆三年（1738），转户部主事。七年，迁户部员外郎。十一年，擢户部郎中。十四年，丁母忧，归籍守制。十六年，补授河南道监察御史。

有《抚松亭遗编》《竹窗巽言》等。

---

① 马良春，李福田. 中国文学大辞典［M］. 天津：天津人民出版社，1991.

王楼山先生既出咂嘛酒飨客复作律诗见示因呈二十八韵

清·沈大成

连旬积阴雨，岭外气已秋。
府公开家酿，中宵燕宾游。
两童提大瓮，伛偻来庭幽。
安置妥不欹，枝撑承四周。
至味出泛齐，玉蛆自沉浮。
插竹为渴乌，到口香液流。
一吸润燥吻，再吸换枯喉。
三吸气洋洋，春风入髓柔。
座客皆起旋，杂然进品羞。
群饮既接踵，俯醊还低头。
或如奔长鲸，或若引潜虬。
白波俄盈涸，挹注无停留。
频闻趣提汤，往来走不休。
底须劳巾漉，直可废床筹。
汩汩向瓮中，宁异尊而抔。
公言郫筒酒，古法不可求。
至今锦官城，独此相献酬。
田家会姻戚，岁时祭貙(chū)刘。
行客过其门，往往弄觥筹。
其时公齐年，同郡有刘侯。
酒酣各称诗，老气横九州。
巴山蜀山外，苏公虞公俦。
我行半天下，嗜酒识其尤。
太原爱索郎，其次数秦邮。
绍兴及沧州，徒能动王侯。

那如此酒醇，终晏尚油油。

长愿哦公诗，为公倾百瓯。

相从文字饮，醉即倚南楼。

【作者简介】沈大成（1700—1771），字学子，号沃田。华亭（今上海松江）人。①

康熙诸生。精校勘，曾校正《十三经注疏》《史记》《汉书》《文献通考》《音学五书》《历算丛书》等多部书籍。

有《学福斋文集》《学福斋诗集》等。②

蜀州·其一

清·林良铨

屯岭千秋雪，连门百曲滩。

篱编金芍药，壁织玉琅玕。

裹脚为穿袜，缠头是着冠。

郫筒家户醉，赶集更加餐。

【作者简介】林良铨（1700—?），字朝京，又字衡公，号睡庐。广东平远（今属广东梅州）人。③

雍正二年（1724），由岁贡生保举贤良方正科。历任四川大竹、大邑、渠县、成都等地知县，升崇庆州知州，转滁州、直隶州知州，淮安府知府、楚雄府知府。乾隆二十四年（1759），改补苏州府总捕同知。次年，任管粮同知。从政四十余年，以廉洁著称。

林良铨一生酷爱诗文，其诗风"婉约冲远"，在乾隆朝岭南诗人中一枝独秀。有《睡庐诗选》。

---

① 马良春，李福田. 中国文学大辞典［M］. 天津：天津人民出版社，1991.
② 孔范今，桑思奋，孔祥林. 孔子文化大典［M］. 北京：中国书店，1994.
③ 中国第一历史档案馆藏. 清代官员履历档案全编［M］. 上海：华东师范大学出版社，1997.

平定两金川大功告成颂谨序

清·彭启丰

　　盖闻八纮广覆,不遗于绳行悬度之乡;四极宏色,克周于槃木无雷而外。睹妖星之云净,荒徼攸宁;调玉烛于天中,蛮陬永奠。丝纶密勿,乃左右史所不胜书;威武奋扬,为羲轩来所未曾有。

　　钦惟皇上圣武懋昭,神功丕运,率土荷好生之德,溥天仰亭毒之仁,蕞(zuì)尔金川,敢行梗化。

　　近则依趱(zǎn)拉以负固,远则恃促浸以雄张。始为豕突之攻,继作鸡连之势,僧格桑狼还依狈,索诺木豻又生貔。同恶罔悛,辄磨牙于邻部;贯盈不治,将飞镝于边城。昔宽一面之诛,彰圣人之大度;今赫六师之怒,示天讨之无私。爰简元戎,分参硕画,统吉林之劲旅,电掣榆关;练川蜀之土屯,星驰井络。阴崖卷甲,指美诺而开牙;密箐飞书,扫独松而置壁。螳臂当而辙烂,鼯(wú)鼠跃而技穷。铲叠嶂之千寻,地鸣鼓角;驾悬流之万仞,雷震碉楼。罗博瓦鸟道先登,康萨尔羊肠直捣。早洗荡勒乌围之地,旋扫犁科布曲之区。三窟狐空,一车槛送。六军铙吹,新翻巴渝之歌;百姓壶浆,**争献郫筒之酒**。是皆我皇上独持庙算,广运神威,金镜在悬,万里之山川如绘;太阿手握,九天之步伐先颁。仰纯佑于昊苍,逋囚斯得;荷成功于烈祖,险隘胥平。玉检金泥,诏出九华之赐;彤弓卢矢,爵加五等之封。喇嘛寺之功勋,铜柱燕然,并纪紫光阁之画像。云台麟阁,俱传宝瓮恒春,萃欢心而承大庆;瑶光贯昴(mǎo),摅众志以集鸿禧。随于凯奏之期,举行郊劳之典。巡先二月,虞廷修辑瑞之仪;岳长五宗,周颂纪怀柔之盛。展受脤(shèn)于在泮,肃柴望于升中。免一路之租庸,春祺广被;添中阿之选俊,化泽均沾。舟泛津门,暖日映桃花之浪;马嘶上苑,和风吹杨柳之旗。冠带簪绅,咸切观光之志;休离僸(mò)佅(jìn)任,益昭同轨之休。

　　臣昔备中枢,常游禁苑。洒三春之丽藻,珥笔多惭;缅九伐之明威,櫜(gāo)

弓有庆。仰圣心之虚伫，不侈夫银瓮金船；阐帝世之休征，何羡乎白狼朱鹭。爰拜手稽首而为。

颂曰：

于铄王师，桓桓神武。震伐不庭，罙(shēn)入重阻。
赫赫振振，如罴如虎。彼岨金川，有截其所(jū)。
蠢兹蛮服，天辟蚕丛。悬流百折，绝蹬千重。
蛛集鸟外，蚁垤云封。恃险骄棘，狂孽萌凶。
自昔披猖，弄兵幽介。寥廓无垠，置诸度外。
曾是不惩，狡踵故态。匪怵以威，用作戎戒。
帝赫斯怒，披图简卒。乃命元臣，致诛天末。
七校迅腾，五丁欻(xū)忽。越壑挥戈，超林悬罚(fá)。
嗟尔逆丑，狙合阴离。苟顺而抚，莫逆不来。
其顽可诛，其愚可悲。既剿绝之，又生擒之。
王用三驱，义昭显比。何为彼昏，自取殄(tiǎn)殪(yì)。
鼎假游鱼，穴矜虫臂。旋见焚巢，豨(xī)突内奰(bì)。
天网宏顿，神武丕宣。载扼其吭，载截其肩。
脱角挫脰(dòu)，破锐摧坚。捷书七日，达于甘泉。
延禧肇庆，归善慈宁。香清岱麓，瑞集椒屏。
迈古封禅，大猷是经。炎风朔雪，来享来庭。
惟天惟祖，神祇昭示。展谒升中，崇仪攸备。
属车所临，膏泽广被。懋赏懋官，逮于有位。
五年用兵，劳兹将士。疏爵普酬，旗常载纪。
振旅言旋，人歌采芑。饮至策勋，六军燕喜。
控御无极，声教远扬。廓清岭隘，净扫蛮方。
标营分驻，屯牧蕃昌。异域稽颡，永靖边防。
神谋宥密，惟断乃成。决胜万里，阃外遵行。
云烟图象，宠锡殊荣。对扬休命，翼卫升平。
皇帝威棱，昭于万国。健笔摩霄，铭兹金石。
骏烈无疆，鸿勋有赫。大化覃敷，沐日浴月。

舞千格羽，追唐轶虞。华平植圃，萐(shà)蒲生厨。

灵台偃伯，却马兴锄。于万斯年，敉(mǐ)宁九区。

【作者简介】 彭启丰（1701—1784），字翰文，号芝庭，又号香山老人。长洲（今江苏苏州）人。①

雍正五年（1721）进士，授翰林院修撰。乾隆七年（1742），迁通政使。二十八年，累迁至兵部尚书。②

工诗文、书法、绘画。有《芝庭诗文集》。③

不 寐

清·边中宝

辗转难成寐，支颐永夜中。
乡情千里月，诗思五更风。
影扬当窗竹，声传远寺钟。
那堪时病肺，**许久忌郫筒**。

漫 题

清·边中宝

书台几日下吾丘④，五载邗江汗漫游。
栩蝶蘧周俱幻化，妻梅子鹤亦风流。
郫筒抛去辞贤圣⑤，缃帙披来宛应求。

---

① 吴海林，李延沛. 中国历史人物生卒年表 [M]. 哈尔滨：黑龙江人民出版社，1981.
② 郑天挺，吴泽，杨志玖. 中国历史大辞典 [M]. 上海：上海辞书出版社，2000.
③ 吴海林，李延沛. 中国历史人物辞典 [M]. 哈尔滨：黑龙江人民出版社，1983.
④ 《竹岩诗草》（清乾隆四十年刻本）载本诗，注云："丘'任邱有吾丘'寿王读书台旧址。"
⑤ 《竹岩诗草》（清乾隆四十年刻本）载本诗，注云："时因病戒酒。"

百岁随缘堪自适,董园何必不莵裘。

【作者简介】边中宝(生卒年不详),字识珍,号竹岩。直隶任丘(今属河北沧州)人。

雍正癸卯(1723)拔贡,乾隆戊午(1738)举人。官顺天、遵化学官。

有《竹岩诗草》《珍珠泉》。①

春日还成都作

清·葛峻起

风光喜见锦城春,漠漠轻烟柳色新。
几处竹园侵野岸,数声小语唤游人。
故乡节物遥堪忆,异地繁华亦可亲。
闻道郫筒酒初熟,浣花溪畔好逡巡。

【作者简介】葛峻起(生卒年不详),字眉峰。河南虞城人。②

雍正十一年(1733)进士,乾隆十五年至乾隆十八年(1750—1753)任四川学使。

送李少白孝廉

清·郭起元

桃花烂熳梨花香,黄鹂紫燕交纷忙。
东风吹画浑欲醉,李生忽尔歌河梁。
李生得名二十载,短琴长剑横湖海。

---

① (清)何崧泰、史朴. 遵化通志. 清光绪十二年刻本.
② 潘殊闲,罗健勇,曾晓娟. 都江堰文献集成:历史文献卷(文学卷)[M]. 成都:巴蜀书社,2018.

陈遵任侠老犹豪，阮籍疏狂贫不改。
东西南北尽人区，蒲海滇池天一隅。
史迁尚未穷闽粤，漫说名山长着书。
春堂夜半飞香雨，帝乡万里明朝去。
甘泉有赋似扬雄，前席何年逄(páng)汉主。
帝乡自昔有金台，甲第如云迤逦开。
可怜郭隗仍伏枥，壮心欲往空橐里。
李生有弟初从政，一行往作临邛令。
邀君同上木兰舟，波涛阅尽城如锦。
蜀山鼓铸卓王孙，万指家僮无与伦。
区区钱虏名在口，卧龙跃马今何存。
临风怀古歌还泣，数寸黄须森短戟。
兴酣立就诗百篇，相如已死谁能识。
浮云世态自纷纷，哀乐无如酒半醺。
见说郫筒芬扑鼻，当垆可复遇文君。

【作者简介】郭起元（生卒年不详），字复斋。福建闽县（今福建福州）人。

雍正年间廪生。乾隆元年（1736），举博学宏词科，未就。五年，刑部侍郎周学健视学闽中，郭起元以贤良方正授安徽舒城知县，后转桐城、盱眙知县及泗州知州等职。[①]

有《介石堂诗文集》《介石堂水鉴》等。

偶　题

清·李继圣

仙翁箕踞白云深，尺幅苍茫几万寻。
雷电不惊闲卧眼，江河难泄静藏心。

---

① 汤开建. 利玛窦明清中文文献资料汇释［M］. 上海：上海古籍出版社，2017.

郫筒酒贮青莲少，函谷经无紫气沉。

应许疏狂图小李，为扶藤杖伴登临。

【作者简介】李继圣（生卒年不详），字希天，号振南，自谓抱雄儿。湖南常宁人。

雍正二年（1724）举人。遍游晋、赵、齐、鲁等地。曾任江西万年县令，又调广丰县。为人所嫉，被诬落职，遂不复仕。① 晚年掌教石鼓书院，主张"读书当不落古人边际，为文当自出机杼"。

有《春秋经传合解》《尚论编》《寻古斋文集》《寻古斋诗集》等。

雨后偕黄石涛陆高千陈玑先饮梅花下

清·任端书

潇潇巫峡雨，轻入好花枝。

冷蕊红偷注，疏香淡未吹。

已怜清照影，兼与细催诗。

一取郫筒醉，何愁倒接䍦。

【作者简介】任端书（1702—1740），字进思，号念斋。江南镇江府溧阳县（今属江苏常州）人。②

乾隆二年（1737）进士，授编修。以丁忧归，不复出。

诗才宏富，自少至老，足迹半天下，而得之燕、赵、秦、蜀山川气为多。③ 有《南屏山人诗集》。④

---

① 湖南省地方志编纂委员会. 湖南省志第三十卷·人物志 [M]. 长沙：湖南出版社，1992.
② 程永涛，倪晓建. 状元诗榜眼诗探花诗·清朝卷 [M]. 北京：昆仑出版社，2009.
③ 中共北京市东城区纪律检查委员会，北京市东城区监察局. 要留清白在人间——历代诗人咏于谦 [M]. 北京：中国方正出版社，2014.
④ 程永涛，倪晓建. 状元诗榜眼诗探花诗·清朝卷 [M]. 北京：昆仑出版社，2009.

叠韵和周甥岂凡_{宗杰}秀才·其三

清·金甡

此行两地慰瞻依，过我偏教暂缓归。
为待对床完校勘，恰宜连步侍庭闱。
岷峨不惮间关久，吴越宁嫌咫尺违。
见说邮筒沽亦少，且濡渴吻趁觥飞。

【作者简介】金甡（1702—1782），字雨叔，号海住。仁和（今属浙江杭州）人。①

乾隆七年（1742），会试、殿试均为第一，授翰林院修撰，三迁至侍讲学士。二十二年，直上书房，擢詹事，再迁礼部侍郎。三十九年，以疾归。

其诗每寄寓劝诫之意。② 有诗集《金状元诗墨》（又称《今雨堂诗墨》）。

赠程衡北明府之官保县

清·齐召南

彩笔多时辇下传，铜章新绾向西川。
地当白马青羌塞，星悬天彭井络缠。
山色卷帘开画障，江声环郭答琴弦。
遥知报最趋朝日，**饷我邮筒及蜀笺。**

【作者简介】齐召南（1703—1768），字次风，号琼台，晚号息园。浙

---

① 王志杰. 中华金氏录 [M]. 西安：三秦出版社，2015.
② 周腊生. 清代状元奇谈·清代状元谱 [M]. 北京：紫禁城出版社，1994.

江天台人。①

雍正七年（1729）己酉科乡试中副车。十一年，举博学宏词，以副榜贡生被荐。乾隆元年（1736），廷试二等，选庶吉士，授翰林院检讨。②八年，擢右中允，再升至侍读学士，充日讲起居注官。十三年，充会试同考官，入直上书房。迁内阁学士，兼礼部侍郎。历充《大清一统志》《大清会典》《续文献通考》纂修官及副总裁。晚年主讲于蕺山、敷文诸书院。③

齐召南博闻强识，天才敏捷，诗、文援笔立就，晚喜集句，集李、杜、韩、苏诗，如出一手。有《水道提纲》《历代帝王年表》《明鉴前纪》《宝纶堂文钞》《宝纶堂诗钞》《和陶百咏》等。④

郫县道中

清·刘绍攽

追逐上公后，初从锦里轺。
重重芳树近，曲曲野泉遥。
菜甲黄云浦，柳阴白板桥。
邮筒如可忆，不惜醉今宵。

【作者简介】刘绍攽（1707—1778），字继贡。西安府三原县（今属陕西咸阳）人。清代经学家。

雍正中以诸生荐为什邡知县，调南充知县，举博学宏词。官至知州，所到皆有政声。⑤

工于诗和古文，喜讲古音及算学，熟悉古代史实和当朝典章制度。有《九畹集》及《周易详说》等。

---

① 吴海林，李延沛. 中国历史人物辞典［M］. 哈尔滨：黑龙江人民出版社，1983.
② 马良春，李福田. 中国文学大辞典［M］. 天津：天津人民出版社，1991.
③ 傅璇琮，许逸民，王学泰，等. 中国诗学大辞典［M］. 杭州：浙江教育出版社，1999.
④ 傅璇琮，许逸民，王学泰，等. 中国诗学大辞典［M］. 杭州：浙江教育出版社，1999.
⑤ 中国人民政治协商会议，陕西省咸阳市委员会文史资料委员会. 咸阳历代文化人物名录：咸阳文史资料第十一辑［M］. 西安：三秦出版社，2016.

泛舟锦江

清·钱载

相留作嘉会，相邀出华阳。
心在海棠楼，身过碧鸡坊。
双流爱江流，回风荡晴光。
此水下扬州，万里邻吾乡。
锦官住何许，锦院机几张。
有井访薛涛，有岸穿修篁。
翠阴森自合，午景高为凉。
且缓送郫筒，汲之冽可尝。
濯锦既以鲜，制笺复以香。
行行扣兰楫，聊试吴歈长。

【作者简介】钱载（1708—1793），字坤一，号箨石、匏尊，晚号万松居士。浙江秀水（今属浙江嘉兴）人。清中叶秀水诗派的领军人物。

雍正十年（1732）副榜贡生，举博学宏词科。乾隆十七年（1752）进士，选庶吉士。官至礼部左侍郎。[①]

其诗宗杜甫、韩愈，风格清新巉刻，七律成就尤著。有《箨石斋诗文集》。[②]

介亭送别舟中·其二

清·张开东

城外阴风接，天涯此际分。

[①] 傅璇琮，许逸民，王学泰，等. 中国诗学大辞典［M］. 杭州：浙江教育出版社，1999.
[②] 钱仲联，傅璇琮，王运熙，等. 中国文学大辞典［M］. 上海：上海辞书出版社，1997.

行灯明不定，谯鼓暗相闻。
早去缄金钥，春来看翠云。
邮筒清酒足，莫恨雪纷纷。

【作者简介】张开东（1713—1781），字宾阳，号白莼、青梅居士。湖北蒲圻（今湖北赤壁）人。

乾隆二十七年（1762）贡生，曾任蕲水训导。

擅长诗词书画。有《白莼诗集》。

和倪敬堂紫藤花诗用勾山先生元韵

清·周煌

手植孤根岁几何，东君来去等流梭。
雕阑护后经风少，玉斧修来得月多。
垂袖有人同旖旎，佩壶无客独婆娑。
何当一醉繁英下，**免忆邮筒过绿萝**。

【作者简介】周煌（1714—1785），字景垣，号绪楚、海山。涪州（今重庆涪陵）人。

乾隆二年（1737）进士，选庶吉士。历官翰林院编修、侍讲学士、内阁学士、礼部侍郎、江西学政、刑部侍郎、兵部侍郎、浙江学政、工部尚书、兵部尚书、左都御史等，加太子少傅。卒谥文恭。[①]

周煌学博而精，工诗善书。有《应制集》《海东集》《豫章集》《湖海集》《蜀道吟》《海山存稿》《琉球国志略》等。

---

① 四川省作家协会蓬溪创作基地，蓬溪县文学艺术界联合会，蓬溪县蓬山诗词学会. 千年逸响：蓬溪诗词史略 [M]. 北京：中央文献出版社，2008.

同西颢江皋循初集香雨庙试百花酒分韵得一东

清·查礼

浅酌兰陵美,光争琥珀红。
传来自铁瓮,**较昔胜郫筒**。
味必中冷酿,贪知庆井空。
醉时更漏静,雨过响蕉丛。

郫 县

清·查礼

行行桤树引官程,望里平田到眼明。
水逼云回扬子宅,春随人入杜鹃城。
漫羞白发身仍健,较喜红灯梦易成。
县酒连筒湮古制①,市醪味薄亦堪倾。

周百川大令重新郫筒旧井余为题诗于桐花轩

清·查礼

郫井已久塞,百年无绠汲。
空思酿郫筒,一醉酴醾汁。
周侯放衙余,慨此荒凉区。
凿池更穿井,筑亭兼结庐。
我来夏入伏,豁然爽心目。
轩窗试一临,顿消尘万斛。

---

① 《铜鼓书堂遗稿》(清乾隆查淳刻本)载本诗,注云:"郫筒酿酒,今失其传。"

碧梧闲苍松，青翠纷修竹。
桐花凤虽遥，好鸟时往复。
吟情觉渐增，欲去竟未能。
停云洒疏雨，烟暗夜然灯。
尽说宦游好，好事偏易了。
贵有去后思，岂图在醉饱。

【作者简介】 查礼（1716—1783），又名学礼，字恂叔，号俭堂、榕巢、铁桥。顺天府宛平县（今属北京丰台）人。①

乾隆元年（1736），应博学宏词科，报罢。以资授户部主事，拣发广西，补庆远同知。十八年，擢太平知府。四十四年，授四川按察使。四十五年，迁四川布政使。四十七年，擢湖南巡抚。

《晚晴簃诗汇》评查礼云："少作类皆清新婉约，出自性灵。服官后之作，才气骏发。……盖诗以境殊，非复吟风弄月之旧矣。"有《铜鼓书堂遗稿》。②

寄西川方伯徐芷亭同年五十四韵

清·袁枚

鹏翼三千里，霓裳十九年。
斯人敦古谊，旧雨最周旋。
饮罢江南水，恩来蜀道天。
屏藩龙节重，玉斧绣衣鲜。
帝爱文翁化，人思邵伯贤。
道行堪莞尔，远别转凄然。
烧尾蓬池后，回轮弱水前。
记尝千日酒，同惹一炉烟。
手学飞龙字，歌翻棨木篇。

---

① 吴海林，李延沛. 中国历史人物辞典［M］. 哈尔滨：黑龙江人民出版社，1983.
② 钱仲联，傅璇琮，王运熙，等. 中国文学大辞典［M］. 上海：上海辞书出版社，1997.

早朝清漏动，月朔课期传。
灯借徐吾壁，街扬祖逖鞭。
双栖鸡树侧，游戏濯龙渊。
王俭芙蓉幕，徐陵玳瑁筵。
有花皆共赏，无月不同圆。
上苑香车斗，宫袍蜀缬缠。
通家来娣姒，华屋语婵娟。
尔我忘形极，妻孥乐事偏。
为迟儿绕膝，各想妾随肩。
濡蜡仍呼酒，烧兰更擘笺。
九霄风震荡，一日事推迁。
海没神山影，枝分太华莲。
我亲刀笔吏，君督水衡钱。
喉舌分昙首，池塘梦阿连。
相看飞鹢退，同作厉人怜。
俸寄黎阳土，书交计吏船。
人天情渺渺，缟纻意悬悬。
已见肱三折，重鸣鼓两甄。
武安仍起病，乐毅再游燕。
坎坎能酤我，泠泠续抚弦。
秦关秋万里，农部梦三鳣。
鹿帻仍栖洞，貂冠独耀蝉。
崆峒章贡岭，皖口大龙巅。
草木威名重，阳春玉律宣。
停骖来建业，访旧到林泉。
碧水金鞍照，红旗翠柳牵。
远山遥对酒，好句赠如仙。
回首钧天梦，难忘香火缘。
松高青似旧，瓦贱壁难联。
谕蜀相如去，拥旄严武专。
巴渝新舞曲，夔府旧山川。
叱御惊桐凤，笼街杂杜鹃。

郫筒盛蒟酱，骠鸰辟丁零。

栈道初飘桂，新霜正折棉。

材应储杞梓，德可化鹰鹯(zhān)。

雨露银钟沃，功名铜柱镌。

依然丹禁笔，还作太宫椽。

有客南河畔，含情北斗边。

孤云心倦矣，戴笠意终焉。

沈氏郊居赋，方家泊宅编。

哦松朝掩卷，种漆暮锄田。

望气私心祝，看云终日眠。

遥知寻杜甫，未免忆焦先。

潮折终归海，风轻只坠鸢。

何时蒋生径，重挹故人旃。

【作者简介】 袁枚（1716—1798），字子才，号简斋，晚年自号仓山居士、随园主人、随园老人，世称随园先生。钱塘（今浙江杭州）人。诗论家、诗人、散文家、美食家。袁枚与赵翼、蒋士铨合称"乾嘉三大家"（"江右三大家"），与赵翼、张问陶并称"性灵派三大家"。"清代骈文八大家"之一。袁枚文笔与大学士纪昀齐名，时称"南袁北纪"。

乾隆元年（1736），举博学宏词科，报罢。四年，中进士，选庶吉士，不久外放江南，先后任溧水、江宁等地知县。十四年，托病辞官，卜居江宁小仓山的随园。

袁枚倡导"性灵说"，主张诗文创作应该抒写性灵，即写出诗人的个性，表现真情实感。有《小仓山房文集》《随园诗话》《随园诗话补遗》《随园食单》《子不语》《续子不语》等。

十二峰

清·李芝

长江万里走峨岷,连山抗手争嶙峋。
玉垒岷峨泄未尽,巫山十二会群真。
森森笋立几千丈,纵有仙梯无可上。
云雨仿佛难为容,各自雄长不相让。
一峰卓然无可同,回光倒射冯夷宫。
有如端拱坐清殿,群侯奔走朝西东。
一峰袅妙如欲语,疑是天阶降神女。
灵风恍惚踏波来,何处潇湘去行雨。
左右数峰益奇绝,壁立嵌空淬寒铁。
阴壑长留太古云,阳岩尚贮千年雪。
其余可象无端倪,波光日气浮玻璃。
帆樯贾客频来往,何殊瓮底坐醯鸡。
我欲骑龙到沧海,琼楼十二纷杳蔼。
谁为此地凿珑玲,无人直上叩真宰。
天风瑟瑟水茫茫,兰台何处吊襄王。
长空飞鸟不可度,望帝一去天沧凉。
如此江山逢一偶,更欲乘风摘星斗。
推篷时酬郫筒酒,峡涛寒听蛟龙吼。

【作者简介】李芝(1717—1784),字瑞五、鹤田,号吉山、职思居士。富顺自流井(今属四川自贡)人。

乾隆三年(1738)举人,十三年进士。历官山东招远、湖北宣都等县知县。与富顺县知县段玉裁纂有《富顺县志》。①

---

① 王培荀. 听雨楼随笔 [M]. 成都:巴蜀书社,1987.

答同年赵云松 时同在大经略傅公幕下

清·孙士毅

天南消息未投戈，与尔羞称曳落河。
孔雀梳翎风幂䍦（mì lì），槟榔遮径雨曼陀。
悲歌独夜飞书急，话旧炎方战骨多。
相对邮筒如梦寐（cuì），五更氆帐又吹螺。

寄希斋司空西藏·其五

清·孙士毅

桑落腾觚判夜分，河梁慷慨赋离群。
浣花溪畔勾留客，**酒熟邮筒定忆君**。

【作者简介】孙士毅（1720—1796），字智冶，号补山。仁和（今属浙江杭州）人。①

乾隆二十六年（1761）进士。二十七年，授内阁中书。五十一年，擢两广总督。五十六年，授吏部尚书、协办大学士。次年，授文渊阁大学士。六十年，署四川总督。嘉庆元年（1796），卒于军中。②

有《百一山房集》。

---

① 吴海林，李延沛. 中国历史人物生卒年表 [M]. 哈尔滨：黑龙江人民出版社，1981.
② 郑天挺，吴泽，杨志玖. 中国历史大辞典 [M]. 上海：上海辞书出版社，2000.

郑观察静山先生录寄于役鱼通诗
并赐别后奉怀之作即事成七律一首

清·李苞

先生旌斾莅西戎,毳幕毡墙间土风。
诗补大荒经未备,文烦重译语能通。
此行暂作天涯客,已去犹怜塞上翁。
至味寄来虽淡泊,**细尝元酒胜郫筒**。

送刘云峤同年赴选

清·李苞

入蜀君在前,留蜀我在后。
送君从此去,不忍遽分手。
蜀道古称难,六月今行走。
红尘入长安,慎勿弃敝帚。
身披鹅溪绢,**心忆郫筒酒**。
他日双飞凫,再到西川否。

【作者简介】李苞(生卒年不详),字元方。狄道(今甘肃临洮)人。乾隆癸卯(1783)举人,历官山东盐运司运同。有《敏斋诗草》《巴塘诗草》。

送狄同年思和咏麓之官成都·其二

清·王昶

云树三巴路，烟波万里桥。
锦官余故迹，玉垒识前朝。
蜀纸书难寄，**邮筒酒易销**。
邮程凝望远，有梦逐征轺。

寄查观察恂叔·其四

清·王昶

杜陆清才万古传，敢夸诗笔斗前贤。
江山寥落身将老，戎马间关病未捐。
远道惊心悲陟屺(qǐ)，余生回首念归田。
只应共醉邮筒酒，欲诉牢愁更惘然。

残夜过郫城小憩南明官舍把酒惘然述旧抚今辄成十绝

清·王昶

抛掷江乡水竹绿，飘零薄宦滞西川。
谁知蕉萃枫江客，惨缘当时最少年。

射雉城西木叶凋，一樽风雪晚萧萧。

如何东阁凄凉梦，又在清江万里桥。①

衰老浑如病叶零，怜君双鬓尚青青。
观河面皱谁能识，差喜乡音剪烛听。

小雪轻冰逼岁除，蜡梅花向胆瓶舒。
忽思翻袜庵居士，宿火清斋写梵书。②

短几虚棂录曲床，残僧风味尽苍凉。
也无人向重帘底，拥髻挑灯说故乡。③

香楠万本隔荒陬，瘴雨蛮烟术客愁。
阅尽千山筇杖底，何人碑版记西楼。

草檄谈兵绝徼趋，如雷炮石万人呼。
谁堪更向巴渝路，满目干戈着腐儒。

南蛮定后又西戎，绝域分明指顾中。
料得据鞍吟啸处，雪山云海荡晴空。

十七年前七字诗，最怜白石有清词。
征衣如雪年年浣，又是天涯岁暮时。④

虎头无复问封侯，垂老心情忆故丘。
安得乡园老兄弟，青蓑同上钓鱼舟。

---

① 《春融堂集》（清乾隆四十年刻本）载本诗，注云："南明与予在如皋官舍中聚处最久。"
② 《春融堂集》（清乾隆四十年刻本）载本诗，注云："时出山舟侍讲所书《贤首经》见示。"
③ 《春融堂集》（清乾隆四十年刻本）载本诗，注云："南明内子已归吴下，而细君亦留叙州衙斋，盖如水也。"
④ 《春融堂集》（清乾隆四十年刻本）载本诗，注云："南明曩以白石道人绝句书扇见赠，追忆及之。"

【作者简介】王昶（1724—1806），字德甫、琴德，号述庵、兰泉。祖籍浙江兰溪（今属浙江金华），客籍江苏青浦（今上海青浦）。①

乾隆十九年（1754）进士，官至刑部右侍郎，授光禄大夫。②

有《春融堂集》《金石草编》等。

至日山神沟作

清·赵文哲

枯崖枯尽不回春，无蕊苔梅已作薪。
万里冰霜长至日，四年戈甲未归人。
蜀笺擘处军书亟，**郫酒传来驿递频**。③
犹有余生赐环后，鼓笳声里望枫宸。

同年朱子颖太守远访军中行帐话旧有感作

清·赵文哲

阵云颓空溪水吼，炮火横飞大于斗。
白头自甘枕戈甲，宁料此间握君手。
忆君召对在御苑，询及先臣霁颜久。
奉诏作画群公惊，盘礴一挥笔如帚。
闻君昨岁游峨眉，伏虎岩前掉臂走。
佛灯悬处照无寐，欲借禅床穴双肘。
君今踪迹更奇绝，闲作寓公谢官守。
夕烽连山箭满眼，君不来观亦无咎。
君言壮志虽渐衰，未肯帷车学新妇。

---

① 许嘉璐. 传统语言学辞典 [M]. 石家庄：河北教育出版社，1990.
② 许嘉璐. 传统语言学辞典 [M]. 石家庄：河北教育出版社，1990.
③ 《娵隅集》（清乾隆五十四年刻本）载本诗，注云："时有饷以郫酒者。"

蜀中边患我颇悉，如掣鲸鲵归敞笱(gǒu)。
十年养痈不一决，俞扁之工亦何有。
军兴百事如猬毛，又苦呫嗟思办取。
可怜转粟十万夫，尽是春田把锄耦。
臣甫北征愤最切，臣结春陵意偏厚。
南台病起匹马行，不独军容观细柳。
借筹应作李左车，剧孟何堪挂君口。
相逢剪烛话未已，**却恨郫筒难致酒**。
与君论交在夙昔，风节相期颇不苟。
战场两处所见同，瘴海三年得生偶。
军旅之事虽未学，出入兵间得八九。
惟圣有训战必慎，行兵所戒胜毋狃。
参军长揖敢自傲，万感横胸郁堆阜。
夜来偏师肄贼垒，裹血人归认谁某。
终生长缨今在否，上阵何时缚小丑。
毡庐风雪对叹息，错比剡溪来访友。

【作者简介】 赵文哲（1725—1773），字损之，号璞函。高行镇（今属上海）人。① 以诗文书法著名，"吴中七子"之一。

乾隆二十七年（1762），召试钦赐举人，授内阁中书，军机处行走。三十三年，受两淮运盐引案牵连被革职。后复起用，升户部主事。三十八年，木果木之战，从温福死难，入祀昭忠祠。

其诗长于古体，其词多写景咏物，境界苍凉开阔。吴嵩梁谓其诗"清而不佻，华而不缛，壮而不粗，哀而不激"②。有《媕雅堂诗集》《娵隅集》等。

---

① 马良春，李福田. 中国文学大辞典［M］. 天津：天津人民出版社，1991.
② 钱仲联，傅璇琮，王运熙，等. 中国文学大辞典［M］. 上海：上海辞书出版社，1997.

咂酒诗为周海山煌先生作

清·蒋士铨

地炉暖深瓮,酒香生座隅。
缓火生融融,髲(bì)发看浮蛆。
截竹为留犁,露颈没其趺。
主客次第尝,吸之咽徐徐。
中通风过箫,暗引乐出虚。
注泉便作醴,仙酿逡巡如。
瓮面白水添,瓮底醇醪储。
贯糟出沉齐,气体成须臾。
枳橘性则一,泾渭源岂殊。
神丹变兼金,黄芽转河车,
物理可旁悟,速化然非欤。
再拜求酿法,酒经愿笺疏。
粳稻谷粱稷,皆可鞠蘖俱。
和以众露香,若点塞上酥。
百花归蜂衙,五金同一炉。
至味咂乃出,浅尝得其粗。
蜀有云安春,**复有郫筒酤**。
可惜少陵翁,取醉徒咨且。
东坡不解饮,真一堪卢胡。
苟啖道士蜜,宁发调水符。
浙人尚越酿,六载糟邱居。
今夕换别肠,沉湎不愿余。
只疑虹首垂,又疑斗柄椈(jū)。
底须吸西江,欲续无功书。
久出醉翁门,才识涪溪醹(rú)。

彭宣醮(jiào)侯芭,是皆圣人徒。

百字令·送徐荝山宰永川

清·蒋士铨

冰衔墨绶,是螭蚴(yòu)领赐、圣恩除与。天念文翁富儒术,教种锦城花去。诗辟蚕丛,名题剑阁。官是神仙侣。川分巴字,县门清澈如许。

好趁江水平安,楼船稳便,迎到康宁母。仕女搴(qiān)帷父老拜,想见壶将盈路。**酒酌郫筒**,鱼烹丙穴,再试斑斓舞。尊前上寿,南陔笙曲全补。

【作者简介】蒋士铨(1725—1785),字苕生、心余(亦作辛畬、心畬、新畬),号藏园、清容居士,晚号定甫。江西铅山(今属江西上饶)人。戏曲家、文学家,与袁枚、赵翼合称"江右三大家"。

乾隆二十二年(1757)进士。历任翰林院编修、《续文献通考》纂修官、国史修撰等。

以诗词、散文著称于世。论诗重性情,主张直抒胸臆,不摹拟古人,又强调温柔敦厚之旨,风格质朴,笔力坚劲。有《忠雅堂诗集》《忠雅堂文集》等。①

题醒园图·其二

清·吴璜

翰林奉使诗曾和,太守来游画擅长。
好赉郫筒多酌我,当筵一效次公狂。

---

① 胡敬署,陈有进,王富仁,等. 文学百科大辞典 [M]. 北京:华龄出版社,1991.

【作者简介】吴璛（1727—1773），字方甸，号鉴南。山阴（今浙江绍兴）人。①

乾隆年间进士，历官湖南、四川等地知县、知州。乾隆三十七年（1772），朝廷用兵金川，吴璛奉诏筹措粮秣。次年，督率粮队赴前哨军营，途中遇袭被杀，入祀昭忠祠。

吴璛好作苦吟，一字不安，至废寝食，一时名流多与酬唱，人称其有诗癖。王昶《蒲褐山房诗话》称其诗"春容庄雅，而才气自不可遏"。有《黄琢山房集》《苏门纪游》。②

璞函有诗见寄依韵奉答·其三

清·赵翼

幕府群推借箸优，也须熟虑发奇猷。
狂生曾唱公无渡③，劲旅终资将在谋。
邛竹杖轻行作伴，**郫筒酒美醉堪侯**。
兼将井络天彭胜，增咏新诗入选楼。

用璞函韵寄述庵兼柬松茂观察查俭堂·其一

清·赵翼

故人得见未嫌迟，万里相违本不期。
官罢杜陵犹作客，才高文举直呼儿。
来经铁索滇桥路，**去酌郫筒蜀酒卮**。
玉帐术中需赞画，喜君犹未鬓成丝。

---

① 任宝根. 鲁迅故乡的名人 [M]. 四川峨眉：西南交通大学出版社，1988.
② 钱仲联，傅璇琮，王运熙，等. 中国文学大辞典 [M]. 上海：上海辞书出版社，1997.
③ 《瓯北集》（清嘉庆十七年湛贻堂刻本）载本诗，注云："谓前岁议戛鸠渡江事。"

阅绥寇纪略书蜀乱遗事·其一

清·赵翼

不信人间浩劫尘，一群屠伯毒峨岷。
后房奏乐身无首，白昼骑墙鬼瞰人。
杀运自然生剧贼，兴朝仍不列功臣。①
谁知今日蕃昌景，**蜀锦郫筒万象春**。

【作者简介】赵翼（1727—1814），字耘菘，号瓯北。江苏阳湖（今属江苏常州）人。② 史学家、诗人、文学家，与袁枚、张问陶合称清代"性灵派"三大家。

乾隆十五年（1750）中举。十九年，考授内阁中书。次年，补授中书舍人。二十一年，入直军机处。二十六年，中进士，授翰林院编修，纂修《平定准噶尔方略》等。三十一年，任广西镇安知府。后任贵州贵西兵备道。三十八年，辞官，主讲安定书院。

赵翼论诗重"性灵"，既主性情，又注重天赋灵性和创新。其诗题材、风格多样，以五言古诗最具特色，晚年多忧国忧民之作。有《瓯北诗话》《瓯北诗集》等。长于史学，考据精核，与钱大昕、王鸣盛并称清代考据学派三大家；其史学著作《廿二史札记》，与钱大昕的《廿二史考异》、王鸣盛的《十七史商榷》合称"清代三大史学名著"。

鄠杜道中寄盩厔③杨大令

清·王开沃

来时朔雪去西风，回首文坛事已空。

---

① 《瓯北集》（清嘉庆十七年湛贻堂刻本）载本诗，注云："闯献为本朝先驱之资。"
② 门岿. 二十六史精要辞典 [M]. 北京：人民日报出版社，1993.
③ 盩厔：地名，今陕西周至。

二曲经过鸿影外,重阳消遣马蹄中。

何人束帛招楼望,昨日开尊失孔融。

为感交情怅离别,**一篇珍重寄邮筒**。

【作者简介】 王开沃(1727—?),字文山,一字子良,号半荠,一作半庵。镇洋(今属江苏太仓)人。

贡生,以才名主讲平阳龙河书院。乾隆五十五年(1790)起主讲陕西醴泉书院十余年,后主讲盩厔书院。

善诗,尤工词。曾补注程穆衡《水浒传注略》。有《蓝田县志》《重修盩厔县志》《永寿县新志》《文山诗集》《文山词稿》《妙林词》《半庵遗稿》等。①

九日集英少农独往园再送榕巢太守

清·吴省钦

紫陌分秋径,幽寻吾辈同。

屐冲干叶乱,帘卷好山通。

作郡谁将别,为园此独工。

登高来岁会,**有望寄邮筒**。

得王述庵考功军中书却寄·其三

清·吴省钦

渔庄归隐杳难同,峰泖(mǎo)文章两考功。②

不比军寮征杜老,尚烦礼殿订文翁。③

---

① 李峰,汤钰林. 苏州历代人物大辞典[M]. 上海:上海辞书出版社,2016.

② 《白华前稿》(清乾隆刻本)载本诗,注云:"彝仲官考功主事。"

③ 《白华前稿》(清乾隆刻本)载本诗,注云:"来书有倡修石室之属。"

吾循须鬓侵霜白，君对旌旗裹血红。
借问门生来捧檄，**亭前可复载郫筒**。①

【作者简介】 吴省钦（1729—1803），字冲之，号白华。南汇（今属上海浦东）人。

乾隆二十八年（1763）进士，选庶吉士，授编修。先后提督四川、湖北、直隶学政，历任礼部、工部、吏部侍郎，官至都察院左都御史。

工诗文，同乡好友王昶称其作诗取法杜甫、韩愈和苏轼。有《白华前稿》《白华后稿》《白华诗钞》等。

书崇庆州牧赠中宪大夫常公殉节录后

清·蒋日纶

留都钟杰士，蜀地表纯忠。
剑水声如咽，间山望益崇。
荆荣双树紫，杏掇一枝红。
才合登薇省，名偏阻蕊宫。
选人来北阙，作令赴西充。
地辟民犹古，官清狱自空。
珍曾辞蒟酱，**酒不醉郫筒**。
圣庙榱（cuī）题焕，书生既禀丰。
人方依众母，檄忽奉元戎。
叱驭驰驱急，从军意气雄。
唱筹能给饷，磨盾待书功。
逆竖俄中变，降蛮竟内讧。
起刀犹奕奕，致命岂匆匆。
舌与常山似，拳还卞令同。
裹尸虚马革，埋骨委蚕丛。

---

① 《白华前稿》（清乾隆刻本）载本诗，注云："谓鉴南。"

荫子天恩渥，升阶恤典隆。

碑留绵竹郡，祠傍浣花翁。

国史标名氏，良朋感始终。

遗诗传丽藻，实录纪英风。

毅魄千秋在，无须怅数穷。

【作者简介】蒋日纶（1729—1803），字金门，号霁园。河南睢州（今河南睢县）人。清代书画家。①

蒋日纶出身官宦世家，自幼饱读诗书。乾隆二十五年（1760）进士，选庶吉士。二十六年，授翰林院检讨，充任国史馆纂修官。转户科给事中，升礼科掌印给事中。先后充任顺天乡试、会试同考官，顺天府丞，大理寺卿，左副都御史，工部右侍郎等。

御房貂军储更费司农计肯但雍容赋早朝

清·朱黼

楚氛甚恶问何来，蜀道诚难古所哀。

重望严公收滴博，还思吴汉画云台。

嘉鱼已烂烹羹手，**郫酒休添饮血杯**。

露布有人磨盾作，不妨林下老樗材。

【作者简介】朱黼（1729—1811），字与村，号画亭。江苏江阴人。②

乾隆三十年（1765），朱黼献赋及画，蒙恩奖赐。是年拔贡，官沭阳教谕。六十年，任四川芦山知县。③

善画山水，得王翚风致。工诗，有《画亭诗草》《画亭词草》。④

---

① 白晓朗，马建农. 古代名人字号辞典［M］. 北京：中国书店，1996.

② 陈文新，鲁小俊，苗磊. 中国文学编年史·清前中期卷［M］. 长沙：湖南人民出版社，2006.

③ 龚斌，范少琳. 秦淮文学志［M］. 合肥：黄山书社，2013.

④ 赵永良. 无锡名人辞典［M］. 南京：南京大学出版社，1989.

立秋日亦园小集次虞京兆即事原韵·其二

　　清·胡季堂

何事秋来别兴牵，金风荐爽五云边。
时当快雨新晴后，人在冰壶玉映前。
共把郫筒开笑口，谁拈花韵耸诗肩。
不嫌革县督邮恶，好上闲亭醉月眠。

【作者简介】胡季堂（1729—1800），字升夫，号云坡。河南光山（今属河南信阳）人。

　　早年以荫补顺天府通判，后历任刑部员外郎、庆阳知府、甘肃按察使、江苏按察使、刑部侍郎、刑部尚书、山东巡抚、兵部尚书、直隶总督等职。卒赠太子太傅，谥庄敏。

夕次郫县和画庄

　　清·顾光旭

万马今归凯，前宵雨洗兵。
花开石犀浦，月上杜鹃城。
飞盖村笳动，疏林骑火明。
艰难经五载，**郫酒为君倾**。

由维州还成都道中杂咏·其五

　　清·顾光旭

杜鹃城外杜鹃啼，犀浦花开踏作泥。
欲向山公同一醉，**郫筒酒熟客东西**。

杜工部成都草堂同吴白华学使·其二

清·顾光旭

锦里栖栖者,东西南北人。
重逢黄阁老,一构白茅新。
客至郫筒远,堂成桤木春。
郊垧看小队,来往自频频。

次韵杜观察登雅州城楼·其三

清·顾光旭

秋风严道似深冬,况复征人路万重。
雁塞寄书如挟纩(kuàng),蚕丛转粟不妨农。
曾收天马葡萄熟,**欲醉郫筒琥珀浓**。
一昨巡行问田舍,荔支青处过巴賨。

【作者简介】顾光旭(1731—1797),字华阳,号晴沙,又号响泉。江苏无锡人。明代刚直之臣顾可久后裔。

乾隆十七年(1752)进士,历任户部主事、员外郎、浙江道监察御史、宁夏知府、平凉知府、甘凉道、四川按察司使等职。四十一年,告病辞官还乡。热心于地方公益事业,创办普济堂、御寒会,主持疏浚惠山的"天下第二泉",修葺学宫的明伦堂、进贤亭,重建海天亭、超然堂和崇安寺的文昌殿等。顾光旭主讲东林书院十余年,亲编讲义,培养众多人才。[①]

有《响泉集》《梁溪诗钞》。

---

① 马良春,李福田. 中国文学大辞典 [M]. 天津:天津人民出版社,1991.

题酒泉亭赠郫令牛萼亭鼎①

清·李调元

只知地下有,谁意在人间?
李白诗空好,刘伶去不还。
乱鸦啼柏树,老隶守柴关。
可似廉泉否?知君不赧颜。

平定金川恭纪·其八

清·李调元

千载声威感白题,九霄相率上丹梯。
垂杨绿到花卿庙,市杖青连竹女溪。
外译初尝郫县酒,内蛮先献普州梨。
阳关守吏如相问,家在邛崃西复西。

醒园桃李盛开简潘讱斋牧伯偕蒋参军同赏

清·李调元

频年踪迹似逾垣,老病逢春只避喧。
谁使蓬蒿开竹径,顿将桃李比芳园。
乡风共试郫筒酒,往日空游下泽辕。
更有海棠开烂熳,题词应续石湖言②。

---

① 酒泉亭位于郫县郫筒池(今郫筒井)。
② 《童山集》(清乾隆刻函海道光五年增修本)载本诗,注云:"范成大词:只为海棠,也合来西蜀。"

小屋西边偶凿池,水栽莲芡岸栽桤。
欣闻太守停骖马,顿使山人倒接䍦。
鱼跃晴波知迓客,鸟拳风叶听吟诗。
他年着个茅亭子,劝稼来时好挂颐。

【作者简介】 李调元(1734—1802),字羹堂,又字赞庵、鹤洲,号雨村,别号童山蠢翁。绵州罗江县(今属四川德阳)人。戏曲理论家、文学家、诗人。李调元与从弟鼎元、骥元以诗并称"绵州三李";与张问陶(张船山)、彭端淑合称"清代蜀中三才子"。

乾隆二十八年(1763)进士,选庶吉士。历任吏部文选司主事、考功司主事、文选司员外郎、广东学政、直隶通永兵备道尹等职。四十七年,因弹劾永平知府遭诬,被发配伊犁戍边。后以母老赎归故里,著述自娱。①

李调元早年即有诗名,其诗不假修饰,无所蹈袭。尤以写景之作为优。② 时人认为其诗足以同袁枚、赵翼相颉颃。蜀中著述之富,费密之后无与匹敌。著有《童山文集》《童山诗集》《雨村诗话》《蠢翁词》等,辑《全五代诗》、民歌集《粤风》,另有《诸家藏书簿》《诸家藏画簿》等;编辑刊印《函海》共30集,收书150种。李调元在戏曲理论方面也做出了重要贡献,所著《雨村曲话》《雨村剧说》是清代影响很大的戏曲评论著作。③

赠顾鉴沙

清·冯丹香

萧然巾杖寄墙东,万卷图书一亩宫。
不使琴樽虚岁月,惟余兰竹养春风。
寻诗屐印苔斑绿,点易砵分花影红。

---

① 刘波. 中国历代文化艺术名人大辞典 [M]. 北京:国际文化出版公司,1994.
② 马良春,李福田. 中国文学大辞典 [M]. 天津:天津人民出版社,1991.
③ 林同华. 中华美学大词典 [M]. 合肥:安徽教育出版社,2000.

羡煞先生清趣足，**愧无长物寄郫筒**。

【作者简介】冯丹香（生卒年不详），字燕山，号窦枝。浙江慈溪人。乾隆二十八年（1763）进士，补福建瓯宁知县，迁吉州知州。工诗善书，精草、行，笔法老健。有《杂钞》。①

送连城之官阆中·其四

清·朱孝纯

往古图经在，游云几辈停。
蜀江流不尽，**郫酒醉还醒**。
城郭环烟市，官衙对锦屏。
少陵祠庙在，为我问飘零。

郫筒井

清·朱孝纯

不为酒泉郡，而作酒泉游。
糟粕谁千古，乾坤此一沤。
空存郫邑酒，已失晋名流。
不识山公意，容予借拍浮。

---

① 乔晓军. 中国美术家人名辞典·补遗二编 [M]. 西安：三秦出版社，2007.

戊子重九至江阳武皋万明府座上作

清·朱孝纯

去马来舟岁月淹,江阳何意接高檐。
吟成楚些愁难语,**清澈郫筒酒亦廉**。
吾辈真如萍叶聚,人生惟有蔗浆甜。
疏狂废饮殊堪笑,又负霜华压帽檐。

壬辰灯夜过郫邑和王兰泉·其一

清·朱孝纯

一官去住早随缘,三载居诸感逝川。
愁对郫城春夜酒,客窗灯火自年年。

【作者简介】朱孝纯(1735—1801),字子颖,号思堂、海愚。东海(今山东郯城)人。①

乾隆二十七年(1762)举人。由四川筒县知县,历叙永同知、重庆府知府、山东泰安知府、两淮盐运使。②

朱孝纯善画,尤工山水,长于孤松怪石;工诗,风格豪放。有《海愚诗钞》。

---

① 车吉心,梁自絜,任孚先. 齐鲁文化大辞典 [M]. 济南:山东教育出版社,1989.
② 马良春,李福田. 中国文学大辞典 [M]. 天津:天津人民出版社,1991.

重葺浣花草堂落成

清·张邦伸

杜陵野老行歌处，市桥官柳花溪路。
何人为葺郭西堂，茅屋三重倚江树。
忆昔间关入益州，每依北斗望龙楼。
忠爱不忘唐社稷，诗篇直媲鲁春秋。
锦里十年归未得，弟妹飘零断消息。
春深时放江上船，卓午每戴山头笠。
一弯笼竹翠含烟，几树桤林青碍日。
出从田父饮村醪，归课儿童树鸡栅。
夜寒愁听杜鹃啼，江涨犹闻老蛟泣。
可怜身为稷契身，空悲戎马逐风尘。
郫酒嘉鱼尝已遍，南邻北舍为谁亲？
耒阳去后逾千载，白沙翠竹沦桑海。
堂前无复乌几存，门外惟有四松在。
只今庭宇增辉煌，海内诗坛孰与行。
瓣香欲下涪翁拜，时见文光射斗长。

【作者简介】张邦伸（1737—1803），字石臣，号云谷。汉州（今四川广汉）人。①

乾隆二十四年（1759）举人，会试大挑一等。历任辉县知县、光州州判、襄城知县等。《汉州志》载其治绩曰"政理民和，案牍清简"。②

作诗四千余篇，现仅存《云谷诗钞》八篇。有《全蜀诗汇》《唐诗正音》《绳乡纪略》《云栈纪程》《云谷文钞》《锦里新编》等。③

---

① 潘殊闲，罗健勇，曾晓娟. 都江堰文献集成：历史文献卷（文学卷）[M]. 成都：巴蜀书社，2018.
② 政协广汉文史资料研究委员会. 广汉文史资料选辑·第九辑 [M]，1987.
③ 陈友琴. 千首清人绝句校注 [M]. 杭州：浙江古籍出版社，2019.

武连坡

清·唐乐宇

我生自昔好奇险，梦魂往往浮云通。
身经蝉蜕附八翼，纵横万里排天风。
直上天门俯鹏背，尘寰下视青蒙蒙。
到此为之三叹息，枕边景象将毋同。
丹梯翠巘凌缥缈，蔽亏真欲无虚空。
昼冥合沓风雨集，娲皇坐叹亏元功。
波涛撞舂水石斗，幽壑下瞰冰夷宫。
路仄分寸不可过，步兵时复伤途穷。
逶迤绝顶忽夷垣，大千世界开群蒙。
趹趚马蹄粘土软，横铺细草青龙茸(méng)。
鹿径迷离隔远寺，清冷断续来霜钟。
几人惊定色惨沮，而我但觉心神融。
廿年飘泊饱阅历，饥驱四海随飞蓬。
世路悠悠那可定，云翻雨覆多奇踪。
眼底荣枯鸡与虫，牢愁踟蹰何时终。
帘影飘摇落照红，**茅店竟须沽郫筒**。
狂歌一曲酒一斛，不知月出东山东。

【作者简介】唐乐宇（1739—1791），字晓春，号九峰，别号鸳港。四川绵竹人。清代诗人。

唐乐宇生于世宦之家，天资聪颖，受到蜀中诗人李化楠的赏识，收为入室弟子。乾隆二十七年（1762）中举，三十一年中进士，授户部主事，升员外郎。三十五年，选授贵州平越知府。五十五年，调任南笼太守。五十六年春，扶母柩归故乡，病死途中。

有《东络山房诗文集》《奇门纪要》《黔南诗存》《南笼遗稿》等。

友人以转饷归自蜀中述其游历倾听之余意有所感吊古怀人一时并集不仅江山胜概如在目前也·其二

清·茹纶常

峥嵘剑阁几追攀,蜀道青天取次间。

输与高君真洒脱,**郫筒酒好等闲还**。①

【作者简介】茹纶常(1740—?),字文静,号容斋,一号簇蚕山樵。介休(今属山西)人。②

官布政司经历。

工书法,苍严秀劲,神似颜苏。有《容斋诗文钞》。③

论酒·其三

清·祝德麟

好酒如故人,恶酒如暴客。

故人雅缠绵,暴客善攻击。

自从仪狄来,酿法遍南北。

每读古人书,辄思造酒国。

汉州鹅儿黄,放翁颂其德。

眉州玻璃春,天马绝有力。

昔余到锦官,未获醉斗石。

徒闻咂酒风,**殆即郫筒式**。

三绝并手柳,漫向凤州忆。

---

① 《容斋诗集》(清乾隆三十五年刻乾隆五十二年嘉庆四年十三年增修本)载本诗,注云:"睿夫孝廉性嗜酒,时同入蜀,先还。"
② 龚斌,范少琳. 秦淮文学志 [M]. 合肥:黄山书社,2013.
③ 乔晓军. 中国美术家人名辞典·补遗一编 [M]. 西安:三秦出版社,2007.

湘鄩慕芳名，欲往辙仍息。
厥后使安定，谓可酒泉觅。
葡萄换西凉，亦未试涓滴。
古酒今不存，今酒古谁吃。
书生命穷薄，口腹难妄得。
不如归去来，一任拍浮适。
非无状元红，亦有十月白。

附醒园留别用杜工部游何将军山林韵·其七

清·祝德麟

饮我郫筒酒，春醪曲米香。
庖烟冲暝湿，园菜益津凉。
选忘儿能诵，杯干妇久藏。
乘醺思振策，下界郁苍苍。

【作者简介】祝德麟（1742—1797），字趾堂，号芷塘。浙江海宁人。①

乾隆二十八年（1763）进士，选庶吉士，授编修。历官监察御史。五十五年，以言事不合黜归，主讲云间书院。

其诗主要为咏史吊古，往往直抒胸臆，时有精彩议论。徐世昌评价其"诗以性灵为主，亦能驱遣故实"。有《悦亲楼诗集》。②

---

① 钱仲联，傅璇琮，王运熙，等. 中国文学大辞典［M］. 上海：上海辞书出版社，1997.
② 马良春，李福田. 中国文学大辞典［M］. 天津：天津人民出版社，1991.

自流井竹枝词·其六

清·史次星

门前树树水林檎，屋后山田种靛青。
昨日成都王大舍，**寄来郫酒醉初醒**。

【作者简介】史次星（生卒年不详），字又章。阳湖（今属江苏常州）人。

乾隆三十年（1765）贡生。有《霍堂诗钞》。①

慈　竹

清·王景元

锦官城里多慈竹，琴鹤堂前养四丛。
根短难穿春后雨，梢长易受晚来风。
笋因味苦成竿密，叶纵生迟抱节崇。
闻道华阳佳酿熟，**可应刳腹试郫筒**。

【作者简介】王景元（生卒年不详），乾隆三十一年（1766）贡生。②
时人有评："王景元诗，哀歌送苦言。"③

---

① 林孔翼，沙铭璞. 四川竹枝词 [M]. 成都：四川人民出版社，1989.
② （乾隆）榆次县志. 清乾隆十五年刻本.
③ （清）吴伟业. 吴诗集览. 清乾隆四十年刻本.

古藤歌

清·洪亮吉

藤相传为宋苏文忠公寓孙氏宅时手植,今宅归汤方伯雄业。三月十九日,汤公子招同人宴集花下,即席赋此。

建中靖国藤一条,剖半化作潜潭蛟。
犹余半干卧偏稳,阅岁七百如崇朝。
心空貌古枝尤秃,自砌及檐刚五曲。
居停偶忆孙居士,移种竟传苏玉局。
花时一巷吹古香,紫燕不敢栖雕梁。
借公真气方寿世,木理亦肖公文章。
距花百步看乃足,高干都遮出檐木。
沿溪左右三十家,一半看花尽升屋。
葛仙桥边路四通,香气已过桥栏东。
半空紫伞益奇绝,千朵万朵飞玲珑。
竟思远挈郫筒酒,祝树与公同不朽。
因花我复忆名花,香国亡来亦云久。①
滁山酿水首重回,风味不减欧家梅。②
庐陵几载作滁守,公亦三度常州来。
才名一代兼风义,落落寰中此师弟。
诗狂久已上青天,千古尚能蟠大地。
楼窗八扇正面花,栏楯(shǔn)屈曲枝丫杈。
若将座客比花寿,细校(jiào)岁月无多差。③

---

① 《更生斋集》(清光绪三年洪氏授经堂增修本)载本诗,注云:"藤侧有香海棠一株,亦文忠手植,康熙中毁于火。"

② 《更生斋集》(清光绪三年洪氏授经堂增修本)载本诗,注云:"滁州醉翁亭侧水上有欧阳文忠手植梅。"

③ 《更生斋集》(清光绪三年洪氏授经堂增修本)载本诗,注云:"坐中十客年共计六百余。"

君不见紫藤花开墨池涨①,古色班斓各相抗。

此花毕竟始何时,我欲东行咨石丈。

【作者简介】 洪亮吉（1746—1809），初名礼吉，字君直、稚存，号华峰、北江、更生居士等。阳湖（今属江苏常州）人。清代经学家、文学家、诗人。

乾隆五十五年（1790）进士，授翰林院编修。五十七年，出任贵州学政。贵州偏僻缺书，他为各书院添购大量经史文集，使当地士人能学习经史。任满返京，入直上书房。嘉庆四年（1799），任实录馆总裁。上书议论朝政，批评朝廷赏罚不明，言路不通，吏治不修，风俗日下。嘉庆帝大为震怒，交军机大臣与刑部会审。初定为死罪，后遣戍伊犁，在伊犁戍所才百日，又被赦归故里。自此，专心从事学术研究。②

洪亮吉论诗反对标榜门户，主张自抒性情，各自名家。其诗歌创作早年未脱依傍，大抵以杜甫、韩愈为宗，上溯汉魏六朝；后受袁枚和张问陶等"性灵派"诗人影响，才稍改故步。遣戍伊犁期间，写下许多优秀的边塞诗，描述天山一带的自然风光，以及当地少数民族的传统生活，奇情飚发，壮采飞扬，充满浓厚的异域气息，为有清一代的边塞诗乃至整个诗歌拓宽了领域，增添了崭新的内容，诚如杨岘谷题其《万里荷戈集》所说："更辟诗中界，还驰域外观。"在当时的诗坛，洪亮吉与同郡黄景仁齐名。③ 有《春秋左传诂》《公羊穀梁古义》《三国疆域志》《六书转注录》《西夏国志》《北江诗话》《卷诗阁诗文集》《更生斋诗文集》等，后人辑为《洪北江全集》。

---

① 《更生斋集》（清光绪三年洪氏授经堂增修本）载本诗，注云："东坡洗砚池本在藤花侧，四十年前始移至仪舟亭。"

② 门岿. 二十六史精要辞典［M］. 北京：人民日报出版社，1993.

③ 马良春，李福田. 中国文学大辞典［M］. 天津：天津人民出版社，1991.

金山驿叠庚寅韵

清·李鼎元

青天险尽到绵州,**先为邮筒上酒楼**。
一二故人同月旦,五千年事总风流。
淡烟乔木放翁意,碧瓦朱甍杜老愁。
来日怕归苏季子,相逢休问觅封侯。

【作者简介】 李鼎元(1749—1812),字和叔,号墨庄,又号味堂。绵州罗江县(今属四川绵阳)人。

乾隆四十三年(1778)进士,选庶吉士,散馆授翰林院检讨,后充任内阁中书。嘉庆四年(1799),充册封琉球副使。官至兵部主事。①

李鼎元曾漫游各地,每过名山大川,必借吟咏以抒发抑郁之气。其诗多登临凭吊之作,而其奉旨册封琉球之后所作诗尤为壮丽豪健,为时人所称赏。《清史列传》谓其诗"风骨高峻,奉使诸作,尤推豪健"。有《师竹斋集》《使琉球记》。②

归舟道中寄新繁大尹王蔗芗·其三

清·陈柄德

红桥落日正初冬,橘柚垂黄霜气浓。
杜宇声声啼别恨,**邮筒款款送游踪**。
风前白发三千丈,眼底青山十二峰。
一水滔滔下夔峡,瞿塘滟滪险重重。

---

① 钱仲联,傅璇琮,王运熙,等. 中国文学大辞典 [M]. 上海:上海辞书出版社,1997.
② 马良春,李福田. 中国文学大辞典 [M]. 天津:天津人民出版社,1991.

【作者简介】陈柄德（1750—1826），字伯谦，号吉甫。江苏江阴人。

乾隆四十二年（1777）拔贡，朝考一等第一，初充"四库馆"誊录，后任徐州丰县教谕，升任旌德知县。

陈柄德工书法，出入苏米，而归之颜柳。① 有《一崮山房稿》。任旌德知县时，曾主持纂修《旌德县志》。

周勖斋少府集同人饮饯
于月波亭即席口占志别·其四

清·姚令仪

聚散由来各有时，月波亭上数归期。
黄花即近秋深矣，赤子诚求我念之。
淼淼江流飞彩鹢，匆匆情绪写乌丝。
凭君满贮郫筒酒，他日重经话别离。

【作者简介】姚令仪（1754—1809），字心嘉，号一如。江苏娄县（今上海松江）人。②

乾隆四十二年（1777）拔贡，历官至四川布政使。姚鼐为撰墓志云：工书，至老不倦。③

和邓南坡游双清亭·其二

清·吴櫄

砥柱危矶倚郭东，青苔一径马才通。
侵人水气生亭上，留客莺声落槛中。
即事兴移催响鼓，**咏怀诗就走郫筒**。

---

① 乔晓军. 中国美术家人名辞典［M］. 西安：三秦出版社，2007.
② 吴海林，李延沛. 中国历史人物生卒年表［M］. 哈尔滨：黑龙江人民出版社，1981.
③ 乔晓军. 中国美术家人名辞典·补遗一编［M］. 西安：三秦出版社，2007.

相将为问江山主，丁卯桥应几辈同。

【作者简介】吴櫂（生卒年不详），字季文，别号兰柴。新化县（今属湖南娄底）人。"湘中七子"之一。

乾隆四十二年（1777）选拔贡后，科场不利，兼受监司某凌辱，忧愤而死。褚廷璋视学湖南，称其近体诗为"七字长城"。《沅湘耆旧集》收其诗74首。①

溧阳即景·其一

清·凌廷堪

静卷湘帘日未斜，昼长无事镇思家。
边云乍起俄成雨，塞草丛生偶作花。
吟罢小斟郫县酒，睡余闲试建州茶。
行囊剩有青毡在，乞与葩经补白华。

【作者简介】凌廷堪（1755—1809），字次仲，一字仲子。安徽歙县（今属安徽黄山）人。

乾隆五十五年（1790）进士，改教职，授宁国府教授。嘉庆十一年（1806），主讲宣城敬亭书院。翌年，主讲紫阳书院。②

工书法，尤善隶书。有《校礼堂文集》《校礼堂诗集》《梅边吹笛谱》《充渠新书》《元遗山年谱》《燕乐考原》《礼经释例》《通鉴翼胡》《魏书音义》等。③

---

① 杨慎之. 湖南历代人名词典［M］. 长沙：湖南出版社，1993.
② 吴敉木. 中国古代书法家辞典［M］. 杭州：浙江人民出版社，1999.
③ 戎毓明. 安徽人物大辞典［M］. 北京：团结出版社，1992.

怀李太白

清·杨揆

束发诵君诗，沧洲结遐想。
骑鲸蜕去经千春，空见长庚照天壤。
蟠根仙李本陇西，或言山东称自杜拾遗。
此间乡土信清美，转因流寓为传疑。
让水澄碧，匡山嶔(qīn)崎。
鞭鸾笞凤归不得，游踪汗漫谁能羁。
君身谪仙人，举世谁同调。
一生倜傥慕鲁连，旷世才华惊谢朓。
当时稽山贺监洛阳董糟邱，倾襟倒舄亦复非常俦。
独有阶前盈尺地逼仄，激昂吐气岂借韩荆州？
召君沉香亭，流君夜郎道。
尘寰游戏皆偶然，梁父吟成独长啸。
锦袍画舫中流开，落花如云江上来。
鸬鹚长杓鹦鹉杯，江水潋滟浮春醅。
翻然捉月撇波去，方丈瀛洲渺何许？
博得青山十一抔，不教鬼唱秋坟句。
青山宿草成荒芜，青天片云时有无。
狂歌纵饮聊自适，世皆欲杀胡为乎？
只今青莲乡，犹作枌榆社。
相望咫尺浣花溪，方驾词坛足凌跨。
我赍郫筒酒一尊，扪参历井赋招魂。
瓣香心事无人识，君忆元晖我忆君。

【作者简介】 杨揆（1760—1804），字同叔，号荔裳。金匮（今江苏无锡）人。

乾隆四十五年（1780），召试，赐举人，授内阁中书。五十五年，充文渊阁检阅，入军机处行走。累官至四川布政使。

杨揆诗多为吟咏景物之作。有《藤花吟馆集》《卫藏纪闻》等。①

送戴可亭七丈视学蜀中·其二

清·刘凤诰

眼底山川付笔奁，前怀杜老后苏髯。
闲从锦水论文好，笑忆青城访道兼。
郫酒醉时筒屡换，嘉鱼斋日筯休拈。
此行若过岑公洞，滴露重烦易注添。

【作者简介】刘凤诰（1760—1830），字丞牧，号金门。江西萍乡人。②

乾隆五十四年（1789）进士，授编修。超擢侍读学士，提督广西学政。补侍读学士，迁太常寺卿，出为山东学政。历官内阁学士，兵部、吏部侍郎，浙江学政等。道光元年（1821），乞病归。③

杨希闵《乡诗摭谭正集》言其诗"取法子美，气骨坚厚"。有《存悔斋集》《杜诗话》等。

劝 农

清·沈芝

好雨昨夜来，江堰水初涨。
深林布谷鸣，耕作纷弥望。
古人用教勤，瞻蒲欣劝相。
出郊屏驺从，绿野随所向。

---

① 马良春，李福田. 中国文学大辞典［M］. 天津：天津人民出版社，1991.
② 郑天挺，吴泽，杨志玖. 中国历史大辞典［M］. 上海：上海辞书出版社，2000.
③ 钱仲联，傅璇琮，王运熙，等. 中国文学大辞典［M］. 上海：上海辞书出版社，1997.

桑阴来熏风，俯仰心俱旷。
老农乐荷锄，村妇携馌(yè)饷。
省耕陇陌间，尽悉田家状。
惠我诸父老，丰稔预可谅。
赖尔胼胝力，酌尔郫筒酿。
乐哉我忘返，农歌远酬唱。

春日过子云亭

清·沈芝

吐凤才奇梦亦奇，草元亭下径全迷。
经传汉室辞因古，邑自名儒俗易移。
抱膝几人耽卷籍，解嘲曾此试襟期。
春风春雨城西路，**载酒频歌旧短篱**。

【作者简介】沈芝（生卒年不详），江苏元和县（今属江苏苏州）人。乾隆二十六年（1761）任郫县县令，任期内将郫县文庙从城内西北角迁至东南角，并重修奎光阁（魁星楼）；将县城原土城墙改为砖墙，周长扩至四里；将县衙办公经费节余银两置田赠予岷阳书院。

有《新建奎光阁记》《郫邑改建砖城记》《重建文庙碑记》等。

杜鹃城

清·卫道凝

沃野蚕丛国，城荒杜宇基。
井梧春蘸雨，原柳晚垂丝。
家解粳炊玉，**人知竹酿醨**。
年年寒食节，清夜子规啼。

归哉行

清·卫道凝

归来乎，归来乎，居不必有成都之桑八百株，却有南阳当日卧龙之茅庐。食不必有丙穴所出之嘉鱼，犹有武夷山中共客之园蔬。清风明月处处足，吾将安往不为吾。丈夫远游良有以，庶几活我西江水。涓滴于余何有哉，不如涸辙甘濡煦。

归来乎，归来乎，家有老母八十余，朝暮扶杖倚门间。予季年年别我去，归来空与清风俱。儒术由来俗不重，况技屠龙更何用。遮莫屈蠖(huò)求再伸，会见鸱鸮吓鸾凤。

归来乎，归来扫吾斗室，安吾书，匣我龙泉剑，香我博山炉。更壁一幅昆仑方壶图，菜一碟，饭一盂，**郫筒酒熟不须沽**。陶令元因薄五斗，张翰兼为忆蓴(pò)鲈。人生得适且自适，无为虚拘徒役役。折腰向人人不知，聊将此意对君说。我羁此地亦何由，为人劝识韩荆州。脉脉于兹两年矣，荆州已失只如此。野鹤无粮天地宽，飘若浮云且西去。

【作者简介】 卫道凝（1762—1823），字涣之，号桤园。世居郫县子云亭侧。

乾隆五十一年（1786）乡试解元。五试礼闱皆不遇，退而讲身心性命之学。历主岷阳、崇阳、八旗书院，所在皆有著述。嘉庆二十二年（1817），考选一等，补南江具训导。《郫县志》有传。

有《六经精义》《周易集注》《补蜀编年志》《谨独篇》《诸子精醇》《桤园诗集》等。

由鸭松溪寻源入山遇牧竖自言村居风景颇与此间殊俗惜未详其姓氏也

清·詹应甲

万山中有一溪曲,溪上人家松盖屋。
松毛缺处隐山楼,占得当门鸭波绿。
一牛导我寻溪行,夹岸红蕉兼墨竹。
满身苍翠湿衣裾,失却疲牛遇归牧。
自言生聚托溪流,不问溪源出深谷。
几家落落自成村,居邻未议何年卜。
薄有溪田聊共耕,但计犁锄便分谷。
岁时伏腊还相亲,男女婚姻颇殊俗。
溪水从无瘴疠生,不事医疗与巫祝。
松花吹落溪水香,人如浮鸭沿溪浴。
今年溪涨到山腰,未届秋成已再熟。
君从何处入深山,前路茫茫难托足。
郫筒酿就新浊醪,佐以山殽食无肉。
茅堂短榻尚能支,可惜溪声奏琴筑。
扰君终夜不安眠,未敢邀留歌信宿。
一声长笛破松风,笑指青山举黄鹄。
回头不见水边村,淡墨空描云一幅。

咂酒三十二韵

清·詹应甲

施州宴客，置酒于瓮。先以松火爇沸汤，投竹管其中，座客以次吸饮，不设杯勺，谓之咂酒。土风相沿，非酬酢之礼也。

咂饮征施俗，荆南聚酒徒。
酿花须醉竹，抱瓮不提壶。
只合郵筒造，何曾市盘沽。
此君心酩酊，有客口胡卢。
暖是灰飞管，凉非水调符。
截筒如截玉，吹黍亦吹芦①。
箭喜筊还有，巵嫌当已无。
泥丸留箬里，汤沸爇松枯。
席地肩相倚，开坛首便濡。
虚中持橐籥，灭顶灌醍醐。
入座休扬觯，回环便转轳。
流涎饶欮(jué)舌，波润染虬须。
差拟箫吹凤，宁求勺泛鸬。
餐同新沆瀣，吸异淡巴菰。
未免恣谐谑，安能节步趋。
矢投先面赤，觞滥到唇朱。
沉湎同牛饮，喧呶(náo)任狗屠。
挈瓶谁肯守，盈缶信难孚。
始叹交如醴，终成器不觚。
醉乡蛮斗角，泉郡鬼张弧。

---

① 《赐绮堂集》（清道光止园刻本）载本诗，注云："咂酒以黍谷杂苞芦为之，施人谓苞芦为苞谷。"

战拇争攘臂，扶头已碎颅。
覆瓿惊瓦解，削简看筹纡。
易构敦槃讼，难宽雀鼠逋。
瓮中才捉鳖，席上罢歌乌。
那得消狂痼，都教味道腴。
禁当严壁垒，尊自设康衢。
底事鲸吞海，甘为豕载涂。
肆筵宜献爵，入室远当垆。
持戒胸成竹，联欢腹剖瓠。
飞觥偕羽化，断梗作藤扶。
试与观乡饮，谁能绘礼图。
哦诗醒众醉，笑我滥吹竽。

【作者简介】 詹应甲（生卒年不详），字鳞飞，号湘亭。祖籍婺源（今属江西上饶），落籍吴县（今江苏苏州）。戏曲作家。[1]

乾隆五十三年（1788）举人。嘉庆七年（1802），署湖北天门知县。历任远安、应城、恩施、汉川、汉阳、应山、大冶知县，宜昌府通判。官至荆门直隶州知州。[2]

能诗，亦工散曲，擅书法。有《赐绮堂集》《施州乐府》等。[3]

寄慎五

清·谢攀云

飘泊真同出岫云，故园春好惜离群。
蓬窗短剑长随客，萧寺孤檠独忆君。
折柳江干情款款，酿花天气雨纷纷。
几时得买郫筒酒，共醉西湖话夕曛。

---

[1] 李峰，汤钰林. 苏州历代人物大辞典 [M]. 上海：上海辞书出版社，2016.
[2] 齐森华，陈多，叶长海. 中国曲学大辞典 [M]. 杭州：浙江教育出版社，1997.
[3] 马兴荣，吴熊和，曹济平. 中国词学大辞典 [M]. 杭州：浙江教育出版社，1996.

【作者简介】谢攀云（生卒年不详），字翔青，号青庵。四川崇庆县（今四川崇州）人。①

乾隆五十三年（1788）举人。曾任湖南宁乡知县。嘉庆十三年（1808）任湘潭知县，十六年任澧州刺史。②

能文工诗，曾校勘何明礼《浣花草堂志》，纂修《崇庆州志》。有《翠围山房诗集》。

忆家园·其一

清·张问陶

不安旅食响枯肠，**忽忆郫筒酒正香**。
爨妇调羹频下豉，厨人烧笋佐持粱。
味堪适口新巢菜，滑可流匙好蔗霜。
却笑季鹰归较晚，天涯无事早还乡。

【作者简介】张问陶（1764—1814），字仲冶、柳门，号船山、老船、豸冠仙史、宝莲亭主、蜀山老猿、药庵退守、群仙之不欲升天者等。四川遂宁人。③ 清代诗人、诗论家、书画家。与袁枚、赵翼合称清代"性灵派三大家"，与彭端淑、李调元合称"清代蜀中三才子"，被誉为"青莲再世""少陵复出"，清代"蜀中诗人之冠"。

张问陶自幼饱览群书，少年时即崭露才华。乾隆五十三年（1788）中举。五十五年，中进士，选庶吉士，授翰林院检讨。历任乡试同考官、御史、会试同考官、吏部郎中、知府等职。十七年，称病辞官，寓居苏州。④

张问陶主张诗歌应抒写性情，反对模拟。诗学袁枚，但比袁诗更为流

---

① 邓运佳. 中国戏曲广记 [M]. 成都：四川大学出版社，2015.
② 《巴蜀历代文化名人辞典》编委会. 巴蜀历代文化名人辞典：古代卷 [M]. 成都：四川人民出版社，2018.
③ 周啸天. 元明清诗歌鉴赏辞典 [M]. 北京：商务印书馆国际有限公司，2011.
④ 胡传淮. 张问陶年谱 [M]. 四川：巴蜀书社，2000.

利和富于情趣。其诗寓庄于谐，对人情世态的揭露十分深刻。张问陶一生六度从长安到成都，穿越秦蜀古道，是在秦蜀古道上创作诗歌最多的重要诗人。有《船山诗草》《论文八首》等。

再次前韵奉寄·其一

清·杜堮

应官听鼓日，午夜倒衣裳。
入眼莺花乱，回头岁月长。
穷年惟弄笔，补过自焚香。
一对邮筒寄，开缄喜欲狂。

【作者简介】杜堮（1764—1859），字次臣，号石樵。滨州（今属山东）人。

乾隆五十五年（1790），乾隆帝巡游泰山，召试，名列山东第一，被恩赐举人。嘉庆六年（1801）进士，选庶吉士，授翰林院编修。历任学政、礼部侍郎、知贡举、兵部右侍郎、吏部左侍郎等职。卒谥文端。①

所著诗文汇为《遂初草庐集》。

峨眉山月·其二

清·钱杜

白帝城边树万层，黄牛峡里上秋镫。
沽得邮筒好春酒，不辞风露下巴陵。

【作者简介】钱杜（1764—1845），初名榆，字叔枚，更名杜，字叔美，号松壶、壶公、元素先生、松壶小隐等。仁和（今属浙江杭州）人。

---

① 傅洁琳，李天程，周明昆. 中国进士全传·山东卷 [M]. 济南：泰山出版社，2007.

"松壶画派"创始人。①

  钱杜生于殷实人家,性情洒脱,喜好出游,遍历云南、四川、湖北、河南、河北、山西等地。嘉庆五年(1800)中举,步入仕途。一生屈居下僚,后任工部主事。

  钱杜擅长诗文,崇奉唐代岑参、韦应物。其诗以吟咏山水和题画之作为主,七绝尤为出色。时人评其诗云:"海内诗人众矣,而超妙清旷,鲜有能及叔美者。"② 书法学唐褚遂良、虞世南,有清俊温雅之气。擅画人物、山水、花卉。有《松壶画赘》《松壶画忆》《松壶画诀》等。

散步埭村看桃花次孙旭堂韵

清·安定

前度刘郎来未迟,却嫌庄蝶梦魂痴。
一村花护编茅屋,半面妆窥夹竹枝。
艳艳桃花诗起兴,融融春色酒相宜。
邮筒谁织风流韵,把盏重吟幼妇词。

【作者简介】安定(1765—1824),字立人、慵夫,号鹤清。无锡人。安念祖集其遗诗二百多首为《鹤清诗稿》,抄录成编。

送二兄之顺庆·其二

清·叶绍本

前年送君行,风雨吴门秋。
今年送君行,绿草弥汀洲。
君行何时止,岁月忽已遒。

---

① 吴敔木. 中国古代书法家辞典 [M]. 杭州:浙江人民出版社,1999.
② 李晖. 博采众长 独辟蹊径——"松壶派"创始人钱杜画作赏读 [J]. 收藏界,2011(8):84—88.

忆君初别吾,实为菽水谋。
嘱吾各努力,庶几洁珍羞。
相期数年来,素愿或可酬。
胡为事竟违,风木奄不留。
吾亦何所成,荆璞谁见收。
相逢一悲咽,何以慰松楸。
君又不少安,桡舟出黄牛。
邮程虽云熟,波涛暗西州。
殊方异寒暄,萸贯百结裘。
郫筒有官酝,聊以浇百忧。
绨袍稍得温,牛衣且归休。
明年蘋花生,共作清溪游。

【作者简介】 叶绍本（1767—1841），字仁甫，号筠潭。归安（今属浙江湖州）人。

嘉庆六年（1801）进士，选庶吉士，授翰林院编修。历官福建学政、山西布政使，降鸿胪寺卿。

为诗恪守师训，推崇明李梦阳、何景明，而不满钱谦益之诗论。其诗"不事险怪绮靡，以雄深雅健为宗，故能力追大家，气象宏博"（《晚晴簃诗汇》）。有《白鹤山房诗钞》。

无 题

清·范灿

厚泽深仁酿古风，**环山万井锁郫筒**。
一朝捧檄分疆宇，清慎勤当各效忠。

【作者简介】 范灿（1768—?），浙江秀水（今属浙江嘉兴）人。[1]

---

[1] （清）张廷玉等. 词林典故. 清乾隆十二年刻本.

邑拔贡，曾任长宁教谕。①

题陶云汀㵎前辈皇华集·其二

清·孙尔准

论诗谁是出群雄，当代推袁屈指同。
岳色河声元制诰，金鸣银涌李崆峒。
烟花正好少城日，香草仍余大国风。
想见碧鸡坊底路，**掀髯豪咏对郫筒**。

【作者简介】孙尔准（1770—1832），字平叔，一字莱甫，号戒庵。金匮（今江苏无锡）人。

嘉庆十年（1805）进士，选庶吉士，授翰林院编修。历官汀州知府，福建盐法道，江西按察使，福建、广东布政使，安徽、福建巡抚，闽浙总督等。卒赠太子太师，谥文靖。②

有《泰云堂集》《雕云词》《荔香乐府》《海棠巢乐府拈题》等。③

谢云庄寄郫筒酒

清·陈文述

郫筒春酒美，远自蜀中来。
蕉叶倾红酝，蒲桃泼绿醅。
千花环锦里，万壑拥琴台。
何日临邛市，从君数举杯。

---

① （清）陈庆熙，高升之. 郫县志. 清同治九年刻本.
② 钱仲联，傅璇琮，王运熙，等. 中国文学大辞典［M］. 上海：上海辞书出版社，1997.
③ 钱仲联，傅璇琮，王运熙，等. 中国文学大辞典［M］. 上海：上海辞书出版社，1997.

蜀中三井诗

清·陈文述

与益斋夜话并寄白舫云庄犍为。

蜀中三井天下奇，我之所闻君见之。
井油可以润枯槁，井盐可以调釜锜。
火井即从水井出，引以凡火腾炎曦。
可佐烹饪烛幽暗，能使万物生光辉。
我思蜀道多山复多水，峨岷萦抱江源驰。
天彭所结地脉厚，亦如人身骨与肌。
盐井为地髓，油井为地脂。
火井地中之气耳，中有易理通坎离。
近来学仙颇有得，此中消息吾能知。
以精化气气化神，提挈天纲通地维。
明年君行再入蜀，吾亦西上经巫夔。
作诗先付飞鸟使，**一尊待我郫筒郫**。

【作者简介】陈文述（1771—1843），初名文杰，字隽甫，号云伯、退庵。钱塘（今浙江杭州）人。

少有诗名，受知于浙江学政阮元，以赋《仿宋画院制团扇》诗最佳，人称"陈团扇"。嘉庆五年（1800）举人。游京师五年，诗作刊于《碧城仙馆诗钞》，传诵一时。与杨芳灿齐名，人称"杨陈"。后经吏部铨选，曾为全椒、昭明、江都等地知县，所历皆有善政。

早期诗作学西昆与吴伟业，多以艳情为题材，以七古、七律为优长，亦工骈文。后期诗风一改昔时，取径较宽，题材广泛，风格出入杜、韩、苏之间，沉雄苍健。有《碧城仙馆诗钞》《颐道堂诗集》《西泠怀古集》《西泠仙咏》《西泠闺咏》《秣陵集》《颐道堂文钞》等。[1]

---

[1] 傅璇琮，许逸民，王学泰，等. 中国诗学大辞典 [M]. 杭州：浙江教育出版社，1999.

步月至罗柳溪赞府宅小饮有作

清·沈道宽

十年老赞府,勇退今躬耕。
叩门喜我至,跛履欢相迎。
书斋赫轩爽,花木无俗情。
酌我郫筒酒,中有岷江清。
杂坐忘宾主,一举累十觥。
好风为谁来,佳月相与朋。
且尽今夕欢,明日知阴晴。

【作者简介】沈道宽(1772—1853),字栗仲。宛平(今属北京丰台)人。①

嘉庆二十五年(1820)进士,历知宁乡、道州、茶陵、酃县、耒阳、桃源诸县。②

工诗文、书法,善山水。有《话山草堂文钞》《话山草堂诗钞》。

纪胜亭次原韵

清·刘璋

胜境当年号绝空,登亭历览灿然中。
山环野甸水环郭,竹弄烟云鸟弄风。
棋布桑麻呈刺绣,**衢歌父老醉郫筒**。
流连遣兴多骚客,俊逸而今忆吹公。

---

① 吴敔木. 中国古代书法家辞典 [M]. 杭州:浙江人民出版社,1999.
② 钱仲联,傅璇琮,王运熙,等. 中国文学大辞典 [M]. 上海:上海辞书出版社,1997.

【作者简介】刘璋（生卒年不详），江西南城人。进士出身，乾隆三十七年（1772）任新津县令，为官五年。①

凫舟为余置醴申吴徐诸子亦并以醇浓招邀品尝不一戏作短歌

清·沈钦韩

平望细曲真珠红，黏唇一滴如蜡封。
浮杯盎盎马乳酡，橙香透鼻宽心胸。
东阳恬酒称萧公②，鹅黄酾渌颜色同。
别肠导引丹田通，女贞福橘原家风。
鹤觞何借沾郫筒，潘生酿法焦革工。
芝华铜井媲樊桐，清芬不啻倾碧筒。
上尊美禄醻（chōu）衰癃，冬酿接夏酘（dòu）再重。
索郎翕合如笙丛，茶品已斗密云龙。
主人扰挹犹告崇③，狂奴故态判一中。
十年饮湿思萍踪④，惠泉锅巴等顽蒙。
百花木瓜皆老佣，绍兴高粱苦阿侬。
剧若刀箭膏上攻，快哉一洗狠酒空。
不滞不泄春融融，狂朋沙汰欢伯充。
独客斟酌尤从容，金盘露钦诚斋翁⑤。
东坡酿蜜身作蜂，何须葡萄天门冬。

---

① 潘殊闲，罗健勇，曾晓娟. 都江堰文献集成：历史文献卷（文学卷）[M]. 成都：巴蜀书社，2018.
② 《幼学堂诗文稿》（清嘉庆十八年刻道光八年增修本）载本诗，注云："见梁元帝金楼子。"
③ 《幼学堂诗文稿》（清嘉庆十八年刻道光八年增修本）载本诗，注云："《乡饮酒礼》：主人再拜崇酒。注：崇，充也。言酒恶相充实。"
④ 《幼学堂诗文稿》（清嘉庆十八年刻道光八年增修本）载本诗，注云："东坡诗：五年在黄州，饮酒但饮湿。"
⑤ 《幼学堂诗文稿》（清嘉庆十八年刻道光八年增修本）载本诗，注云："杨诚斋诗自注：家酿醇者为金盘露。"

糟丘今日真登庸，醉乡草草王无功。

【作者简介】沈钦韩（1775—1831），字文起，号小宛。原籍浙江湖州，迁居江苏吴县（今属江苏苏州）。

嘉庆十二年（1807）举人，官至安徽宁国县训导。

有《两汉书疏证》《水经注疏证》《韩昌黎集补注》《王荆公文集注》《范石湖集注》《幼学堂诗文稿》等。①

琴南编修招作销寒第一集兰坡侍讲
以疾不赴仍寄一诗次韵答之

清·胡承珙

十年虚涴软尘中，童鹄频看化老翁。
肯便心情归贝叶②，聊因文字饮邮筒。
几人尚卧漳滨日③，此会犹余邺下风。
留待牵连书姓字，不须当世有扬雄。

陶然亭送朱仁斋太守之官嘉定府

清·胡承珙

平羌江水如碧玉，大峨小峨镜中绿。
半轮山月疑有情，飞来却照离筵明。
离筵忽忆邮筒酒，一麾难得陵云守。
陵云百尺高嵯峨，使君但饮清江波。

---

① 董绍克，阎俊杰. 汉语知识词典［M］. 北京：警官教育出版社，1996.

② 《求是堂诗集》（清道光十三年刻本）载本诗，注云："是日座中出菩提叶传观，即以命题。"

③ 《求是堂诗集》（清道光十三年刻本）载本诗，注云："兰坡、衎石皆以疾不与会，刘芙初编修时亦病足。"

海棠开日红云绕,弦管香风满城晓。
直须为此醉百回,免令笑倒彭渊才。
况今乐土称益二,知君卧阁有余思。
岂独岑参能好奇,始识巴川足胜事。
风光澹沱城南亭,蒲茸含紫芦芽青。
折柳频年送旧雨,落花一辈如晨星。①
太行遮目知几陉,亭前他日愁重经。
西风落木望君处,思杀江猿吟翠屏。

【作者简介】胡承珙(1776—1832),字景孟,号墨庄。安徽泾县(今属安徽宣城)人。②

嘉庆十年(1805)进士,选庶吉士,授翰林院编修。嘉庆十五年(1810),充广东乡试副考官。历任御史、给事中、台湾兵备道等职。

胡承珙晚年乞假归家,从事著述,潜心于经学,于《毛诗》用力尤甚。③ 有《毛诗后笺》《仪礼古今文疏义》《小尔雅义证》《求是堂诗集》等。④

徐十樵赘别驾将归蜀贻诗作别元韵答之

清·张澍

剑阁乡心耸,金城旅况难。
功名羊胛熟,诗句雁声寒。
珠碧霏犀里,槐黄荫石坛。
郫筒清梦后,料理锦江竿。

---

① 《求是堂诗集》(清道光十三年刻本)载本诗,注云:"时同里诸君南宫报罢多归者。"
② 马良春,李福田. 中国文学大辞典 [M]. 天津:天津人民出版社,1991.
③ 戎毓明. 安徽人物大辞典 [M]. 北京:团结出版社,1992.
④ 马良春,李福田. 中国文学大辞典 [M]. 天津:天津人民出版社,1991.

成都·其五

清·张澍

司马琴空宅，扬云草没亭。
方圆谁作记，长短尚传经。
旌节花枝袅，**郫筒酒味馨**。
醉来寻杜老，诗句走雷霆。

鲍觉生桂星宫詹曹玉水江舍人约十三日至龙爪槐寺看月是日阴噎不果往

清·张澍

今月不如古月朗，有人斫桂空想像。
古月不如今月高，谁家娇娥窃药逃。
今月古月那得同，清光亦复荡心胸。
城南古刹有高楼，四面蒹葭夏若秋。
我欲从之看明月，墨云迷离失蟾窟。
纤阿何为妒我辈，母亦羞献娟娟态。
拟倩飞廉鼓长风，吹散阴翳(yīn)天宇空。
明日载酒满郫筒，鲍昱曹寿仍相从。

书唐乾宁二季昌州刺史韦君靖碑

清·张澍

乾符之际天下讧，干戈四起黄巢凶。
侵陷京阙帝尘蒙，六龙西驻成都宫。

君靖擐(huàn)申弯雕弓，誓灭贼子输精忠。
昌州义旅百万雄，以作保障威川东。
忽焉秀升妄兴戎，黔峡巴万狼烟红。
渝(yù)井云安路弗通，高仁厚军司马充。
坚壁不战贼谋穷，鹜没凿破千艨艟。
被擒载以广柳輁(cōng)，杨师立者又匆匆。
与陈敬瑄交相攻，统领精锐如罴熊。
小丑势迫投池中，如公乃勇谁争锋。
摧拉逆党火燎蓬，田洄上奏符皇衷。
恩加仆射官爵隆，兼绾普合渝昌封。
劝农殖谷民饱饔，**花朝月夕倾郫筒**。
宵思设险准王公，静南龙冈山蟠龙。
永昌寨起摩苍穹，敌楼数百城墉崇。
寇来不上徒趋风，巧凿翠壁镌佛容。
庄严妙相惊神功，复建崒堵山之峰。
警聋聩莫鼓晨钟，君于大唐有殊功。
将佐协心勠力同，判官胡密纪始终。
乾宁二年巨石砻，至今薜蔽埋尘塳(péng)。
余乃□出披圜雾，欧阳不作明诚侗(yì)。
象之谫陋尤冬烘，舆图不辨大足踪。
维摩画像堕艻丛，呜呼！金石过眼云烟空。

【作者简介】张澍（1776—1847），字百瀹、寿谷、时霖，号介侯、鸠民、介白。武威（今属甘肃）人。①

嘉庆四年（1799）进士，钦点翰林院庶吉士。六年，任贵州玉屏知县，次年以父病告退回籍。游历大江南北，主讲兰山书院。②十七年，补任四川屏山知县。后代理兴文、大足、铜梁、南溪知县，任江西永新知

---

① 马良春，李福田. 中国文学大辞典［M］. 天津：天津人民出版社，1991.
② 郭方忠，张克复，吕靖华. 甘肃大辞典［M］. 兰州：甘肃文化出版社，2000.

县；代理临江通判，授湖南泸溪知县。道光十年（1830），引疾辞官，寓居西安，著书研学。

其诗多写各地风土民情，诗风古朴。[①] 钱仪吉称其诗"囊括千古，其气一世无所屈，凌纸勃发，多为俗目骇怪"。张之洞称其"才气无双，一时惊为异人"。有《姓氏寻源》《姓氏辨误》《西夏姓氏录》《续黔书》《蜀典》《养素堂文集》《养素堂诗集》《二酉堂丛书》等。[②]

五月望日与同人泛舟铁公祠下遂集小沧浪联句三十韵[③]

清·陈杰　乐钧　蒋因培　吴慈鹤

一水摇城碧（钧），残阳射雨红。
如龙宫舫活（吴县吴慈鹤，巢松），立雁画桥工。
萍海深无浪（长洲陈杰，虹桥），荷天阔有风。
影斜华岭落（常熟蒋因培，伯生），光远鹊湖通。
壶峤来闲客（钧），亭台属寓公。
野情渔钓喜（慈鹤），粗服薜萝同。bì
蜗篆缘雕槛（杰），蛛丝骨翠栊。
縠疏云琐碎（因培），晶箔水玲珑。hú
燕舌娇藏柳（钧），猩毛艳拆荚。
地襟房子宅（慈鹤）墙背德王宫。
胜国归茫昧（杰），荒祠吊古忠。
灵鸦阴噪火（因培），鬼马昼嘶空。
白羽沉埋久（钧），元犀指点雄。
簪裾过几辈（慈鹤），群屦厕微躬。
项缩罾来鲙（杰），芽肥铲后菘。

[①] 马良春，李福田. 中国文学大辞典 [M]. 天津：天津人民出版社，1991.
[②] 郭方忠，张克复，吕靖华. 甘肃大辞典 [M]. 兰州：甘肃文化出版社，2000.
[③] （清）乐钧. 青芝山馆诗集. 清嘉庆二十二年刻本.

竹根烹顾渚（因培），**蕉叶破郫筒**。
赋或希神女（钧），仙还伫玉童。
此游非汗漫（慈鹤），乘醉问鸿濛。
用舍谋俱拙（杰），成亏理同穷。
幽篁迷雾豹（因培），积壳寄珂虫。
蹭蹬麒麟策（钧），喑呜霹雳弓。
应时能果决（慈鹤），失路等愚蒙。
岱色飘吴练（杰），沧烟滞楚鸿。
莺花春草草（因培），书剑日匆匆。
绿字淋斑竹（钧），朱弦倚爨桐。
遥岩啼窜狖（慈鹤），夹硱(jiàn)饮奔虹。
枕簟宜槐下（杰），棋枰自橘中。
后期盟黻佩（因培），前事揽芄菶。
迂怪真齐士（钧），升沉亦塞翁。
君看湖月起（慈鹤），波鸟不樊笼（杰）。

【作者简介】陈杰（生卒年不详），字静弇。乌程（今浙江湖州）人。诸生。嘉庆末考取天文生，任钦天监博士。精数学、天文，调任国子监算学助教。

有《缉古算经细草》《算法大成》《补湖州府天文志》等。[①]

乐钧（1766—1814），原名宫谱，字元淑，号莲裳。临川（今属江西抚州）人。

嘉庆六年（1801）举人。后屡试不第。十六年，出游吴越，无所遇，奉母侨寓江淮间。十七年，曾燠为两淮盐运使时，招其入幕。曾主讲扬州梅花书院。[②]

乐钧与吴嵩梁同为翁方纲弟子。工词和骈体文，其骈文绮丽，与张惠言、王昙、李兆洛等并称清代骈文"后八家"。有《青芝山馆诗集》《断水词》《耳食录》等。

[①] 吴海林，李延沛. 中国历史人物辞典［M］. 哈尔滨：黑龙江人民出版社，1983.
[②] 傅璇琮，许逸民，王学泰，等. 中国诗学大辞典［M］. 杭州：浙江教育出版社，1999.

蒋因培（1768—1839），字伯生。江苏常熟人。

十七岁时以国子监生应顺天乡试，为法式善激赏。嘉庆二年（1797），授阳谷县丞，历知滕县、汶上、泰安、齐河诸县。道光元年（1821），以狂谬被劾，遣戍新疆。遇赦释还，归里后杜门不出，寄情诗酒。①

喜藏书，精于金石考订。② 单学傅称其诗"善攫题情，如海东青之击天鹅，上盘下搏无或失"（《海虞诗话》）。有《乌目山房诗存》。

吴慈鹤（1778—1826），字韵皋，号巢松，别号岑华居士。吴县（今江苏苏州）人。

嘉庆十四年（1809）进士，选庶吉士，授编修。曾充任云南乡试副考官，河南、山东学正，官终翰林院侍读。

吴慈鹤早年诗歌师法六朝徐陵、庾信，后兼师唐朝韩愈、孟郊与元稹、白居易。其诗多反映民生疾苦，揭露社会现实。亦能词，多写离情别绪，清婉情深。有《凤巢山樵求是录》《岑华居士外集》《岑华馆词》等。③

常制府明方方伯积常廉访发祥黎观察学锦瞿观察辑曾吉观察升保公宴作

清·陶澍

蜀纸新裁韵，**邮筒夙有名**。
茵还联太守④，履已进诸生。
画烛清风阁，银筝细雨声。
霓裳天上曲，回首记分明。

---

① 钱仲联，傅璇琮，王运熙，等. 中国文学大辞典［M］. 上海：上海辞书出版社，1997.
② 李峰，汤钰林. 苏州历代人物大辞典［M］. 上海：上海辞书出版社，2016.
③ 马良春，李福田. 中国文学大辞典［M］. 天津：天津人民出版社，1991.
④ 《陶文毅公全集》（清道光二十年刻本）载本诗，注云："成都曹太守、潼川张太守同在座。"

酒旗和沈学子原韵

清·陶澍

淡墨迷离薄雾笼，传来消息旧邮筒。
曾逢山郭江村口，遥指斜阳细雨中。
几度勾留冲雪骑，可怜摇曳落花风。
年年长板桥头水，映得残霞一片红。

【作者简介】陶澍（1779—1839），字子霖，号云汀，晚号髯樵，又号桃花渔者。湖南安化人。

嘉庆七年（1802）进士，历任编修、监察御史、给事中、山西巡察使、安徽巡抚、江苏巡抚、两江总督等职。① 道光三年（1823），授安徽巡抚。越两年，调江苏巡抚。十年，任两江总督。卒赠太子太保，谥文毅。②

擅长词翰，有《蜀輶日记》《印心石屋诗抄》《陶文毅公全集》等。③

记游踪在署与同人赋诗甚乐其归也为题二律即以赠别·其二

清·王培荀

分襟何必怅穷途，客里联吟兴不孤。
自古才人多落拓，应知天道本模糊。
三闲破屋留先泽④，一曲哀音感老乌⑤。

---

① 赵德馨. 中国经济史辞典［M］. 武汉：湖北辞书出版社，1990.
② 黄邦和，皮明庥. 中外历史人物词典［M］. 长沙：湖南人民出版社，1987.
③ 黄邦和，皮明庥. 中外历史人物词典［M］. 长沙：湖南人民出版社，1987.
④《寓蜀草》（清道光二十七年刻本）载本诗，注云："雨帆能读祖父遗书。"
⑤《寓蜀草》（清道光二十七年刻本）载本诗，注云："《和屠芗洲老乌行》情殷反哺。"

往日汉书须熟读，**郫筒美酒佐咿唔**。

【作者简介】王培荀（1783—1859），字景叔，号雪峤。淄川（今属山东淄博）人。

道光十五年（1835），举孝廉方正。历任四川丰都、荣昌、新津等地知县。二十三年，任乡试同考官，特授嘉定府荣县知县。

有《寓蜀草》《雪峤外集》《乡园忆旧录》《听雨楼随笔》等。①

花筒·其二

清·程恩泽

杀青防迸裂，集艳贵鲜新。
金带围君子，**郫筒醉玉人**。
芳根深附托，大节本轮囷（qūn）。
一顾盈门烂，风前倍有神。

【作者简介】程恩泽（1785—1837），字云芬，号春海。歙县（今属安徽黄山）人。

嘉庆十六年（1811）进士，选庶吉士，授翰林院编修。道光元年（1821），直南书房，奉敕校刻《养正书屋集》《御制诗文初集》。后累迁侍讲学士、国子监祭酒、内阁学士、工部右侍郎、户部经筵讲官、贵州和湖南学政等职，曾任四川、广东主考。

博通六艺，曾与郑复光相约修复古仪器；工篆刻、书法，对金石、书画考订尤精。②

他强调师法前人，推尊中唐的韩愈、北宋的黄庭坚。近代宋诗派最早的一批重要作家如祁寯藻与程恩泽是朋友，何绍基、郑珍、莫友芝则出自程恩泽门下，诗学直接受其熏染。其诗风一直影响到稍后以陈衍、陈三

---

① 卫志中. 酒忆郫筒［M］. 成都：成都市郫都区党史地方志办公室，2021.
② 戎毓明. 安徽人物大辞典［M］. 北京：团结出版社，1992.

立、沈曾植等人为代表的"同光体"诗人。① 有《程侍郎遗集》《国策地名考》《春海诗余》和《读雪轩词》等。

剥蟹联句三十二韵

清·汪钧 邓廷桢 管同 梅曾亮

盆菊罗秋芳（管同），华堂结翠幄。
诗牌方博进（梅曾亮），酒户思猎较。
鲈羹远难期（汪钧），蟹稻丰先觉。
探蓍卦占离（廷桢），击枣义同剥。
千钱不论蚨（同），万选定期 镯（zhuó）。
辛酸当料理（曾亮），尖团共商榷。
在釜暂爬沙（钧），倾盆俟堆雹。
彼身藏介胄（廷桢），我齿具斧斫。
那复笑形模（同），急为拭 瀺灂（chán zhuó）。
得隽乃叫呼（曾亮），试可频把握。
指乱宵济争（钧），胫破朝涉斫。
乍截葱根断（廷桢），继仿木楔 椓（zhuó）。
桶底叩空空（同），剑首吹数数。
双螯最磊砢（曾亮），只手费掎粗（luǒ）。
摸索锋参差（钧），含咀石卓荦。
缓舒赵女钩（廷桢），刚折雄信槊。
豢腴思噬脐（同），批导遂解壳。
腹便当似边（曾亮），膏流肯效卓。
果然龟脱筒（钧），熟甚鸟离 鷇（què）。
雌黄金在镕（廷桢），雄白玉出璞。

---

① 马良春，李福田. 中国文学大辞典［M］. 天津：天津人民出版社，1991.

诸毛拔蒙茸（同），一秃弃龌龊。

鲸吸味已醰^{tán}（曾亮），牛舐道始觳^{hú}。

中虚河绝潢（钧），对峙华擘岳。

分二室两厢（廷桢），揲四弧三角。

孔孔蜂房见（同），栵栵雀仓啄。

扩清沟渠通（曾亮），剔抉粟丝攉。

当筵疾衔枚（钧），投几响鸣骲^{bào}。

香宜郫酒浇（廷桢），腥借郿泉濯^{zhí}。

却怜游草泥（同），任意饱稰穛^{zhuō}。

胥疏慕光耀（曾亮），踯躅被守捉。

壮夫休横行（钧），吾辈且劝学。

胸中有甲兵（廷桢），小范风未邈（同）。

【作者简介】 汪钧（生卒年不详），字研山，江苏仪征人。工诗，善山水花卉。

邓廷桢（1776—1846），字维周，又字嶰筠。江宁（今江苏南京）人。抗英民族英雄。

嘉庆六年（1801）进士。历任浙、陕、赣等省地方官。道光六年（1826），迁安徽巡抚。十五年，擢两广总督。与关天培严密布防，缉捕走私船，使鸦片无法内运；协助钦差大臣林则徐查禁鸦片，整饬海防。二十年，调任闽浙总督。是年七月，英舰进犯厦门，邓廷桢亲督水勇击退侵略军。事后却遭投降派诬陷，九月与林则徐同时被革职。次年，遣戍伊犁。二十三年，重新被起用，任甘肃布政使、陕西巡抚、陕甘总督等职。①

梅曾亮评其诗曰："至公之诗……尝亲见其属笔，其取材也必精，其句律也必整，而出入于东坡、放翁之波澜态度。其于诗不为则已，为必片言只字无不惬于心者而后成。"有《双砚斋诗钞》《青嶰堂文集》《青嶰堂

---

① 陈高春. 中国古代军事文化大辞典［M］. 北京：长征出版社，1992.

诗集》《双砚斋词话》等。①

管同（1780—1831），字异之。江宁上元（今江苏南京）人。②
道光五年（1825）举人，入安徽巡抚邓廷桢幕府。
文风刚健清新，简洁明快，长于议论，有《因寄轩诗集》《因寄轩文集》《皖水词存》《七经纪闻》《孟子年谱》等。③

梅曾亮（1786—1856），字伯言。江苏上元（今江苏南京）人。④
道光二年（1822）进士，官户部郎中。二十九年，引疾归里，主讲扬州书院。
梅曾亮以散文见长，文风清淡简朴；亦能诗，偶有自然清隽之作。有《柏枧山房文集》《柏枧山房诗集》《骈体文钞》等。⑤

高紫岚舍人筠以绍兴酒诗见示同赋

清·曹楙坚

郫筒空费藕丝苞⑥，此是山公耐久交。
大户留连夸浙瓮⑦，女儿风味配吴疱⑧。
千钱不惜人间买，三酘谁将酿法教。
便使中年少丝竹，蓬莱春色未应抛⑨。

【作者简介】曹楙坚（1786—1854），字树蕃，号艮甫。吴县（今江苏

---

① 马良春，李福田. 中国文学大辞典 [M]. 天津：天津人民出版社，1991.
② 王洪. 古代散文百科大辞典 [M]. 北京：学苑出版社，1991.
③ 马亚中，吴小平. 中国寓言大辞典 [M]. 南京：江苏文艺出版社，1997.
④ 王洪. 古代散文百科大辞典 [M]. 北京：学苑出版社，1991.
⑤ 俞汝捷. 中国古典文艺实用辞典 [M]. 北京：中国青年出版社，1991.
⑥《昙云阁集》（清光绪三年曼陀罗馆刻本）载本诗，注云："见《成都古今记》。"
⑦《昙云阁集》（清光绪三年曼陀罗馆刻本）载本诗，注云："三字见《太平寰宇记》。"
⑧《昙云阁集》（清光绪三年曼陀罗馆刻本）载本诗，注云："女酒之名见《南方草木状》，南人皆酿之，今惟绍兴有女儿酒。"
⑨《昙云阁集》（清光绪三年曼陀罗馆刻本）载本诗，注云："绍兴新造蓬莱春酒，见《贵耳集》。抛青春，亦酒名。"

苏州）人。名列"吴中后亡子"。

道光十二年（1832）进士，选庶吉士，散馆，授刑部主事，擢员外郎，考授福建道监察御史，转户科给事中。咸丰四年（1854）二月，升湖北按察使，署布政使；六月，太平军破武昌城，死于乱军中。①

工诗词。有《音鲍随笔》《章邱金石录》《昙云阁诗集》《昙云阁词钞》等。②

韩将军光愈宝刀歌

清·康发祥

光愈，泰州人，中康熙乙丑科武进士，廷士第三人及第，官至参将。枭勇善战，多立战功。有宝刀二，今归陈氏。患疟者多以此厌胜之。余与同人往观，为作宝刀歌。

匣中留此数尺铁，上有血花团成结。
宽于两指薄如叶，斩蛟屠龙不得折。
韩将军称盖世雄，提刀上马挥长虹。
两条练影飞当空，空中霹雳鏖雷公。
杀人如草双眸红，啾啾唧唧啼沙虫。
一日杀贼九十九，杀心未快不释手。
豺虎潜藏魑魅走，**掷刀下饮郫筒酒**。
咄咄逼人事可怪，将军蚤死刀空在。
不作平津化去身，鹧鹈膏溢芙蓉外。
头毛直竖目眦出，藏刀之人向我说。
每当阴雨天昏黑，刀上人头时出没。
吁嗟乎！
从来神物贵有主，多少恩仇须托汝。
将军之后待谁人，把鼻沉吟几回舞。

---

① 钱仲联，傅璇琮，王运熙，等. 中国文学大辞典［M］. 上海：上海辞书出版社，1997.
② 李峰，汤钰林. 苏州历代人物大辞典［M］. 上海：上海辞书出版社，2016.

【作者简介】康发祥（1788—1865），字瑞伯，号伯山。江苏泰州人。贡生，太常寺博士。有《三国志补义》《海陵竹枝词》《伯山诗话》等。

八月二十七日为余四十初度莱臧招同潘寿生_眉周花农_{樽元}章虎伯陈集园集双佛桑轩即事感怀作诗纪之

清·沈学渊

身如黄叶随西风，飘然又堕瓯山东。
征衣一浣未旬日，砚洼书簏皆尘封。
老羌渴疾不可耐，茅柴私压玻璃钟。
主人好客尤好事，**晓窗罗列双郫筒**。
手翻兰谱志月日，我降却与庚寅同。
羁愁颇颇（kǎn）请勿虑，为君落落开心胸。
江湖浩荡酒徒在，蛮笺三寸驰巴僮。
陈髯洒脱胜畴昔，章髯扶病如衰翁。
周郎潘郎各一揖，新诗脱口声摩空。
官斋疏散似村舍，宾主皆作秋江鸿。
吾曹会合偶然耳，安能上下随云龙。
海天南指渺无际，筜舆鳖蕫（biān biéxiè）群山峰。①
不如借此暂歇脚，大盆圆坐相追从。
银筠小队将进酒，鹧鸪曲罢愁吴侬。
何戡亦是旧行辈，双颊渐蚀秋芙蓉。
溧阳直柏已半老，将军猿臂犹弯弓。
平头四十竟如此，世事那许笺天公。
韩苏文章未销歇，往往磨蝎居身宫。

---

① 《桂留山房诗集》（清道光二十四年郁松年刻本）载本诗，注云："莱臧偕花农方旋自兴化，寿生将之潮州，余将随校诸郡试艺。"

日者龟策吾勿取，一醒一醉知穷通。
君不见，
佛桑两树好颜色，秋花那及春花红。

【作者简介】 沈学渊（1788—1833），字涵若、梦塘，号兰卿。江苏宝山（今上海宝山）人。

嘉庆十五年（1810）举人。嘉庆间受萧县知县潘镕之邀，主修《萧县志》。浙闽总督慕其才学，邀其与修《福建通志》。后又获江苏巡抚林则徐青睐，揽入幕中。辛后，林则徐为其撰写墓志铭。有《桂留山房诗集》《桂留山房词集》。

题谭五菊农祖勋且泊图即送之官蜀中

清·徐宝善

佳乎吏也君家风，蜀江一舸趋崃邛。
胡然作图图且泊，头衔合署船司空。
朝来读君述怀句，风尘书剑嗟飘蓬。
生平自负障川手，此愿竟逐江流东。
劝君莫悲歌，听我扬清讴。
君不见，
豫州中流誓击楫，子陵大泽披羊裘。
龙信蛇蛰会有命，泥涂郁蟠庸足羞。
悠悠浮尘子，大言慕宗悫。
但知鄂君青翰新波飞，岂识白浪横江瓦官屋。
一朝渤澥犯胥种，万里收帆悔不速。
何如维舟西塞山，凉波瑟瑟芦花湾。
君图岂是乐高隐，一官且喜闲鸥间。
青衣江，白沙渡，送君扁舟此中去。
安得与君酤酒倾郫筒，重访严遵卖卜处。

【作者简介】 徐宝善（1790—1838），字廉峰。歙县（今属安徽）人。嘉庆二十五年（1820）进士，选庶吉士，授翰林院编修，历官御史。好吟咏，熟读诸史，诗宗汉唐，在李、杜外，专攻韩诗。有《五代新乐府》《壶园杂著》《壶园诗钞》《壶园全集》等。①

郫筒井

清·赵遵素

山公吏而仙，荼蘼供酿酒。
绿蚁浮若萍，兀然酎大斗。
哀哉竹林游，寒落素心友。
凤举鸿亦轩，嵇阮似非偶。
长啸悲穷途，所好过于狙。
试问黄公垆，芳踪竟何有。
寄情杯酒间，风流乃弗朽。
古井不生澜，渴杀垂涎口。

谒刘公墓

清·赵遵素

桐阴暗淡千尺强，中有绿毛幺凤翔。
山公曾此做仙吏，荼蘼供酿泉为香。
胜迹名流略叹逝，绕城春水声浪浪。
邑宰循声旧尸祝，首丘不肯忘桐乡。
我民父母我民子，雷封花县卧而理。
郁林载石竟无归，挽歌生动走千里。
白杨萧萧杜宇啼，马鬣崇封近在此。

---

① 戎毓明. 安徽人物大辞典［M］. 北京：团结出版社，1992.

重茸荒芜春社修,人心乐善亦可喜。
名臣亮节何君公,威持白简人中雄。
小试烹鲜有经济,立功立德将无同。
摛藻文章况弗朽,如挝(zhuā)雷鼓惊人聋。
此君亭上写金错,摩挲手泽钦其风。
朅来读书当招隐,陌上冶游殊未骋。
瓣香膜拜从诸君,百年仰止实所幸。
覆陇黄花交远风,荫水绿杨弄疏影。
倾杯酬神神倘来,**放歌一醉邮筒井**。

饮家虔中孝廉桐花别墅感赋

清·赵遵素

一别浮云十几春,相逢为我涤缨尘。
桐阴自爱收香鸟,海上来归逐臭人。
家有骊珠堪照乘,书从金匮出藏珍。
荼蘼酿熟容斟酌,池畔好风吹酒鳞。

李仲黄煐(煐)访予岷阳讲舍有诗次韵

清·赵遵素

不作栖霞人,山灵遂移去。
坐我穷愁中,亦复得幽趣。
腹无千卷书,黤(yǎn)浅实所惧。
谓若能文章,无乃过于誉。
区区望青目,持此归何处。
李侯澄澹胸,游散导先路。
空嗟驰骋才,韬晦弗肯露。

买山需万钱，招隐事求预。
春酿荼蘼香，猎酒山公署。
素心羊与求，三径柱相顾。
百年粗粝餐，鸡黍亦略具。
昔学邯郸行，往往失其故。
今为郢中歌，和寡曲犹度。
移情云水乡，从君欲蝇附。
未须调素琴，偶然拾佳句。
清词庾鲍间，论文古人慕。
掉臂寻竹溪，六逸蹑高步。
桐花幺凤翔，琐琐安足赋？
长啸如青鸾，知音有时遇。

张一斋万选外翰与予别有年矣获晤岷阳承和予春怀韵见赠因复次韵酬之

清·赵遵素

凯水唐安去去匆，**三霜留滞恋郫筒**。
客歌下里巴人曲，君有南州高士风。
酒量任教多病减，诗名未负半生穷。
楸枰坐隐殊清绝，雨过陂塘乱活东。

子云亭怀古

清·赵遵素

草元有亭名已古，草元人去留芳矩。
桓谭老子巨眼清，覆醯不敢轻明府。
扬子当年学最优，风流儒雅芳邹鲁。
法言著就青苔编，锦绣珠玑无踵武。

大峨巫山灵秀钟，鼾寝之余白凤吐。
问字有人载酒来，六书品骘忘月午。
汉家火德未中衰，新莽翩醖神器侑(yǒuqiǔ)。
先生事莽人有言，由醉之言出童羖(gǔ)。
别有扬雄莽大夫，瑾瑜底事诬瓦碔(wǔ)？
先生投阁忠情真，先生有怀真未补。
君不见，洗墨池水尚沉沉，洗墨高情老风雨。
桑田沧海更春秋，文翁相如宁踽踽。
又不见，霸下赑屃负残碑，脉望欲饱封尘土。
徘徊凭吊经名儒，词咏恒难更仆数。
何期今日登斯亭，论世芳言倾杜母。
琴鹤飞鸣聆好音，袜线醯鸡惭绣虎。
读史曾无断史才，春风一座光眉宇。

【作者简介】 赵遵素（生卒年不详），字玉山。四川成都人。

赵遵素少时聪颖好学，喜好经史。稍长，驰誉文坛。主要活动于嘉庆年间。

赵遵素掌教岷阳书院十余年，放情山水，诗酒生涯，郫中名景胜迹、古寺丛林，题咏颇多。有《玉沙山房诗稿》《玉山诗集》。①

人日题诗寄草堂 得高字

清·吴文镕

触拨春消息，同心托素毫。
草堂人日胜，云树蜀山高。
脱稿离怀写，缄梅驿使劳。
郫筒期后约，彩笔试今操。

---

① 卫志中. 酒忆郫筒［M］. 成都：成都市郫都区党史地方志办公室编，2021.

旧雨三巴阻，东风七字豪。

浣花谁曲沼，挑菜此晴皋。

物候参天意，吟情共我曹。

达夫年进未，诗格几爬搔。

【作者简介】吴文镕（1791—1854），字甄甫。江苏仪征（今属江苏扬州）人。

嘉庆二十四年（1819）进士。道光十九年（1839），任福建巡抚，与总督邓廷桢筹海防，击退英军进攻。三十年，擢云贵总督。咸丰二年（1852），调闽浙总督，寻调湖广总督。四年正月，率军进攻黄州，后被太平军击溃，投塘自杀。谥文节。①

有《吴文节公遗集》。②

满江红·己酉春重至成都作

清·吴振棫

秃尽吟毫，重问到、锦江春色。是何处，玳梁燕子，旧曾相识。**郫县酒筒春味短**，薛家笺样香痕窄。算多情、来补海棠诗，当时缺。

已近了，衰屑日。还自作，羁孤客。认渚柳，潭花都迷旧迹。梦趁一江流碧远，泪挽万树飞红急。怎携家、偏傍杜鹃城，啼声切。

【作者简介】吴振棫（1792—1870），字宜甫，号仲云，晚号再翁。浙江钱塘（今浙江杭州）人。③

嘉庆十九年（1814）进士，历官云南大理知府、贵州粮储道、山西布政使、云南巡抚兼署总督、四川总督等职。同治元年（1862），奉命筹办山西河防，又办理陕西军务。他在大理时曾严禁种植罂粟，林则徐称其

---

① 吴如嵩. 中华军事人物大辞典［M］. 北京：新华出版社，1989.
② 郭毅生，史式. 太平天国大辞典［M］. 北京：中国社会科学出版社，1995.
③ 钱仲联，傅璇琮，王运熙，等. 中国文学大辞典［M］. 上海：上海辞书出版社，1997.

"明敏果练，可当大任"。① 后引疾归里，卒于家。

有《养吉斋丛录余录》《黔语》《花宜馆诗钞》《国朝杭郡诗续辑》等。

芝坨毛秀

清·杨万树

不矜桃核与郫筒，九酝香调六物中。
合占新衔称曲部，较量应比汝阳工。

【作者简介】杨万树（生卒年不详），自号苏堤。宁海缑城（今属浙江宁波）人。

生性慷慨，乐善好施。中年归于沉静，以把酒吟诗为乐。家境殷实，善于酿酒。多方搜罗文献，悉心钻研酿酒技术。嘉庆元年（1796）赴杭州，抄读文澜阁藏宋朱翼中《北山酒经》、窦苹《酒谱》等书，搜集历代有关酿酒的文献。有《六必酒经》。

成都竹枝词

清·定晋岩樵叟

郫县高烟郫筒酒，保宁醋醋保宁绸。
西来氆氇（pǔ lǔ）铁皮布，贩到成都善价求。

【作者简介】定晋岩樵叟（生卒年不详），寓居成都近二十年。曾于清嘉庆初年（1796）作成都竹枝词百首。②

---

① 王广西，周观武. 中国近现代文学艺术辞典 [M]. 郑州：中州古籍出版社，1998.
② 李廷锦，李畅友. 历代竹枝词选 [M]. 南宁：广西人民出版社，1987.

利州柬成都诸先生·其一

清·李星沅

秋云一笠聚诗龛,小酌郫筒酒半酣。
可惜草堂留未得,昨宵犹梦百花潭。

【作者简介】 李星沅(1797—1851),字子湘,号石梧。湖南湘阴(今属湖南岳阳)人。

道光十二年(1832)进士,选庶吉士,授翰林院编修。历任兵部尚书、陕西巡抚、陕甘总督、江苏巡抚、云贵总督、云南巡抚、两江总督等职,参与禁烟运动与鸦片战争抗英斗争,并有文才,号为湖南"以经济而兼文章"三君子之一。三十年,受命为钦差大臣,次年卒于军中,谥文恭。

有《李文恭公全集》,另有《李文恭公诗存》,收入李长荣所辑《柳堂师友诗录初编》。李星沅与夫人郭润玉唱和诗,编为《梧笙馆联吟初辑》。[①]

小坪和诗至叠韵转和

清·何绍基

鹥云渍研冰花黏,倾酒磨墨衣袖沾。
吟肩乍耸巡衡檐,敲门昨夜催租严。
怜余桦(xiáng)末嗤蚊髯,手挛足趼(xué)徒自砭。
琵莼何处招巫詹(tíng),蓬庐镇日悄下帘。
等身未诵三万签,枯渠涸鲋(yǎn)空唈噞。

---

① 钱仲联,傅璇琮,王运熙,等. 中国文学大辞典[M]. 上海:上海辞书出版社,1997.

快读君诗思乍忺，香流溢楮色味兼。
知君笔墨供嬉恬，浣薇万遍意未厌。
珠光一夜泣鲛潜，虇罴觷觺舌本䑈。
神斤鬼斧纷钩钳，飞矛偃戟锋铓铦。
似怒似笑兼嘲䩞，时隐时现谁眈占。
芒芴乃析牛毛纤，蹒跼欲逐蚕蹄磏。
我惭懵学徒翘瞻，龌龊犹自操毕占。
同心兰臭曾沾渐，芬余齿颊捐割燖。
郫筒咀嚼味转甜，悬榻几日离阔淹。
西山一角斜阳崦，铜壶夜冷金井䗩。
熏炉炙砚兽炭炎，流风独写幽韵添。
琅玕细腻纸尽挦，姜芽紧捉狸毫尖。
瑶华触手烦重拈，待看东岭朝阳暹。
清吭一戛翔云𪆰。

题伍燕堂丈流觞图

清·何绍基

松涛殷空石色绮，翠竹森森映洲沚。
流觞闲逐水声来，遇折斯旋坎斯止。
丈人蓄德无年岁，有似滥觞波尺咫。
壑源渐深风雨作，涟漪溁瀁日千里。
两郎联翩鹓鹭行，翔游太液恩波里。
季君又奋秋风翼，鲲鲸待化春江涘。

养堂就养长安舍，月夕花晨荐甘旨。
称觞正值修禊辰，令节为翁娱览揆。
招邀朋辈悦椿华，脱略衣冠删跪起。
长安尘土高一丈，为客停杯话乡里。
故乡本是山水窟，双峨峼 峺(gàoyáng) 大江驶。
小峰曲涧纷无数，照眼莹莹清不滓。
郫筒酤酒丙穴鱼，乡味何时饫芬美。
我思丈人怀抱阔，年近期颐健发齿。
但逢有酒径当醉，焉用淄渑分彼此。
譬如流觞无定则，深浅酌斟皆可喜。
梅花将开雪未化，想见新笃浮绿蛾。
不须真有激湍流，小屋如舟月如水。

嘉州啖荔支 用坡韵

清·何绍基

犍为舍人拨秦灰，我诹文献锋车催。
乘风冒雨五月至，却疑专为荔支来。
两度乘轺驰岭海，堆盘磊落非新采。
今朝访帖荔支楼，放翁刻石空千载。
快尝嘉果真嘉州，似咀新诗坡与涪。
色香味外韵殊绝，筠篮更伴凌云游。
倾城风骨动苏子，忽嗔尤物为疮痏(wěi)。
天生万类有何心，人谓珍奇斯可瑞。
荔支有谱别根芽，传闻闽粤味更加。
慰情胜无自一快，**压倒郫筒蒙顶茶**。
遥怜群稚口流沫，大雨驰饷可至邪。
昨夜梦魂飞到家，小池开遍芙蓉花。

【作者简介】 何绍基（1799—1873），字子贞，号东洲，别号东洲居士，晚号猿叟。湖南道州（今湖南道县）人。清代诗人、画家、书法家。

道光十六年（1836）进士，历任福建、贵州、广东乡试正副考官及四川学政等职。后因触忤权贵被降官，自此绝意仕进，先后主讲济南泺源、长沙城南书院。晚年寓居苏州，主持苏州、扬州书局。①

经史皆通，尤精小学、金石、碑版。其书法初学颜真卿，又融汉魏而自成一家，尤长草书。② 有《惜道味斋经说》《东洲草堂诗钞》《说文段注驳正》等。

送刘啸庵明府

清·汤鹏

一骑蓟门道，千程闽海中。
侧闻天子意，不薄宰官功。
杀贼鲲山下，维车蟹井东。
怜君才望好，**杯酒倒郫筒**。

【作者简介】 汤鹏（1801—1844），字海秋，自号浮邱子。湖南益阳人。清代思想家、文学家、诗人。

道光二年（1822）进士，历任礼部主事、户部员外郎、监察御史等职。

汤鹏主张为政、修身、诗文贯而为一，诗歌应"本乎性情而应乎气运"。为诗不拘于格律，多悲愤沉郁之作，古体较有特色。文多有奇气。③

有《海秋诗集》《明林》《浮邱子》等。

---

① 林同华. 中华美学大词典［M］. 合肥：安徽教育出版社，2000.
② 方克立. 中国哲学大辞典［M］. 北京：中国社会科学出版社，1994.
③ 王广西，周观武. 中国近现代文学艺术辞典［M］. 郑州：中州古籍出版社，1998.

醇邸以雪诗见示走笔和之

清·宝鋆

雪花最好趁梅花，寒影纷纶疏影斜。
南亩梦鱼欢禹甸，西湖放鹤羡林家。
何人老屋斟郫酒，几处空江理钓槎。
一曲阳春谁继唱，如天诗胆笑刘叉。

感 怀

清·宝鋆

民事常期岁事丰，韶光九十思无穷。
银云一径梨花雨，金缕千家杨柳风。
山郭水村欢社鼓，**浊贤清圣付郫筒**。
倚天耿耿挥长剑，魑虐全应扫荡空。

【作者简介】宝鋆（1808—1891），索绰络氏，字佩蘅，又字锐卿。世居吉林，隶满洲镶白旗。

道光十八年（1838）进士，累官实录馆纂修、侍读学士、内阁学士。咸丰五年（1855），任礼部右侍郎。历正红旗蒙古副都统、户部右侍郎。十年，授总管内务府大臣。以英法联军入侵，管地被劫掠，降为五品顶戴。十一年，命在军机大臣上行走，充实录馆副总裁、总理各国事务衙门大臣。同治元年（1862），擢户部尚书，兼署兵部尚书等职。历任吏部、刑部、兵部尚书。光绪元年（1875），任文渊阁领阁事、实录馆监修总裁。十二年，以大学士致仕。卒谥文靖。①

---

① 高文德. 中国民族史人物辞典［M］. 北京：中国社会科学出版社，1990.

有《奉使三音诺颜汗纪程诗》《文靖公遗集》《佩蘅诗钞》等。①

寄陈奎垣表弟

清·林寿图

有人道过锦官城，**逢汝邮筒载酒行**。
试问巴愉消客醉，何如蜀魄劝归情。
三年幕燕春相忆，万里江鱼寄不成。
若念陈蕃约悬榻，到时儿女会将迎。

【作者简介】林寿图（1809—1885），初名英奇，字恭三、颖叔，号欧斋，别署黄鹄山人。福建闽县（今福建福州）人。

道光二十五年（1845）进士。历任工部主事、军机章京、监察御史、顺天府尹等职。同治五年（1866），迁陕西布政使。十年（1871），任山西布政使。后免职，主讲南京钟山书院、闽县致用书院。②

有《黄鹄山人诗钞》《启东录》《华山游草》等。

和向岸夫纪胜亭次苏滦城原韵

清·祁戡

天社峰高插远空，层峦倒映碧波中。
举头天外疑无地，振袂林间欲御风。
逸兴苍茫寻古碣，**壮怀浩落对邮筒**。
江山胜概增凭吊，千载风流属次公。

【作者简介】祁戡（生卒年不详），贵阳（今属贵州贵阳）人。

---

① 孙文良. 满族大辞典［M］. 沈阳：辽宁大学出版社，1990.
② 梁淑安. 中国文学家大辞典［M］. 北京：中华书局，1997.

举人出身,嘉庆十五年(1810)任新津县令。有《登华宝寺》等。①

寄唐鄂生炯县令蜀中

清·莫友芝

丛山日月促,满地风烟老。
跳身持蜀县,捷足怪尔早。
惊怀砚斋聚,尽眼平生好。
商歌万幕侧,饮饯千旗杪(miǎo)。
雨雪各奔波,别泪挥草草。
虚舟凭纵浪,性命差得保。
书来理陈迹,恻恻忤怀抱。
闻君若水行,谈笑靖边堡。
归寻浣花路,诗垒犯天宝。
仕优端可见,何事愁绝倒。
宦情我何有,五岳兴未扫。
平生忧患胸,掬胜冀涤澡。
关河入我梦,嵩华落襟褾(biǎo)。
郫筒期早梅,一醉锦官道。

【作者简介】 莫友芝(1811—1871),字子偲,号郘亭,晚号眲叟。贵州独山人。晚清金石学家、目录版本学家、书法家,宋诗派重要成员。与遵义郑珍并称"西南巨儒"。

道光十一年(1831)举人。同治初,中外大臣密荐学问之士,诏征十四人,莫友芝为其一。曾先后五次赴京会试,皆落第。自道光二十二年始,任遵义湘川书院、培英书院讲习达十七年,是贵州少数民族地区文化

---

① 潘殊闲,罗健勇,曾晓娟. 都江堰文献集成:历史文献卷(文学卷)[M]. 成都:巴蜀书社,2018.

教育开拓者之一。①

一生主要功绩在搜集、整理、校刊、评点和收藏古书，收藏整理的古籍珍本甚多。他竭尽全力搜集贵州自明代以来的地方诗歌与文献资料，整理编撰成《黔诗纪略》三十三卷。有《唐代说文本部笺异》《声韵考略》《韵学源流》《郘亭知见传本书目》《郘亭诗钞》《郘亭遗诗》《郘亭遗文》《影山词》《郘亭经说》等。②

雨后偶成

清·汪日桢

昨日日没胭脂红，今日不雨亦有风。
由来谚语是诗料，占验传自田闲翁。
黄梅天气苦郁塞，小窗兀坐心疏慵。
觅句更苦诗思涩，花毫已秃百炼锋。
忽然一雨倒盆盎，檐瀑不断飞淙淙。
农人插秧正盼雨，余润波及青苔浓。
阶前众绿色尤净，清味一洗芥蒂胸。
故将好景佐吟抱，造物惠我亦已丰。
世有诗人天所喜，愚能使智拙使工。
哦成佳句每自诧，讵知天意非人功。
淋漓兴会莫孤负，不然过眼终成空。
拂笺泼墨恣挥洒，**开襟更为倾郫筒**。

【作者简介】汪日桢（1813—1881），字刚木，号谢城，又号薪甫。浙江乌程（今属浙江湖州）人。

咸丰二年（1852）举人，官会稽教谕。精于史学、算学。

生平好著述，兼通倚声之学，好填词。著有《荔墙词》《湖雅》《二十四史日月考》《历代长术辑要》附《古今推步诸术考》等，纂修《乌程县

---

① 吴玫木. 中国古代书法家辞典［M］. 杭州：浙江人民出版社，1999.
② 俞汝捷. 中国古典文艺实用辞典［M］. 北京：中国青年出版社，1991.

志》《南浔镇志》，刊有《荔墙丛刻》。①

同叶雪荪郎中至犀浦

清·顾复初

西山隐隐在郊扉，野店溪桥入翠微。
春草马蹄兼蝶举，夕阳牛背带鸦归。
清渠激溜村春急，古木寒庄市火稀。
赖有故人留我宿，**一樽绿酒卸尘衣**。

【作者简介】顾复初（1813—1894），字幼耕（一作幼庚）、乐余、子远，号道穆、听雷居士、罗曼山人、潜叟等。元和（今属江苏苏州）人。

拔贡生，以州判仕蜀。咸丰二年（1852）入四川学政何绍基幕，后为四川总督吴棠、丁宝桢、刘秉璋幕僚。

工诗词、古文、书画，擅楹联，光绪中被推为蜀中第一书家。有《海风簫词》《蜀桐弦词》《绛河笙词》《罗曼山人诗文集》《乐静廉余斋文集》等。②

文竹酒具歌为邵阆风作

清·蒋方增

桃根之盏荷莆杯，华饰不数钿玫瑰。
绵江城南产文竹，红鹄尾扫青云隈。
龙鳞拿攫势盘郁，湘雨渍染波潆洄。
峨峨云吐王屋岫，点点风堕罗浮梅。
筼筜异采叫奇绝，零落荆蔓含烟苔。

---

① 钱仲联，傅璇琮，王运熙，等. 中国文学大辞典［M］. 上海：上海辞书出版社，1997.
② 李峰，汤钰林. 苏州历代人物大辞典［M］. 上海：上海辞书出版社，2016.

风泠泠兮雨淅淅,有客忽自天南来。
博搜金石爱奇古,规制尊卣精陶坯。
阜父丁盉款足鬲,沃盥用收设水罍。
玉偏提复仿唐制,金叵罗合倾春醅。
浮筠更拟邮筒式,夜梦载酒瞿塘回。
截竹奇巧等辨劵(quàn),游艺欧褚夸兼该。
浮生百事不快意,对此襟抱为君开。
莫嫌踪迹与俗涸,秋月皎皎无纤埃。
篱边黄菊已舒萼,酩酊拟筑糟邱台。

【作者简介】蒋方增(生卒年不详),字渌初。江苏武进人。

嘉庆二十年(1815)知瑞金县事。重文学,修礼教,廉正自持。闲暇时弹琴赋诗,与邑人士之端谨者论说文艺,旁及风土人情,蔼然有儒吏风。道光六年(1826),乞病归,宦橐萧然,时人皆服其高致。[①]

饮酒诗·其六

清·方濬颐

酒固我之友,好友与酒同。
生平爱结客,**把臂倾邮筒**。
燕秦楚粤人,聚之一室中。
冷暖无俗情,意气皆熊熊。
那复论主宾,杖头钱屡空。
三百六十日,醉乡游不穷。
北海洵可师,毋使彼独雄。
膏肓病在此,似有竹林风。

【作者简介】方濬颐(1816—1889),字子箴,号梦园、饮苕。安徽定

---

① (清)刘坤一,刘绎,赵之谦,等.江西通志.清光绪七年刻本.

远（今属安徽滁州）人。①

道光二十四年（1844）进士，选庶吉士，授编修。二十九年，任云南乡试正考官。同治八年（1869），授两淮盐运使。历任浙江、江西、河南、山东各道御史，两广盐运使兼署广东布政使，四川按察使等职。后致仕，于扬州开设淮南书局，校刊群籍。②

有《二知轩诗文集》《忍斋诗文集》《古香凹词》《朝天录》《蜀程日记》等。

俗吏吟

清·胡撸中

士俗不可医，吏俗亦可嗤。
行人试静听，听歌俗吏词。
俗吏溺于酒，曲生不离口。
郫筒若下春，能教不胫走。
不解文字饮，惟知醉红友。
俗吏溺于花，碧玉招香车。
艳姬踏筵舞，掺手弄琵琶。
不识周郎顾，节拍按红牙。
贪恋米囊膏，睡乡唤不起。
客至玉山颓，筋骨多懈弛。
谈笑忽风生，博趣卧游里。
黄绸蒙合欢，日高闻放衙。
忙来理计帐，刻剥到鱼虾。
取之尽脂膏，用之如泥沙。
会敛仗荷胥，盗铃不掩耳。
魁柄人持之，好官自为尔。
驺从故翩翩，冤民衔没齿。

---

① 赵海明. 碑帖鉴藏［M］. 天津：天津古籍出版社，2010.
② 戎毓明. 安徽人物大辞典［M］. 北京：团结出版社，1992.

贪缘奉上司，馈金问谁知。
悖入复悖出，循环理亦宜。
一朝覆公𫗧，何以为孙儿。

【作者简介】胡揩中（1816—?），字庚一，号圭山。金华府永康县（今属浙江金华）人。

同治九年（1870）举人，官泰顺教谕。①

寒柳·其四

清·陈景初

好梦曾占柳柳州，此行未必慰封侯。
郫筒宿酒宜消夏，羌笛斜阳易感秋。
算到瓜期情脉脉，重来花县事悠悠。
繁华一让闲桃李，剩有寒香在陇头。

【作者简介】陈景初（生卒年不详），号草庭。海盐县（今属浙江嘉兴）人。

浙江监生，大致在嘉庆二十年（1815）署郫县知县。②

题郫县郫筒池亭为李恭甫同年

清·王培荀

有二井传，云山涛作郫筒酒。
李白豪饮似长鲸，曾筑酒楼在任城。
任城李君来游蜀，**郫筒美酒谁同倾**。

---

① （清）潘衍桐. 两浙𬨎轩续录. 清光绪十七年浙江书局刻本.
② 卫志中. 酒忆郫筒［M］. 成都：成都市郫都区党史地方志办公室编，2021.

我闻郫筒甲天下，平生思饮无从赊。
爱君风流意消闲，闲来池上倾杯斝。
古来胜迹多模糊，韵事还应属吾徒。
每惜苔深迷客屐，空闻鸟语劝提壶。
仙吏举废兼好古，肯教台榭久荒芜。
花竹扶疏幸无恙，方塘更喜澄波漾。
雕栏几曲护平桥，耳目重新客疏放。
丝丝秋雨锦城西，芙蓉零落寒螀啼。
青莲仙去酒徒少，明月重临舞袖低。
我欲从君池畔座，会须一饮醉如泥。

送江春明秀才还金陵

清·沈寿榕

怜君不得意，壮岁鬓毛斑。
且尽郫筒酒，知从蜀道还。
落花三月雨，归梦六朝山。
漫唱乌啼曲，青青柳一弯。

春游工部草堂·其四

清·沈寿榕

自笑羁栖者，成都二十年。
酒沽郫竹美，锦濯浪花圆。
剑阁朝驱马，苍溪雨放船。
公如知有我，应念后生贤。

富玉堂都护_{森保}招同严渭春中丞_{澍森}饮荷亭醉后作

清·沈寿榕

盛夏作熟客，乐事真良苦。
塘上敞虚亭，潭潭都护府。
富侯兴洒落，清谈坐挥尘。
交我披胸肝，英爽出眉宇。
白莲花作围，向背半吞吐。
碧波千百叠，翠禽一双舞。
郫筒斟再三，圆叶高尺五。
夕近微生凉，云过忽飞雨。
严公十年长①，雄略兼文武。
故山卧烟霞，神鸾养毛羽。
此时醉烂漫，群言佳宾主。
头衔拟赠公，成都酒大户。

【作者简介】沈寿榕（1823—1882），字朗山，号意文。海宁（今属浙江海宁）人。

历官云南盐法道。② 有《立笙楼诗录》等。

春山策杖图

清·郭昆焘

山人足清兴，落落谁能穷。
结庐深树林，一径连蒙茸。

---

① 《寓蜀草》（清道光二十七年刻本）载本诗，注云："中丞生癸酉，榕生癸未。"
② （清）阮元，杨秉初. 两浙輏轩录. 杭州：浙江古籍出版社，2012.

幽居谢尘事，策杖登前峰。
悬崖矗石壁，孤亭翼其中。
层峦互环抱，秀削攒芙蓉。
寥寥纵遐瞩，浩浩凌青空。
年来山水游，历历藏心胸。
展图若有悟，万象森昭融。
蜀山吾未到，传闻颇蚕丛。
君家桂湖上，华萼对葱葱。
何当结比邻，诛茅远相从。
他年倘携手，**酩酊醉郫筒**。

【作者简介】郭昆焘（1823—1882），原名先梓，字仲毅，一字意城，晚年自号樗叟。湖南湘阴（今属湖南岳阳）人。①

道光二十四年（1844）举人。咸丰二年（1852），参佐湖南巡抚张亮基军务。后入湖南巡抚骆秉章幕府。历任国子监助教、内阁中书等。

有《云卧山庄诗集》《云卧山庄尺牍》等。

得翁消息

清·文先谧

万里凫通路，阿翁方远游。②
风霜关塞远，华发已盈头。
酒有郫筒美，诗禁杜子愁。
家余旧茅屋，菽水可能谋。

【作者简介】文先谧（生卒年不详），字无非。湖南宁乡（今属湖南长沙）人。

---

① （清）郭昆焘. 云卧山庄文存. 清光绪九年至十二年刊本.
② 《沅湘耆旧集》（清道光二十三年邓氏南村草堂刻本）载本诗，注云："自注：时应打箭炉覃朗川司马聘。"

道光十七年（1837）恩贡生、濂溪书院山长王开焯之妻。能诗，作品编为《熙朝雅化录》《兰闺画录初编》《尘查遗草》等。

题俞麟士太守凌云载酒图

清·郭辅元

佛前江水摇醺醁，佛顶江楼引杯杓。
坡翁一去八百年，载酒何人继芳躅。
汉嘉太守今循良，耽游一鹤随翱翔。
出门手挈几桃李，相与策杖登高冈。
醒狂恐被山灵笑，**酒携郫筒畅吾好**。
遥楫峨眉入绿樽，放开诗胆凌苍天。
树人树木情维均，此意迥出千寻尘。
不令风雅久沦替，要使人物归□春。
左司卧阁乘清晏，东绢相遗寄真面。
披图犹带断云流，拂纸如倾醇醴酽。
胜概高情媲往贤，发酣大叫呼髯仙。
人生此乐难再得，请君更置沽酒钱。

【作者简介】郭辅元（生卒年不详），四川青神（今属四川眉山）人。道光十七年（1837）拔贡。同治六年（1867）举人，候选州判，保奏知县。①

郫 县

清·毛澄

绕郭<ruby>箖<rt>líng</rt></ruby><ruby>箊<rt>yū</rt></ruby>绿不分，**筒香并舍竟无闻**。

---

① 周文华. 乐山历代诗集［M］. 乐山：乐山市市中区地方志办公室，1995.

江流似带金川雪,山势遥连瓦寺云。

卖果园邻扬子宅,种瓜人守蜀王坟。

鹅溪亭榭摧颓甚,耆旧雕残怅夕曛。

【作者简介】毛澄(1843—1906),字叔云,号瀚丰。仁寿(今属四川眉山)人。

光绪三年(1877),以县学生考取优贡第一,得四川督学张之洞赏识。当时,张之洞在成都创办尊经书院,人才济济。毛澄独兼众长,同辈尊为兄长。六年,中进士,选庶吉士。自光绪十年起,历任山东定陶、历城、泰安等十余县知县二十余年。①

有《群经通释》《三礼博义》《秦蜀山川纪要》《齐鲁地名今释》《治河心要》等。

灌 县

清·刘肇堂

郫筒饮罢又鸣驺,忽扑征尘古灌州。

多少人家环水次,高低雉堞倚山头。

千年胜迹离堆在,五季繁华夕照收。

独有青城高不极,烟霞晃朗豁双眸。

【作者简介】刘肇堂(生卒年不详),字敏甫。顺天府大兴县(今属北京西城)人。②

道光二十三年(1843),任海安司巡检。二十四年,任衡阳司巡检。二十七年,任仪征县典史。③

有《鸿泥》等。

---

① 曾晓娟. 都江堰文献集成·历史文献卷·文学卷[M]. 成都:巴蜀书社,2018.
② 潘殊闲,罗健勇,曾晓娟. 都江堰文献集成:历史文献卷(文学卷)[M]. 成都:巴蜀书社,2018.
③ 王汉民. 清代戏曲考论[M]. 北京:中国戏剧出版社,2019.

谈问渠户曹面南下洼起楼三间可以眺远索题句

清·袁昶

缚茅面势拱穹坛，蜀客登临眼界宽。
地近憺园秋禊过①，窗收窑厂苇风阑。
绿漪野色来千顷，曲宴清香寄一官。
难遣郫筒佳酒致，潞河郭索且登盘。

【作者简介】袁昶（1846—1900），字重黎，又字爽秋，别号渐西村人、芳郭钝叟等。浙江桐庐人。

光绪二年（1876）进士，授户部主事。九年，充总理各国事务衙门章京。十一年，随吏部尚书锡珍参加中法《天津条约》谈判。十八年，任安徽宁池太广道道员。二十四年五月，出任江宁布政使。同年八月，调直隶，赏三品京堂，在总理各国事务衙门行走。二十五年，转太常寺卿。二十六年，与许景澄等上疏反对对外宣战而被清廷处死。《辛丑条约》签订后，清廷为其平反，谥忠节。

能诗文，尤以诗著称，是同光体浙派诗人的代表。陈衍《近代诗钞》评其诗曰："爽秋诗根柢鲍、谢，而用事遣词，力求僻涩，则纯于祧唐抱宋者。"金天羽《答苏戡先生书》称其"能从山谷溯太白，而得蒙庄之神"，不过，"好用道藏佛典，乃为累耳"。有《渐西村人初集》《安般簃诗续钞》《水明楼集》《于湖小集》等。②

---

① 《安般簃诗续钞》（清光绪十六至二十四年桐庐袁氏刻本）载本诗，注云："近虎坊桥，国初昆山徐尚书故居。"

② 马良春，李福田. 中国文学大辞典 [M]. 天津：天津人民出版社，1991.

城畔荷风

清·朱廷硕

荷风澹荡拂城来，绕郭荷花一例开。
消夏永宜君子共，纳凉端有故人陪。
轻红密处香生早，浅翠丛中暑渐回。
欲制衣成伴骚侣，**郫筒小饮不须杯**。

【作者简介】朱廷硕（生卒年不详），云南石屏人。[①]
道光二十七年（1847），任他郎（今云南墨江）训导。[②]

林赞虞丈出守昭通过黔赠别·其二

清·叶在琦

京洛凉风来，阶墀秀佳菊。
出门畏秋霖，泥潦(lǎo)胶双毂。
城南邸居日，拥书坐斋屋。
岂识行路难，终日跋岩谷。
黔山无纤徐，阜众若穹蹙。
西行望滇云，乱峰更奇矗。
盘盘关索岭，高揭据腰腹。
往来尘满襟，辛苦茧在足。
境连无撒疆，人半奢安族。
光阴问场市，村寨觅氇(zhān)宿。

---

① 邓启华. 清代普洱府志选注［M］. 昆明：云南大学出版社，2007.
② 黄桂枢. 普洱茶文化大观［M］. 昆明：云南民族出版社，2005.

久客惯荒程，渐于风土熟。
此去秋渐深，薄寒起林麓。
呷酒可辟瘴，**邮筒旨且蓄**。
晓发耐暖佳，行装换禅复。
起居望精调，长涂羡载福。

【作者简介】 叶在琦（1866—1907），字肖韩，又字稚愔。侯官（今福建福州）人。①

光绪十一年（1885）进士，选授翰林院检讨，充贵州学政。二十七年，应闽浙总督许应骙之聘，任全闽大学堂监督，在省考选贡、童生，择优入学。二十九年，将凤池书院改名为福建高等学堂，充实设备，奖掖优秀，选送京师大学堂或赴日本留学；又派教员赴日本考察。三十一年，奉调进京，补御史。

其诗以咏物、咏怀为主，清新婉约，细腻动人。有《稚愔诗钞》等。

贺新郎·饮东篱花下 限韵

清·石浒

佳节轮飞陡。一年中、春正夏五，怎如秋九？雾敛烟收人意健，入夜清霜微透。刚赢得、东篱影瘦。浅碧深黄兼姹紫，论纷披、不比他家有。此中乐，君知否？

浮生岂必珠高斗。又何须、绯衣垂带，黄金悬肘。旷野天清猿臂好，莫放双雕高手。试看取、苍弓烹狗。脱帽狂呼花月下，**典轻装、纵买邮筒酒**。污吾目，牛马走。

【作者简介】 石浒（生卒年不详），字月川。如皋（今属江苏）人。

---

① 钱仲联，傅璇琮，王运熙，等. 中国文学大辞典［M］. 上海：上海辞书出版社，1997.

题李鳞长像

清·郭襄图

不必相知早，多由倾盖中。
心雄矜岸帻，**客到有邮筒**。
貌类丹元子，人依皋伯通。
同君俯身世，已是白头翁。

【作者简介】郭襄图（生卒年不详），又名郭皋旭，字皋旭，一字匡山。贡生。浙江平湖人。

工诗，有《更生集》。

得魏子存舅氏蜀中书

清·曹鉴徵

西蜀东吴万里余，那堪薄宦久离居。
舅甥忽忆三年别，乡国初逢一纸书。
明月啼猿巫峡迥，秋风落木锦江虚。
何缘得贳邮筒酒，好问云安丙穴鱼。

【作者简介】曹鉴徵（生卒年不详），字徵之。浙江嘉善人。有《白石楼》《红药园》两集。①

---

① 徐世昌等. 晚晴簃诗汇. 卷三十四.

寄和常理斋四弟 又和放衙韵

清·慈国璋

垂帘静寂夕阳时，卧阁看云日下迟。
四野耕犁知少事，**郫筒**浅酌自哦诗。

【作者简介】慈国璋（生卒年不详），字奉峨，号惺圃。

子云亭

清·金城

江汉汤汤独炳灵，**郫筒千载尚名亭**。
花迎问字人来径，车满新醅客到庭。
修竹犹栖堂上凤，童乌已识案中经。
至今投阁遗余恨，寒夜空来腐草萤。

【作者简介】金城（生卒年不详），粟山保县举人，寓居郫县。

蚕丛望帝墓·其一

清·徐子来

风烟苍莽旧坟台，花落春深杜宇哀。
揖让君臣皇古近，昌明人物蜀天开。
千重树气云边出，万里江声月窟来。
荐罢郫筒新酿酒，夕阳凭吊意低徊。

邑令刘有容先生祠·其二

清·徐子来

堕泪碑犹在,云封藓篆苍。
瀹花溪水绕,宿草墓门香。
望帝魂千树,**山公酒一觞**。
去思遗治迹,祠宇肃冠裳。

郫城怀古·其二

清·徐子来

望岷亭外淡烟霏,**绿绕郫筒锦树围**。
花凤每多从晓起,杜鹃犹自唤春归。
鱼山寺宇云封径,瓮店人家水抱扉。
芳草萋萋何武墓,摩挲旧碣怅斜晖。

【作者简介】徐子来(生卒年不详),字宇藩。邑举人,曾任平武县教谕。工诗,有《蕉窗琐录诗文》。

郫县竹枝词

清·何人鹤

郫筒井上桐花开,幺凤飞飞绕树来。
妾似桐花郎似凤,花开端的望郎回。

【作者简介】何人鹤(生卒年不详),绵州(今四川绵阳)人。诸生。尝与东南诸名士结社唱和。有《台山诗草》。

游郫县赠李安之

清·张怀溥

八十皤皤叟，花开酒不停。
樽前谈旧雨，海内几晨星。
天意宽邱壑，斯人尚典型。
伏生辕固辈，寿骨为传经。

【作者简介】张怀溥（生卒年不详），字雨山。汉州（今四川广汉）人。诸生。有《十笏山房诗钞》。①

访宋张少愚故宅·其一

清·徐发祥

安车六召聘书催，高隐郫城浊酒杯。
不就郎官除秘省，许留诗句在蓬莱。
人间沛雨犹延望，天外浮云任去来。
为访从前携鹤路，一庭秋色满莓苔。

【作者简介】徐发祥（生卒年不详），字瑞庵。郫县（今四川省成都市郫都区）人。廪生。②

---

① 王振会，雍思政. 蜀道神韵——广元名胜诗词选注［M］. 上海：上海三联书店，2015.
② 成都市文联，成都市诗词学会. 历代诗人咏成都［M］. 成都：四川文艺出版社，1999.

送炳庵曹年伯出守雅州·其三

清·刘星槎

东壁星移井络中,山陬粉泽要诗翁。
琴台剑阁新移鹤,越坞瓯江旧扇风。
竹里行厨鲜丙穴,**花前官酒斗郫筒**。
会看报最膺宸眷,司马重来使节雄。

【作者简介】刘星槎(生卒年不详)。常州人。廪生。

百竹诗·其四

清·郑炎

芙蓉池畔画桥东,一片清凉洒镜风。
蒻叶便教淋蜜酒,**吸泉原可引郫筒**。

【作者简介】郑炎(生卒年不详),原名源,字清渠。浙江秀水(今属浙江嘉兴)人。
诸生。有《雪杖山人集》。①

向日轩蜀葵吟·其一

清·王为垣

浪笑榴花不及春,蜀葵又斗舞衣新。
独怜不带郫筒酒,未免花开更笑人。

---

① 杨子才. 历代咏史诗钞[M]. 北京:解放军出版社,2009.

【作者简介】王为垣（生卒年不详），字掖臣。陕西府谷县（今属陕西榆林）人。

同治九年（1870）举人。因故屡科不中，遂设馆讲学。清末，府谷荣河书院改为高等小学后，受聘为教员，并协理校务。

工书法，积学宏富，尤精于《易》。有《府谷乡土志》等。

城东送客

清·徐兴诗

缘野红英满，青春白昼长。
邮筒谁数劝，程盖不容忙。
乐奏伊凉曲，杯凝琥珀光。
城东一回首，乔木正苍苍。

【作者简介】徐兴诗（生卒年不详），字克成。平江（今属湖南岳阳）人。邑岁贡教授。

南城踏雪望永寿山遣兴

清·廖徯苏

北风飔飔百草摧，雪花飞霰平城堆。
百雉嶙增啮如齿，一峰轩敞临其隈。
琳琅宫矗山之顶，琉璃光射云无影。
邮筒相对倾醽醁，镇日酣歌惟酩酊。
醉中偶作逍遥游，巍峨揖客如低头。
山灵仿佛向我诉，呢喃呜咽声秋啾。
目作眦睚身崱屴，光怪陆离形莫测。

为状天心殊暧昧，变熊辘轳悬片刻。
自搴薜荔穿巉岩，摩挲劫连储灵胎。
物理糠秕无足议，人世蜉蝣诚可哀。
鲸鲵横海翻潮缘，蜃市蛟楼互相逐。
从他野麑恋芁_{qiúshāo}菁，向彼蜗牛问蛮触。
名场客恒河沙□，风尘飘泊无津涯。
策马冰渊网珠玉，浮空瑗瑂成朝华。
何物椰榆触我怒，手卷髭髯吞永寿。
任从霹雳震层霄，尚有孤延力能斗。
边风吹气入云天，紧逐邪魔化碧烟。
归去呼僮勤煮酒，长鲸吸尽百川泉。

【作者简介】廖傒苏（生卒年不详），湖南湘潭人。大通县知事。①

双流晓行遇雨

清·汪濊恩

旅夜更筹永，晨兴客路孤。
秋怜天黯淡，风送雨模糊。
葛陌人呼滑，**郫筒酒可沽**。
云程何处是，长此辱泥涂。

【作者简介】汪濊(huì)恩（生卒年不详），字辑五。简西草池堰（今属四川简阳）人。庠生。②

---

① 刘运新，陈之凤，牛培炯，等．大通县志［M］．西宁：青海人民出版社，2020．
② （清）林志茂等修．汪金相、胡忠阀纂．简阳县志．民国十六年．

空花四咏次张天扉宫詹韵·酒花

清·沈维基

携得郫筒待月开,盈盈白蚁泛金罍。
烧春分外添春色,不落无端点落梅。
饷客有香融百末,浮梁似玉醉千回。
根芽只在青田核,烂漫何劳羯鼓催。

【作者简介】沈维基(生卒年不详),字心斋。浙江海宁人。曾任山东泰安府东平州知事。①

孝女行

清·陈瀚

孝女吴三姑者,邑民吴万选之女也,母甘氏。家窭贫,终岁食常不足。万选积劳成疾,道光十四年物故。三姑涕泣不食,矢舍生从父于地下,母责之乃止。明年冬十月,甘氏病,姑侍汤药不离。及卒,姑痛念怙恃惧失,何以生为,束发结襟,投井死。家人觅姑,乃得尸于井中,出之面如生,年甫十三也。岁嘉平,有州别驾张君补山裣其事言于邑侯王公小麟,邑诸生陈秉堃、刘青选等,又以三姑死亲状呈于学,遂上言于大府,请题奏疏,入竟荷。

天语褒嘉,寻建亭于井上,年久倾圮无存。刘青选等以亭难耐久,复议砌井,高四尺,围以石栏,题曰"孝女井"。而离井半里许,通衢大道,另竖一碑,恭书"御赞"于上,以表孝行。禀于邑侯。郑公沛云批准立案,以垂久远。因纪其颠末云。

君不见,**郫筒之水香且清**,此水可酿今尚存。又不见,郫南一女贞,

---

① 李经纬. 中医人物词典[M]. 上海:上海辞书出版社,1988.

井泥不食转鲜明。又不见，郫北有女孝笃诚，亲亡与亡共死生。年甫十三龄，天然有至情，捐躯井泉下，母女携手行。日月愁惨鬼神惊。井中水何时枯，井中人已受旌，岷阳草木亦生荣。吁嗟乎！银瓶至孝本性成，永为女史树先声。

【作者简介】陈瀚（生卒年不详），字莲舫。涪州（今重庆涪陵）人。①

广文钱敬庵先生归崇宁索赠·其一

清·罗籍

桃李欣看次第花，鳣堂忘记数年华。
每怜龙角溪声好，忽觉瀛峰日影斜。
官味郑虔歌苜蓿，世绿白傅慨琵琶。
郫筒久待先生饮，春色唐昌未有涯。

【作者简介】罗籍（生卒年不详），字啸园。

自北来南馆君府庭旧矣礼貌有加而教育无术述以赠别情见首辞

清·门裔

北向北辰发正玄，南冠南甯髻霜连。
猿啼鹤唳魂消矣，虎队豺群意黯然。
锦水原来通海柱，金台一跌坠仙田。
层宵铩翮须臾顷，万里辞家十七年。
实负趋庭陪鲤对，虚吟出谷听莺迁。

---

① 任竞，王志昆. 巴渝文献总目·古代卷·单篇文献[M]. 重庆：重庆出版社，2017.

劬劳未报云浮狗，肢体徒存蜕幻蝉。
棠棣花飘悲异地，鬊(shùn)髦饰尽恨终天。
只余骥子萦离抱，那觅鸾胶续断弦。
东阁梅花空烂熳，西湖月色自婵娟。
此间非恶肠回蜀，彼美堪怀目断燕。
春正何时书肆訾，府封逐日望三钱。
诚占解雨滋枯卉，暂摽雷云守故毡。
□念柔鸣惊嗑电，功希养正取蒙泉。
凤皇羽短将宜急，啄木嘴长数定前。
讵待歌鱼升幸舍，谬劳设醴秩宾筵。
子庄易学心源永，安道书楼世泽绵。
诲尔初殊听藐藐，嘲师幸免腹便便。
如金受冶终成器，惟木从绳自中悬。
所愧不模兼不范，遑知齐圣更齐贤。
多财岂靳身为宰，善教还须志可传。
酒祟因之横跋扈，愁魔借以恣纷缠。
挥觞勉强追欢笑，欹枕沉吟抱闷眠。
此去荆筿弹莫定，将来马齿老谁怜。
有朋发轫兰溪上，唁我停骖柳树边。
挫折重哀陈伯玉，飘零似惜李青莲。
眉扬淑气芝堪挹，腹有刚肠竹共坚。
健笔宛惊风雨落，新诗直较玉珠妍。
论文时访郫筒酝，得句还询薛井笺。
不羡蝇营充吊客，为蕲鸡诏返仙廛。
蒙知越石如平仲，倘脱丹书愿执鞭。

【作者简介】门裔（生卒年不详），崇庆（今四川崇州）人。拔贡。①

---

① 龙显昭. 巴蜀佛教碑文集成［M］. 成都：巴蜀书社，2004.

和李星阶明府留别定水诸子

清·程佩箴

梦想莼鲈有几秋，茧丝前已厌绸缪。
疲民正喜除苛政，醉尉浑难识故侯。
帆转湘流知不反，恩纶鳛(xí)部问谁酬。
剑门风雨郫筒酒，赢得诗名满蜀邮。

【作者简介】程佩箴（生卒年不详），字右轩。贡生。善书画，工梅兰菊竹。①

浣溪沙·昼倦

清·胡荣

天籁吹来竹里风，醉人魂处睡朦朦，窗闲弄笔不胜雄。慢把清谈挥麈尾，**且教痛饮借郫筒**，真在羲皇高卧中。

【作者简介】胡荣（生卒年不详），字志仁，又字容安。钱塘（今浙江杭州）人。有《容安诗草》。

---

① 乔晓军. 中国美术家人名辞典·补遗二编 [M]. 西安：三秦出版社，2007.

柬郫县李少白明府①

清·金振豫

栖栖薄宦十年余,万里飘零绝素书。
秦栈天高通一雁,蜀江雪尽下双鱼。
芳樽几醉郫筒酒,故国空传杜宇居。
折柳桥边春又去,知君尚尔曳长裾。

【作者简介】金振豫(生卒年不详),字饮和。绍兴府(今属浙江绍兴)人。

渝州杂咏·其二

清·汪焯

纵目频增感,支筇倚暮城。
百年休养力,万户侈奢情。
郫酒螺鱿艳,蛮歌象板轻。
畴知书大有,宵旰粒苍生。

【作者简介】汪焯,生平不详。

---

① 又名《连接及门士金桓白自郫县来柬》。

□题①

清·方逢□

岂甘忘世托渔樵，只为山翁懒折腰。
纵是砚溪秋获少，**郫筒**何日不逍遥。

小雪后十日集澄江大榭见山茶花放偕钱鸾滩张逊亭王条山叶丽农徐藕汀分赋得红寒二韵·其一

清·佚名

碧水环芳榭，云茶放晓风。
谁云花少态，偏见数枝红。
香冷岁初晏，色深晴转烘。
居然堪作饮，**佐酒引郫筒**。

宴集翼云堂

清·佚名

残雪空堂净，春风曲槛斜。
故人一把臂，招我问梅花。
小注郫筒酒，分携石鼎茶。
相将谐素侣，幽兴惬烟霞。

---

① 源自：（康熙）永昌府志. 卷二十五. 清康熙刻本。

暮过随园值主人宴蔡吕桥进士座客为周玉犀明经方甫骖上舍陶怡云王西林两茂才即席成诗

清·佚名

县官情性俭，款客无佳设。
喜闻老寓公，文宴在山垺（jié）。
珍错备水陆，涎垂思一啜。
公事午了却，鞭马踏残雪。
觅路向黄昏，竹篱穿曲折。
楼影望突兀，灯火漏墙缺。
笑语落高飙，声音辨几彻。
从下作遥呼，酒巡为暂辍。
执手骇相问，不速来何决。
踪迹出处分，真契磁石铁。
旧好并新知，臭味奚差别。
结交年忘赘，因言心见蔑。
强韵各能赴，雅谑自有节。
凭仗主诗盟，妙得通禅悦。
还叩青城人，乡味试评说。
酿何似郫筒，鳞可类丙穴。
前宵杞菊厨，原不嫌薄劣。
后会邀诸君，稍稍加丰洁。
杯盘已狼藉，酣歌趁耳热。
欲唤羌笛至，月中吹数阕。

和周东屏少司农使蜀追步周文恭公癸巳出使成都次少陵将赴草堂寄严郑公五首元韵·其一

清·佚名

岷邛诣访构三都,又继尚书绾使符。
天语口传归锦里,栈云眼底接青芜。
星昭银汉瞻仙仗,**春暖郫筒忆旧酤**。
闻道军中称老子,前徽远绍范尧夫。

己未游峨联句

清·佚名

时同游者,余内父叔回云冈豫、小冈过、表兄李章宇泰,暨一二散人衲子。下山至圣积寺,回望峰头积素,玉柱插天,盖甫别即逢盛雪也。周子肖溪某持盘觥相劳,时各出札记,所得不无异同,未能纂积成章。议联句以次第游踪,人各四句,辘轳畅意。适老僧轮念珠坐次,小冈曰:须盈此数。内父以不娴声律,付所记,命余代韵草创。既余与内叔复字句商确如左。项从旧帙得此稿,不胜存殁之感。追录于此,以告后人。

厉病屠维岁,联镳启甲辰。
宿乌兰木刹,竞筏宝瓶津。
燕渡重经镇,琳宫直接闉(yīn)。
楼观初圣积,路转尚伽滨。
宗问狮峰下,幢标鹫岭垠。
嘤鸣高下处,筇策往来侁(shēn)。
草木谙违俗,烟霞各比邻。
此行非结夏,相订续寻春。
桥阅飗飑(liú)穴,坡跻解脱身。

蝠庐云篆古，盘澡玉峰龕。
木伞游仙导，石船普度因。

龙泉邮杖盍，凤石瘗荆榛(yì)。

硋礚迷三望，芊眠瞩百畇(yún)。
双流冲堑汇，一柱隐溪珍。
未觅洪椿胜，空嗟药臼陈。

白岩楠藏蔚，苍阙鸟翚蠢。
四会亭名旧，万年寺构新。
是僧皆可主，遇客迭为宾。
小憩怀幽讨，闲评入奥甄。

石能黑白水，岨(jǔ)习显藏人。

佛齿存侅(gāi)相，经函出紫宸。

唐琴留白咏，宋宝委僄(biāo)轮。
净业依松籁，休徒剩草茵。
谁言升顶麓，我目回风尘。
拾级胸平膝，迤程腋复膅。

凌虚凫鸟外，垂险干猿獭(lián)。

关越鬼门阻，梁通仙媛侁(shēn)。
息心云壑赏，慰步箐岩榛。

谥岭鹈而骆，逢踪狁若麇(jūn)。

俯临皆嶅嵝(péilǒu)，仰眺益嶙峋。
苔绣笼松木，霞縕菡茝珉。
锁天何鸽到，洗象有池潾。
杖屦来初喜，衣裒拟渐绅。

木皮代磴瓦，炉火费楢(yǒu)薪。
梯峻猢狨踏，云埋霹雳呻。

欲探九老踪，更有土皇伦。
八十四盘上，阴晴雨态攽。
桫椤花异色，菩萨石余霦(bīn)。
茗饮禅房乍，鸟呼佛现频。
凭栏银世界，匝晕锦山旬。
铜殿镂工巧，宝台石户堙(yīn)。
浮图多妙冶，杰阁出高旻。
旋趾天门石，当途僧树竣(cūn)。
月池霜汁爨，雷荚火床拨(zùn)。
纤径寻龙种，蒸岚逅两臻。
登高乘昧爽，极远总浑沦。
镂玉排千嶂，澿(biāo)薨曳九绅。
竺峦供几案，洢派别昆岷。
已历长赢候，仍侔大霸(diàn)晨。
缔交情耿耿，惜别语谆谆。
福地应遗贶，奚囊足济贫。
况移西域雪，近照葛天民。
浣慰**郫筒酿**，携归湘浦纫。
佳游同许掾，象纬逼陈荀。

登舞凤山有感

清·佚名

屠戮当年不可听，如今亲见此情形。
山川浑带戈矛色，草木犹闻膏血腥。
恃险而顽终自乱，阻兵为治岂长宁。
寄言筹略西川客，**莫醉郫筒不肯醒**。

汪堤坐月次张味丈永清韵

清末民初·陈作霖

夜色净涵空,长堤亘断虹。
月明半湖白,灯闪万家红。
烟树迷离际,帆樯出没中。
相携藉草坐,**何处觅邮筒**。

【作者简介】陈作霖(1837—1920),字雨生,号伯雨,晚号雨叟、可园老人、冶麓老人等。江宁(今江苏南京)人。

光绪元年(1875)举人,曾得候补教谕衔,终生未得实授官职。少即能诗,曾受徐世昌之邀,入晚晴簃选诗社,参与《晚晴簃诗汇》的编选。其诗题材较广,多反映社会现实之作。著有《可园诗存》《可园词存》《可园文存》《可园诗话》《寿藻堂诗集》《寿藻堂文集》《养和轩随笔》等,编有《金陵通纪》《金陵通传》《国朝金陵词钞》等。①

夔 州

清末民初·冯煦

江流浩瀚赴瞿塘,限扼三巴古战场。
赤甲白盐夔子国,绿林丹桔楚人乡。
渔歌夜静哀猿啸,峡影秋悬独雁翔。
去去邮筒堪一醉,瀼西宅畔月如霜。

【作者简介】冯煦(1843—1927),字梦华,号蒿庵、蒿隐。江苏金坛人。

---

① 马良春,李福田. 中国文学大辞典 [M]. 天津:天津人民出版社,1991.

光绪八年（1882）举人，十二年进士，授翰林院编修。二十一年，任安徽凤阳府知府。累迁山西河东道，四川按察使、布政使，安徽布政使等职。三十三年，补授安徽巡抚，甫一岁而罢。宣统二年（1910），江皖大水，起为查赈大员，五次出入灾区，赈三十九州县。① 辛亥革命后，寓居上海。曾创立义赈协会，承办江淮赈务，并参与纂修《江南通志》。②

冯煦工诗词，陈衍《近代诗钞》谓其"壮年诗多凄咽之音，盖经丧乱后所作"。曾编《宋六十一家词选》，著《蒿庵词话》，凡所论列，悉中肯綮。另有《蒿庵类稿》《蒙香室词集》等。③

雪 竹

清末民初·吴昌硕

吾庐独破撑风雨，修竹连山当友朋。
幸有郫筒数升酒，不然今夕坐愁冰。

【作者简介】吴昌硕（1844—1927），初名俊，又名俊卿，字昌硕，又署仓石、苍石，号仓硕、老苍、老缶、苦铁、大聋、缶道人、石尊者等。浙江孝丰县（今浙江安吉）人。清末民初著名国画家、书法家、篆刻家。与厉良玉、赵之谦并称"新浙派"三位代表人物，与任伯年、蒲华、虚谷合称"清末海派四大家"。

同治四年（1865），考取秀才。八年，赴杭州，就学于诂经精舍，从名儒俞樾习小学及辞章，编成《朴巢印存》。后居苏州，友人荐为小吏，以维持生计。甲午中日战争爆发后，参佐吴大澂戎幕，北上抗日。④

有《缶庐集》《缶庐印存》等。

---

① 马良春，李福田. 中国文学大辞典 [M]. 天津：天津人民出版社，1991.
② 王洪. 唐宋词百科大辞典 [M]. 北京：学苑出版社，1990.
③ 钱仲联，傅璇琮，王运熙，等. 中国文学大辞典 [M]. 上海：上海辞书出版社，1997.
④ 浙江省人物志编纂委员会. 浙江省人物志 [M]. 杭州：浙江人民出版社，2005.

忆江南·其八

清末民初·张慎仪

渔家乐,风水好相逢。罗略断流分荇霁,蓑衣冒雪钓芦中。**谋饮忆郫筒。**

【作者简介】张慎仪(1846—1921),字淑威,号蔆园、芋圌,晚号厥叟。四川成都人。蜀学名家、语言文字学家。①

光绪二十三年(1897),曾参与宋育仁、吴之英创办的蜀学会,刊行《渝报》《蜀学报》《蜀学丛书》。张慎仪交流颇广,宋育仁、吴之英、赵熙、崔志道、方旭、江子愚、邓华溪、王咏斋、张子高、余诠卿、胡玉津等社会名流,皆与之题赠书画,诗词往还。

张慎仪博通经史,尤精小学,著述颇丰。有《续方言新校补》《方言别录》《蜀方言》《今悔庵词》等。

界之两叠前韵奉同·其二

清末民初·樊增祥

榉禅定后才生慧,瓜战酣来未解严。
蝉翅薄于秋士鬓,蝶衣不碍夏侯帘。
闻房幽草通衣桁,小径飞花上笠檐。
建饼细煎疑雪乳,**郫筒冷饮胜金盐**②。
宦情似菊无妨淡,书味如饧(xíng)别样甜。
荷露沁脾销酒渴,松风吹梦枕棋奁。
衣将茉莉新香染,诗待葫芦小印钤。

---

① 罗亚蒙,等. 中国历史文化名城大辞典[M]. 北京:人民日报出版社,1998.
② 《樊山集》(清光绪十九年渭南县署刻本)载本诗,注云:"五加皮一名金盐。"

知有同声千里应，急搜佳句报邮签。

瓶斋即事·其四

清末民初·樊增祥

呼僮扫地爇乌薪，小几唐花自在春。
药煮秦铜通体贋，箬包建茗掇皮真。
近观塘报无新政，**来共郫筒有故人**。
衣白山人如野鹤，可应重染禁城尘。

秋景再赋·其二

清末民初·樊增祥

枰棋赌皱玉纹茵，罢膳公余扫榻尘。
莺去欲留花树晚，雁来初怯鬓霜新。
清茶建饼香贻客，**淡酒郫筒绿泥人**。
晴色翠楼西畔水，轻烟着柳一秋颦。

【作者简介】樊增祥（1846—1931），字嘉父，号樊山。湖北恩施人。①

同治六年（1867）中举，光绪三年（1877）中进士。十年，出任陕西宜川县令。后历任咸宁、富平、长安县令。十九年，任渭南县令。二十六年，简授皖北道道员。累官至陕西布政使、江宁布政使、护理两江总督。②

擅诗词与骈文，诗稿达三万余首，有诗集《云门初集》《北游集》《东归集》《涉江集》《关中集》等五十多种，词集《五十麝斋词赓》等，皆收入《樊山全书》。③

---

① 高潮，马建石. 中国古代法学辞典［M］. 天津：南开大学出版社，1989.
② 马良春，李福田. 中国文学大辞典［M］. 天津：天津人民出版社，1991.
③ 秦亢宗. 二十世纪中华文学辞典［M］. 北京：中国国际广播出版社，1992.

谢铜井馈蒲陶

清末民初 · 叶昌炽

凉州驿畔三日程，蒲陶青紫开晚晴。
牟尼一串垂络索，艳于火齐莹水晶。
十里五里球路锦，打头欲压鞭丝擎。
饤盘聊可入梨座，解渴不烦携茶枪。
后车载归即兼两，薏苡岂必明珠惊。
筠篮郑重付园叟，移根欲续期抽萌。
_{lú xiàn}
舻 𨫏 瓢砂各有别，枳橘迁地功难成。
但见鸡头及莲子，辈行未可论弟兄。
华阳仙吏我老友，一鸡飞地今望衡。
绀珠贻我三百颗，光可径寸倾筐盛。
即非西域大宛产，亦复乘遽来上京。
藐姑神人肤水雪，碧霞为佩琼为缨。
承盘尚带仙露湿，开牖正射朝曦颋。
流膏沁齿过崖蜜，弹丸脱手疑含莺。
即此色香味三绝，合付唐沈为写生。
我闻海外草木状，园林如绣巴黎城。
以此制酒胜曲糵，汰其糟粕留菁英。
郫筒远致酒人喜，一壶可醉千金轻。
机杆尽夺织室利，车航难与飙轮争。
方今朝廷布新政，朝下一令暮已更。
即此漏卮仅一孔，涓涓不塞堤将倾。
_{tiàn   tǒu}
忆昔在陇效忠告，以瑱塞耳靧蔽明。
后令尹来非旧尹，由来画饼徒啖名。
似闻楚材晋将用，百年俟河河未清。
坐令流沙自然利，弃如石田不可耕。

远物难致等蒟酱，新法不用犹枫饧。

拈珠在手三叹息，鼎食奚必五侯鲭(qīng)。

安得陇头寄新酿，与君开瓮倾百觥。

【作者简介】叶昌炽（1847—1917），字鞠裳，晚号缘督庐主人。长洲（今江苏苏州）人。

光绪十六年（1890）进士，选庶吉士，改授翰林院编修，升侍讲学士。二十八年，任甘肃学政。三十二年，退居故里。

治学以稽考目录、辨别版本、搜求异书与研究碑版著称。有《奇觚庼诗集》《奇觚庼文集》《藏书纪事诗》《语石》《缘督庐日记》等。①

闰三月十二日买舟滇池·其二

清末民初·赵藩

闰三月十二日买舟滇池，由高峣入西山，游历三日而归，得诗十首。同游为子材同年张伯瞻贡士（炳），李砚臣刺史（嘉诏），叔仪大令沈仲明（基光），朱治钦（炳文），两参军李润泉、茂才（沛泽）。

叶舟冲小雨，葭菼(tǎn)乱萧萧。

断港穿青草②，孤村指碧峣。

祠应郫酒荐，客待楚词招。③

不敢寻遗迹，琳宫路正遥。

【作者简介】赵藩（1851—1927），字樾村，一字介庵，别号猿仙，晚号石禅老人。云南剑川人。中国近代史上著名的政治家、学者、诗人和书法家。

光绪元年（1875）举人。曾任易门县学官，后任云贵总督岑毓英幕

---

① 马良春，李福田. 中国文学大辞典［M］. 天津：天津人民出版社，1991.
② 《向湖村舍诗初集》（清光绪十四年长沙刻本）载本诗，注云："湖名。"
③ 《向湖村舍诗初集》（清光绪十四年长沙刻本）载本诗，注云："碧峣书院祀杨升庵。"

僚。十九年，任酉阳直隶州知州。此后十五年，一直在四川宦游，历任盐茶道、永宁道、按察使等官职。1908年，辞官归里。1911年10月，赵藩接受宣布云南独立的蔡锷、李根源等人的电请，行抵大理，被公推为总理。1913年被选为众议员，入京主持临时议会。不久因作诗讥讽时事，被袁世凯下令逮捕，遂避回云南，参加蔡锷等发起的讨袁护国运动。1917年代表云贵总督唐继尧赴任广州护法军政府的交通部部长。国会开幕，被选为众议院议员。1920年辞职回滇，任云南省图书馆馆长。

赵藩一生著述颇丰，诗文有《向湖村舍诗初集》《向湖村舍诗二集》《向湖村舍杂著》等，楹联有《介庵楹句集钞》《介庵楹句续编》《介庵楹句正续合钞》等。四川成都武侯祠著名的对联"能攻心，则反侧自消，从古知兵非好战；不审势，即宽严皆误，后来治蜀要深思"就出自赵藩之手。

赵藩在书法上也造诣颇深，宗颜真卿、钱南园，深得南园刚劲灵动之气，结体用笔又有自己的风格，为清代滇中四书家之一。如今悬挂在昆明大观楼的由孙髯翁所撰"古今第一长联"，就是赵藩三十八岁时应云贵总督岑毓英之请所书。

赵藩晚年致力于地方文化事业，总纂《云南丛书》等。

太平十景·竹峪茶烟

清末民初·杨汝偕

竹峪关前路，三边孔道通。
采茶宜谷雨，啜茗对春风。
烟起时招鹤，桥成新跨虹。
月明好延赏，**酤酒忆邮筒**。

【作者简介】 杨汝偕（1853—1915），字同士。贵州毕节人。

光绪三年（1877）进士。曾任四川太平、合江、安县知县，广安州边通判，忠州直隶州暨资州叙永府军粮府官，永宁军粮直隶同知，资州直隶州知州等职，钦加三品衔。

纂修《毕节县志》《太平县志》。

送马伯苏还燕·其二

清末民初·严遨

郫筒有酒莫辞醉,十年心事一灯秋。
探梅难共利名客,爱菊强登疾病楼。
岂谓知音空冀北,可怜作赋滞荆州。
燕山亲友如相讯,为语江湖铸剑愁。

【作者简介】严遨(1855—1918),原名祖馨,字德舆,更名岳莲,字雁峰,别号贲园,晚更名遨。陕西渭南人。①

同治初,陕、甘回民起义,严遨年八岁,随母辗转至蜀。同治十二年(1873),返乡应试,补博士弟子员。旋返蜀,入尊经书院学习,师从王闿运,深受器重。屡试不第,绝意仕进。斥巨资购海内图书万余种、十一万余卷,筑"贲园书库"藏之。

有《贲园诗钞》《读晋书笔记》《咸同纪事》等。②

独 饮

清末民初·顾印愚

独饮不论盏,倾壶渐已空。
酢酬虚旧雨,醺适敌寒风。
大野雪三尺,故园山万重。
南鸿书欲断,**宁及论郫筒**。

【作者简介】顾印愚(1855—1913),字印伯、蔗孙,号所持、塞向

---

① 梁战,郭群一. 历代藏书家辞典[M]. 西安:陕西人民出版社,1991.
② 梁淑安. 中国文学家大辞典·近代卷[M]. 北京:中华书局,1997.

翁。四川省双流县华阳镇（今属四川成都）人。① 清末民初诗人、书画家。顾印愚与绵竹县杨锐（"戊戌六君子"之一）同为湖广总督张之洞的入室弟子，时有"杨顾"之称。

光绪五年（1879）举人。多次应礼部试，皆落选。张之洞任湖广总督，驻节武昌时，顾印愚为其幕僚。曾任洪雅县训导，历任武昌府通判、武昌县知县、湖北乡试同考官。辛亥革命后，结束仕宦生涯，回到四川奉母隐居。

顾印愚为诗不拘门户，出入于唐、宋之间，而偏于宋。② 陈三立《成都顾先生诗集序》称其诗"务约旨敛气，洗汰常语，一归于新隽密粟，综贯故实，色采丰缛，中藏余味孤韵，别成其体"。有《成都顾先生诗集》《安酒意斋尺牍》等。

浪淘沙·郫县赠张羽丰

清末民初·李炳灵

明经，名铸，贡生。

白发老门生，投辖称觥。笑余到处有逢迎。**酒酌郫筒拚一醉**，便友多情。

揽辔锦江行，户外骊声。岭梅香里数邮程。滏水望君如望岁，早贲霓旌。

金缕曲·郫县晤李干廷

清末民初·李炳灵

名作桢，郫县人，庚辰进士，广东知县。

犀浦停车处。穷巷中、故人高隐，白头重遇。昔日燕台寻春约，屈指

---

① 马良春，李福田. 中国文学大辞典［M］. 天津：天津人民出版社，1991.
② 王广西，周观武. 中国近现代文学艺术辞典［M］. 郑州：中州古籍出版社，1998.

挥如隔世。况彼此、青山憔悴。过我冷斋同夜话,又谁期、再见鸣珂里。**郫筒酒,共君醉**。

嗟余浪迹成都市。奈悠悠、天涯陌路,有谁知己。岭表一官成梦泡,讲学栖迟沔水。尚书事、凄凉堪忆。仆仆风尘俱老大,且相逢共作谋生计。归田乐,几年矣。

【作者简介】李炳灵(生卒年不详),字可渔。垫江(今属重庆市)人。清末民初巴渝地区的重要词人。①

光绪五年(1879)中举,选授德阳县教谕。曾与谢必铿重修《垫江县志》。1907年任垫江中学前身忠州学堂堂长,1912年及1919年任垫江县立中学校校长。

其词题材多样,既具有晚清词人的创作共性,又独具巴渝词人的地域特质。

二月四日奉命移任湖广赋答漱云

清末民初·陈夔龙

郫筒难买锦江春,又挂蒲帆汉水滨。
剑外甫开严武幕,楼南忽接庾公尘。
耕无绿野迟归隐,梦绕青门暂乞身。②
莫副蜀民霖雨望,高歌转和楚狂人。

【作者简介】陈夔龙(1857—1948),字筱石,又作小石、韶石,号庸庵、别署庸叟、庸庵老人、庸庵居士。③原籍江西,贵州贵筑(今属贵州贵阳)人。④

光绪十二年(1886)进士,授兵部主事,累官至内阁侍读学士。二十

---

① 王兆明,付朗云. 中华古文献大辞典[M]. 长春:吉林文史出版社,1991.
② 《松寿堂诗钞》(清宣统三年京师刻本)载本诗,注云:"时在假中。"
③ 王广西,周观武. 中国近现代文学艺术辞典[M]. 郑州:中州古籍出版社,1998.
④ 张作耀,蒋福亚,邱远猷等. 中国历史辞典[M]. 北京:国际文化出版公司,2000.

一年,为武卫军幕僚。二十六年,署顺天府尹,旋任太仆寺卿。二十七年,授河南布政使,旋擢漕运总督。后历任河南巡抚、江苏巡抚。三十四年,任湖广总督。次年,升直隶总督兼北洋大臣。1917年,参与张勋复辟。

喜作诗,善书法。有《松寿堂诗钞》《花近楼诗集》《梦蕉亭杂记》《庸庵尚书奏议》等。①

念奴娇·题秋厓卷子

清末民初·朱祖谋

曝书人老,好池台都共,画叉飘泊。碧玉通津流客梦,分付雨烘烟托。千首填词,十年磨剑,心决归耕乐。小楼添否,白头依旧牢落。

难得两幅鹅溪,一船虹月,**来侑郫筒酌**。坐忆承平觞咏事,展对凉堂清幕。灵宝厨空,丰城剑合,此中关丘壑。钱郎句好,须君补上笺角。

【作者简介】朱祖谋(1857—1931),原名朱孝臧,字藿生,一字古微,号沤尹,又号彊村。浙江归安(今湖州)人。②

光绪八年(1882)举人,九年进士,选庶吉士,授编修。历官会典馆总纂总校、侍讲学士、礼部侍郎、吏部侍郎等。二十八年,出任广东学政。宣统元年(1909),诏为弼德院顾问大臣,引疾未赴任。辛亥革命后,隐居上海。

朱祖谋工诗,为"清末四大家"之一。其诗风格近孟郊、黄庭坚,陈衍称其为"诗中之梦窗(吴文英)"(《石遗室诗话》)。有《彊村语业》《彊村弃稿》《彊村丛书》等。

---

① 乔晓军. 中国美术家人名辞典·补遗二编[M]. 西安:三秦出版社,2007.
② 马良春,李福田. 中国文学大辞典[M]. 天津:天津人民出版社,1991.

满江红·题盛吟皋先生词集

清末民初·潘榕

大著皇皇,直令我、小儒桥舌。因想像、丰标高雅,襟怀澹泊。**归隐醉倾郫井酒**,宦游曾踏匡庐雪。把河山、笔底一齐收,奚囊阔。

凭吊古,音昂激。悲恸世,声呜咽。写悼亡哀句,调尤凄绝。人老方知情更笃,意真乃见词亲切。漫誉扬、咳唾是珠玑,心头血。

【作者简介】潘榕(1865—1929),字荫孙,一字印僧。祖籍浙江绍兴,出生于四川成都。有《吟秋馆诗词钞》。①

闻范之仓卒去皖怅然寄诗二章即次范之九日宴集诗韵·其一

清末民初·方守敦

正是高秋霜月皎,无端离雁送声哀。
君如白鹤云中去,我未黄花江上来。
书札徒增缟纻集,**郫筒遽冷草堂杯**。
扁舟散发知何处,怅以江头李白才。

---

① 刘梦芙. 二十世纪中华词选 [M]. 合肥:黄山书社,2008.

范之自沪返皖招饮以新注老子见示即席有诗次韵

清末民初·方守敦

梦里思君华发变,突兀玄髯今喜见。
家风道德五千言,大义疏陈貌时彦。
去官岁月不蹉跎,避地著书勇且多。
邮筒美酒欢今夕,海沸江翻奈世何。

【作者简介】方守敦(1865—1939),字常季,更字盘君。安徽桐城人。近代诗人、教育家、书法家。①

光绪二十八年(1902),方守敦随吴汝纶前往日本考察学制。回国后,力助吴氏创办桐城学堂,支持陈独秀在安徽兴办公学。三十年,与李光炯等创办芜湖安徽公学。曾参与戊戌维新运动。中年以后,专心致志研究书法与诗学,热衷于乡邦文献。

有《凌寒吟稿》等。

酒泉子·其一

清末民初·周岸登

拄笏抽簪。曾记漓江西路。雁风遥,鸢瘴暮。武溪南。几年江上稳收帆。**归趁邮筒初熟**。闵排青,山夺绿。梦魂忺。

---

① 周家珍. 20世纪中华人物名字号辞典[M]. 北京:法律出版社,2000.

瑞鹤仙

清末民初·周岸登

己巳重九,和梦窗丙午重九之叶。

绚霞蒸海峤。动旅怀,谁省惊秋恨早。粘天尽衰草。念北书南菊,顿撄愁抱。慵舒远眺。自高歌、声情缥缈。叹年来、遁处遗荣,久谢紫荚乌帽。

都道,百花潭上,濯锦江头,尽堪归老。吟鞭醉袅。须细染,学年少。**怕郫筒香减**,黄花明日,蝶怨天遥梦窈。夕风号、漫掩西窗,暂迎晚照。

【作者简介】周岸登(1872—1942),字道援,号癸叔。四川威远人。光绪十八年(1892)举人。历任广西阳朔、苍梧两县知县,全州知州。辛亥革命后,先后任四川会理、蓬溪,江西宁都、清江、吉安等县知事,江西庐陵道尹。1927年,辞官赴厦门大学讲授词曲。1931年,任安徽大学文学院院长。同年,勘定出版个人词集《蜀雅》以及《蜀雅别集》。1932年,到重庆大学讲授词曲与金石学。1935年,转四川大学文学院执教。1939年,随四川大学迁往峨眉报国寺,与住持果玲、容县进士赵尧生等,以"能、登"为韵,作诗130首,结为《能登集》,流传至今。[1]

周岸登工于词曲,兼善诗赋。其作品"气格益苍坚,笔力益闳肆"[2]。有《曲学讲稿》《楚辞训纂》《南征日记》《贤女传讲稿》《韩民血泪史》《莞子故训甄》等。

---

[1] 四川省政协文史资料研究委员会,四川省文史馆. 四川近现代文化人物[M]. 成都:四川人民出版社,1989.

[2] 马大勇. 晚清民国词史稿[M]. 武汉:华中师范大学出版社,2016.

题梅芬抚剑图

清末民初·金天羽

宝山舒少卿,抱关吴门,须鬒皓然矣。屡为余言蜀奇女子梅芬事,若有余情者。梅芬,郫县人,姓吴氏。幼遭盗掠,鬻于山左,卖解家,遂娴技击,工超距。随假父母流转江湖间,经燕赵湘鄂,而至吴门,以色艺为人倾倒。梅芬非独精武事而已,广场奏技之余,引吭歌讴,缘云清切,听者神靡。或以利餂(tiǎn)假母,遂沦乐籍中。乙未春,梅芬探梅邓尉山,与少卿邂逅,通悃款。旋入都,值庚子义和拳之变,假父母入匪籍,被刑。梅芬得赛金花助,以剑斩逻者,脱身南下,复来金阊,与少卿相遇,踪迹遂密。暇辄载酒舫,徜徉虎丘、石湖间以为乐。已闻母尚在郫,私议蓄缠头金归养。壬寅夏,误传母丧,遂涕泣上道。是时川中有匪警,少卿尼之,卒不可,遂行。越五载,复遇之宁沪车中,述别后行止,则已入劳山上清宫为女冠。比归省墓,将复往即墨,以了余生。少卿叹息,为泣数行下。车抵沪,启箧出写真,珍重别去,遂不复见。少卿倩画工为是图,丰颐秀眉,长身而玉立,作隐娘红线装。自是鸟啼花落,少卿凄然,辄有吟咏,成《本事诗》一卷,因自号曰问梅云。问梅今老矣,绮障未除,闲情屡赋,不嫌唐突奇女子耶。

余亦好事者,遂研隃麋,试兔毫,以长句题其后。

藐姑仙人体冰雪,幻作梅花斗奇绝。
浓如濯锦江头春,清比峨眉山顶月。
此花一落江之南,倾城士女山中看。
冷香暖雪春如海,几生修得梅花缘。
小梅低花如好女,老梅虬枝亦媚妩。
涛笺写句郫筒醉,倾盖花前相尔汝。
阿侬生长在川中,怊离身世随转蓬。
寻橦僻絙(gēng)江湖上,惭愧当年侠女风。
涕笑随人颜孔厚,谓他人父他人母。

一身骰子随人掷，两足流丸随地走。
挑灯夜数河间钱，弹筝日劝旗亭酒。
投种今成吴苑花，攀条谁护章台柳。
柳花三月化浮萍，京洛春风听晓莺。
是时花王骄北里，彩云名字动公卿。
官家忽演天魔剧，旗鼓军中跳米贼。
登坛持箓召仙倡，帕首横刀劫蕃客。
一朝胡骑蹙城闉，藁街骈首欧刀赤。
藕孔避兵瓜蔓抄，弱细惊魂窜丛棘。
居然一剑闯围城，如姬夜盗兵符出。
轻衫结束归吴阊，重见桃源姊妹行。
纨扇花前障过客，青骢陌上逢萧郎。
楞伽山下浮舟去，斟酌桥边留客住。
评花说剑夜灯红，话到沧桑泪河注。
沧桑话了念家山，蜀客西来问讯难。
忽地巴音来席上，传闻阿母在乡关。
可怜少小离乡井，梦里慈容难记省。
余生险自虎口夺，世味亲尝鸡肋等。
几时得脱教坊籍，明驼千里归装整。
婴儿愿终北宫养，大士须朝南海请。
梅风五月巴船来，误传堂背萱苏摧。
麻衣痛哭辞同伴，直上瞿塘滟滪堆。
是时剑外多锋镝，美人一去无消息。
赢得萧郎日夜愁，梅花五度禁春雪。
此生端欲号梅痴，伤心最是梅开时。
江南春色来天地，驿使何从寄一枝。
夜来梦见如花影，剑气珠光寒耿耿。
自云身世悟空花，皈心已入清虚境。
谷神不死吾无生，蝉蜕泥涂超溟涬(xíng)。
海东本是卢敖居，二劳山上风凄紧。
痴人说梦幻成真，邂逅临歧撒手行。

隐娘红线无人见，画里居然剑侠身。
捣药嫦娥月窟住，散花天女维摩邻。
剩余梅福仙家尉，吴市猖狂亦变名。
岁岁春来朝邓尉，万梅花底拜花神。

【作者简介】金天羽（1874—1947），初名懋基，又名天翮，字松岑，号鹤望，别署麒麟、爱自由者、金一等。吴江（今属江苏苏州）人。

金天羽肄业于江阴南菁书院，师从顾询虞、袁东篱。年十八，成为诸生。学成后在家乡兴办学校，讲求实学。与爱国学社之章炳麟、邹容等交游甚密，倡言革命。入民国，历任江苏省议会议员、吴江县教育局局长、江南水利局局长等职。晚居苏州，与章炳麟、陈衍等组织国学会。抗日战争时期，坚守民族气节，任上海光华大学教授。[1]

金天羽主要成就在诗文。他继承了诗界革命的精神，广泛向古人汲取营养，自闯新路，自称其诗"有律令，不趁韵，不咏物"。有《天放楼诗集》《天放楼文言》《孤根集》等。

台阳杂兴·其七

清末民初·马清枢

仙桃高对佛桑红，花信难凭廿四风。
百合奇香收鹿港，千年积雪望鸡笼。
御冬旨蓄腌番蒜，占岁丰穰验刺桐。
生性浑浑偏嗜饮，**竹筒酿酒学郫筒**。

【作者简介】马清枢（生卒年不详），字子翊。福建侯官（今福建福州）人。

以举人身份任台湾府学教谕。光绪三年（1877），与何澄、汪序东、林鹤荪等在台唱和，作《台阳杂兴》三十首。

---

[1] 钱仲联，傅璇琮，王运熙，等．中国文学大辞典［M］．上海：上海辞书出版社，1997．

三叠和治芗

清末民初·陈曾寿

我倦词坛久偃帜，尤羡老兵字不识。
姓名粗记端可休，胡为浪使百忧集。
东坡洗心皈佛祖，金华牧羊严戒律。
鼠肝虫臂任自为，明月清风堪共食。
我生学道深苦晚，抱瓮因循才一汲。
乖崖平生傅青州，剧谈连夜世无敌。
人生百年须臾耳，取贵当前意真实。
天衢荡荡掉臂行，何至崎岖穿蚁垤。
千秋端有真富贵，难与蚊虻争目睫。
三年集寥忘苦辛，赖有同心共尝历。
城南联句风不远，吟鼎侯刘肩可列。
梦中还续帝京篇，大念全灰王略帖。
不须贳酒烦邻翁，**醇醪醉我逾郫筒**。
永兴秘书可行带，休期不老真豪雄。
春深冰泮未迟暮，且待桃李一再风。

【作者简介】 陈曾寿（1878—1949），字仁先，号耐寂、复志、焦庵，自称苍虬居士。湖北蕲水（今湖北浠水）人。① 近代宋诗派后起名家，与陈三立、陈衍齐名，时称"海内三陈"。

光绪二十九年（1903）进士，任刑部主事。宣统三年（1911），升广东监察御史。辛亥革命后，筑室杭州小南湖，以"遗老"自居。曾助张勋复辟。1930 年，因陈宝琛推荐，陈曾寿赴天津任溥仪之妻婉容的教师。②

陈曾寿一生尤爱吟诗填词，平生所见所闻所感，均记之于诗。其诗大多描绘风景，能自造意境。有《苍虬阁诗集》《旧月簃词》等。

---

① 周啸天. 元明清诗歌鉴赏辞典［M］. 北京：商务印书馆国际有限公司，2011.
② 马大勇. 晚清民国词史稿［M］. 武汉：华中师范大学出版社，2016.

自锦城归途中作

清末民初·郭仲达

车马阗喧未忍听,肩舆缓缓度邮亭。
村连万井秧分绿,水拥双凫草破青。
壮志未知何日遂,长途应悔此身经。
归来已是天中后,**且醉邮筒酒一瓶**。

【作者简介】郭仲达(1887—1945),名雍南。世居如皋(今属江苏)。自幼聪慧,兼得名师教诲,十七岁即考中秀才,二十余岁即以诗词、书法闻名于乡里。民国初年,一度任如皋县公款公产管理处副主任,致力于地方公益事业。

送邑令杨文泉先生卸任诗

清末民初·周泽浓

我本鹃城一酒徒,狂来高谈天下无。
读书酷慕古豪杰,按剑欲弯金仆姑。
眼中自分无余子,投笔封侯事尔尔。
怀刺漫灭无处投,裹尸空羡疆场死。
侧闻长吏西凉贤,胸罗甲兵亿万千。
请缨欲系南越主,参军仅许佐戎行。
壮夫有志苦未遂,安得破浪平海疆。
归来暂饮邮筒酒,百里才难事奔走。
催科政拙抚字劳,床头一笑归乌有。
迩来落落寡交游,甘随樵木临山邱。
岂意枉驾来严武,高风一洗猿鹤愁。
甫得登堂叙情款,瓜期渐向桐阴满。

感激私恩颂祷难,他年运甓思陶侃。

【作者简介】周泽浓(生卒年不详),号慰村。郫县(今四川省成都市郫都区)人。

少年勤读,成为秀才,所作诗文英气逼人。后到锦江书院读书,考试名列第一。几次参加科举,皆未中。光绪十五年(1889),学使郭兰石先生来川督学,非常器重周泽浓,以优行入贡。后进京考试,未中。回郫县后,醉心诗词,从学者众。①

甘州·酒帘

清末民初·邓潜

是谁家、红飐杏花梢,春风艳阳天。过板桥西去,黄茅店子,大字高悬。误认鱼标弄影,柳外路弯弯。认得秋来醉,插雪芦滩。

曾问长安酒价,向宣南画壁,摇曳门前。解金貂换去,长伴一竿眠。自荆高、旧游零落,百花潭、聊引故人看。茅台好,**郫筒赌胜**,应竖降幡。

【作者简介】邓潜(生卒年不详),原名维琪,字花溪。贵筑(今贵州贵阳)人。

光绪十五年(1889)进士,任四川富顺知县、邛州知州。有《牟珠词》。②

---

① 卫志中. 酒忆郫筒 [M]. 成都:成都市郫都区党史地方志办公室,2021.
② 徐中玉. 中国古典文学精品普及读本. 近代诗词文 [M]. 广州:广东人民出版社,2019.

除夕书怀·其二

清末民初·王益初

岁月悠悠兴未阑,白头犹作少年看。
冷烟袅袅篆香馆,清漏迟迟滴水盘。
东壁光催残腊尽,茅斋独唱一灯寒。
良宵谁共郫筒饮,炮竹声喧万象欢。

【作者简介】王益初(1894—?),江阴(今属江苏无锡)人。善诗,有《友声诗集》。

和张慕庭参军人日游杜公草堂原韵·其一

清末民初·佚名

酿得醁醙酒半醺,**郫筒携去共呼群**。
醉中好把梅花问,春到枝头有几分。

恩荣义官郫筒张公

清末民初·佚名

悲风忽动画堂前,偶折灵椿怨杜鹃。
孝感泪含千古恨,褒封恩自九重天。
龙蛇梦入华胥国,鸾凤分开海峤烟。
拜奠客来伤悼处,乌啼宰木痛堪怜。

和士言寄怀原韵

清末民初·佚名

偶检旧笈,得前岁寄怀之作,盖七阅星霜矣。讼庭事简,长日如年,率步原韵,以消大署,并当晤叙也。

月殿仙人锵琼珂,淮南鸡犬齐大罗。
黄粱未熟白石烂,羡门高逝今如何?
道逢方朔失声笑,忽来妙论若悬河。
亲见麻姑已白发,缨帔辉灿声戛摩。
昆仑宴罢侍东海,瑶姬玉女何婥婠(ān)。
金盘手擘麒麟脯,行厨堆积高巍峨。
槐安蕞尔斗蜗角,群蚁逐膻缘庭柯。
愧尔道力未进尺,翻令寻丈来妖魔。
要知神仙有真谛,何缘别派分江沱。
混沌凿死事颇诞,白衣苍狗空婆娑。
闻之欲言复扪舌,但恐时俗滋诋诃。
璞玉无端遭刖足,鹿马蒲脯相谀阿。
无盐纷纷工粉饰,明妃千里愁明驼。
裸国衣冠世所诧,古今茫茫东流波。
喜君书来厚逾寸,苍鸿刷羽青冥过。
开缄森森光照几,岂止黄庭笼群鹅。
我违清渭官锦水,青城山青蹑秋罗。
吾家黄娇不可致,**郫筒聊复相吟哦**。
每得君诗珍什袭,十年不见空嘅歌。
今年分符守石砫,玉带围城流迅梭。
记沐圣化已百载,德礼涵濡忘干戈。
夜郎感吊诗人迹,太白山明黛一螺。
柳子柳州何似此,吁嗟人少石则多。
安得仙人驾黄鹤,云翮翩翩无蹉跎。

南郭断塔忽眼底，玉泉残碑寻秋蛇。
知君久富等身书，句成同倚双龙驮。

郫　县

萨镇冰

子云故里漫淹留，溽暑还为物外游。
满井甘泉堪酿酒，二皇旧冢各成丘。
良田万顷人争置，绿竹千竿暑不忧。
满地干戈归未得，且从酬和破闲愁。

【作者简介】萨镇冰（1859—1952），字鼎铭。祖籍山西代县，出生于福建福州。中国近代著名海军将领。

早年进马尾船政学堂，学习驾驶。光绪三年（1877），选派英国留学。回国后任天津水师学堂教习、北洋水师帮统兼海圻舰管带、广东水师提督、海军统制等职。1917、1919 年两度任海军总长。1920 年 5 月，暂代国务总理。继任海军总长等职。1922 年至 1927 年，任福建省省长。1927 年南京国民政府成立后，挂名海军部高等顾问。抗日战争全面爆发后，他到南洋和川、黔、湘、滇、桂、陕、甘等地宣传抗日。中华人民共和国成立后，历任中国人民政治协商会议全国委员会委员、中央人民革命军事委员会委员、华侨事务委员会委员和福建省人民政府委员等职。

题南国风光画册十六首·担酒言归

吴研因

土瓮郫筒一担将，渡头归去踏残阳。
难尝上国香宾味，椰酒何妨醉几觞。

【作者简介】吴研因（1886—1975），原名辇瀛。江苏江阴人。中国近现代教育家，现代小学语文教育的先驱。

1906年毕业于上海龙门师范学校，曾任江阴县立单级小学校长，上海中华书局、上海商务印书馆编辑，江苏省立第一师范学校教员兼附属小学主任，上海尚公小学校校长。所编《新法教科书》（1920年）、《新学制教科书》（1923年）等多种小学课本和教员用书在当时广泛使用。1931年参加由蔡元培、朱经农等主编的《最近三十五年之中国教育》的编写工作。1935年任全国义务教育委员会委员。同年9月与叶圣陶、王志瑞等发起编写《小朋友文库》，旨在为小学生提供合适的课外读物。1947年11月任教育部国民教育司司长。中华人民共和国成立后，历任教育部初等教育司司长、中学教育司司长等。①

青玉案·和尹默饮茅台酒

姚鹓雏

一廛送老知何地。漫料理、收身计。忍泪看天还岁岁。子真谷口，君平西蜀，商略沉冥意。

花前且倚寻常醉。酒祓花消定谁会。**入手郫筒思旧味**。白沙清渚，粉江如练，春软游丝委。

【作者简介】姚鹓雏（1892—1954），原名锡钧，字雄伯，笔名龙公。上海松江人。近代文学家。南社"四才子"之一。

姚鹓雏曾在京师大学堂学习，师事林纾（琴南）。曾与社友陈匪石组织"七襄社"，编《七襄》刊物；还与高吹万、姚石子等发起创建"国学商兑会"，参与编辑《国学丛选》。后得陈陶遗介绍，任上海《太平洋报》编辑。1918年春，赴新加坡《国民日报》馆任职。后历任上海《申报》《江东》《春声》等报刊编辑，常发表小说、诗、词，蜚声当时。1925年，任江苏省省长陈陶遗秘书。嗣后，历任江苏省教育厅秘书、南京市政府秘书长、江苏省政府秘书等职。从政之余，先后在东南大学、河海工程学

---

① 张品兴，殷登祥，陈有进，等. 中华当代文化名人大辞典 [M]. 北京：中国广播电视出版社，1992.

院、南京美专、江苏医政学院等校兼职授课。抗战全面爆发后，内迁入蜀，任监察院主任秘书。抗战胜利后，递补为监察委员。中华人民共和国成立后，受聘为上海文史馆馆员。旋出任松江县副县长，多所建树。①

姚鹓雏为文婉约风华，又善诗词，与同学林庚白齐名，曾刊有《太学二子集》。有《榆眉室文存》《鹓雏杂著》《止观室诗话》《桐花萝月馆随笔》《檐曝余闻录》《大乘起信论参注》《燕蹴筝弦录》等。

虞美人

龙榆生

张树霖索题《薛涛笺册》，率书小调应之。

锦官城外花如锦，红雨来侵枕。梦中犹作海棠颠，**酒忆邮筒难忘少陵篇**。

风流文采怀香宋，绿绮闲调弄。万重山过听啼猿，待办轻舟西上证前缘。

【作者简介】龙榆生（1902—1966），本名龙沐勋，字榆生，号忍寒。江西万载（今属江西宜春）人。

早年师从黄侃学习声韵、文字、辞章学。1928 年后，于暨南大学、上海国立音乐学院、广州中山大学、复旦大学、中央大学执教。1933 年创办《词学季刊》，在词学界有广泛影响。中华人民共和国成立后，历任上海市文物管理委员会研究员、上海音乐学院教授等。②

多年致力于词学研究，造诣颇深。其词学成就，与夏承焘、唐圭璋并称。有《词曲概论》《词学十讲》《唐宋词格律》《中国韵文史》《唐宋诗学概论》《东坡乐府笺》《风雨龙吟室词》《忍寒词》等。

---

① 徐迺翔. 中国现代文学词典［M］. 南宁：广西人民出版社，1989.
② 钱仲联，傅璇琮，王运熙，等. 中国文学大辞典［M］. 上海：上海辞书出版社，1997.

哀胡翔冬先生

郦承铨

闻道斯人化,临风一泫然。
抱将诗数卷,忍取病三年。
故国玄黄血,归魂冰雪天。
郫筒孤旧约,留奠墓门前。

【作者简介】郦承铨(1904—1967),字衡叔,号愿堂,别署无愿居士。江苏南京人。诗人、学者、书画家。①

一生从事古代文学艺术教学与研究工作,曾任教暨南大学、厦门大学、金陵大学、浙江大学等。1950年任浙江省文物管理委员会副主任。

有《郦承铨书画选集》《说文解字叙讲疏》《唐诗史》《愿堂读书记》《愿堂小识》等。

寄怀明道

洪传经

卅里相望如隔世,中间消息两茫然。
雁来燕去催人老,竹萎松枯惜境迁。
病马跃渊良惫矣,茅檐负日欲终焉。
何当饱载郫筒酒,共泛湘湖唱晚烟。

【作者简介】洪传经(1906—1972),字敦六,号还读轩主,晚号盾叟。安徽怀宁人。

1924年考取南京中央大学。1931年赴欧洲留学,在法国帝雄大学获

---

① 周家珍. 20世纪中华人物名字号辞典[M]. 北京:法律出版社,2000.

经济学博士学位。1935 年回国，先后任教于湖南大学、光华大学、华西大学等。20 世纪 50 年代初，在北京学习，后到兰州大学任教。1955 年，辞去兰大教职，定居杭州。①

洪传经虽是经济学教授，但中国传统文化修养深厚，酷爱旧诗。有《工团论》《高等财政经济学》等。

郫筒酒

丁季和

酒美曾闻忆杜公，**到来能不问郫筒**？
会当酩酊成酣醉，起废而今正募工。

【作者简介】 丁季和（1927—1999），名鹤，字季和，号野庵。四川成都人。

1953 年毕业于成都光华大学，分配至西康省工作。1955 年因受聘《渝报》一事被错划为"反革命"，1956 年被单位除名。1982 年平反，以退休人员安置。曾参与《汉语大词典》的编纂。②

原韵答乐乐兄见寄

邱登成

才闻意欲读临川，便遣诗鸿到梦边。
风骨已然如鹤健，忧怀何事独心悬。
可堪终古巢湖月，邂逅人间厄闰年。
且俟郫筒春酿熟，与君同赋落花天。

---

① 戎毓明. 安徽人物大辞典［M］. 北京：团结出版社，1992.
② 滕伟明，周啸天. 当代中华诗词集成［M］. 成都：四川文艺出版社，2018.

【作者简介】邱登成（1966—），字慎仪、尚明，号无稽斋主、箘桂轩主人。四川广汉人。

毕业于四川大学历史系，曾任广汉三星堆博物馆副馆长，现为中国先秦史学会会员、中国博物馆协会会员、四川省诗词学会理事、四川省书法家协会会员。

长期从事文物考古和历史文化研究，发表专业论文20余篇，独立和参与完成多项国家级、省部级重点社会科学研究课题，著有《西南地区汉代摇钱树研究》。以诗古文辞和书法为余事，所撰《三星堆赋》《瞿上苑赋》入编《当代百家辞赋评注（续）》，诗词入编《二十世纪诗词文献汇编》，合著《篆刻正反字字典》《篆刻技法基础教程》。

附 录

引藤考
明·黎尧卿

《图经》载：忠州引藤山产引藤，大如指，长十余尺，中空，可以吸酒，故白香山有"闷取藤枝吸酒尝"句。**至今吾乡饮郫筒酒，犹以此管承之**。惟是其藤蔓生生山溪间，非危岩深壑，水草嶙石中不长也。初生如葛本，拳曲不伸。渐长，即挺立不斜。节上生嫩枝，枝生叶，叶如竹而仄，引蔓可七八节。节至长亦不过二尺，大亦仅如笔管。土人呼为"竹叶草"，与《图经》所载异。好事者择其长枝，刈而市之，齐其两端，一端裹以棕丝，以障酒之糠粕，群呼为"咂酒竿"。忠地处处产之，不必引藤山始产也。

【作者简介】 黎尧卿（1458—1517），字廷表。忠州（今重庆忠县）人。

答门人张子襄
明·姚希孟

循资量转，只缘载笔之劳；端信远来，有愧弹冠之庆。自笑一官如蚁，彳亍难前；何当千里征鸿，殷勤却寄。绮出锦江之制，樽为蓝璧之珍。更贶兼金，助其清俸。心乎爱矣，何日忘之。第泽雉游樊，神虽王而弗善；鼹鼠满腹，器本狭而易盈。归梦方浓，宦情殊淡。本欲纫蓉带而裁蕙带，**酌村醅而醉郫筒**。若夫黼黻昭一代之华，追琢表四方之范，计阶则丽台垣于直北，品德则并镠鋈(liú wù)于双南。永借高贤，增辉吾道。今琼瑶莫报，缟纻难酬，惟有借清风以扬徽，托素缄(jiān)以抒臆耳。努力明德，时惠好音。

附 录

【作者简介】姚希孟（1579—1636），字孟长，号现闻。吴县（今属江苏苏州）人。①

万历四十七年（1619）进士，授翰林院编修。天启五年（1625），被劾为缪昌期死党，遂削籍。崇祯元年（1628），起左赞善，历右庶子，为日讲官。出为南京少詹事，寻引疾归。②

有《公槐》《响玉》《棘门》《沆瀣》《秋易》《文远》《循沧》《丹黄》《薇天》《松瘿》《伽陵》《风吟》等集，合称为《姚现闻清阁十二种》。

谢贺尚书遗米炭酒酱菜启
明末清初·顾景星

价重乌银，爇出中山之桂。粒传白粲，种从玉岭之禾。并酱瓮以提携，偕郫筒而至止。正乏曲生之风韵，忽来饩客之胚浑。三韭忘贫，五浆非贵。诱人有道，欲以色笑而当命提。小子何知，未先教诲而求饮食。

谢吴伯成明府赍酒米并炭启
明末清初·陈维崧

条风未播，谁贻范叔之绨；珂雪将零，只灭梁鸿之灶。画从马援，岂足疗饥？噢自栾巴，何由取醉？食惟一溢，年年贷向监河；量减三升，夜夜酤从蜀肆。③ 辱怜臣朔之饥，猥念宽饶之醒。春成精酱，与绿蚁以偕来；刘自琅琊，并玉蛆而俱至。除芒红稻，聚来作城郭之形；压榨金浆，酿就得云霞之气。况颁捣炭，用代燃薪。贮之宝鸭，乌无事于避风；刻作红狮，鹤奚为而讶雪？

请观诗文各体檄代
清·张大受

日星河岳，昭天地之大文；易象诗书，发圣贤之妙义。辞裁众体，触绪成机。业肄端门，还丹化鼎。生民自古，不朽在言。乃若彭蠡神禹，所

---

① 黄惠贤. 二十五史人名大辞典［M］. 郑州：中州古籍出版社，1997.
② 马良春，李福田. 中国文学大辞典［M］. 天津：天津人民出版社，1991.
③ 《陈检讨四六》（清文渊阁四库全书本）载，注云："《成都志》：山涛治郫邑时，刳大竹酴醾酿作酒，兼旬方开，香闻百步，蜀人传之为郫筒酒，杜诗'酒忆郫筒不用酤'乃者。"

书勾吴泰伯之教，《诗》《书》可考，述作斐然。乾坤则受铸陶刘，山水则效灵鲍谢。燕逢九日，纸落云烟。名次三王，文悬日月。欧曾树其旗帜，虞揭宗其瓣香。讫于故明，衍为百氏。盖文无今古，学异源流。而师说相沿，土风屡变。妙绝西江之笔，孰俪苏黄？微乎南宋之言，谁分朱陆？丰城干莫，讵烛星辰；豫章梗楠(pián)，未施梁栋。岂采芝骑鹄，耽小隐以咏歌；抑涉汉浮江，托远游而纪撰。徒劳翘首，奚恃写心。使者濡染见闻，经营豪素。百家讹体，略晓别裁。一语惊人，深怀嘉奖。竭来名壤，愿见异才。兀兀穷年，丹铅自乐。寥寥空谷，著述何人？盖荆璧隋珠，珍奇不鬻；而芳兰丛桂，臭味相投。

奉纶音以观风，顾蓬茅而承教。其有经参同异，璧缀珠穿；史断是非，犀燃镜照。赋吴筠之云液，铭李翱之湖堤。和枫叶之篇，江头送客；拟桃花之记，津外逢人。小擅雕虫，丽夸吐凤。非亲将羔雁，**即远寄邮筒**。效吴季之请观，美哉必叹；对晋卿而下拜，殖此无忘。目览手抄，心仪口诵。越笺万幅，悉供谢傅之需；汉隶八分，载勒中郎之作。此邦风气，不愧从先；天下文章，咸推华国。毋以未能而弃我，庶几见善而称人。

【作者简介】 张大受（1660—1723），字日容，号匠门，嘉定（今属上海）人。①

康熙四十八年（1709）进士，改庶吉士，散馆，授翰林院检讨。五十九年，主四川乡试。继任贵州学政，卒于任。②

有《匠门书屋文集》《侣蛩遗音》等。③

---

① 马良春，李福田. 中国文学大辞典 [M]. 天津：天津人民出版社，1991.
② 李峰，汤钰林. 苏州历代人物大辞典 [M]. 上海：上海辞书出版社，2016.
③ 马良春，李福田. 中国文学大辞典 [M]. 天津：天津人民出版社，1991.

参考文献

[1] （清）阮元，杨秉初. 两浙��轩录. 杭州：浙江古籍出版社，2012.
[2] （清）李卫，唐执玉. 畿辅通志. 清雍正十三年刻本.
[3] （清）陶梁. 国朝畿辅诗传. 清道光十九年刻本.
[4] （清）阿克当阿修，姚文田等纂. 扬州府志. 清嘉庆十五年刻本.
[5] （清）王豫，阮亨. 淮海英灵续集. 清道光刻本.
[6] （清）何崧泰，史朴. 遵化通志. 清光绪十二年刻本.
[7] （乾隆）榆次县志. 清乾隆十五年刻本.
[8] （清）吴伟业. 吴诗集览. 清乾隆四十年刻本.
[9] （清）刘坤一，刘绎，赵之谦，等. 江西通志. 清光绪七年刻本.
[10] （清）郭昆焘. 云卧山庄文存二卷. 清光绪九年至十二年.
[11] （清）陈庆熙修，高升之纂. 郫县志. 清同治九年刻本.
[12] （清）孙传栻. 赵州属邑志. 清光绪二十三年刻本.
[13] （清）林志茂等修. 汪金相、胡忠阀纂. 简阳县志. 民国十六年.
[14] 上海辞书出版社文学鉴赏辞典编纂中心. 中国文学家辞典［M］. 上海：上海辞书出版社，2017.
[15] 傅德岷，卢晋. 唐诗鉴赏辞典［M］. 武汉：崇文书局，2005.
[16] 刘乾先，董莲池，张玉春，等. 中华文明实录［M］. 哈尔滨：黑龙江人民出版社，2002.
[17] 胡敬署，陈有进，王富仁，等. 文学百科大辞典［M］. 北京：华龄出版社，1991.
[18] 郑天挺，吴泽，杨志玖. 中国历史大辞典［M］. 上海：上海辞书出版社，2000.
[19] 吴如嵩. 中华军事人物大辞典［M］. 北京：新华出版社，1989.
[20] 霍松林. 辞赋大辞典［M］. 南京：江苏古籍出版社，1996.
[21] 马良春，李福田. 中国文学大辞典［M］. 天津：天津人民出版社，1991.
[22] 钱仲联，傅璇琮，王运熙，等. 中国文学大辞典［M］. 上海：上海

辞书出版社，2000．

[23] 刘扬忠，乔力，王兆鹏．唐宋词精华分卷［M］．北京：朝华出版社，1991．

[24] 王洪．古代散文百科大辞典［M］．北京：学苑出版社，1991．

[25] 王洪．古代诗歌精萃鉴赏辞典［M］．北京：北京燕山出版社，1989．

[26] 张盛如．唐宋散文精华分卷［M］．北京：朝华出版社，1992．

[27] 戎毓明．安徽人物大辞典［M］．北京：团结出版社，1992．

[28] 俞汝捷．中国古典文艺实用辞典［M］．北京：中国青年出版社，1991．

[29] 王洪．中国古代诗歌精译［M］．北京：朝华出版社，1993．

[30] 门岿．二十六史精要辞典［M］．北京：人民日报出版社，1993．

[31] 张作耀．中国历史便览［M］．北京：人民出版社，1990．

[32] 林非．中国散文大辞典［M］．郑州：中州古籍出版社，1997．

[33] 孙鼎国，李中华．人学大辞典［M］．石家庄：河北人民出版社，1995．

[34] 吴敔木．中国古代书法家辞典［M］．杭州：浙江人民出版社，1999．

[35] 武金铭，刘士文，王文治．中华文化人物辞海·文化人物［M］．北京：中国国际广播出版社，1998．

[36] 吴熊和．唐宋诗词评析词典［M］．杭州：浙江人民出版社，1990．

[37] 王洪，方广锠．中国禅诗鉴赏辞典［M］．北京：中国人民大学出版社，1992．

[38] 傅璇琮，许逸民，王学泰，等．中国诗学大辞典［M］．杭州：浙江教育出版社，1999．

[39] 虞云国．宋代文化史大辞典［M］．上海：汉语大辞典出版社，2006．

[40] 吴海林，李延沛．中国历史人物辞典［M］．哈尔滨：黑龙江人民出版社，1983．

[41] 曾枣庄．中国文学家大辞典［M］．北京：中华书局，2004．

[42] 钱仲联，傅璇琮，王运熙，等．中国文学大辞典［M］．上海：上海辞书出版社，1997．

［43］冯天瑜. 中华文化辞典［M］. 武汉：武汉大学出版社，2001.

［44］陈瑞云. 大学历史词典［M］. 哈尔滨：黑龙江人民出版社，1988.

［45］王洪. 唐宋词百科大辞典［M］. 北京：学苑出版社，1990.

［46］门岿. 中国历代文献精粹大典［M］. 北京：学苑出版社，1990.

［47］吴海林，李延沛. 中国历史人物生卒年表［M］. 哈尔滨：黑龙江人民出版社，1981.

［48］王兆鹏，刘尊明. 宋词大辞典［M］. 南京：凤凰出版社，2003.

［49］董玉整. 中国理学大辞典［M］. 广州：暨南大学出版社，1995.

［50］吴寿彭，吴天行. 宋诗传［M］. 上海：上海古籍出版社，2015.

［51］张高宽，王玉哲，王连生，等. 宋词大辞典［M］. 沈阳：辽宁人民出版社，1990.

［52］陶文鹏. 宋诗精华［M］. 桂林：广西师范大学出版社，1996.

［53］浙江省人物志编纂委员会. 浙江省人物志［M］. 杭州：浙江人民出版社，2005.

［54］邓绍基，杨镰. 中国文学家大辞典［M］. 北京：中华书局，2006.

［55］陈瑛，许启贤. 中国伦理大辞典［M］. 沈阳：辽宁人民出版社，1989.

［56］钱茂伟，毛阳光. 宁波通史·元明卷［M］. 宁波：宁波出版社，2009.

［57］李春祥. 乐府诗鉴赏辞典［M］. 郑州：中州古籍出版社，1990.

［58］高文德. 中国少数民族史大辞典［M］. 长春：吉林教育出版社，1995.

［59］迟文浚，许志刚，宋绪连. 历代赋辞典［M］. 沈阳：辽宁人民出版社，1992.

［60］马兴荣，吴熊和，曹济平. 中国词学大辞典［M］. 杭州：浙江教育出版社，1996.

［61］中共北京市东城区纪律检查委员会，北京市东城区监察局. 留取丹心照汗青——历代诗人咏文天祥［M］. 北京：中国方正出版社，2014.

［62］朱东润. 中国历代文学作品选［M］. 上海：上海古籍出版社，1989.

［63］李玉安，黄正雨. 中国藏书家通典［M］. 香港：中国国际文化出版

社，2005.

[64] 陈田. 明诗纪事［M］. 北京：商务印书馆，1936.

[65] 文师华，戴晓云. 赣文化通典·书画卷［M］. 南昌：江西人民出版社，2013.

[66] 梁战，郭群一. 历代藏书家辞典［M］. 西安：陕西人民出版社，1991.

[67] 方克立. 中国哲学大辞典［M］. 北京：中国社会科学出版社，1994.

[68] 张作耀，蒋福亚，邱远猷，等. 中国历史辞典［M］. 北京：国际文化出版公司，2000.

[69] 黄开国，李刚，陈兵，等. 诸子百家大辞典［M］. 成都：四川人民出版社，1999.

[70] 李峰，汤钰林. 苏州历代人物大辞典［M］. 上海：上海辞书出版社，2016.

[71] 孔范今，桑思奋，孔祥林. 孔子文化大典［M］. 北京：中国书店，1994.

[72] 陈永正. 岭南历代诗选［M］. 广州：广东人民出版社，1993.

[73] 华夫. 中国古代名物大典［M］. 济南：济南出版社，1993.

[74] 池秀云. 历代名人室名别号辞典［M］. 太原：山西古籍出版社，1998.

[75] 韩结根. 舒州天柱山诗词辑校注解［M］. 上海：复旦大学出版社，2019.

[76]《中国方志大辞典》编辑委员会. 中国方志大辞典［M］. 杭州：浙江人民出版社，1988.

[77] 中山大学中国古文献研究所. 全粤诗［M］. 广州：岭南美术出版社，2010.

[78] 郦波. 王世贞文学研究［M］. 北京：中华书局，2011.

[79] 史仲文，胡晓林. 中华文化人物辞海［M］. 北京：中国国际广播出版社，1998.

[80] 黄惠贤. 二十五史人名大辞典［M］. 郑州：中州古籍出版社，1997.

[81] 徐肖剑，南平市诗词楹联学会. 大武夷千家诗联选［M］. 北京：华

文出版社，2009.

[82] 林同华. 中华美学大词典 [M]. 合肥：安徽教育出版社，2000.

[83] 乐黛云，叶朗，倪培耕. 世界诗学大辞典 [M]. 沈阳：春风文艺出版社，1993.

[84] 魏桥. 浙江省人物志 [M]. 杭州：浙江人民出版社，2005.

[85] 杜信孚，杜同书. 全明分省分县刻书考 [M]. 北京：线装书局，2001.

[86] 王荣华. 上海大辞典 [M]. 上海：上海辞书出版社，2013.

[87] 黄霖. 金瓶梅大辞典 [M]. 成都：巴蜀书社，1991.

[88] 薛锋，王学林. 简明美术词典 [M]. 哈尔滨：黑龙江人民出版社，1982.

[89] 万里. 湖湘文化大辞典 [M]. 长沙：湖南人民出版社，2006.

[90] 斯声. 中国古典文学作品精讲·第一编 诗、词、曲、民歌专卷 [M]. 北京：中国文联出版社，2008.

[91] 徐海荣. 中国茶事大典 [M]. 北京：华夏出版社，2000.

[92] 汤开建. 利玛窦明清中文文献资料汇释 [M]. 上海：上海古籍出版社，2017.

[93] 耿相新，等. 中国历代名人书信大系·明卷 [M]. 北京：人民日报出版社，2000.

[94] 康芬，龙晨红. 江西历代著作考 [M]. 南昌：江西人民出版社，2015.

[95] 刘波. 中国历代文化艺术名人大辞典 [M]. 北京：国际文化出版公司，1994.

[96] 支克坚. 简明鲁迅词典 [M]. 兰州：甘肃教育出版社，1990.

[97] 黄开国. 经学辞典 [M]. 成都：四川人民出版社，1993.

[98] 马德泾，范然，马传生，等. 镇江人物辞典 [M]. 南京：南京大学出版社，1992.

[99] 周明初，叶晔. 全明词补编 [M]. 杭州：浙江大学出版社，2007.

[100] 赵永良. 无锡名人辞典 [M]. 南京：南京大学出版社，1989.

[101] 李毅峰. 中国篆刻大辞典 [M]. 郑州：河南美术出版社，1997.

[102] 王崇人. 中国书画艺术辞典·篆刻卷 [M]. 西安：陕西人民美术出版社，2002.

[103] 周啸天. 元明清诗歌鉴赏辞典［M］. 北京：商务印书馆国际有限公司，2011.

[104] 张永禄. 明清西安词典［M］. 西安：陕西人民出版社，1999.

[105] 陈守强，霍宪章. 中州名典［M］. 郑州：中州古籍出版社，1996.

[106] 乔晓军. 中国美术家人名辞典·补遗一编［M］. 西安：三秦出版社，2007.

[107] 华玮. 海内外中国戏剧史家自选集·华玮卷［M］. 郑州：大象出版社，2017.

[108] 傅春龄. 衢州文史资料·第八辑·衢州历代诗选［M］. 上海：复旦大学出版社，1990.

[109] 李经纬. 中医人物词典［M］. 上海：上海辞书出版社，1988.

[110] 冯克正，傅庆升. 诸子百家大辞典［M］. 沈阳：辽宁人民出版社，1996.

[111] 胡明扬. 中外名诗赏析大典［M］. 成都：四川辞书出版社，1993.

[112] 李学勤，吕文郁. 四库大辞典［M］. 长春：吉林大学出版社，1996.

[113] 陈友琴. 千首清人绝句校注［M］. 杭州：浙江古籍出版社，2019.

[114] 张福庆. 中国古代文学家字号室名别称词典［M］. 北京：华文出版社，2002.

[115] 齐森华，陈多，叶长海. 中国曲学大辞典［M］. 杭州：浙江教育出版社，1997.

[116] 许嘉璐. 传统语言学辞典［M］. 石家庄：河北教育出版社，1990.

[117] 王鸿鹏. 帝都形胜：燕京八景诗抄［M］. 北京：九州出版社，2018.

[118] 惠安县文化体育局. 惠安县文物志［M］. 泉州，2003.

[119] 庄敬忠. 中华庄氏源流［M］. 北京：中国社会出版社，2008.

[120] 绥阳县旅游产业发展委员会. 绥阳旅游［M］. 贵阳：贵州人民出版社，2007.

[121] 余巨平. 历代诗人咏严子陵［M］. 兰州：甘肃人民出版社，2011.

[122] 秦敏丽. 咏潼关古诗词选注［M］. 西安：三秦出版社，2009.

[123] 天津市地方志编修委员会. 天津通志·旧志点校卷［M］. 天津：南开大学出版社，2001.

[124] 中国第一历史档案馆藏. 清代官员履历档案全编[M]. 上海：华东师范大学出版社，1997.

[125] 程永涛，倪晓建. 状元诗榜眼诗探花诗·清朝卷[M]. 北京：昆仑出版社，2009.

[126] 王志杰. 中华金氏录[M]. 西安：三秦出版社，2015.

[127] 周腊生. 清代状元奇谈·清代状元谱[M]. 北京：紫禁城出版社，1994.

[128] 四川省作家协会蓬溪创作基地，蓬溪县文学艺术界联合会，蓬溪县蓬山诗词学会. 千年逸响：蓬溪诗词史略[M]. 北京：中央文献出版社，2008.

[129] 诸伟奇，贺友龄，赵锋，等. 简明古籍整理辞典[M]. 哈尔滨：黑龙江人民出版社，1990.

[130] 湖南省地方志编纂委员会. 湖南省志第三十卷·人物志[M]. 长沙：湖南出版社，1992.

[131] 任宝根. 鲁迅故乡的名人[M]. 四川峨眉：西南交通大学出版社，1988.

[132] 白晓朗，马建农. 古代名人字号辞典[M]. 北京：中国书店，1996.

[133] 陈文新，鲁小俊，苗磊. 中国文学编年史·清前中期卷[M]. 长沙：湖南人民出版社，2006.

[134] 龚斌，范少琳. 秦淮文学志[M]. 合肥：黄山书社，2013.

[135] 潘殊闲，罗健勇，曾晓娟. 都江堰文献集成：历史文献卷（文学卷）[M]. 成都：巴蜀书社，2018.

[136] 张兴文，牟廉玖. 历代诗人咏施州[M]. 北京：民族出版社，2001.

[137] 车吉心，梁自絜，任孚先. 齐鲁文化大辞典[M]. 济南：山东教育出版社，1989.

[138] 政协广汉文史资料研究委员会. 广汉文史资料选辑·第九辑. 广汉：政协广汉文史资料研究委员会，1987.

[139] 林孔翼，沙铭璞. 四川竹枝词[M]. 成都：四川人民出版社，1989.

[140] 董绍克，阎俊杰. 汉语知识词典[M]. 北京：警官教育出版

社，1996.

［141］郭方忠，张克复，吕靖华. 甘肃大辞典［M］. 兰州：甘肃文化出版社，2000.

［142］杨慎之，《湖南历代人名词典》编委会. 湖南历代人名词典［M］. 长沙：湖南出版社，1993.

［143］赵德馨. 中国经济史辞典［M］. 武汉：湖北辞书出版社，1990.

［144］黄邦和，皮明庥. 中外历史人物词典［M］. 长沙：湖南人民出版社，1987.

［145］复旦大学历史系资料室，傅德华. 二十世纪中国人物传记资料索引［M］. 上海：上海辞书出版社，2010.

［146］陈高春. 中国古代军事文化大辞典［M］. 北京：长征出版社，1992.

［147］马亚中，吴小平. 中国寓言大辞典［M］. 南京：江苏文艺出版社，1997.

［148］林崇德，姜璐，王德胜，李德芳. 中国成人教育百科全书（文学·艺术）［M］. 海口：南海出版公司，1993.

［149］杨晶瑜. 狩猎赋研究［M］. 成都：电子科技大学出版社，2014.

［150］孙克强，裴喆. 论词绝句二千首［M］. 天津：南开大学出版社，2014.

［151］邓运佳. 中国戏曲广记［M］. 成都：四川大学出版社，2015.

［152］《巴蜀历代文化名人辞典》编委会. 巴蜀历代文化名人辞典：古代卷［M］. 成都：四川人民出版社，2018.

［153］卫志中. 酒忆郫筒. 成都：成都市郫都区党史地方志办公室，2021.

［154］郭毅生，史式. 太平天国大辞典［M］. 北京：中国社会科学出版社，1995.

［155］王广西，周观武. 中国近现代文学艺术辞典［M］. 郑州：中州古籍出版社，1998.

［156］李廷锦，李畅友. 历代竹枝词选［M］. 南宁：广西人民出版社，1987.

［157］高文德. 中国民族史人物辞典［M］. 北京：中国社会科学出版社，1990.

[158] 孙文良. 满族大辞典［M］. 沈阳：辽宁大学出版社，1990.

[159] 梁淑安. 中国文学家大辞典［M］. 北京：中华书局，1997.

[160] 赵海明. 碑帖鉴藏［M］. 天津：天津古籍出版社，2010.

[161] 周文华. 乐山历代诗集［M］. 乐山：乐山市市中区地方志办公室，1995.

[162] 王汉民. 清代戏曲考论［M］. 北京：中国戏剧出版社，2019.

[163] 邓启华. 清代普洱府志选注［M］. 昆明：云南大学出版社，2007.

[164] 黄桂枢. 普洱茶文化大观［M］. 昆明：云南民族出版社，2005.

[165] 王振会，雍思政. 蜀道神韵——广元名胜诗词选注［M］. 上海：上海三联书店，2015.

[166] 成都市文联，成都市诗词学会历代诗人咏成都［M］. 成都：四川文艺出版社，1999.

[167] 杨子才. 历代咏史诗钞［M］. 北京：解放军出版社，2009.

[168] 刘运新，陈之凤，牛培炯，等. 大通县志［M］. 西宁：青海人民出版社，2020.

[169] 任竞，王志昆. 巴渝文献总目·古代卷·单篇文献［M］. 重庆：重庆出版社，2017.

[170] 龙显昭. 巴蜀佛教碑文集成［M］. 成都：巴蜀书社，2004.

[171] 周家珍. 20世纪中华人物名字号辞典［M］. 北京：法律出版社，2000.

[172] 罗亚蒙，等. 中国历史文化名城大辞典［M］. 北京：人民日报出版社，1998.

[173] 高潮，马建石. 中国古代法学辞典［M］. 天津：南开大学出版社，1989.

[174] 秦亢宗. 二十世纪中华文学辞典［M］. 北京：中国国际广播出版社，1992.

[175] 蔡竞. 川茶诗词选注［M］. 成都：四川人民出版社，2022.

[176] 刘梦芙. 二十世纪中华词选［M］. 合肥：黄山书社，2008.

[177] 四川省政协文史资料研究委员会，四川省文史馆. 四川近现代文化人物［M］. 成都：四川人民出版社，1989.

[178] 马大勇. 晚清民国词史稿［M］. 武汉：华中师范大学出版社，2016.

［179］王兆明，付朗云. 中华古文献大辞典［M］. 长春：吉林文史出版社，1991.

［180］徐中玉. 中国古典文学精品普及读本·近代诗词文［M］. 广州：广东人民出版社，2019.

［181］张品兴，殷登祥，陈有进，等. 中华当代文化名人大辞典［M］. 北京：中国广播电视出版社，1992.

［182］徐迺翔. 中国现代文学词典［M］. 南宁：广西人民出版社，1989.

［183］滕伟明，周啸天. 当代中华诗词集成［M］. 成都：四川文艺出版社，2018.

［184］吴亦铮，王红. 杜甫在成都［N］. 成都日报，2016-09-12.

［185］张志烈. 从杜甫诗歌看成都文化［J］. 阿坝师范学院学报，2017（3）.

［186］李莉. 文彦博诗歌特色的形成原因［J］. 开封教育学院学报，2015（11）.

［187］杜松柏. 试论北宋文人文彦博的文学成就［J］. 宁夏大学学报（人文社会科学版），2010（3）.

［188］李卉."花间置酒清香发"——苏轼诗中的"酒"与"花"［J］. 名作欣赏，2019（20）.

［189］汤志波，孙悦. 明初虞堪诗集版本考录［J］. 文津学志，2019（12）.

［190］左东岭. 孙蕡的诗歌创作历程与明初文人命运［J］. 中国文化研究，2012（2）.

［191］万紫燕，吴大顺. 不即法，不离法——论胡奎的"法古"乐府［J］. 乐府学，2019（1）.

［192］俞燕，王珍. 陈献章诗学思想研究［J］. 石河子大学学报（哲学社会科学版），2019（1）.

［193］黄明同. 岭南心学集大成者——湛若水［J］. 粤海风，2015（3）.

［194］成洪燕. 湛若水的诗文书法艺术［J］. 岭南文史，2004（1）.

［195］段立生. 黄衷及其《海语》［J］. 东南亚，1984（3）.

［196］周晶. 新发现的陶益《樏墩集》残本摭谈［J］. 文献，2015（2）.

［197］杨映红. 潮汕先贤唐伯元集杜诗探析［J］. 汕头大学学报（人文社会科学版），2010（4）.

[198] 袁丹. 钱谦益与图书编撰学 [J]. 河南图书馆学刊, 2001 (4).

[199] 杨义. 钱谦益降清心态一辨 [J]. 古典文学知识, 1997 (4).

[200] 刘勇刚. "三户寂无人, 托根在何地"——简论遗民诗人吴骐 [J]. 南阳师范学院学报, 2009 (10).

[201] 马明洁. 清初释晓青生平著述考略 [J]. 法音, 2020 (8).

[202] 杨开丽. 马长海及《雷溪草堂诗集》 [J]. 图书馆学研究, 1992 (2).

[203] 李晖. 博采众长 独辟蹊径——"松壶派"创始人钱杜画作赏读 [J]. 收藏界, 2011 (8).

[204] 曾黎梅. 士绅与民初云南的社会变革和边疆建设研究——以赵藩为例 [J]. 学术探索, 2019 (4).

[205] 谢泳. 旧诗在中国当代文学史上的地位——关于洪传经的一些史料 [J]. 南方文坛, 2016 (2).

[206] 林红. 苏轼与酒及涉酒诗研究 [D]. 四川师范大学, 2016.

[207] 贾苹. 王十朋蜀中经历及文学创作 [D]. 四川师范大学, 2013.

[208] 陆琼. 汪元量生平及交游研究 [D]. 华东师范大学, 2005.

[209] 赵磊. 宋濂文学思想研究 [D]. 山西师范大学, 2014.

[210] 刘慧敏. 潘希曾诗集校注 [D]. 湘潭大学, 2014.

[211] 杨映红. 唐伯元诗歌研究 [D]. 暨南大学, 2011.

[212] 覃颖媛. 明清黄安耿氏家族研究 [D]. 华中师范大学, 2018.

[213] 张承天. 岭南三大家诗歌研究 [D]. 浙江师范大学, 2012.

[214] 宗靖华. 岭南诗人屈大均研究 [D]. 广东外语外贸大学, 2014.

[215] 郎晓欣. 马长海诗歌类论 [D]. 内蒙古大学, 2014.

后记（一）

我母亲是地地道道的郫县①人，出生于1943年农历四月初十。我外公邓我成②及其兄邓明枢③均在国民革命军第二十四军④任职，民国版《郫县志》中还有他们的名字。据我姨父周永苓——"郫县周鹅"⑤创始人说，他幼时听祖父讲，邓和⑥是我外曾祖公，但尚未得到进一步证实。我外公一族原籍福建省连山县，明末清初"湖广填四川"时迁至郫县，与发

---

① 现成都市郫都区。郫都区为成都市重要组成部分，是成都建设国家中心城市重点打造的"电子信息和双创产业基地、国际化都市新区"。郫都区内汇聚西南交通大学、电子科技大学等大中专院校19所、国家级实验室（研究中心）23个，拥有全省首个万亿级电子信息产业基地、全国以地方菜系命名的川菜产业园、首个国家级超高清视频产业基地，是全国首批双创示范基地、国家城乡融合发展试验区。郫都区古称"郫邑"，意为临水而建、因水而兴的城池。在古史传说中，以古蜀国的都邑而闻名于世，既是望帝杜宇、丛帝鳖灵的建都之地，又是古蜀文明的发祥地。因杜宇化鹃的传说，被称为"鹃城"。秦惠文王后元十一年（前314），以郫邑为郡县，称郫县。2013年1月21日，四川省政府批复郫县撤销郫筒镇，改设郫筒街道。2016年11月24日和12月5日，国务院批复同意撤销郫县，设立成都市郫都区，行政区域和政府驻地在郫筒街道，保持不变。2017年1月22日，郫都区正式挂牌成立。著名景点有：望丛祠、扬雄墓、古城遗址、三道堰水乡、农科村等。

② 国民革命军第二十四军营长。民国版《郫县志》（第三卷）第430页，误写为"邓我臣"。

③ 国民革命军第二十四军团长。民国版《郫县志》（第三卷）第431页，误写为"邓铭枢"。

④ 国民革命军第二十四军，前身为川军第八独立旅。1920年11月，该部改为川军第一混成旅（旅长刘文辉）。后该旅扩编为川军第九师（师长刘文辉）。1924年5月，又以该师第十七旅扩编为第六混成旅。1925年，刘文辉受任为四川军务善后督办，所部由1个师、1个旅扩充为4个师、6个混成旅、1个宪兵大队、1个屯殖军、1个独立营。1926年11月，广州国民政府任命刘文辉为国民革命军第二十四军军长。1927年1月，刘文辉宣布就任第二十四军军长职，将所部4师编为4路，其余编为10个混成旅。

⑤ "郫县周鹅"的油烫鹅是郫都区特色油烫卤菜。20世纪60年代初，郫县有著名餐饮店"郫县禽蛋店"，店内专门制作油烫鹅的大师，就是现今"郫县周鹅"的创始人周永苓（卫志中、袁安泰主编，鹃声食话——新时代的郫都餐饮[M]. 北京：中国戏剧出版社，2013）。自20世纪80年代起，周永苓自主创业，"郫县周鹅"遂名满鹃城。20世纪90年代初，周永苓之子周元辅成为"郫县周鹅"的第二代传承人。"郫县周鹅"曾获"天府杯——十大川味小吃品牌""2021年建设美食郫都工作先进单位"等奖项，获"成都特色小店""流年美食""成都名菜""成都市郫都区十大名小吃""郫县特色小吃"和"成都市郫都区名小吃"等称号。

⑥ 邓和，国民革命军第二十四旅长。见民国版《郫县志》（第三卷）第430页。

后记（一）

明郫县豆瓣①的陈氏家族是亲戚，据表舅邓文树②说，陈文伯③是我的表爷爷。

外公有三兄弟，外公排行第二，解放前因病去世。外公的兄长在三兄弟中最能干，于1946年加入革命组织。1949年秋，当国民党要抓他时，地下党组织派人将其转移至川康游击队金江支队。1957年，他被划为右派分子，1959年病逝。外公的弟弟不成器，吸鸦片烟上瘾，将邓家的家产一点点败光了。不过，这倒应了那句"塞翁失马，焉知非福"——后来我母亲一家因无产而被划为贫民。

外婆赵亚妮是四川法政学堂④毕业的，有律师资格，但未就业。外婆字写得很好，还帮居委会做过抄写工作。外婆生育了七个子女，有五个成年：二姨妈邓文柏、四姨妈邓文涛、我妈邓文堪、舅舅邓文炯和小姨邓文霞，另有两个不幸夭折。二姨妈一家在成都，四姨妈一家在绵阳，其余均

---

① 成都市郫都区（郫县）特产，被誉为"川菜之魂"。郫县豆瓣源于清康熙二十七年（1688），至今已有三百多年历史。清康熙年间"湖广填四川"福建省汀州府永定县孝感乡翠亨村人陈逸仙举家迁入四川郫县，途中用红辣椒与发霉胡豆拌和佐餐，取名"辣子豆瓣"。清嘉庆八年（1803），陈氏后人在郫县西街开设"顺天"号酱园，前店后坊，生产盐渍调味品。其中，盐渍辣椒就是郫县豆瓣的雏形。咸丰三年（1853），陈守信将顺天号与他店合并，在郫县南街开设"益丰和"号酱园（陈守信号益谦，时值咸丰年间，顺天地人和之意，故取名"益丰和"）。陈守信潜心钻研豆瓣制作技艺，总结出"晴天晒，雨天盖，白天翻，夜晚露"的十二字真诀，郫县豆瓣传统手工制作技艺至此臻于成熟。清光绪三十一年（1905）后，陈守信的六子陈竹安仔细研究辣椒、胡豆、盐三者之间的配合比例，经过反复实践，改良了原有的豆瓣制作技艺，并开发出黑豆瓣、金钩豆瓣、香油豆瓣等品种。光绪三十一年，彭县的弓鹿宾（陕西籍）迁来郫县东街，开设"元丰源"号酱园，打破了"益丰和"独家经营的局面。1931年初，陈守信次子陈正齐之长子陈文揆在南外街李家花园开设"绍丰和"号酱园。由此，形成"益丰和""元丰源""绍丰和"三大酱园鼎足而立之势。1955年，三大酱园实行公私合营，成立"郫县酱园"，由陈竹安之子"益丰和"掌柜陈文伯出任经理。1958年，郫县酱园更名为"四川省郫县豆瓣厂"。1999年，郫县豆瓣厂、犀浦酱油厂、郫县酿造厂等三家企业股份制改造，成立"四川省郫县豆瓣股份有限公司"。1981年，郫县豆瓣厂注册"益丰和"和"鹃城"商标。1999年，郫县豆瓣被授予"中华老字号"称号。2000年，郫县豆瓣被评为四川省第一件地理标志商标。2005年，郫县豆瓣被国家质检总局批准为中国地理标志产品。2006年，郫县豆瓣制作工艺被列入四川省第一批非物质文化遗产名录。2006年，郫县豆瓣"鹃城牌"和"绍丰和"被商务部评为"中华老字号"。2008年，郫县豆瓣传统制作技艺被列为第二批国级非物质文化遗产名录。2009年，国家工商总局认定"郫县豆瓣"为中国驰名商标。四川省郫县豆瓣股份有限公司是该技艺的传承企业。

② 邓明枢之子。

③ 1953年，陈文伯当选为郫县第五届各界人民代表大会常务委员会委员、主席团成员；1955年，陈文伯当选为郫县第一届人民代表大会第二次会议代表、主席团成员、人民委员会委员；1956年，陈文伯再次当选郫县第二届人民代表大会第一次会议代表、主席团成员。不久，他突发疾病辞世。陈家后人感念政府，向工人传授郫县豆瓣配方比例和制作工艺，推广了郫县豆瓣的制作工艺。

④ 四川大学的源头之一。

在郫县。

我母亲从小能歌善舞，是个文艺积极分子。我小时候看过母亲参加演出的很多照片，其中有一张是涂了彩色的"洛东江边"的舞蹈照，母亲身着朝鲜族长裙，我至今记忆犹新。

在高考时，我母亲和舅舅因受我外公的家世问题牵连，均未能上大学。高中毕业后，母亲于 1963 年至 1981 年间先后在郫县三道堰小学、郫筒镇中学任教，桃李满天下。1965 年 9 月中旬，母亲作为班主任，带领学生勤工俭学，学生碎石时，一粒铁屑飞入她的左眼……母亲自此失去了一只美丽的眼睛。

父亲与母亲经过若干年的马拉松式恋爱，终于在 1967 年 5 月 24 日结婚。

我于 1968 年 5 月 7 日出生于郫县人民医院。因为我是老大，又是男孩，再加上下巴上有颗痣，所以，奶奶很疼爱我。

我家住郫县西街摊贩市场旁边，这是一个民国特色的四合院，原属于一个地主。郫县解放后，四合院由几家人分占。我家占了几间，一间是我父母的卧室；一间我奶奶、我、弟弟住，这间房子有门通四合院内。这两间房子均铺有木地板。还有一间厨房。厨房旁边的一间小屋内有我家挖的旱厕。我家从厨房开了一道外出的门，通往摊贩市场方向。厨房外，建了个小花园，种有桑树、苹果树、樱桃树和翠竹。每年桑葚成熟时，我和邻居小伙伴都会大快朵颐。在我印象中，苹果树只结过一个小苹果，无法吃；樱桃树结过稀稀拉拉的几颗，根本不经吃；竹林长出过竹笋，炒来吃味道鲜美。园内还有盆景和四季花卉，牵牛花、栀子花、茉莉花、虞美人、指甲花、海棠花、兰花，都很漂亮，花园的围墙用万年青和篱笆围成，四季风景如画。花园外还开垦了一块小菜地，种有洋姜、四季豆、葱、姜等蔬菜。有一回洋姜丰收，外面的小孩来偷挖，我还跟他们理论过。

我小时候，家里养过鸡、鸭、狗、猪。鸡、鸭养大了，母的可以生蛋，公的则可以逢年过节打牙祭。我还赶过小北京鸭去城外的河沟觅食，养过中华田园犬"轮轮"和"滚滚"。中华田园犬小时候很乖，长大了可以看家护院。我家的犬养大后就送给农村的舅爷家。有一次，我到邻居家玩，他们家的狗见我直摇尾巴，非常友好。我很纳闷，一打听，原来这条狗是从我舅爷家牵来的，它认识原来的小主人，而我已经

后记（一）

不认识它了。

那时，郫县是个只有东西南北四条街加一条一环路的小城，城里的人大多有着错综复杂的社会关系，彼此知根知底。所谓："小城故事多，充满喜和乐。"① ……

我父亲在位于成都黄田坝的132厂工作，每周末骑自行车往返于成都和郫县之间。我奶奶在郫县缝纫社工作，我母亲要上课，因此，田姑婆成为我的保姆。我识字就是从田姑婆背着我、念"大字报"给我听开始的。

我在郫县幼儿园读到中班，班主任顾老师就不再让我继续读了，因此，我没有读大班就直接升入郫县一小②。这是我平生唯一的跳级。顾老师的女儿余艳后来成为我郫县一中初一的同班同学。

我的小学班主任是龚老师，她也曾是我父亲的小学老师。我还记得龚老师给我们讲过的口诀："己平已半巳封口"；"一三五七八十腊，三十一天永不差；四六九冬三十日，只有二月二十八"。有一次，一个异物卡在我喉咙里，我飞快地跑去找龚老师，龚老师给我喝了杯热水，我才把异物吐出来。

三年级起班主任换成了语文老师薛老师，因其长着一对酒窝，我妈她们那帮老师都称其为"薛窝窝"。她和我妈是朋友。

小学三年级，我成为一名光荣的少先队员，戴上了革命先烈用鲜血染红的红领巾，唱起了《我们是共产主义接班人》③。

教美术的王老师对我很好，让我参加郫县小学生绘画比赛，我还得过奖。我当时照着画画得很像，但因空间想象力不够，脱稿画就不太行了，所以大学期间"画法几何"的成绩一般。

我跟母亲的同事和好友蓝老师学过画画，练过写生，素描过"高尔基"塑像，我画了两张，其中一张画得很好，可惜搬家后未保留下来。蓝老师后来因在日记中评论刘少奇和王光美的爱情故事被人揭发，被列为

---

① 《小城故事》是邓丽君为电影《小城故事》演唱的主题曲，由庄奴填词，翁清溪谱曲，收录在邓丽君1979年发行的专辑《岛国之情歌第六集——小城故事》中。

② 现郫筒一小。创办于1913年，前身为"子云小学"。现由郫都区中信洪石学校小学部、郫筒小学整合而成。

③ 《我们是共产主义接班人》是由周郁辉作词、寄明作曲的歌曲，原为1961年公映的电影《英雄小八路》主题曲。1980年，该歌曲获得第二次全国少年儿童文艺创作评奖一等奖。1978年10月27日，共青团十届一中全会将《我们是共产主义接班人》确定为中国少年先锋队队歌。

"黑五类"①。由于他的前车之鉴，我高中阶段将日记本变成了摘抄本，从不写自己的真实感受，除非是游记。

因为喜欢看《岳飞传》和《三国演义》连环画，我就照着连环画画岳飞和三国人物，并涂上水彩。隔壁邻居袁古辉（我们称呼他二爸）看了，说我画得不错，他当时靠在摊贩市场卖画为生。我在摊贩市场卖过我奶奶亲手搓的冰粉，可以从中挪一些钱来买连环画。

体育老师钟敏筹办郫县一小号队，选人那天我正好错过了，不过他给我留了一个名额。每逢郫县有什么重大活动，郫县一小和郫县二小的号队都要出场，我们经常嘲笑二小号队吹的曲子的谐音是："快把烟杆还给我，不要开玩笑。"我小号吹得不是很好，勉强能"滥竽充数"。真没想到，钟敏后来成了我舅妈的侄女婿，我们称其"钟三哥"。

有一次，学校组织合唱，我们班演唱的歌曲是《毛主席走遍祖国大地》②。薛老师让我回家找妈妈教我如何当指挥。后来我们班的合唱大获成功。

我小学时的偶像是经常在学校大会上露面的少先队大队长钱忠和钱力。后来，我在省科技厅当专家时，还常常与钱力碰面。他毕业于复旦大学化学系，与我是校友。

同班同学李巡因在学校大会上朗诵毛主席诗词，非常风光。其父李让是语文老师，因此，他的作文写得很好。其母是郫县新华书店员工，可以

---

① "黑五类"在"文化大革命"期间常指"黑五类子女"，即地、富、反、坏、右（地主、富农、反革命分子、坏分子、右派分子）的子女。"文化大革命"初期，在血统论观念的影响下，"黑五类"或"黑七类"子女在入团入党、毕业分配、招工、参军、提干以及恋爱和婚姻等方面都受到歧视。"文革"中后期，"黑五类子女"被改称为"可以教育好的子女"，在各方面的待遇有所改善，但在社会上所受的歧视并没有得到根本改变。改革开放以后，对"文化大革命"进行了批判，家庭出身的概念逐渐淡化，"黑五类"这一政治用语也不再使用。

② 《毛主席走遍祖国大地》首次发表于1972年5月1日《人民日报》，由秦咏诚作曲、刘文玉作词，董军工、顾启兰原唱。

后记（一）

请她帮忙，买当时非常紧俏的《三国演义》①和《岳飞传》②连环画。我写作文胜过李巡，还给他画过像。

我和王红兵、李勇、白天、曾德志等住得近的同学常常相约一起上下学。那时，我们班通常按考试成绩排座位。我的小学同桌是黄英，她后来举家迁到成都。周冰还曾借过连环画给我看，她以后到四川大学管理工程系研修班读书，我还当过她老师。

我小时候，军人在社会上地位很高。我们从小最崇拜解放军，爱屋及乌，也喜欢各种军用品。我曾经跟随小伙伴们在民兵打靶后去捡子弹壳、挖子弹头，但往往被大点的孩子捷足先登，我们则一无所获。我四姨父在绵阳军分区后勤部工作，他曾帮我找了一把报废的刺刀、一个左轮手枪枪架、几个旧子弹皮套以及若干子弹夹、子弹壳、子弹头等，我如获至宝。遗憾的是，大学毕业回家，发现我积攒多年的这些军用品不翼而飞。

薛老师休产假期间，由陈老师代课。陈老师组织同学对我进行了一次"批斗"，原因是"以物易物"。那时候，因为喜欢连环画，我就从家里偷糖出来与同学交换连环画，被我妈发现后，勒令我将连环画退给同学，我真是赔了连环画又折了糖。

父亲将所集的邮票传给我，我又经常与同学交换邮票。那时候不懂如何集邮，将这些邮票用糨糊粘在父亲西北工业大学的毕业纪念册上。后来，有了集邮册，又用水浸的方法将这些邮票取下来，导致邮票品相受损。

---

① 上海人民美术出版社出版，从1956年至1964年，60册全本终于出齐。该连环画讲述了东汉灵帝中平元年（184）到晋武帝太康元年（280）蜀、魏、吴近百年的历史故事。《三国演义》连环画全套共60册，分别为：《桃园结义》《董卓进京》《捉放曹》《虎牢关》《跨江击刘表》《凤仪亭》《犯长安》《三让徐州》《李郭交兵》《小霸王孙策》《辕门射戟》《战宛城》《白门楼》《煮酒论英雄》《吉平下毒》《白马坡》《千里走单骑》《战官渡》《定四州》《马跃檀溪》《走马荐诸葛》《三顾茅庐》《火烧新野》《长坂坡》《舌战群儒》《群英会》《赤壁大战》《取南郡》《战长沙》《甘露寺》《三气周瑜》《反西凉》《张松献地图》《截江夺阿斗》《取成都》《单刀会》《濡须之战》《定军山》《水淹七军》《走麦城》《兄弟争王》《火烧连营》《安居平五路》《七擒孟获》《天水关》《擒孟达》《空城计》《赚曹休》《姜维献书》《智取陈仓》《八卦阵》《诸葛装神》《五丈原》《政归司马氏》《铁笼山》《讨司马》《姜邓斗智》《姜维避祸》《二士争功》《三国归晋》。《三国演义》连环画是中国连环画空前绝后的巅峰之作，是全人类的共同财富。

② 人民美术出版社出版，《岳飞传》全套15册，分别是：《岳飞出世》《枪挑小梁王》《岳母刺字》《青龙山》《岳飞挂帅》《大战爱华山》《藕塘关》《牛头山》《岳云》《黄天荡》《杨再兴》《小商河》《双枪陆文龙》《大破金龙阵》《风波亭》。

为培养合格的社会主义接班人，小学组织有大量的勤工俭学活动。父亲帮我做了辆推车，我与同学们一起用推车推石头，供维修沱江两岸河堤用；我们也曾到郫县豆瓣厂帮忙择辣椒，以至手指火辣辣地痛，晚上睡不着觉；还经常去农村帮生产队拾麦穗；每周积肥，并送农肥到校交公。当时学校的厕所由学生轮流打扫。轮到我们小组时，因为要从学校旁边的沱江运水冲厕所，路太远，很费力气，于是我发明了节水打扫旱厕的方法：利用废砖向下的重力，推动粪便滑下厕所内的斜槽，再用少量水冲洗即可。——这有点像中学的物理实验。

　　有一次，学校组织我们步行去红光公社①参观，中午在红光的馆子平生第一次花钱买了份菜，这也是我第一次步行出远门。

　　那时候调皮不懂事，同桌李俊英越过课桌上的"三八线"后，我拿圆珠笔扎她的手，后来她哥带着她到我家里来要说法。在小学我有两个固定的打架对象：一个是罗勇，另一个是邓洪。有时候打架被薛老师发现后，双方均被薛老师带到办公室或她家罚站。薛老师或批改作业，或做家务事，根本不理睬我们，站够时间后才能回家。

　　一到夏天，我跟邻居家小孩俞越红、袁挺、同学李勇等整天在外游泳、捕鱼。在我学会游泳以前，我奶奶常常拿根棍子跟着，时刻准备救援。那时，我们用畚箕撮鱼，经常捕到棒棒鱼、鲫鱼、黄辣丁、泥鳅等小鱼；也跟着农村孩子去抓过小螃蟹、青蛙和黄鳝。我不钓鱼，因为没有耐心。那时，水塘里还看得见小水蛇。后来，父亲给我做了一个抬网，能捕到大点的鱼，如鲤鱼等。

　　暑假期间，我经常被太阳晒得黝黑，去成都正府街二姨妈家时，他们说我是从非洲来的。有一次去二姨妈家，二表姐何晓玲花了五分钱给我买了根我最喜欢的豆沙冰糕，她自己都没舍得买，结果我拉肚子，被二姨妈发现，表姐因挪用钱款之嫌被骂。

　　小时候我们要帮大人做些力所能及的家务事。我和弟弟顾兵经常去景德巷门口的杂货铺打酱油和醋，因此，隔壁邻居袁古辉编了个顺口溜："顾兵顾，顾兵顾，顾兵到景德巷门口去打醋。"当时，买猪肉要凭肉票，肉很紧俏，我家平时吃素，周末父亲返家才去国营肉店割点猪

---

① 现存毛主席视察红光社纪念馆，位于成都市高新西区尚阳路83号。该馆建于1968年，馆区由幸福亭、卫生驿站、多功能展厅、图书室、接待室和纪念展厅等六部分构成。

后记（一）

肉。那时因为油水少，人们更愿意买肥肉。买肉时要去得很早，有时还用砖头占位。

我奶奶非常能干，也非常厉害，喜欢骂人，街坊邻居一般都不敢惹她。舅爷魏永成是我奶奶的哥哥，一个老实巴交的农民，家住郫县菠萝滩，有六个孩子，老五和老六比我还小，穷得叮当响，全家吃饭都成问题。舅爷赶场时喜欢到郫县城里的茶馆喝茶，我奶奶经常让我或弟弟到茶馆找他来我家吃饭。我奶奶管账，经常接济他家，他家的房子还是我奶奶赞助修成的。所以，我奶奶在他家有至高无上的权威，被称为"幺爹"。最终，我奶奶也在他家中去世。

那时候，我妈经常带我和弟弟去东街的郫县电影院看电影，每张票八分钱，小孩可以坐大人腿上免票。有一次看完电影《火车司机的儿子》后，我急着去解手，结果被一个骑自行车的年轻人撞断了左腿，休学在床上躺了半年。为补钙，我喝了很多棒子骨头汤，也吃过乡下表叔魏开国为我抓的小螃蟹。最终排不出尿，是我妈用嘴巴将尿吸出来的。母爱似海！我妈的同事林德华老师的先生李学是医生，他常常上门给我搽药、按摩。他们是田姑婆的邻居。

寒暑假时，我经常跟我妈去绵阳四姨妈家。那时候火车是首选交通工具。因为人太多车门无法开闭，我们还从列车车窗上下过，也坐过无座位的闷罐车。小时候在绵阳，两个表姐跟我睡一张床，我和大表姐向涛睡一头，二表姐向阳睡另一头。向涛小学时曾在我家借住一年，当时嫌我个子小，不愿意与我打羽毛球，只愿意与同学打。向阳比我大一百天，个性强，我们经常吵架。有一次吵架后，我威胁她："到郫县来收拾你！"

奶奶的手很巧，四姨爹给了一些布料，奶奶给我和向阳各做了一套衣服，非常漂亮。为了避免弄脏，要求我必须系上围腰，才能穿这件衣服去学校，我只好赌气不穿。

那时候，大家都不富裕，即使省吃俭用，生活也是捉襟见肘，基本无余钱。好在大家都穷，所以社会矛盾也不尖锐。叶忠泽是我父亲的高中同学，我们认作干爹。有一次，干爹的大女儿叶萍去重庆读书，来我家辞行，我妈找俞家借了一张十元的"大团结"给她。二女儿叶兰是我妈的学生。三女儿叶玲比我小，我称呼三妹。干爹叶忠泽和干妈严秀云都喜欢我，大学读书期间去他们家，他们都要给我"赞助"。

小学毕业时学校要求分小组野炊。我与李勇等用抬网捕鱼,做成油煎小鱼,与小组同学分享我们的劳动成果。小学毕业后,我如愿以偿考上了郫县一中[①]。

郫县一中当时还在县城外面,上学要走很远的路,可以从城里去,但我们大都抄小道,周围基本上是农田。邻居俞越红偶尔骑车去,我还搭过他的车。

语文老师张奇志、数学老师高克蓉、英语老师罗文兰、生物老师文佑玉等与我妈都熟,随时向我妈通报我的最新情况。音乐老师是个戴眼镜的男老师,教过我们唱《谁不说俺家乡好》[②]。

同班同学有邓永革[③]、姚建忠、李红兵、余洪远、余俊、叶洪、张凌、张志英[④]、曾捷、余艳等。黄建有《杨家将》[⑤]连环画的第一册《杨业归宋》,经我做了很久的思想工作后才原价转让给我。那时候,课余生活非常丰富。放学后可以去河里游泳,回家时也可以顺路到田里摘"乌瓦子"[⑥],用竹管吹着玩。

由于我的学习成绩不断下滑,我妈决定自初二起将我转学到她所在的

[①] 现四川省成都市郫都区第一中学,简称郫都区一中,又称郫都一中,是国家级示范性普通高中、四川省一级示范高中。学校前身为岷阳书院,始建于乾隆十八年(1753),历史悠久,文化厚重。乾隆十八年郫县县令募集社会资金,将何公祠改为书院,取名"岷阳书院"。(成都市郫都区党史地方志办公室,成都市郫都区教育局. 人文郫都[M]. 北京:新华出版社,2019:88)校训:立身行己,明体达用;校歌:扬帆起航;地址:成都市郫都区郫筒街道望丛中路387号。校内有书院碑、何公墓、子规亭,凸显学校的文化底蕴。知名校友颜歌现任中国青年作家学会主席。

[②] 《谁不说俺家乡好》是由吕其明、杨庶正、肖培珩作词、作曲,电影《红日》的插曲,创作于1963年。

[③] 他是我远房亲戚,后考入上海铁道学院(现并入同济大学)大专班,我们在上海时有来往。后赴深圳发展,我去深圳上课时还拜访过他。

[④] 其父是我妈同事,还到我家给我补习过英语。

[⑤] 人民美术出版社出版的连环画《杨家将》由张令涛、胡若佛绘制,取材于北宋初期杨业、杨延昭和杨文广祖孙三代戍守边疆,抗击辽国和西夏侵扰,舍生忘死、精忠报国的故事。全套分为五册:《杨业归宋》《杨七郎打擂》《双龙会》《李陵碑》《智审潘仁美》。成书于1958年至1981年之间(第五册《审潘洪》画稿在60年代已经完成,遇到特殊的年代,延至1981年出版时更名为《智审潘仁美》)。这套连环画是古典题材刀马连环画至今仍无法超越的经典之作,同《岳飞传》连环画一起成为人民美术出版社的"镇社之宝",与上海人民美术出版社《三国演义》连环画等同列为中国古典题材连环画的顶峰。

[⑥] 野豌豆(也称野豌苔)的种子,像小圆球。

后记（一）

郫筒镇中学[①]，以便就近监督。

初二时，我妈经常到我们班教室外面观察我的上课表现。物理老师李萍是班主任。数学杨老师的办公桌与我妈的办公桌紧邻，随时向我妈汇报我的课堂动态。英语丁老师很瘦，家住成都。在语文老师彭加洋的指导下，同班同学王献蓉的《登呼应亭》和我的《去南塔》入选《郫县中学生作文选》，她的是第一篇，我的是第二篇，可惜这本小册子搬家时遗失了。我帮彭加洋老师买过朋友转让的《三国演义》连环画，当时这套书非常紧俏，只能一本一本地买，往往还买不到。初三时我写彭加洋老师的作文被语文老师包素珍作为范文，念给全班同学听，文中描写彭老师来教室上课的情况："……将手中的烟，猛吸两口，然后掐灭烟头，进入教室……"

初二时俞培蓉、王献蓉、卢文生等同学的成绩较好，在我妈的就近监督下，我也止住了成绩下滑的势头。我当时的同桌是王田。我奶奶去世时，因他在县民政局工作，我还曾咨询过他。同班同学白天有次在教室给同学们派发邮票，我正好不在。否则，凭我与他的交情，应该能够分到一些。他小时候因母乳不足还喝过我妈的奶，他以及弟、妹三人的名字根据小说《艳阳天》而取。等我到校后，只好用珍贵的《岳飞传》连环画来换我想要的邮票。后来，好不容易才又将《岳飞传》补齐。

我妈在校人缘不错，她可以带我进校图书室借书看，我当时看完了校图书室所有好看的小说。

在郫县时，我已经学会骑自行车。那时的自行车大都是28型的上海永久和凤凰，属于凭票供应的紧俏商品。父亲因周末回家需要，买了辆二手车。周末，在摊贩市场开市前，教我们骑自行车。因人太小，够不着坐凳，就跨过三角架骑行，摔了不少跤。后来，我家又买了辆二手自行车，我便每天骑自行车绕郫县一环路一圈。

初二时，父亲单位有辆成飞50试验摩托车，我还在成飞机场练习过骑该摩托车。当时机场无飞机起降，可以随便进出。有一次，父亲骑摩托

[①] 郫筒镇民办中学始建于1962年，设在郫筒镇东街江西巷江西会馆内（现水电七局家属院），占地约1000平方米。"文化大革命"开始后，民中停办。1972年，并入红光中学（郫县一中、郫县二中曾合并更名为红光中学）。"文革"结束后，原民中独立开办，更名为郫筒镇中学，后改为鹃城中学、鹃城学校，新校址选址于南外街金花桥右侧，与郫县二中紧邻，后迁址于西外街郫花路。2011年，鹃城学校更名为郫县望丛实验学校。2014年，原岷阳实验外国语学校中学部、郫县中信洪石学校中学部与郫县望丛实验学校整合，成立郫县岷阳实验外国语学校。

车、我骑自行车从 132 厂回郫县，中途交换，我骑摩托车，父亲骑自行车。因为怕摩托车停下后难以再次发动，中间不敢停歇，等我到家很久后，父亲才回来。

初三时我全家搬到成飞。我和我妈都在子弟中学，我妈教初中数学，但她从不指导我。高中时期，我妈还经常帮我去校图书室借参考书。

高三时，有一次学校组织合唱比赛。校教导主任张老师是从郫县调过来的，知道我妈曾是文艺积极分子，就邀请我妈当评委。我们班准备的节目是《我的祖国》①，班主任邱英萍老师委托我写朗诵词，王琳同学领唱。可惜因高三日程安排，我们准备得很充分的节目最终没有上台表演。

高中期间，因要备战高考，我在家中享受"大熊猫"般待遇，家人都希望我能够金榜题名，光宗耀祖。

大学和研究生期间都是我妈负责给我写信和寄钱。工作以后，也常常在我面前说其学生如何如何，我不太想听，也知道她的学生能够赶上我的屈指可数。

2019 年 5 月 13 日②，我从李恋③任总经理的成都有缘坊酒业有限公司④，定制了 50 件限时限量感恩版有缘品鉴酒，送给亲朋好友，祝贺我

---

① 《我的祖国》是中国电影《上甘岭》（1956 年出品）的插曲。乔羽词，刘炽曲，原唱者是中国女高音歌唱家郭兰英。1989 年，乔羽、刘炽、郭兰英凭借该曲获得第一届金唱片奖。2007 年，中国第一颗探月卫星嫦娥一号即选用这首歌曲搭载。

② 我妈出生于 1943 年农历四月初十，公历为 5 月 13 日。

③ 我在成都国光电子管厂（国营 776 厂，六号信箱，现为成都国光电气股份有限公司）的好友。1991 年，我们携手考入复旦大学管理学院管理科学系，他是"睡在我上铺的兄弟"。

④ 成都有缘坊酒业有限公司沿自清代烧酒作坊——"积成作坊"和 90 年代初的集体所有制企业（邛崃市蜀粮液酒厂），历经公私合营、兼并重组、迁入酒业园区等历程，经年不衰。公司地处北纬 30°神奇酿酒带的中国原酒之乡——成都邛崃。邛崃，在藏语中是盛产美酒的地方。公司占地 300 余亩，拥有浓香型大曲酒窖池 3000 余口，年产原酒 9000 多吨，优质原酒贮存量达 60000 余吨。在贵州省茅台镇中国酱酒核心产区 7.5 平方公里范围内，拥有酱香型白酒生产基地，是白酒行业最先倡导多香型融合的企业之一。公司作为成都市科学技术局授牌成立的"成都白酒工程技术研究中心"，拥有以中国白酒大师、中国酿酒大师、中国评酒大师、国家评委、省级评委为核心的技术团队，良好的实验场所和先进的检测仪器，已开发有缘小酒系列、缘系列、喜庆系列、封坛老酒系列，有缘典藏酒、有缘品鉴酒、有缘酱香壹号酒等产品。2020 年 8 月，国家质检总局核准邛崃市成都有缘坊酒业有限公司使用邛酒地理标志产品专用标志。公司董事长黄建勇曾是白酒行业和足球圈均叱咤风云的人物。20 世纪 80 年代进入全兴酒厂，从最基层的包装工一直做到上市公司水井坊股份的董事长兼党委书记。1998 年到 2000 年，任全兴足球俱乐部总经理，使四川全兴队成为甲 A 劲旅。2014 年 9 月，离开水井坊，2015 年 3 月，任成都有缘坊酒业有限公司董事长。我推介有缘酒时，称有缘酒是"中国的水井坊"；而现在的水井坊，因 2013 年被全球最大洋酒公司帝亚吉欧（Diageo）收购，我称其为"外国的水井坊"。

后记（一）

妈 76 岁生日。

母亲一直肾功能不好，先是吃药，后来成飞医院医生说，现在肾透析技术很成熟，于是，每周一、三、五共三天在成飞医院做肾透析。2021年11月19日中午我还与她通电话，说第二天上午回来看她。结果，2021年11月20日周六早上7点左右，在成飞医院，她的心脏停止了跳动。等我8点过赶到成飞医院，看着宛如熟睡中的母亲，禁不住想起了那首歌《梨花又开放》[①]："……小村一切都依然，树下空荡荡。开满梨花的树下，纺车不再响。……"

谨以此书献给我的母亲，献给养育她的故乡——郫县，献给她深爱的郫县人民。

顾新
2022 年 9 月

[①] 《梨花又开放》，作曲：因幡晃（日本）；填词：丁小齐。歌词："忘不了故乡，年年梨花放，染白了山岗，我的小村庄。妈妈坐在梨树下，纺车嗡嗡响，我爬上梨树枝，闻那梨花香。摇摇洁白的树枝，花雨漫天飞扬，落在妈妈头上，飘在纺车上。给我幸福的故乡，永生难忘，永生永世我不能忘。重返那故乡，梨花又开放，找到了我的梦，我一腔衷肠。小村一切都依然，树下空荡荡。开满梨花的树下，纺车不再响。摇摇洁白的树枝，花雨漫天飞扬，两行滚滚泪水，流在树下。给我血肉的故乡，永生难忘，永生永世我不能忘。摇摇洁白的树枝，花雨漫天飞扬，落在妈妈头上，飘在纺车上。给我幸福的故乡，永生难忘，永生永世我不能忘。摇摇洁白的树枝，花雨漫天飞扬，两行滚滚泪水，流在树下。给我血肉的故乡，永生难忘，永生永世我不能忘，永不能忘。"

后记（二）

作为一个郫县人，生于斯，长于斯，我竟对"郫都三绝"[①]之一的郫筒酒听而不闻。直到 2019 年 9 月 1 日，我们一大家族亲戚在郫都区战旗村[②]游玩，我表弟周元辅——"郫县周鹅"的第二代传承人，突然问我是否了解郫筒酒，我一脸茫然。此后，我便开始了郫筒酒的研究工作。

迄今为止，我所从事的郫筒酒相关研究，先后得到五项科研项目的资助：四川省哲学社会科学重点研究基地——川酒发展研究中心课题"郫筒酒诗酒文化复兴研究"（CJZB20－01），四川省哲学社会科学重点研究基地——川菜发展研究中心项目"郫筒酒是做菜的料酒吗？——郫筒酒类型研究"（CC20W19），成都市哲学社会科学规划项目"郫筒酒诗词译注选集"（YY2720200708），四川省哲学社会科学重点研究基地——川酒发展中心课题"郫筒酒诗酒文化传承研究"（CJZB22－01），四川省哲学社会科学重点研究基地——中国酒史研究中心项目"郫筒酒史研究"（项目编号：ZGJS2022－01）。

项目组成员分工如下：顾新负责本书总体设计、诗词收集和整理、诗人简介审核和研究工作的组织协调；孙志宏负责本书诗人简介文字的梳理和审定；李张民负责诗词的句读和增补、诗人简介的审核和前言的撰写；高嘉馨负责诗词和诗人简介的校勘、项目申请书的撰写；张志群、张秋明、李畅、曾婷、肖倩、王金丹、周文强、于超、周弋扬、马昕苒、贾雨薇、卢思羽、李崇芷等负责诗人简介的资料收集、整理和撰写；吴卓霖和杨霞参与了项目申请书的撰写；邓其远参与了部分诗词的增补。项目组成

[①] "郫都三绝"："浓香郁馥"郫筒酒、"蜀绣始祖"郫县女红、"川菜之魂"郫县豆瓣。
[②] 原名郫县集凤村。20 世纪 50 年代，战旗村原为集凤大队。1965 年在兴修水利、改土改田活动中成为一面旗帜，更名战旗大队。在农业学大寨运动中，成为一个先进集体，改为"战旗村"。2018 年 10 月 8 日，农业农村部将战旗村推介为 2018 年中国美丽休闲乡村。2019 年 3 月，成功创建为国家 AAAA 景区。2019 年 7 月 28 日，入选首批全国乡村旅游重点村名单。2020 年 4 月，获得 2019 年度四川省实施乡村振兴战略工作示范村荣誉称号。2021 年 8 月，入选"天府旅游名村"公示名单。2021 年 12 月 22 日，被命名为四川省首批省级乡村文化振兴样板村（社区）并获授牌。

后记（二）

员为本书的顺利完成付出了大量心血。

项目在立项和研究过程中得到了四川省社科联、成都市社科联、四川省教育厅、成都市哲学社会科学规划办公室、四川省哲学社会科学重点研究基地——川酒发展研究中心（四川轻化工大学）、四川省哲学社会科学重点研究基地——川菜发展研究中心（四川旅游学院）和四川省哲学社会科学重点研究基地——中国酒史研究中心（宜宾学院）的大力支持，在此表示衷心感谢。

感谢郫都区原区委书记杨东升博士、原郫县人大常委会主任王传义先生和四川轻化工大学中国白酒学院常务副院长杨柳教授为本书作序。

感谢我的书画老师——成都市书法家协会副主席、成都市武侯区书法家协会主席王宝明先生为本书题写书名。

感谢四川大学中华文化研究院执行院长、四川大学古籍整理研究所所长舒大刚教授和四川大学古籍整理研究所王小红研究员在古籍查阅和整理方面提供的指导和帮助。

感谢四川大学老年大学二分校诗词欣赏班吴瑶老师参与本书的诗词句读和诗人简介的校勘。

感谢四川大学出版社责任编辑何静老师为本书的出版所付出的艰辛劳动。

感谢所有参考文献的作者。书中引用资料的标注若有错漏，还望海涵。

由于自身的局限性，本书还存在诸多不足之处，所收集的郫筒酒诗词可能不够全面，有待进一步完善，恳请方家批评指正。

成都市软创智业研究会
四川大学软科学研究所
四川大学创新与创业管理研究所
顾新
2022 年 9 月 28 日于成都与文里